Ces instants-là

du même auteur chez le même éditeur

Le livre de Dina (1re édition 1994 ; 2003 ; 2013)

Fils de la Providence (1re édition 1997 ; 2013)

L'héritage de Karna (1re édition 2000 ; 2013)

Voyages (1995)

Un long chemin (1998)

La septième rencontre (2001)

La fugitive (2004)

Un verre de lait, s'il vous plaît (2007)

Cent ans (2011)

chez d'autres éditeurs
La trilogie de Tora (Actes Sud, 1987, 1996 et 1997)
tome 1 – La véranda aveugle
tome 2 – La chambre silencieuse
tome 3 – Ciel cruel

Thésaurus tomes 1 et 2 (Actes Sud, 2007)

La plupart de ces ouvrages sont aussi disponible en poche chez 10/18, sauf *Un verre de lait, s'il vous plaît* en Babel.

Ouvrage traduit avec l'aide du Centre National du Livre, Paris, et de NORLA, Oslo.

Herbjørg Wassmo

Ces instants-là

traduit du norvégien par Céline Romand-Monnier

roman

GAÏA ÉDITIONS

Gaïa Éditions
82, rue de la Paix
40380 Montfort-en-Chalosse
téléphone : 05 58 97 73 26

contact@gaia-editions.com
www.gaia-editions.com

Titre original :
Disse øyeblikk

Illustration de couverture :
© Ethan Welty / Getty Images

ISBN 13 : 978-2-84720-433-9

À Wenche Marit, ma sœur

I

Jeune pêcheur et empreinte sur la peau

Elle glisse en arrière vers ce qu'elle ne sait pas.

La rosée du soir s'élève des tourbières et du lac. Comme un souffle étranger. Rend tout irréel. Se dépose sur les tolets quand elle rame. La friction des avirons se fait lointains soupirs.

Le pêcheur a le visage tourné vers elle et voit le chenal. Lève la main pour indiquer où ils vont. Elle ajuste le cap à coups de rame mous sans rien dire. Ramer, elle *sait*.

Il amorce les hameçons. Deux doigts nerveux cherchent des vers frétillants dans le terreau de la boîte en fer-blanc. Le couvercle est percé pour leur donner de l'air jusqu'à ce qu'il ait besoin d'eux. Pauvres créatures. Il les prend l'un après l'autre. C'est une ligne avec plusieurs hameçons. Les vers se tortillent avec ténacité autour du métal.

Puis il lâche la ligne. Le plomb l'emporte vers le bas. Jusqu'au fond. Il la remonte de quelques brassées et donne une secousse çà et là. Comme pour passer le temps. Tandis qu'il pense à autre chose. Parle de ce qu'il voit. Les montagnes. Les lacs vers l'intérieur. Tout ce qui fait partie du patrimoine paternel qu'il va recevoir. Il a des projets pour la ferme. Dès qu'il sera un peu plus âgé et pourra prendre les rênes. Moutons, tourisme et pêche à la truite. Pompe à essence au bord de la nationale, ce sera une mine d'or.

– Tout le monde a besoin d'essence ! déclare-t-il en souriant.

Quand ils débarquent, les trois poissons restent dans le bateau, recouverts d'un sac.

– On les prend pas ? demande-t-elle.

– Plus tard, dit-il.

Il apparaîtra que c'est une sorte d'attribut. Il fait ce qu'il a effectivement envie de faire à l'instant *t*. Tout le reste est pour plus tard. À ce moment précis, il a fini le collège et est en vacances d'été. Sourit de tristes sourires la bouche fermée et parle à voix basse et animée.

Elle devrait aller au chalet que ses parents louent et dont son père à lui est propriétaire. Mais ne le fait pas. Il y a de la rosée dans l'herbe en montant à la maison. Elle marche pieds nus et sent l'eau soupirer entre ses orteils. La porte d'entrée gémit. L'escalier grince. Puis les voilà dans la chambre au premier étage. La nuit, soudain gorgée de soleil, entre par la fenêtre ouverte. Assise sur le lit, elle respire la fraîcheur du pin qu'on vient de couper. Et l'étrangeté de la peau d'autrui. Un harmonica poussiéreux repose sur la table de chevet. Ils sont deux. Proches. Il prend sa natte dans sa main et la contemple. Semble la soupeser. La relâche en souriant.

D'abord, la maison est parfaitement silencieuse. Elle écoute le silence. Et puis, comme s'ils l'avaient tous deux attendu, vient d'en bas le cri de la femme paralysée. Ils savent tous deux qu'elle est là. Elle appelle son fils.

Il n'a pas d'yeux. Elle les sait bleus, mais ils sont tombés dans son crâne. Ses paupières frémissent à la lumière nocturne. Sa bouche est rose. Il a de grands cheveux avec des golfes temporaux dégagés. Blonds, presque verts. Le voilà qui se lève pour allumer le tourne-disque. Du tango. Une voix d'homme chante en allemand. Puis il sort dans le couloir et descend l'escalier.

En revenant, il dit que sa mère sait qu'elle est ici, mais que ça ne fait rien. Puis il monte le son. Ils dansent tout près l'un de l'autre dans la petite chambre. Sous les poutres du plancher, la mère paralysée danse avec eux. Mais elle ne crie plus. Se contente de tourner avec eux encore et encore, puisqu'ils n'ont d'autre choix que de la laisser faire.

Dans la cuisine, la femme est assise sur un tabouret à côté du plan de travail et a de la peine à parler. Son visage est légèrement convulsé. Elle parle tout de même. Il ne reste qu'à attendre à la porte après qu'elle a énoncé sa commission. Acheter un pot de lait.

– Assieds-toi, ma fille, dit la femme d'un certain âge.

Elle ne parle pas le dialecte du coin, mais a un accent qui vient de loin au sud. Elle obtempère. La solitude remplit la pièce comme un écho. Il y a entre elles de la curiosité. De petites griffes pointues et de la chaleur. Comme un chaton qui rampe sur les genoux. Sans la connaître, sa mère lui plaît. Son visage est empreint de pleurs. Mais elle ne pleure pas. Elle lui ordonne de se servir du café de la cafetière qui est sur le poêle.

– Prends une crêpe, dit-elle. Elles sont dans un plat sur la table.

Les mouches sont déjà sur place. Sa mère à elle aurait posé un couvercle. Ou mis un torchon à vaisselle.

En partant, elle songe qu'elle n'a jamais vécu de rencontre pareille. Que c'est exceptionnel. Les mouches, elles les a presque oubliées.

Postée à la fenêtre du chalet, elle croit qu'il va passer devant. Bientôt. Elle sait qu'il prend l'ancienne route pour aller pêcher à la cascade. Mais il ne passe pas. Il a autre chose à faire. Elle ne sait pas s'il est important pour elle. Mais, dans un sens, il a laissé une empreinte sur sa peau. Un instant tout neuf. Elle ignorait que la peau pouvait lui inspirer autre chose que de la répulsion.

Elle a fait sa rentrée au collège. L'épilobe en épi est fané jusqu'au sommet des coteaux. On leur fait cours dans une baraque des Allemands et elle connaît presque tout le monde. Ils sont assis près les uns des autres et restent ensemble pendant leur temps libre. En tout cas ceux qui n'ont pas à prendre le bus pour rentrer chez eux.

Apparemment il se fait rare dans le village en ce moment. Elle le voit à deux ou trois reprises, mais de loin. On ne peut pas précisément interpeller quelqu'un qu'on n'a vu qu'une fois ou deux. Il est plus âgé et ne tardera sans doute pas à filer d'ici. Les autres parlent de lui sans qu'elle participe. En fait, elle n'a pas besoin de lui. À quelles fins serait-ce donc ?

Elle entend dire que sa mère est plus malade encore. De temps à autre, elle revoit son visage et l'entend lui dire de prendre une crêpe.

Octobre vient vite. À un bal populaire, elle le voit danser et rire. Il a une bouteille dans la poche. Sa veste pend lourdement d'un côté. C'est un autre qu'en été. Ce doit être le costume et la cravate. Il est constamment entouré d'un cercle de filles. Est apparemment très populaire et ne la *voit* pas. Elle ressent sa timidité comme une congère qui l'enveloppe. Danse avec les garçons de sa classe. La musique est loin.

En rentrant chez elle, elle sent une gigantesque bulle gonfler dans sa poitrine. Elle essaie de respirer en surface pour l'empêcher d'éclater. La bulle arrive dans sa gorge et n'a pas bon goût.

À travers son gilet en laine, l'automne la veut.

Rock

Elle s'adosse à un mur et se laisse toucher. Sa peau se hérisse sous les mains d'un autre. Elle forme de minuscules obstacles et cherche à se protéger. Dans sa tête, une radio lui dit : Écoute. Sens ! Ceci est maintenant. Il faut que tu sentes comment c'est. Ne t'arrête pas au fait qu'il y a un goéland sur le toit. Il s'agrippe au faîte en poussant des cris.

Elle renverse la tête en arrière et ferme les yeux pour être seule. Ce n'est pas le garçon qui l'effraie, mais ce sentiment de ne pas avoir d'échappatoire. Elle l'entend parler, mais ne saisit pas ses propos. Il se rend compte qu'elle reste là les bras ballants. Et laisse tomber ses mains.

– C'est bon, t'inquiète pas, dit-il en la relâchant.

Le goéland crie. Elle est la même qu'avant. Reste juste immobile afin de pouvoir redevenir distincte à elle-même. Sans quoi elle ne sera pas visible aux autres.

Les autres sont ceux qui rient. Murmurent. Se tiennent groupés. Ceux qui savent tout ce qu'elle ignore. Par exemple pourquoi le garçon de l'été dernier ne la contacte pas. Ceux qui ont peut-être vu qu'elle tremble quand elle doit réciter quelque chose sur l'estrade. Les déclinaisons allemandes. Les prépositions. Et au tableau, les longues séries d'équations non résolues. Ceux qui savent que sa peau se rétracte, transpire. Pour ensuite se dessécher. Se mettre à sentir.

Certains collectent des preuves. Examinent. Rédigent des attestations. Des certificats de bonnes vie et mœurs. Traitent des demandes d'admission à l'école. D'autres sont assis derrière le rideau de la cuisine et savent à son sujet tout ce sur quoi elle n'a pas encore eu le temps de réfléchir. Ils sont contents ou en colère, mais jamais vides. Ils ont le droit de juger. Y compris de ce qu'ils ne savent pas, mais croient deviner.

Son père est encore debout, il est assis dans la cuisine, avec son rictus. Elle n'entre pas, mais referme la porte sans rien dire et sans aller chercher la tartine qu'il lui faut. Se contente de boire au robinet au-dessus du lavabo de la salle de bains. La porte est munie d'une bonne clef en fer que tournait naguère l'auteur. Il règne une odeur de linge de toilette humide et de vieille vapeur. La baignoire peinte en rouge avec ses pieds pattes de lion et son réservoir en cuivre gagné par le vert-de-gris ont l'air étranger. Il y a de la cendre froide sur la plaque sous le poêle.

Autrefois, l'auteur était dans cette baignoire, songe-t-elle. L'auteur avait aussi un corps. Ça fait drôle d'y penser. À présent, l'ensemble est propriété de la commune. Mais l'auteur est mort. Il n'est que honte et trahison de la patrie. Son père paie un loyer pour qu'ils puissent habiter ici. Son père est n'importe où dans les pièces. La nuit aussi.

L'hiver est laine mouillée, froide. Et rire à ce collège privé, dont le cursus est de deux ans. Elle ne sait pas toujours de quoi elle rit. Ça ne fait rien. Le principal, c'est de rire.

Elle danse le rock avec quelqu'un qui est plus âgé qu'elle et qui va devenir électricien. On peut rire de ce qu'il dit. Il chante et cite des textes de quelqu'un qu'elle n'a pas lu.

Ils dansent dans les maisons de jeunesse des différents villages. Accordéon et guitare qui s'efforce de sangloter comme ce qu'on entend à la radio. Les parents ne sont pas là. Elle se dit qu'elle n'a peut-être pas ri auparavant. Mais ce doit être faux. Essaie de se rappeler ce dont elle a pu rire avant de commencer à danser le rock. Rien de particulier ne lui revient, mais il a bien dû y en avoir, des joyeusetés. Elle regrette ses cousins de l'endroit d'où ils sont partis. N'arrive pas à se souvenir de quoi que ce soit, mais c'est sûrement là qu'était le rire.

Est-ce habituel d'avoir oublié sa vie quand on a quinze ans ? se demande-t-elle, en souhaitant que sa mère, sa sœur et elle vivent seules. Mais là où ils vivent maintenant, c'est le bourg de son père. Dont la mère, la tante et le frère occupent la maison jaune d'ocre. Non loin de la grande blanche qu'habitait autrefois l'auteur. Où ses parents louent aujourd'hui quelques pièces du premier étage.

L'apprenti électricien l'emmène dans sa chambre chez la vieille dame dont il est le locataire. C'est défendu. Ils se faufilent dans l'escalier, leurs chaussures à la main. Il fait cuire des œufs et du lard sur une vieille plaque sur laquelle il a monté un nouvel interrupteur. Ensuite, il aère scrupuleusement pour empêcher l'odeur de nourriture de s'imprégner, car cela met la vieille dame au désespoir. Elle a sûrement plus de cinquante ans.

Assis en tailleur sur le lit, ils mangent, en grelottant devant la fenêtre ouverte et ses roses de givre entre les croisillons. Pendant ce temps, les roses se mettent à pleurer sur l'intérieur. On larmoie avec parcimonie. La couenne du lard devient froide comme elle mange. Il lui dit d'aller plus vite, avant que la nourriture refroidisse. Lui fait un grand sourire. Ses yeux brillent dans le noir.

Seule la lampe de chevet est allumée. Il a des câbles, des prises et des outils sur le plancher et sur la table. Tout grince. L'escalier, la porte, la chaise, le lit. Les murs ont des yeux et des oreilles. Et pourtant à la longue ils ne sont que modérément silencieux. Il n'est pas particulièrement timide. De tout près, il sent le savon frais et l'après-rasage.

Il ne faut pas qu'elle danse si fort et si longtemps qu'elle risquerait de tomber. Elle danse tout de même. Elle porte des ballerines et une jupe de taffetas noir avec une ceinture en jersey à la taille. L'a cousue elle-même. Un grand cercle avec un trou au milieu pour la taille. L'effet est amusant quand elle l'étale par terre. Son jupon est raide et bascule quand elle bouge. La jupe la protège. Le monde ne peut pas la prendre. Elle se sent vivante et courageuse.

Peut-être a-t-elle passé l'âge de s'évanouir ?

En des instants fulgurants, elle se cramponne à une main d'électricien tendue. Puis elle la relâche et reste en suspens dans l'espace.

Aller en visite en Suède à pied

Elle n'a plus peur de son père. Le lui dit, qu'elle a tout écrit, et que s'il lui arrive quelque chose, il y a *quelqu'un* qui sait où trouver ce qu'elle a écrit.

Il fuit du regard, la dévisage et se précipite dehors. Son père agit toujours de la sorte quand il est en colère ou offensé pour une raison quelconque. Elle a longtemps pensé qu'il n'était pas un être humain. Juste quelque chose qu'on était obligé d'avoir là. Elle comprend peu à peu qu'elle a en quelque sorte le dessus. Essaie de s'abstenir de penser qu'il pourrait percer à jour que ce *quelqu'un* qui sait où est cachée la preuve, c'est elle-même.

Elle exhibe son faux pouvoir. Si, quand il rentre à la maison, sa sœur, sa mère et elle sont assises à la table de la cuisine en train de parler, elle cesse de parler. Et elle ne le regarde pas. Sur l'apparition à la porte se dépose un enduit visqueux. Une gadoue impénétrable qu'on évite de regarder. Exactement comme la vieille marmite de l'usine baleinière de l'Île et son fond fétide d'huile rance.

Avec ses pensées sur le personnage à la porte, elle parvient à retourner l'atmosphère de la pièce. Sa mère et sa sœur s'interrompent, elles aussi, et se taisent. Comme si elles aussi savaient. Mais ce ne peut être dit.

Son père a décidé qu'ils iraient chez sa sœur en Suède *à pied*. Elle ne connaît personne qui ait fait une chose pareille. Elle s'imagine qu'ils vont errer dans la montagne comme un petit troupeau de moutons. Sauf que les moutons n'ont pas de sac à porter, peuvent happer de la paille quand l'occasion se présente, se blottir sous une falaise quand le soir tombe et se coucher pour ruminer.

Partir en randonnée avec son père, c'est comme se promener avec un transistor qui ne serait pas tout à fait calé sur la bonne station. Il émet en permanence des ordres, des plaintes, des histoires dénuées de sens. Et des accès de rage.

D'abord, ils vont prendre le bus jusqu'à la localité la plus proche de la frontière. Puis ils franchiront les montagnes en marchant avec sacs, sacs de couchage et tente. Son père emballe compas et carte, sa mère et elle tout le reste. Elle aide sa mère à rédiger des listes.

En chemin, ils devront passer au minimum deux nuits sous la tente, dit-il, et il leur faut de la nourriture pour au moins quatre jours, pour le cas où ils resteraient coincés dans les intempéries ou le brouillard. Expliquant, dirigeant, il est royal. Sa grand-mère paternelle, son oncle, sa tante secouent la tête. Assis dans leur maison jaune d'ocre, ils secouent la tête. Mais jamais ils ne critiquent son père quand elle est à portée de voix.

Elle ne sait pas si c'est parce qu'elle redoute le voyage, mais elle vomit presque tous les matins et s'évanouit plus souvent que d'ordinaire.

– Je ne veux pas venir ! déclare-t-elle un matin à sa mère.

– Sottises ! répond sa mère et voilà *cette affaire* conclue.

Si sa petite sœur est positive, il lui faut l'être aussi. La vérité est qu'elle a toujours préféré contempler la montagne de loin. Ou comme un mal nécessaire qu'il faut franchir pour atteindre sa destination. Tout comme le ski. Pendant toute son enfance, quand ils habitent sur l'Île, elle doit se déplacer à ski pour arriver où que ce soit l'hiver. À l'école, aux toilettes d'extérieur, au presbytère, à la bibliothèque, à l'épicerie. Mais sur ces espèces de planches, elle se sent entravée. Ses pieds deviennent esclaves et ne peuvent pas danser comme elle veut.

Elle se plaît mieux sur la grève, le long des plages. Coulant, tourbillonnant, volant. Elle le fait entièrement par elle-même et a le contrôle. Est ainsi constituée que si elle se sent perdre le contrôle, elle tombe.

Il pleut dans le bourg d'où ils vont partir directement en montagne. Partout scintillent les petites feuilles de bouleau rabougries. Les bruyères sont recouvertes d'un duvet d'humidité. Loin, là-haut, au-dessus des éminences, le monde est en zones bleues et grises. Impénétrable et lointain. Ils vont marcher en bottes de caoutchouc, avec des tennis dans le sac, parce qu'ils n'ont pas les moyens d'acheter des chaussures de montagne.

Quand l'homme qui va leur montrer le chemin vers le sentier de randonnée voit ce qu'ils ont aux pieds, il juge qu'ils ont un problème. Soit trempés de sueur dans les bottes de caoutchouc soit mouillés par la bruyère humide dans leurs chaussures en toile. Il les juge très mal équipés d'une manière générale. Sacs de couchage fins et tente sans chambre. Mais il est trop tard maintenant. Il ne reste qu'à marcher, estime son père.

Une fois que le guide a tourné les talons, la faute retombe sur sa mère. Elle a acheté une machine à coudre à tempérament sans gagner le moindre sou. C'est toujours lui qui doit payer, dit-il. Tant qu'il a du souffle, il râle en remontant le coteau. Personne ne répond. Il noue les coins d'un grand mouchoir. Le porte sur la tête comme un cheik. De temps à autre, il l'ôte, en essore la sueur et la pluie. Peu à peu, il oublie de râler, mais se met à parler de toutes sortes de choses. Petites et grandes. Si on avait pu lui couper le son, on aurait pu avoir la paix pour respirer l'odeur des petits bouleaux et de la bruyère mouillée, on aurait pu se réjouir de la couverture nuageuse qui se déchire et du ciel au-dessus des cimes qui semble passablement dégagé.

Lorsqu'ils arrivent au sommet de la première montée, il essaie d'être agréable avec sa sœur et lui donne du chocolat. Il lui en tend un morceau à elle aussi, mais elle ne le prend pas. Ne peut rien manger qu'il ait touché. Ils boivent à un ruisseau et se reposent un peu. Si son père n'avait pas existé et si elle n'avait pas eu si mal au cœur, ceci aurait pu être drôlement bien, se dit-elle. Il n'y a pas grand-chose d'autre à y faire que faire comme s'il n'était pas là.

Le soir, quand ils vont monter la tente, il apparaît qu'il manque la moitié des sardines. Comme il n'en finit pas de houspiller sa mère parce qu'elle n'a pas vérifié si elles y étaient, elle sent soudain sa tête se fendre. Un grand rugissement en sort. Un son qu'elle n'a jamais entendu auparavant.

Elle s'élance vers lui avec le piquet de tente dans les mains. Puis elle lui martèle le dos en rugissant des phrases incohérentes qui pourraient aussi bien être du chinois. Lorsqu'il se retourne, elle continue de frapper sans se préoccuper d'où tombent ses coups. Il tient ses bras devant son visage. Elle rugit et rugit, frappe et frappe. Jusqu'à ce qu'elle entende derrière elle les pleurs terrifiés de sa sœur.

C'est sa mère qui lui enlève le piquet de tente en lui intimant un ordre bref.

– Tais-toi !

C'est sa mère qui finit par réussir à monter la tente avec les quelques sardines dont ils disposent. Elle l'amarre à des petites broussailles et des pierres, selon. Avec méthode et sans mot dire. Son père est depuis longtemps parti dans son coin. Son dos a disparu derrière un gros rocher.

Elle a honte, tout en étant contente de l'avoir fait s'ôter de là. Sa sœur et elle glanent du bois pour le feu de camp et sa mère le fait brûler. Alors qu'elles attendent que l'eau de la soupe bouille, sa mère se retourne et l'observe attentivement.

– Prends donc garde à ne pas devenir comme lui, toi, dit-elle à mi-voix.

Son père panse les larges ampoules de sa mère en râlant doucement parce qu'elle ne l'a pas dit plus tôt. Nul ne répond. Il n'y a d'ailleurs pas lieu de répondre. Aurait-il pu prévenir l'ampoule ? L'aurait-il portée ? *Quiconque* a-t-il jamais été témoin de ce que son père essayait de porter sa mère afin de lui rendre la vie plus facile ? Le voilà maintenant qui va rendre tout plus facile en râlant parce qu'elle a des ampoules.

Il trace des traits sur la carte avec son crayon de charpentier et se sert de la boussole. Il est le seul à savoir utiliser une boussole. Probablement le seul du monde entier. Et cependant ils se perdent.

Ils finissent par retrouver le sentier balisé et tout devient calme. Plus calme en tout cas. Sa petite sœur est héroïque. Elle ne se plaint de rien et fait bondir et sautiller ses boucles au soleil et au vent. Mais quand ils arrivent à une rivière qui, d'après la carte, ne devrait pas se trouver là, elle refuse de la traverser. Elle n'ose pas se faire porter de l'autre côté par son père. N'ose pas se faire porter de l'autre côté par sa mère. Elle veut que les sœurs rentrent à la maison.

On peut remonter plus haut sur cette rive et voir si la rivière y est plus étroite, tente la petite avec conviction.

Et c'est ce qui se produit. Les parents vont attendre en face. Son père lui prend son sac aussi. Puis les filles s'épuisent à gravir une côte le long de la rivière. Les fougères sont si hautes qu'elle ne voit pas sa sœur devant elle.

Elles ont de la chance, après la crête le paysage s'aplatit. La rivière vient d'un lac qui a débordé. Mais là-haut, elles peuvent ôter leurs chaussures et traverser en pataugeant sans risquer d'être emportées par la chute d'eau. Elles redescendent du bon côté du cours d'eau et on les accueille. Elle essuie les bretelles de son sac avec une boule de mousse. Son père l'a eu sur le corps.

Il tient un long discours sur l'importance de ne pas baisser les bras, mais de chercher des solutions. Sur l'importance d'être solidaires et de garder le moral. L'importance de tenir compte du chaînon le plus faible et de ne pas perdre sa bonne humeur, voilà ce qu'il leur donne à entendre.

Elle va derrière un rocher et vomit. Sa mère lui demande si elle est souffrante et elle répond qu'elle est en pleine forme.

Rien que pour le prouver, elle éclate de rire. La montagne l'imite avec un son creux.

Il apparaîtra qu'ils mettront cinq jours pour traverser la chaîne de montagnes qu'on appelle Kjølen, la quille. C'est là un nom parfaitement approprié pour un navire échoué. Le brouillard tombe quand ils sont au point le plus haut. Qui est aussi le plus froid et le plus humide.

Le dernier jour, ils n'ont plus de vivres, juste un peu de flocons d'avoine et quelques cubes de bouillon. La tente est mouillée. Les sacs de couchage sont mouillés, malgré la tranchée que son père creuse autour de leur bivouac à l'aide d'une petite bêche qu'il avait chipée à la garde territoriale.

Le cinquième jour, le soleil est cuisant et son père les oriente à la carte et à la boussole, gesticulant de la main et vociférant comme un général d'armée. En bas des descentes et en haut des montées. À travers halliers et fourrés, par-dessus rivières et bruyères. Il est sûr de la victoire et ne cesse de dire qu'il ne leur reste plus que trente kilomètres ou à peu près.

Elle se sent totalement éreintée et se dit que c'est parce qu'elle aurait dû avoir ses mois, qui se sont arrêtés. Sa mère, elle, saigne abondamment. Du bas-ventre, de ses ampoules et d'écorchures aux coudes.

Sa sœur a des pansements sur les deux genoux. Son père a écopé de toutes les piqûres de moustiques. Son visage est boursouflé. Quand il se plaint, elle marmonne à mi-voix que c'est seyant. Sa mère l'entend et lui lance un regard d'avertissement.

Sa petite sœur a appris que rien ne servait de pleurnicher, mais au plus mouillé et au plus froid, elle tente un peu le coup. Sa mère la porte sur quelques pas, puis ils s'asseyent pendant un long moment. Sa sœur pleure en silence et se mouche dans ses frisettes brun-châtain. Sa mère la tient serrée, serrée. Jusqu'à ce qu'elle n'ait plus la force de pleurer et se coule hors de son étreinte.

Ils ont suspendu les vêtements mouillés à leurs sacs pour les faire sécher et mettent un pied devant l'autre à l'infini. Même *lui* s'est arrêté de parler. En contrepartie, il souffle. Souffle et souffle et pose lourdement un pied devant l'autre.

Son père fait toujours obstacle au monde. Aux gens qu'elle rencontre. Aux événements. Son père est une ombre qu'elle essaie toujours de gommer, mais ça ne marche pas. Elle sait bien que ça ne marche pas. Il a le pouvoir d'envahir ses rêves tant et si bien qu'elle se retrouve tout à coup debout au milieu de la pièce dans la nuit noire. Il diffuse au travers de toute chose une répulsion fétide. Même à l'église, son ombre est présente dans les moindres recoins.

S'il tombe maintenant, mort, nous serons obligées de le laisser. Je pourrai ne plus avoir à le voir. Puis viendront les corbeaux et les renards polaires, qui seront contents de trouver quelque chose à manger. Puis des souris et autres rongeurs. Sans cesse, des moustiques, des moucherons, des mouches à viande. Sans cesse. À la fin, le squelette, blanc et poli, reposera dans la lumière du soleil. Tout aura alors été épuré et expédié *hors du monde*, se dit-elle. Moi aussi je serai épurée, mais *dans le monde*.

Et sans avoir eu le temps de l'empêcher, elle a envoyé une prière mentale au Seigneur. Supprimez-le ! Maintenant ! S'il vous plaît.

Au moment où sa pensée devient consciente, elle sait combien elle est méchante. D'une méchanceté sans bornes. Elle est en outre incapable de repentir. Elle met les pouces sous les bretelles de son sac pour soulager ses ampoules, et se force à réfléchir à la nature exceptionnelle de la méchanceté. Qui a le pouvoir de la maintenir en marche. Sans cette méchanceté, elle aurait disparu depuis longtemps.

Quand ils redescendent enfin jusqu'aux hommes, une petite maison rouge avec de la fumée qui sort de la cheminée, elle croit qu'il ne s'agit pas de la réalité, que c'est le simple fruit de son imagination. Une petite maison de conte de fées bien à l'abri entre de grands pins entourés d'églantiers. On pourrait s'attendre à ce que la sorcière vienne les capturer et les dévore pour le souper.

Elle croit qu'elle laisse de l'avance aux autres pour être un peu seule. Mais ses genoux se dérobent sous elle. Et la dernière chose qu'elle perçoit est l'odeur fraîche de l'oseille. Puis sa bouche se remplit et tout disparaît.

Elle se réveille sur le récit paternel de comment ils se sont perdus dans le brouillard et comment il a malgré tout trouvé la bonne direction à l'aide de la carte et de la boussole. Les mots jaillissent de sa nausée. Le soulagement d'être arrivée auprès de gens se fait désert comme un marais sans fond dans les montagnes sauvages.

Plus tard, elle se souviendra de l'odeur de la compote d'églantines et de la sonorité du suédois du Nord.

Tout se fait jour

Il faut leur faire croire qu'elle s'amuse, afin qu'ils ne découvrent pas ce qu'il en est. Entend elle-même que son rire est strident comme un frein de bicyclette non graissé dans une descente. Mais elle les fait rire. Fort.

Sa mère apprécie qu'elle ait la visite d'amies et est toujours gentille. Cuisine. Elles mangent et boivent du chocolat chaud. Les filles de l'école et elle. Dansent dans le grand salon vide du rez-de-chaussée, car personne n'y habite en ce moment. Elles ont apporté un tourne-disque. Il y a du tango, de la valse et du rock. Surtout du rock. Elle n'arrive pas à se souvenir du titre des chansons, ni de qui les chante. À une exception. Elvis. *Blue Suede Shoes*. Elle a déjà mal au cœur avant de commencer, et tombe de temps en temps. Pas seulement quand elle danse.

– Assieds-toi, dit sa mère d'une voix douce.

Sa sœur est couchée et elles sont seules.

– Tu as pris du poids régulièrement ? poursuit sa mère. Elle l'a vu. *Compris*. Il n'y a pas eu que du rock et de la danse avec l'apprenti électricien.

Puis les choses se font jour, comme on dit. Tout se fait jour. Le seul reproche que sa mère lui fasse est d'avoir été irresponsable en marchant en montagne sans rien dire.

– Je le savais pas, le croyais pas, pouvais pas le croire, affirme-t-elle en couinant avant de rendre les armes.

C'est d'abord silencieux. Affreusement silencieux. On pourrait croire que plusieurs jours s'écoulent avant que sa mère parle enfin.

– Bon, bon, dit-elle, on trouvera bien un moyen.

Mais elle entend que sa mère doute.

Le grand poêle rond du salon est froid. Il atteint presque le plafond avec ses bordures en fer et ses figurines. Sa mère vient de le noircir, et de se laver les mains. Elle lui tend à présent le torchon pour qu'elle puisse se moucher. Noir et chiffons se trouvent dans une boîte en carton à côté du seau à charbon.

– Tu ranges ces saletés que j'ai laissées ? Comme ça, je ferai à manger, dit sa mère en se levant.

Elle a la honte au ventre. Si elle n'arrive pas à trouver de solution, il ne lui restera qu'à mourir. Tout est urgent, mais elle ne voit pas ce qu'elle pourrait faire. La vie est désormais divisée en mois. Plus que sept et demi. Elle rit haut et fort avec tout le monde et n'importe qui et se prépare. Parfois elle se promène jusqu'au haut pont, au-dessus du torrent. Dans les profondeurs, il y a des pierres et de l'eau sombre. C'est l'affaire de quelques secondes. Elle le sait bien.

L'apprenti électricien vient et veut se fiancer avec elle. Ils se tiennent à côté de l'escalier de la maison et, sans qu'elle sache comment cela s'est produit, il est soudain un étranger. Elle est obligée de lui dire les choses telles qu'elles sont, elle ne veut pas se fiancer.

Pourquoi ? veut-il savoir.

Ne parvenant pas à trouver de motif raisonnable, elle se contente de secouer la tête.

Il lui prend la main et lui dit qu'il n'y a pas de problème, puis il s'en va. Dans la montée vers la route, il se retourne une fois en souriant.

Le lendemain, la mère vient dire qu'ils doivent se marier. Ce n'est que de juste raison, dit la petite et jolie mère. Elle est déjà allée chez elle et a mangé de la potée de pommes de terre. Le temps était pluvieux et ils étaient restés à jouer aux cartes à l'intérieur. La mère souriait en permanence et les laissait gagner. Comme s'ils étaient des gamins.

Sa mère à elle est debout contre le plan de travail et finit de pétrir son pain bien qu'elles aient de la visite. Une pâte à pain ne saurait attendre. Leur visiteuse le sait aussi. Sa mère se retourne et s'essuie les mains sur son tablier. Lentement. Puis elle pose un torchon propre sur la pâte dans le plat en bois rectangulaire.

– Ce ne sont que des gamins. Qu'ils aient cet enfant est déjà suffisamment difficile pour qu'ils n'aient pas en plus à assumer d'être mariés. Il faudrait qu'ils pensent à gagner leur pain pour pouvoir subvenir à leurs besoins et à ceux de l'enfant. S'ils doivent s'avoir, ils s'occuperont de ça quand ils seront plus âgés, dit sa mère en mettant le café à bouillir.

C'est un long discours pour sa mère.

Elle voit Jésus qui sourit couché dans les bras de sa mère. Il a sa couronne d'épines et de petits bras potelés. La lune est suspendue comme une gloire au-dessus de sa mère. Sa mère que Jésus réconforte en lui disant que tout va bien se passer. Il étire son corps et pose les pieds par terre.

Puis ils se tiennent l'un à côté de l'autre et lui sourient. Sa mère et Jésus. Comme s'ils étaient frère et sœur. Elle est là avec eux, et elle n'y est pas. Sa mère caresse Jésus sur sa couronne d'épines et se pique. Jésus tire un pansement de sa tunique et le lui met sur le doigt.

Ils semblent être à ce qu'ils font et l'avoir oubliée.

À la fenêtre de la honte

Les premiers temps après que la nausée a cessé, elle mange des tartines de pain complet avec des framboises mélangées à du sucre. Boit du lait comme un veau et devient bien ronde. C'est juste ce qu'il faut pour camoufler *l'état*.

Pourtant, l'école la convoque pour un examen médical. Comme si elle avait une maladie dangereusement contagieuse. Le docteur examine et pose un tas de questions qu'elle oublie aussitôt après avoir répondu.

Ses parents reçoivent une lettre dans la boîte.

Elle arrête le collège et apprend toute seule.

Les gens qu'elle croise sur la route la fixent le regard vide sans rien dire. Comme si elle n'était pas là. Elle baisse ou détourne les yeux. S'ils sont plusieurs, ils se mettent à chuchoter dès qu'elle est passée.

Puis elle cesse de se promener quand il fait jour.

Son père pleure en disant qu'elle a apporté une terrible honte sur la famille. Sa grand-mère paternelle leur rend visite avec une tarte aux amandes. Dit qu'elle n'est pas la première à avoir un enfant sans être mariée et qu'elle ne sera pas la dernière. Cela ne console pas son père. Il parle d'elle comme de *la honte*.

Son père part au bureau avant qu'elle se lève. Quand il rentre, s'assied dans le meilleur fauteuil et soupire, elle est déjà dans la chambre qu'elle partage avec sa sœur. Elle espère ainsi ne pas importuner sa mère.

Il entreprend alors de parler des fois où *cette fille* a fait honte à toute la famille. Sa mère lui rappelle que la honte, c'est que les autres locataires l'entendent. La voix basse, suppliante, de sa mère l'atteint à travers la cloison.

Son père se rend alors dans la maison jaune d'ocre, dans sa famille. Il peut certainement y pleurer et y crier. Et sa mère a la paix pour faire toutes ces choses qui doivent être faites.

L'obscurité se fait tôt à présent. Elle a un grand anorak avec capuche. Un soir elle fait ce qu'elle a pensé. Escalade. Le garde-fou du pont est glacial. Le torrent feule *viens*. Il est impétueux.

Elle ressent une terreur presque aussi grande que la honte dans son ventre. On ne saurait dire ce qui lui donne le plus la nausée. Elle attend de s'évanouir afin de ne pas avoir à agir elle-même. Mais s'il le faut, il le faut. Si elle n'existe plus, Dieu ne pourra pas l'atteindre avec son châtiment. Et, de toute façon, la résurrection n'est pas pour les gens comme elle.

Elle a beaucoup réfléchi à qui la regretterait. Ils ne sont pas nombreux. Sa petite sœur est sans doute la seule. Elle ne comprendra rien. Sa grand-mère maternelle, peut-être, mais elle en a tant. A passé toute sa vie à perdre des gens et y est accoutumée. Sa grand-mère paternelle pleurera. Sur le coup en tout cas. Sa vieille tante se lamentera sans doute, mais la regrettera-t-elle ? La famille aura un gros problème en moins. Elle le sait. Après les funérailles, ils trouveront autre chose à penser. Même sa mère. Elle a rendu l'existence de sa mère presque insoutenable. A vu son visage quand elle rentre de l'épicerie et a dû voir des gens. Blême. Vide. Comme une image oubliée dans un album de coloriages. Sera-t-elle soulagée ?

Ils pourront dire qu'elle tombait si facilement, que, en fait, ils s'y attendaient. Il lui est bien arrivé d'être au sol le corps arc-bouté et l'écume aux lèvres. Peut-être cela s'est-il produit de la sorte ? D'une manière ou d'une autre, elle a dû se pencher au-dessus du garde-fou et avoir une attaque ? Et puis, c'est arrivé, un accident.

Son père poussera un soupir de soulagement et pleurera quand les gens regarderont. Il racontera à tous ceux qui auront la force de l'écouter une histoire dramatique, sur un événement dont il n'a pas été témoin. Gai comme une alouette au printemps. Elle constitue un gros problème pour son père. Il a depuis longtemps compris qu'il ne pouvait pas la cerner ni savoir ce qu'elle pouvait inventer. La voilà maintenant assise là, à s'agripper à une barrière glaciale et à s'apitoyer sur son sort. Elle le tient sans doute de son père, songe-t-elle.

Dans les profondeurs, les masses aquatiques sont en train de virer. C'est ainsi. Quand la marée monte, les masses d'eau franchissent l'étroite ouverture et entrent dans la baie fermée. Elle a plusieurs fois aidé son oncle à ramer pour faire passer son bateau juste entre flot et jusant, quand le torrent est moins fougueux. Parfois l'eau jaillit. Mais pas cette fois. Le torrent retient son souffle en l'attendant. Deux eiders surgissent entre les grandes pierres et glissent dans les tourbillons comme si de rien n'était. La lumière du pont scintille sur le sombre plumage du mâle. La femelle n'est que gris-brun. Les maisons du promontoire ont une grande silhouette, comme si elle les avait dessinées.

Veut-elle se blesser mortellement tout de suite, avant que le torrent l'emporte au large ? Combien de temps faut-il pour se noyer ? Comment se fait-il qu'elle ne connaisse pas une information aussi essentielle ?

Fait humiliant, voilà que quelqu'un arrive. Dans le noir, elle ne peut pas savoir qui c'est. C'est honteux, infantile d'être assise là pour rien. Elle s'empresse donc de redescendre.

Lorsque la personne lui dit bonsoir d'une voix grave, elle lui rend son salut. Il ne mentionne pas qu'il l'a vue. Comme si c'était ça qu'il fallait faire de temps à autre. S'asseoir sur un garde-fou les yeux baissés sur l'éternité. Il la dépasse facilement comme tout. Comme s'il ne faisait que dépasser un crottin de cheval. Ou une ombre humaine.

C'est vraisemblablement ça, le problème. Qu'elle ne soit en fait que l'ombre de quelque chose. Ou un déchet. Une chose que quelqu'un a expulsée. Elle se tient adossée à la rambarde et a une sensation étrange dans tout le corps. Une espèce de paralysie. Elle l'a ressentie avant. Mais jamais aussi fort. Qui dit qu'elle n'est pas ici sur la croûte terrestre. Qu'elle fait juste semblant. N'ai qu'à continuer de faire semblant aussi longtemps que possible, songe-t-elle.

On ne dit tout de même pas bonsoir à du crottin de cheval.

Elle n'a même pas la force de remonter sur le garde-fou.

Ce sentiment d'étrangeté.

La déchirure dans sa poitrine a été suturée au fil barbelé.

Il y a des gens qui sont si honteux qu'on ne peut pas les laisser aller à l'école. Elle en fait partie. Elle ne peut être vue. Quand *tout le monde* finit par *savoir* et qu'elle a arrêté l'école, il lui devient impossible d'avaler de la nourriture. Et si c'était si simple ? Juste cesser de manger ? Mais sa mère devine manifestement ses pensées.

– Assieds-toi ! dit-elle d'un ton las. Et puis ça vient.

– Si tu ne manges pas de façon à garder la santé, tout sera pire pour moi aussi, tu ne comprends pas ?

C'est la première fois qu'elle exprime que la situation est dure pour elle. Mais elle cuit du bouillon et elles le boivent ensemble à la table de la cuisine. Ensuite elle mange une demi-tartine de framboises au sucre tandis que sa mère la surveille sans en dire davantage.

Après, elle commence à observer sa mère pour savoir à quel point c'est dur pour elle. Plus sa mère a l'air pâle et fatiguée, plus elle s'efforce de manger. Mais ça remonte.

La honte ne veut pas être gavée.

Deux enseignants viennent parfois chez elle pour l'aider à suivre le programme. Sa mère les en a instamment priés. L'école n'est pas habilitée à faire passer les examens, tous les élèves doivent donc se présenter en candidats libres. Si bien qu'elle n'est pas la seule. Elle révise et résout les problèmes même si elle sait qu'elle mourra avant l'examen. En janvier déjà, elle mourra. Les épreuves ne sont qu'en mai et juin.

Sa mère va voir la vieille sage-femme qui est leur voisine la plus proche et lui demande de la *regarder*. Peut-être pourrait-elle accueillir l'enfant le moment venu, afin de lui éviter de rester à l'hôpital loin, parmi des étrangers, jeune comme elle est.

La vieille sage-femme la *regarde* et la touche. Ne promet rien, mais ne dit pas non.

– C'est évident que si la gamine a une hémorragie ou que l'enfant est dans le mauvais sens et meurt, on rejettera la faute sur moi, la vioque, dit-elle en soupirant.

Mais elle ne paraît pas particulièrement angoissée et conclut sur une exhortation. Les femmes qui portent un enfant doivent bien manger, sans quoi les choses se passent mal, menace-t-elle.

Son ventre grossit, bien qu'elle se contente de passer les tartines entre ses lèvres à la dérobée. Elle a totalement cessé de sortir. À la place, elle lit. Lit et lit. Surtout le programme. Mais c'est comme si elle avait des trous dans la tête, car tout ce qu'elle croyait savoir le soir a disparu à son réveil. La nuit l'a relâché par ses oreilles, son nez, ses yeux. Son ventre s'arrondit et elle fuit comme une passoire.

Sa petite sœur ne comprend pas que ce soit si honteux qu'ils attendent un enfant. Elle veut apprendre à tricoter pour *ça*, dit-elle. Sa mère lui dit que ce n'est pas un *ça*, mais un être humain.

Elles trouvent de la laine vert pâle et s'y mettent. Elle relève les mailles que sa sœur ne cesse de perdre. Une fois sa sœur couchée, elle tricote un peu pour l'aider. C'est le moins qu'elle puisse faire.

– À qui crois-tu que l'enfant ressemblera ? demande sa sœur d'un ton enjoué.

Elle répond qu'elle espère que l'enfant lui ressemblera, elle est bien sa tante.

Sa sœur goûte le mot tante et lui demande pourquoi elle pense cela.

– Parce que tu es la plus belle enfant que j'aie vue, répond-elle sérieusement.

La petite hoche énergiquement la tête et a un sourire satisfait.

Sa mère rentre de la bibliothèque avec un livre. Sur un fœtus qui se trouve dans le ventre d'une silhouette féminine coupée en deux sans la moindre tache de sang. Ce n'est naturellement qu'un dessin. On voit tout ce qu'il y a là-dedans. Quelques images montrent l'enfant qui sort. Parfaitement peu naturel et à ne pas y croire. Elle aimerait mieux ne pas voir. Mais elle est obligée. Feuillette le livre et se sent misérable. Elle sait maintenant comment se sentent les gens qui sont enfermés dans une montagne. Pire. Elle a une montagne qui va sortir de son corps.

Là encore, sa mère sait ce qu'elle pense et lui raconte qu'à la fois sa grand-mère maternelle et elle ont eu des accouchements faciles et que, vraisemblablement, elle tiendra d'elles. Elle hoche la tête, terrorisée.

– Je serai là quand ça arrivera, de toute façon. Et la vieille sage-femme aussi.

Puis elles restent assises un moment sans avoir rien à ajouter.

– N'oublions pas que ce n'est pas un *accident*, mais une personne, dont nous nous préoccupons, dit finalement sa mère, les yeux brillants.

Elle se rend compte qu'elle n'a encore jamais vu sa mère pleurer. Elles baissent la tête et pleurent un peu ensemble. Il n'est pas question de sanglots. Plutôt de reniflements visant à montrer qu'elles se comprennent. Sa mère ôte le livre avec la demi-créature maternelle et le fœtus dans le ventre pour éviter qu'il soit mouillé. Il appartient à la bibliothèque, pas à elles.

La vieille sage-femme retraitée a un grand tablier blanc et parle tranquillement en plissant des yeux sérieux derrière ses lunettes. Souffle ! dit-elle. Entre les contractions, elle disserte sur le dernier enfant qu'elle a accueilli dans cette pièce. Il y a bien des années.

– Cet enfant est un homme adulte maintenant. C'était le petit de cette pauvre Marie, qui était si seule pour tout. Lui-même était en train d'écrire dans le pavillon ici, en bas, et ne devait pas être dérangé. Aussi célèbre qu'il ait pu être, ce n'était pas un homme adulte, ce gars-là. L'histoire, ce n'était sans doute pas qu'il lui fallait écrire, mais qu'il avait peur du sang ! Les hommes sont souvent comme ça, tu comprends. Je connais un paysan de Nordbygda, je ne citerai pas de nom, mais il est incapable de réceptionner ses propres agneaux. Les hommes… ça chasse, ça abat, ça fait la guerre et ça tue, mais au final ça a affreusement peur du sang. Comprenne qui pourra. Elle a sacrément peiné, la Marie, mais on a pu aller chercher le petit, elle et moi ensemble. Une femme plaisante ! Lui-même, ça ne lui a pas fait de bien de devenir si célèbre, je te dirai. Il se croyait constitué différemment des autres. C'est ça, le problème, pour beaucoup de ces gars-là, ils se mettent à penser qu'ils ont été élevés par le Tout-Puissant. Mais le Tout-Puissant ne se préoccupe pas de ce genre de choses, ça, je te le promets, ma fille. Toi et ton gamin, vous valez autant que l'autre poète là !

Elle ne pense pas à ce qu'elle vaut. Elle a bien assez de se faire déchiqueter en menus morceaux, déchirer en lambeaux, avec les os, les muscles et tout le reste. Entre les contractions, elle se dit que c'est pire que de sauter d'un pont. Elle n'a même pas le temps d'avoir *peur*. Qu'elle en finisse et c'est tout. Il a toujours été prévu qu'elle mourrait dans ses propres humeurs dans le lit de sa mère, avec la sage-femme devisant sur le mobilier de la chambre à coucher de l'auteur, qui convenait mieux aux délivrances. Des lits plus hauts, mais pas très modernes naturellement.

– Des couleurs d'une beauté exceptionnelle, ces meubles-là, dit la sage-femme avec contentement comme sa mère apporte d'autres draps propres. Ne va pas tomber maintenant, aide-moi, mon enfant, aide-moi !

En simple chemise de nuit à une fenêtre béante. Le ciel est couvert d'étoiles lancinantes. Elles cherchent à l'entailler. Sous elle, des gens sont en mouvement. Certains lèvent le poing et crient quelque chose qu'elle ne veut pas entendre. Ils sont sans visages. Elle arrive pourtant à comprendre. Leur mépris remplit tous les espaces vides et entreprend de la dévorer. Lui tire sa chemise de nuit trempée de sueur. Lui arrache les tendons. Lui brise les os un par un. Ses hanches se décrochent. Ses mâchoires. Se tient-elle malgré tout debout ? Non, elle pend. Elle pend la tête basse. Puis elle sent que l'auteur aussi est là, en suspens. Il porte tout de même des vêtements, son gilet est boutonné. Mais il avance péniblement et veut s'appuyer sur elle. La chemise de nuit tombe par-dessus elle, par-dessus ses jambes et ses cuisses. Par-dessus son ventre. Puis elle est nue. Enveloppée dans de la glace. Tout à coup elle entend l'auteur parler, tel qu'elle l'a entendu à la radio, avec de la friture, impérieux.

Sois tout à fait calme et pense tes pensées jusqu'au bout, et ça passera, dit-il. C'est facile à dire pour lui, a-t-elle envie de répondre. Mais n'y parvient pas. La douleur n'a pas de son. Mais l'auteur est affirmatif. Il poursuit.

Ils croient t'avoir, mais tu vas leur montrer qu'ils se trompent.

L'épouse de l'auteur

Le village va célébrer la naissance du grand auteur cent ans plus tôt. On choisit de faire abstraction du fait qu'il a échoué du mauvais côté pendant la guerre. Qu'il soit allé jusqu'à écrire une nécrologie du Führer, on essaie de s'abstenir d'en parler. Mais, bien entendu, certains le font quand même. C'est toujours comme ça. Certains agissent à seule fin de semer le trouble et de créer la polémique. Et *maintenant* avec ça ! Quand il faut faire honneur et être joyeux.

Le conseil municipal, ou qui que cela puisse bien être, a invité l'épouse qui lui a survécu à honorer avec eux le défunt. Alors il faut que les gens se conduisent convenablement. Il ne faut pas dénigrer les morts et les rendre plus petits qu'ils ne sont. On parle tout de même d'un *auteur de calibre mondial*. Quelqu'un qui *littéralement* a placé le village sur la carte. Et on serait alors censé vilipender et calomnier ? Quelqu'un qui dans son enfance a vécu dans une petite maison du village et qui, après de nombreuses années, revient avec sa femme pour exploiter une terre. De ses propres mains dans sa propre ferme. Cette belle demeure n'est-elle pas là aujourd'hui encore ? Certes un peu négligée et en mal de peinture, mais dans ces pièces vivent des gens. C'est tout de même la maison laissée par quelqu'un qui a reçu le prix Nobel. Un honneur que seuls reçoivent de dignes étrangers.

Ainsi parlent et pensent ceux qui sont solidaires et veulent le bien du village.

★

En manière de célébration, sa grand-mère paternelle descend deux livres du grenier sans fenêtres et les pose sur le buffet du salon. Son oncle souffle dans son nez, mais les laisse.

Elle les emprunte et les lit encore. *Pan* et *Victoria*, s'intitulent-ils. Pendant sa lecture sur le fils du meunier et Victoria, survient dans sa tête un mot qu'elle n'emploie jamais.

Merveilleux.

Elle ne peut pas le prononcer à voix haute quand elle est à portée d'oreille. Mais elle peut le penser.

Elle était si effroyablement puérile la première fois qu'elle les a lus en cachette, avec une lampe de poche dans le grenier sans fenêtres. Une fois la batterie à plat, elle les avait redescendus en catimini là où elle dormait. C'était avant qu'ils viennent s'installer au village, elle n'allait dans la maison de sa grand-mère que pendant les vacances.

Maintenant elle est grande. Vieille presque. Elle est allée à pied en Suède avec un petit garçon dans le ventre. Qu'elle abandonnera bientôt chez sa mère, parce qu'elle va commencer le lycée. Il est indispensable de se faire une situation et de se débrouiller seule.

C'est sa mère qui voit la femme descendre la pente. Elles sont sur le balcon et secouent des tapis. Une silhouette élégante avec de grands cheveux blancs et une broche au revers de sa veste. Sa mère ramène au quart de tour le tapis de son côté de la balustrade et lui dit de sortir l'inviter à prendre le café. Puis elle se rue dans la maison pour tout préparer. Il ne lui reste qu'à faire ce que lui dit sa mère.

L'épouse de l'auteur se tient sous un arbre, le visage détourné. Elle approche lentement et se sent en apesanteur de timidité. À deux ou trois pas de distance, elle s'arrête. L'étrangère se tourne vers elle et un petit sourire fait de son visage un soleil.

– Qui es-tu, mon enfant ? demande-t-elle à mi-voix.

Elle répond qu'elle habite au premier avec ses parents et que sa mère aimerait bien inviter madame à prendre le café.

– Merci ! Et comment t'appelles-tu ? demande la femme.

En répondant, elle entend elle-même que sa voix porte à peine.

– C'est gentil de la part de ta mère de m'inviter pour le café, mais je préférerais rester dehors sous cet arbre... Peut-être m'asseoir un petit moment sur le banc là-bas, dit l'épouse de l'auteur en souriant encore.

– Je vais apporter le café dehors, dit-elle avec enthousiasme avant de partir en courant sans attendre sa réponse.

Quand elle ressort avec le café et les feuilletés à l'amande tout chauds de sa mère, la femme est assise sur le banc et regarde le paysage. Elle se mouche dans un mouchoir blanc et a les yeux brillants.

– D'ici, on pouvait voir la mer, maintenant la végétation a poussé... dit-elle doucement comme à part soi. Mais elle prend le plateau. Café dans un thermos, tasse, assiette et plat de gâteaux.

Quant à elle, elle reste les bras ballants sans savoir que faire. Ce qui embarrasse sans doute l'épouse de l'auteur.

– Remercie bien ta mère, je poserai le plateau sur l'escalier en partant, dit-elle, et elle aimerait sans doute mieux être seule. Mais elle se penche et la remercie d'une poignée de main. Sa main est d'un contact inattendu. Une main de travailleuse.

Plus tard, quand l'épouse de l'auteur a depuis longtemps déposé le plateau sur l'escalier et gravi de nouveau la côte, elle pense à la conversation qui aurait pu avoir lieu. Elle sort et s'assied sur le banc dans le jardin en friche. Se figure que le siège est encore chaud après le passage de l'étrangère. Puis elle pose toutes sortes de questions. Comment c'était à l'époque où tout était entretenu à la ferme et où elle y vivait avec les enfants. L'auteur lui-même était naturellement par monts et par vaux et écrivait ses livres.

Elle lui demande s'il lui parlait de ses écrits avant leur publication. Elle a peu à peu l'impression que l'autre lui répond de l'intérieur, de sa propre tête. Sa voix est distincte, tout comme en réalité. Sans le dire clairement, elle parle de solitude. Pas plaintivement, plutôt comme si elle lisait un livre. D'être différente aux yeux des gens parce qu'elle vient d'un autre coin du pays. De vivre avec un homme que nul ne comprend. D'être celle qui se tient entre le village et l'auteur et doit résoudre tous les problèmes pratiques. De ce que c'est de revenir dans cet endroit, de voir cette maison dans laquelle elle a vécu et donné naissance à des enfants, et la ferme qu'elle a en grande partie exploitée seule avec les gens de ferme. C'est nostalgique. Elle emploie ce mot, *nostalgique*. Elle en a les yeux brillants. Non pas qu'elle ait du chagrin, c'est la nostalgie qui fait ça.

Elle se souviendra à jamais de ce joli mot. Nostalgie. Mais elle n'ose pas demander ce que c'est d'être l'épouse d'un homme célèbre. Lui qui ensuite a apporté la honte et la misère sur sa famille.

À la place, elle se confie, raconte qu'elle a donné naissance à un enfant dans la même pièce et avec la même sage-femme que l'épouse de l'auteur. Et l'épouse de l'auteur tape dans ses mains en soupirant, si bien que sa riche gorge se soulève et s'abaisse à plusieurs reprises.

Et si jeune encore, dit-elle. Mais il ne faut pas avoir honte. Tu n'es pas nazie. Ne désespère pas, dit l'épouse de l'auteur qui en sait long sur le nazisme. Davantage que quiconque.

À cœur ouvert, elle confie à l'étrangère qu'elle a peur de commencer le lycée, mais est soulagée de s'en aller de la maison. Lui demande carrément si elle est une mauvaise personne de quitter son petit précisément comme le faisait sans cesse l'auteur.

Mais non, dit l'autre. Tu es assez grande pour savoir que ce ne sont pas ces choses-là qui font de toi une mauvaise personne.

Elle raconte que, pour poser sa candidature auprès de différents lycées, elle a dû aller trouver le pasteur du village pour obtenir une attestation de bonnes vie et mœurs.

Et comment cela s'est-il passé ?

Il a écrit que je me conduisais bien et que, pour ce qui était de ma *conduite éthique et morale*, il n'y avait *rien à ajouter*.

– Ce pasteur-là, tu ne peux que lui faire confiance, car il a dû en voir des choses et d'autres dans son travail, dit l'épouse de l'auteur. Qu'elle dise exactement ce qu'elle pensait elle-même est un soulagement.

Et ainsi se retrouvent-elles régulièrement, en profonde conversation sur tout ce qu'elle ne peut raconter ni à sa mère ni à nul autre. Presque chaque jour de tout le mois d'août, jusqu'à ce qu'elle doive partir au lycée, elles se retrouvent assises ainsi.

Afin que personne n'aille croire qu'elle perd son temps, elle emporte toujours un livre. Si elle en venait par inadvertance à parler tout haut ou à gesticuler, les gens n'auraient qu'à croire qu'elle essaie d'apprendre par cœur une partie du programme.

Le prix de l'instruction

La tante célibataire de son père garde le garçon. Sa mère et elle prennent le bus et le ferry pour la petite ville qui sent le poisson et compte davantage de goélands en vol que quiconque pourrait le croire. Elle doit se rendre seule au bureau du proviseur. Mais il ne reste qu'à s'en acquitter.

Le proviseur est un homme de grande stature avec une large superstructure basculant un peu en avant, comme s'il décidait que la tête devait toujours passer avant le corps. D'abord il va et vient derrière un bureau, son dossier entre les mains. Sur des chaussures au grincement assourdissant. Il a de longs doigts osseux et un visage alarmant. Elle transpire. Finalement, il s'assied et, comme si elle ne savait rien de ce qui est écrit là, lit à haute voix les notes qu'elle a obtenues. Les mauvaises lui reviennent des murs et du plafond comme de vilains échos du royaume des morts.

– Bieen, bieeen, dit-il lentement en lui lançant un regard menaçant. Il y a là du potentiel, naturellement. En norvégien, par exemple. Pas mal, pas mal… Mais ce n'est pas mathématicienne que tu deviendras. Qu'en penses-tu ? Elle avale presque sa langue, comme si c'était le seul moyen de ne pas avoir à parler.

– Qu'en penses-tu ? répète-t-il, en souriant soudain comme s'il cherchait à la choquer.

– Il va sans doute s'agir plutôt de miser sur l'écriture et la lecture, murmure-t-elle, le souffle court.

– Raisonnable ! Alors tu es admise à l'école, déclare-t-il presque avec colère, mais en souriant jusqu'aux oreilles.

Elle a peur de lui, mais se sent sûre, pour l'instant, d'avoir de son côté quelqu'un qui a du pouvoir.

Les débuts sont si lumineux. Légers. Comme si elle pouvait elle-même se dessiner dans le monde aux crayons pastel.

La fille qui veut être son amie. Toutes les petites joies. Cirer ses vieilles chaussures et les faire briller au point qu'on les croirait toutes neuves. Se procurer des manuels scolaires. Acheter un demi-pain à la boulangerie qui embaume. Entrer dans la salle de classe qui sent la craie, la poussière et le savon végétal. S'asseoir à son pupitre et de nouveau faire partie de quelque chose. Parler avec les autres élèves de tout et n'importe quoi.

Avant tout, entendre des gens rire.

Son père n'est pas là.

Mais son garçon non plus.

Dès la première fois qu'elle retraverse le fjord après être allée chez ses parents, quelque chose se met à lui ronger le cerveau. Avant de prendre la tournure d'insectes lourds comme du plomb. Elle en a là-dedans un essaim colossal. Qui bourdonne. Même la nuit. Surtout la nuit.

Elle a une chambre juste à côté du cimetière. Deux grandes fenêtres et des meubles peints en rouge. Toilettes et lavabo dans un cagibi, donnant sur le couloir qu'elle partage avec ses hôtes. La salle de bains est au sous-sol, mais elle peut l'utiliser sur demande. Elle ne doit pas oublier d'éliminer du lavabo les restes de dentifrice, sans quoi sa logeuse serait malheureuse.

Sa logeuse a de l'eczéma. Elle en parle tout en se grattant. Il semblerait que la solitude de sa logeuse réside en partie dans son eczéma. Elle est gentille et l'invite à dîner. Pendant le repas, il se fait jour que, en son absence, elle fait visiter sa chambre à ses amies de couture pour leur montrer comme elle l'a bien arrangée. Les tiroirs aussi. De jolis sous-vêtements, dit-elle. Tu les as de chez toi, bien sûr, dit la logeuse.

Elle avale vite son potage et suffoque. Dans un sens, cela devient sa faute si les dames sont allées dans ses tiroirs. Elle doit donc s'expliquer sur ce qu'elles ont vu. Elle entreprend de raconter que sa mère travaille comme agent d'une société de lingerie danoise. Sa logeuse tape dans ses mains et lui pose d'autres questions, comme s'il s'agissait là d'une nouvelle qui aurait dû figurer dans le journal.

Sa mère prend des mensurations pour des sous-vêtements féminins sur mesure, dit-elle. On trouve dans les catalogues tout ce que l'on veut en matière d'agrafes, dentelles, armatures et élastiques. Sa mère est allée en formation à Copenhague. Parfois elle part en déplacement pour prendre les mesures de femmes qui l'envoient chercher. Dans les catalogues dont elle dispose, les femmes ont l'air d'anges en sous-vêtements, ajoute-t-elle, bien qu'elle sache que cette remarque pourrait être perçue comme de la vantardise.

– Oui, pas étonnant que les dames de mon club de couture aient trouvé que tu avais de jolis dessous ! dit la logeuse en souriant au-dessus de sa soupe à la viande. Elle a des cheveux bouclés gris et de beaux yeux. L'homme est sympathique aussi, sans être très bavard.

Comment demander une clef pour sa chambre quand on a des hôtes si aimables ?

Pourtant, un jour, elle le fait. Cette chambre n'a jamais eu de clef, est la réponse. Mais ça ne devrait pas poser de problème puisqu'ils verrouillent toujours la porte d'entrée la nuit. Elle a bien eu la clef de la porte d'entrée, n'est-ce pas ? Elle l'a bien eue. Dans un sens, tout est juste et raisonnable, car eux ne verrouillent pas non plus leurs portes à eux. Et son père n'est pas là.

Elle emporte avec elle son carnet de notes. Il est vain de le croire en sûreté sous ses petites culottes. Qu'à cela ne tienne, son cartable est plein de livres pesants, quelle différence fait donc un petit carnet de notes en plus ?

*

Dessiner sa propre vie n'est pas possible, même si elle n'a pas à voir son père. Elle se plaît à l'école, mais est une étrangère. De la campagne. Ne sait pas ce qui est à la mode. Dans la petite ville, il importe d'être à la mode. Ce sont les jeunes des grandes familles de négociants qui le décident. Croit-elle.

Il va y avoir un bal d'automne et elle obtient que sa mère lui retaille la robe blanche de sa confirmation et la teigne en jaune pétant. Elle l'essaie dans sa chambre en ville et la trouve drôlement jolie.

En arrivant au bal et en voyant les autres, les *à la mode*, elle comprend que sa tenue est impossible. Sa nouvelle amie la considère d'un air dubitatif sans rien dire. Ils sont malgré tout plusieurs à danser avec elle. Y compris de la classe de première.

– C'est donc à cela que ressemble ta robe de princesse, dit l'un d'eux.

– Tu as de très beaux cheveux, dit un autre.

Cette dernière remarque la touche tant qu'elle doit déglutir.

L'un dit que son discours aux professeurs était super bien. Elle se souvient avec honte du moment où elle s'est interrompue et a perdu le fil, parce qu'elle avait sauté un paragraphe dans ses notes. Elle ne comprend toujours pas comment elle a pu accepter de faire ce discours, là. Elle qui au collège n'arrivait même pas à lire sans trembler le compte rendu du conseil des élèves. D'une manière générale, elle ne comprend pas pourquoi elle passe son temps à faire ce qu'elle ne sait pas ou n'ose pas. Ce doit être maladif.

Elle part bien avant la fin.

Le lundi suivant, elle prend son budget alimentation du mois pour s'acheter une jupe en mohair orange et une ceinture en cuivre. Mais naturellement, c'est trop tard. Aussi étroite qu'elle s'efforce de faire sa taille, le bal est terminé. Elle fait des repas à base de pain, la tête rongée par les bestioles lourdes comme du plomb. Essaie de les aérer sur des chemins de terre, dans des broussailles de bouleaux et des plaines herbeuses en remontant vers les rochers. Emporte consciencieusement un casse-croûte. Reste assise sur une pierre en étant censée profiter de la nature. Mais tout n'est qu'une affreuse mélasse de pain, morve et images déformées d'îles, bateaux et mer grise.

L'être seule

Étant née sous l'Occupation, elle aurait dû être préparée. Mais les déclinaisons allemandes, c'est du grec pour elle. *Tout* est décliné dans la langue allemande. Ceux qui sont responsables de la guerre devraient cesser de rendre tout si difficile, se dit-elle. On pourrait en venir à croire que, avec une langue si horriblement compliquée, les Allemands ordinaires demeurent tous analphabètes. Mais non. C'est apparemment un peuple lettré et éclairé. Son amie prétend que l'allemand est comme les mathématiques, simple, logique et facile à maîtriser. Elle ne peut la contredire, dans la mesure où elle n'est pas bonne en mathématiques non plus.

– Tu as bien réussi à maîtriser ces affreuses rédactions de norvégien, dit son amie.

Certes. Mais elle se sent parfois sérieusement attardée. On dirait que ce qu'elle a bachoté pour réussir l'examen de fin de collège a ruisselé hors d'elle. Disparu. Sa tête est une passoire à grosses mailles. Elle s'inquiète en outre d'être fondamentalement démodée, pas entraînée à évoluer dans une société *moderne*. S'il pleut, elle enfile des bottes en caoutchouc. Elle l'a toujours fait. Son amie lui dit qu'elle a une dégaine de pêcheur ou de Lapon. Et a raison, naturellement. Elle utilise donc l'argent de sa pitance pour s'acheter des bottes en cuir et un *twin-set*. Tout le monde en a. Il est en pure laine et la démange, ce qui n'est pas pour favoriser sa compréhension des mathématiques.

⋆

Dans un sens, habiter si près du cimetière procure un sentiment de sécurité. Il arrive que des gens aillent allumer des bougies sur les tombes. Un soir, elle prend une bougie et fait semblant de connaître quelqu'un qui est enterré là.

Elle choisit une tombe à la stèle coiffée d'un chapeau de neige et à l'inscription illisible. S'assied et pleure un peu. Prend froid au visage aussi. Finalement elle grelotte suffisamment pour se rendre à l'évidence qu'il y a eu à travers l'histoire des gens qui ont connu pire. Elle peut au moins aller à l'école. Ce n'est pas le cas de tous ceux qui sont aussi honnis qu'elle. C'est une consolation, ça, d'aller au cimetière. Le chemin est court. Surtout pour regagner sa chambre. Où il fait bon, même si, quand il souffle, le vent se sert de ses rideaux comme de voiles.

La logeuse l'a priée de baisser le chauffage quand elle part à l'école. D'abord elle fait semblant de l'oublier, mais elle s'aperçoit que sa logeuse le baisse de toute façon. Il en va de cela comme de la clef, ce à quoi on ne peut rien faire, on n'a qu'à s'y habituer. Et la pièce se réchauffe assez vite quand elle pousse le radiateur à fond.

La plupart des samedis après l'école, elle prend le ferry qui traverse le fjord pour aller voir son jeune fils. Par tous les temps. Elle craint qu'il ne la reconnaisse pas. Mais chaque fois il rit et tend les mains vers elle. Un petit caillou brûlant aux boucles sombres. Quand elle est loin de lui, il fait partie de sa solitude, mais est aussi une consolation.

La traversée en bateau est remède et châtiment à la fois. Surtout le retour le dimanche soir. Le temps s'améliore rarement du samedi au dimanche. Au contraire, plutôt. Sur le quai déjà, elle sent la nausée. Mais on s'habitue à la plupart des choses, et rentrer, elle le doit.

Le lundi, les autres élèves parlent de ce qu'ils ont fait pendant le week-end. Des soirées. Elle écoute. Savoir écouter n'est pas une mauvaise qualité, se dit-elle.

Avant l'examen blanc de Noël, elle allume des bougies au cimetière le soir, regagne sa chambre et poursuit son travail scolaire la nuit. La maison lui appartient alors à elle seule. Les bruits de ses hôtes ne sont jamais élevés, et la nuit tout est silencieux. Elle a une bonne lampe de travail. Mais c'est comme si elle avait le cerveau imbibé d'huile de foie de morue, ou d'une autre graisse. Tout ressort en glissant.

Elle s'est remise à dessiner, comme elle le faisait avant. Au feutre et au fusain. A dépensé de l'argent à la librairie pour s'acheter du véritable papier à dessin. De l'aquarelle et des crayons, elle n'en a jamais eu. Elle n'a en fait pas le temps de se livrer à ces activités, car elle doit se concentrer sur ses devoirs. On peut dire que l'essentiel dans sa vie actuelle est de se concentrer. Et cependant, elle reste le soir à écouter le grattement sur le papier.

Elle dessine ce dont elle se souvient du cimetière et des plages de l'Île où elle a grandi. Les vieux arbres dans le jardin du presbytère. Un soir viennent les contours d'un portail et d'une clôture dont elle ignore où elle les a vus. Le fourré autour. Elle s'y installe en quelque sorte et, une fois le dessin terminé, reste longtemps à le contempler. De petits bruits en sortent. Gazouillis d'oiseaux, bruissement de feuilles. Vent. Roue de vélo sur le gravier. Elle entend une barque qu'on hale sur une plage sans avoir dessiné la barque.

Un jour, elle dessine sa chambre avec sa croisée de fenêtre et un vase vide sur la table. Ce n'est pas assez bien, juste une consolation dans la mélancolie. Elle aime ce mot. *Mélancolie.* Elle l'a lu dans un roman, sans se rappeler lequel. Un autre mot est *tristesse.* Ça sonne français. Tout ce qui est français est pour elle doux et élégant. Même un mot avec trois *s* et deux *t*.

Elle tente de dessiner des gens, mais cela vire vite aux belles dames qui ressemblent à Elizabeth Taylor, avec un petit nez droit et des cheveux ondulés. Ou pire, elle-même avec des cheveux jaunes et une poitrine tressautante. Elle met un veto. Pas de dessin de dames ! Les visages sont bannis, mais pas les mains et les dos. Elle se spécialise dans le motif de bois avec nœuds.

Puis surgit sur son bloc de dessin le visage de sa grand-mère maternelle. Sillonné, avec un nez et des yeux marqués qui regardent droit vers elle. Elle reste à le fixer. Est-ce elle qui a fait cela ?

Elle essaie aussi de dessiner ses rêves. Mais c'est démoralisant. Soit trop moche soit trop bête. Lui rappelle combien elle est lâche et fuyante. On dirait qu'elle ne fait qu'attendre. Elle patauge dans sa vie et attend.

Raskolnikov

Son sac pèse sur son épaule. Il lui aurait fallu un sac à dos. Mais peut-être n'avait-elle pas prévu d'aller à la bibliothèque après l'école. Elle ne se souvient pas toujours de son intention première. Elle est comme divisée, plusieurs personnes à la fois.

La montée d'escalier sent les boulettes de viande, elle s'empresse donc de regagner sa chambre. Inutile d'éveiller sa faim car elle n'a aujourd'hui que des tartines. Elle regrette maintenant de ne pas s'être acheté une galette de poisson.

Elle pose les livres empruntés sur le bureau. Deux d'entre eux vont ensemble et ont été écrits par un Russe, F. M. Dostoïevski. Elle a entendu parler de lui, mais ne l'a pas lu. Évoquant cet auteur en cours de norvégien, le proviseur a employé l'expression *littérature mondiale*.

Les livres *Raskolnikov** un et deux, sont ancestraux, sans couverture rigide et ne semblent pas avoir été beaucoup lus. Mais au moins ont-ils été coupés. Jaunis et compressés, si bien qu'elle doit faire preuve d'ingéniosité pour séparer les pages. Les premières sont dessinées par quelqu'un du nom de V. Setoft. Ce pourrait être bien d'avoir pour profession le dessin et la peinture, se dit-elle. Mais on ne peut sans doute pas en vivre. Ce ne sont là que des rêveries infantiles.

Sur le premier tome, un jeune homme au teint jaune verdâtre et à l'expression lugubre avec un homme gros au visage rubicond. Et une hache. Sur le deuxième tome, le jeune homme, tout aussi sombre, assis sur un lit. Devant lui se tient une femme aux cheveux foncés avec un châle rouge. Raskolnikov doit être le nom de cet homme.

Elle s'assied au bureau le dos droit et commence à lire.

---

* Autre titre sous lequel a été publié *Crime et Châtiment* en Scandinavie. *(Les notes sont de la traductrice.)*

C'est en danois, voit-elle. Devrait-elle simplement le rapporter ? Pourquoi une bibliothèque norvégienne possède-t-elle des livres en danois ? Son regard glisse sur la première page, et elle découvre qu'aucun mot ne lui est incompréhensible. Ils sont juste inhabituels.

Puis cela commence.

*Au commencement de juillet, par une soirée excessivement chaude, un jeune homme sortit de la petite chambre meublée qu'il occupait sous le toit d'une grande maison de cinq étages, dans le péréoulok S..., et, lentement, d'un air irrésolu, il se dirigea vers le pont de K...**

Au bout d'un moment, elle se rend compte qu'elle a oublié de mettre des chaussettes en laine. Mais elle n'y remédiera pas. À une heure avancée de la soirée, elle revient à elle et se rend compte qu'elle n'a pas commencé ses devoirs.

Ils se tiennent ensemble entre deux hautes palissades. Le misérable Raskolnikov et elle. Les congères se dressent jusqu'au blanc du ciel. Elle se penche pour lui parler.

Tu l'as fait ? Tu l'as frappée à mort ?

Il exerce une pression sur sa main sans rien dire.

Tu l'as fait pour prouver que tu étais plus fort que tous les autres ? Que c'était toi qui décidais ? Comme Dieu ne faisait rien, tu l'as fait toi-même ?

Il appuie encore sur sa main.

Et puis ? s'enquiert-elle.

La main de Raskolnikov se fait molle et un soudain courant d'air froid rend la respiration difficile.

Moi aussi, j'aurais dû le faire. J'aurais dû le tuer ! dit-elle.

Mais Raskolnikov secoue la tête, il a le visage pâle et nu et les paupières closes. Son crâne ressemble à un œuf. Blanc, la coquille fragile.

* Citations extraites de la traduction de Victor Derély (Plon, 1884).

Puis il prononce le nom. *Sonia.* Il y a dedans une telle chaleur.

Tu serais devenu zinzin si tu n'avais pas eu la Sonia ? demande-t-elle.

Il hoche la tête et elle voit qu'il voudrait en réalité que tout soit défait. Qu'il a trop endossé.

Mais tu as osé, estime-t-elle. Tu l'as fait ! Mais après, il faut avoir quelqu'un comme la Sonia pour ne pas devenir zinzin, pas vrai ? demande-t-elle.

Il hoche sa tête frêle.

Je te veux pour frère, Raskolnikov ! déclare-t-elle tout de go en sentant la pression de sa main osseuse.

Visite inattendue

Il est debout dans le salon de ses parents, en visite. Sa mère va dans la cuisine et son père n'est pas là. Il dit que son copain lui a prêté la Volvo paternelle et se demande si elle voudrait faire un tour. Ils peuvent emmener le petit, dit-il. Elle secoue la tête, sans expliquer qu'il ne faut pas que les voisins la voient, elle qui est déjà honnie, faire de la voiture avec un homme.

À la place, il prend son garçon sur les genoux et boit un café. Le garçonnet reste assis sans un bruit et lève les yeux sur son visage. Sa mère s'assied avec eux. Lui parle comme si elle le connaissait bien. C'est triste que ta mère ait dû mourir si jeune, dit-elle. Il cligne des yeux à deux ou trois reprises, puis il sourit et raconte que son père s'en est trouvé une nouvelle et a eu un garçon.

– Bon, bon, juge sa mère, sans manifester de grande surprise.

– Peu importe, juge-t-il lui aussi.

Quand il va partir et qu'ils sont seuls à la rampe de l'escalier, il lui dit qu'elle est devenue beaucoup, beaucoup plus jolie.

– Ça te va diablement bien d'avoir eu un gamin, dit-il.

Elle sent un sourire voleter sur son visage, comme un bout du journal noirci avec lequel on a allumé le feu. Mais n'a rien à répondre.

⋆

Quand elle est dans le ferry ce dimanche soir là, elle songe que le garçonnet n'a pas pleuré à son départ. Mais elle si. C'est toujours comme ça. Si elle n'y prend pas garde, elle va devenir exactement comme son père. Pleurer sur ses propres malheurs sans se préoccuper de ceux des autres.

Assise sur la housse en skaï moite, elle lit un peu de vocabulaire allemand. La houle est lourdes et moelleuses ondulations. Puis elle ferme les yeux et pense à lui qui est simplement venu en visite sans s'annoncer. Et à la rencontre avec sa mère paralysée il y a longtemps. Ressent une curieuse tristesse parce qu'elle ne la rencontrera plus.

Il fait grand beau sur toute la traversée. L'horizon se recourbe imperceptiblement et le ressac brise la mer plate. La lumière persiste jusque tard le soir. C'est le printemps.

Il lui envoie des lettres. De longues pages d'écriture dense sur le fait qu'elle lui manque. Ce qui paraît incroyable car, pendant une éternité, il avait pourtant bien dû l'oublier. Il fait son service militaire, et voudrait bien lui rendre visite quand il aura une perm. Croit visiblement qu'il lui suffit de rendre visite à quelqu'un comme elle. Elle hésite à répondre.

En même temps, l'être seule creuse des trous en elle. Cette ville sent terriblement le poisson et elle a du mal à se lever le matin. La nuit, elle lit et est plus en forme.

Un jour, il est simplement à la porte. D'abord, elle entend la voix claire et enjouée de sa logeuse dans l'entrée, puis il monte directement. Il porte l'uniforme de l'armée de terre et a un sac à la main. Croit-il qu'elle peut le recevoir chez elle ? Que s'imagine-t-il ? Elle est déjà suffisamment honnie comme ça. La logeuse sait qu'elle a un enfant sans même être fiancée. Croit-elle qu'il est le père de l'enfant ?

Elle en est si fébrile qu'elle parvient à peine à articuler un mot. Ne sait même pas si elle est contente de le revoir, ou s'il ne s'agit là que d'un tracas supplémentaire dans sa vie. N'a pas de temps pour ces choses-là. Elle va se faire une situation et ne peut pas se laisser distraire. Est devenue adulte. C'est fini de croire qu'elle doit se laisser toucher pour être aimée. En fait, elle n'aime pas qu'on la touche. C'est une abomination.

Ils se sont à peine salués qu'elle lui demande où il va loger pendant son séjour en ville. Il sourit et admet qu'il n'a pas encore d'hébergement. Il promène son regard dans la pièce et déclare que c'est *douillet*.

– Le foyer des marins, tu pourras peut-être y trouver une chambre, dit-elle.

Il hoche la tête, l'invite au cinéma et prend son sac avec lui quand ils partent. Elle sent malgré tout les yeux de sa logeuse à travers cloisons et fenêtres.

Fausseté et consolation du verbe

Tiens donc, monsieur le soldat 63377/60. Merci de vos lettres !

Je t'écris parce que j'ai une journée de libre demain et parce que je ne peux pas rentrer à la maison et parce que je n'ai sinon rien à faire, absolument pas parce que je pense à toi. Bon sang ! D'abord tu me bourres le crâne de chalet, d'été et d'amour, et puis tu t'en vas. Je lis le Raskolnikov *de Dostoïevski pour la deuxième fois et éprouve un besoin de tueries. Parfois les lois écrites et non écrites de la société me tapent sur les nerfs. Je suis d'une constitution relativement primitive, je crois. Es-tu en train de rire ? Tu as eu peur ?*

Semé des germes, moi ? écris-tu. Des sentiments ? Eh bien, j'avais essayé de les arracher avec la racine, mais un petit filament de cet été-là a dû subsister. Il a maintenant eu sur lui le miséricordieux soleil de Dieu. Le reste, tu le vois distinctement, n'est-ce pas ? Je suis en train d'avouer que je tiens à toi.

Aujourd'hui, j'ai dessiné un petit visage de garçon avec une fossette au menton et des cheveux noirs autour. Je me suis acheté trois tulipes blanches. C'est le genre de choses que peut trouver à faire une mère de dix-sept ans quand elle passe devant un fleuriste avec dans sa vitrine l'écriteau suivant : « N'oubliez pas que c'est la fête des Mères ! » Ou peut-être était-ce que j'étais seule et qu'il tombait une neige dense et légère. C'est le genre de choses qu'on ne sait pas avec certitude, qu'on fait juste.

J'aurais voulu être aussi entreprenante et cohérente que toi. Mais je suis un regrettable mixte de je-ne-sais-pas-si-je-fais-l'affaire et de furieux entrain. Aujourd'hui, je me sens comme si j'avais rencontré un étranger dans la rue et qu'il m'avait souri. Ou comme quand on peut humer le printemps. Probablement suis-je ainsi faite que je glisse le bonheur dans ma poche quand je mets la main dessus, mais oublie de le ressortir pour le regarder. Aujourd'hui est une exception, avec un ciel gris-bleu au-dessus de la neige et des blancs coteaux. Je me suis levée à neuf heures et ai fait une longue promenade sur Nyveien. Il n'y a pas une seule maison. La route descend jusqu'à la mer, s'enroule en quelque sorte autour des pierres de la grève. Les brisants ne sont vraiment pas à prendre à la légère. La bise me mordait le visage et je sentais mes cils geler. La mer est ce que je connais de plus délicieux et de plus dangereux.

Mais bon, j'ai mon français à réviser. Je ne suis pas spécialement douée.

Je préférerais n'écrire qu'en norvégien, ou rester là à penser. Il est tant de choses qui ne se laissent pas expliquer. Le bonheur et l'amour par exemple. On dirait quelque chose de fuyant qu'on ne peut pas retenir, quelque chose qui est détruit si on ne lâche pas prise. La haine, en revanche, et le malheur, ce sont des faits, simples le plus souvent. On ne se promène pas en haïssant sans raison. Pas moi en tout cas.

Au fait, tu as oublié ton programme du Championnat d'Europe ici, on croirait que demain, tu vas débarquer de ton hôtel pour venir le chercher. Le transistor que tu m'as laissé est une bénédiction. Il est allumé en sourdine sur Luxembourg.

Le monde est bleuté et les lampadaires projettent des cônes lumineux épars sur la neige et entre les tombes du cimetière. À cet instant précis passe un couple, main dans la main. Je m'imagine les entendre rire. Se regarder et rire.

Une bande orange court autour de la boîte, qui dispose d'un élégant crochet en fer-blanc pour la fermeture. Elle est en outre munie d'une petite poignée sur le couvercle qui permet de l'emporter facilement. Mais elle ne va pas le faire. Au contraire, la boîte va rester dans le placard où elle range tasse et assiette. L'inscription, *Mowinckels Margarinfabrik Damsgaard PR. Bergen*, en fait un objet banal. Elle pose dessus le paquet de flocons d'avoine et les raisins secs. Il y a une solide séparation en carton entre son carnet de notes, les lettres de lui et le paquet de flocons. Sur le couvercle, elle place un tout petit bout de papier, presque pas visible. Si le bout de papier n'y est plus, quelqu'un est venu.

Elle emballe ses affaires d'écriture. Tout bien à sa place. Le stylo dans la trousse. Le carnet d'écriture dans le tiroir de la petite étagère aux bordures rouges bricolée maison. Elle se sent toujours un peu mieux, ou du moins un peu plus en sûreté, quand elle peut tout ranger là où il faut. Il est important que tout ait sa place. Important pour la tête.

Elle sort son livre de français et s'assied pour travailler. Mais le cœur n'y est pas. Bachoter n'est pas pour elle un plaisir. Juste une extériorité et une obligation. C'était pareil quand elle devait apprendre des vers de cantiques à l'école primaire. Pour arriver à s'en souvenir, elle devait les chanter. Quand le rythme était là, les mots déferlaient. Elle dansait sur les galets de la grève en chantant *Seigneur Dieu Ton nom précieux et Ta gloire* et *Plus près de Toi mon Dieu.* Sans la moindre pensée pieuse. L'été, malgré les pierres coupantes, danser pieds nus est possible. L'hiver, lui, est une saison difficile pour la danse. Bottes et godillots n'invitent pas précisément à la chose. Mais ce n'est pas toujours la faute des chaussures si le rythme devient maussade.

Elle se dit que si elle avait vécu quelque part où elle aurait pu parler français aux gens par-dessus la clôture, en gesticulant avec les bras, ç'aurait été plus facile. Quoique ? Est-ce là simplement une idée qu'elle se fait ? Serait-elle totalement muette d'inquiétude et de timidité si elle était obligée de parler français aux gens par-dessus la clôture ? A-t-elle si peur que quelqu'un la croie bête ? Oui, se dit-elle. Quelle parfaite idiote je suis.

Elle range son manuel de français dans son cartable avec le livre de vocabulaire en marque-page. Puis elle le ressort parce qu'elle va abîmer la reliure du manuel. Et elle ne pourra pas le revendre à la fin. Il faut bien traiter les livres pour en obtenir un bon prix. Car si l'on en obtient un bon prix, on peut acheter d'autres livres.

Elle a été élevée dans cette mentalité. Elle la tient de ses deux parents et de ses deux grands-mères. Qui la tiennent d'avant la Première Guerre mondiale et de l'entre-deux-guerres et de la dernière guerre et de l'après-guerre. Ce *prendre-soin-de*, des temps encore plus durs pourraient venir. C'est une sentence, une inquiétude toujours présente, ou une conscience.

Ses hôtes se brossent les dents à tour de rôle dans le cagibi où se trouvent les toilettes et le lavabo. Ils se parlent à voix basse et ne sont apparemment jamais en mauvais termes. Ça a quelque chose de religieux. Dormir dans une maison avec deux personnes qui se parlent à voix basse avant de se mettre au lit. Ils lui ont raconté qu'ils s'étaient rencontrés alors qu'ils étaient déjà bien adultes. Est-il normal pour des gens mariés de se soucier l'un de l'autre au point de se parler doucement et aimablement et d'aller se coucher en même temps ?

Pendant qu'elle refait le canapé et dispose les coussins en un tas dans le coin, comme elle le fait toujours, elle songe que, dans la lettre, elle prétend être une autre que celle qu'elle est. C'est sans doute minable. Les mots sont plus faux que les choses. Ils ne sont presque jamais ce pour quoi ils se font passer. Sont comme les rêves. Peu fiables, incompréhensibles, mais inévitables.

Elle imagine son visage quand il lit sa lettre. Croit-il ce qu'elle écrit ? Et lui ? Est-il fiable, ou va-t-il disparaître tout comme le premier été ? Est-il quelqu'un avec qui elle pourra indéfiniment parler à voix basse avant de s'endormir ?

L'histoire vraie

Un samedi, elle ne parvient pas à traverser le fjord. Il y a une tempête et le bateau ne navigue pas. Elle reste dans sa chambre à écrire quelque chose qui ne trouve pas de place dans un carnet de notes. Une histoire de quelqu'un de plus âgé qui n'a jamais été elle. Elle écrit dans son cahier de brouillon de rédaction.

Tout le samedi soir, elle reste avec l'histoire de cette femme adulte. Elle ne sait pas d'où elle la tire. L'histoire est dans la pièce sans qu'elle l'ait envoyé chercher. Pluie et pluie mêlée de neige ferment toutes les fenêtres à l'environnement.

Le dimanche, elle la met au propre sur des feuilles A4 lignées avant d'aller manger chez ses hôtes. Elle va s'en aller après les avoir remerciés quand sa logeuse lui donne une pile de vieux hebdomadaires qui de toute façon vont être jetés. Elle remercie poliment et monte dans sa chambre.

Ça a quelque chose d'exceptionnel, une tempête. La maison tremble, et pourtant elle sait qu'elle résistera. Elle se couvre d'un plaid en laine et entreprend de feuilleter l'un des magazines. Sur une page est annoncé un concours d'histoires *vraies*. L'idée la frappe qu'il est là pour elle. Et la date limite d'envoi n'est pas encore dépassée.

Elle prend son récit et le relit. D'une manière ou d'une autre, il devient réel pour elle. Elle a de la sympathie pour cette femme, et cette femme l'agace. Pourquoi ne met-elle pas d'ordre dans sa vie ? Tandis qu'elle réfléchit à ce qu'elle-même aurait fait, une pression naît dans sa tête et elle tombe.

Dans la nuit, elle revient à elle et est dans un état lamentable. N'a même pas la force de se laver les dents, tire simplement le couvre-lit du divan et se met sous la couette.

Le lendemain matin, elle est de nouveau vive. Après l'école, elle achète une grande enveloppe à la librairie et envoie son histoire au concours de l'annonce. Elle se dit qu'elle aurait dû la recopier pour elle-même, mais elle a le brouillon. On me la renverra sûrement, se dit-elle.

En quittant la poste, elle ressent un curieux embarras, comme si elle avait commis un acte interdit. Elle a honte d'une chose dont elle ignore ce qu'elle est. La honte est chez elle formidablement rétive. Elle n'est pas dans son ventre, mais dans sa tête. Elle inspire profondément et expire. En rythme, jusqu'à ce que tout marche de soi-même. Dans un sens, elle cesse d'être une fille qui marche à petits pas dans la rue et ne veut pas reconnaître que, avec cette histoire, elle a menti. Sur tout le chemin jusqu'à sa chambre, elle respire, regardant tout ce qui passe. Se conduit comme si elle était quelque chose d'exceptionnel, avec une défiance qui l'outrepasse.

Au bout d'un moment, c'est comme si ce n'était jamais arrivé. Elle a d'autres choses à penser. L'examen blanc. Le vide du dimanche, quand elle est rentrée chez ses parents et doit ensuite quitter le garçon. Sa conscience, car elle est en même temps contente de ne pas habiter à la maison. Elle ne peut se reposer nulle part. Sa conscience est partout. Fait surface pendant l'examen blanc. En plein labeur sur les déclinaisons allemandes. En plein entre *x* et *y*. N'importe où. À maintes et maintes reprises, elle se ratatine et devient *personne*. Elle flotte dans son propre cerveau vide sans que quiconque sache qu'elle existe. Parfois, elle est persuadée d'avoir répondu à ce qu'on lui demandait. Puis elle voit sur les visages qu'ils attendent et comprend qu'elle n'a pas prononcé un mot.

Un jour, sa logeuse guette son retour de l'école, une lettre à la main. Elle la lui tend et reste sans bouger à attendre qu'elle l'ouvre. Cela ne se produisant pas, elle attire son attention sur le fait que c'est de la part d'un hebdomadaire.

Pointe son doigt sur le logo de l'enveloppe, dit le nom du magazine et sourit pleine d'attente.

– Oui, se contente-t-elle de répondre avant de monter l'escalier avec la lettre entre le pouce et l'index. Angles aigus et poids passablement lourd. Évoque un couteau léger. Dans sa chambre, elle la pose sur la table, se débarrasse de son cartable et suspend son manteau. Ses bottes, elle les a laissées en bas dans l'entrée. Elle se met à trembler.

La lettre ? Comme un couteau léger. On ne prend pas un couteau avec des mains qui tremblent. À la place, elle s'assied et la regarde. On ne lui a pas renvoyé l'histoire. L'enveloppe est trop petite.

Pendant un moment, elle réfléchit à ce qui y est écrit. Croit que c'est quelque chose du goût d'un accusé de réception. Se le représente et s'y accoutume. Une lettre de courtoisie que reçoivent tous ceux qui ont envoyé leur histoire.

Puis elle se ressaisit et ouvre l'enveloppe avec l'un de ses deux couteaux de table. Tire la feuille. Les caractères rampent comme des fourmis et refusent de s'aligner en rangs. Mais le contenu finit tout de même par lui apparaître.

Elle a remporté le concours, et le magazine veut publier son histoire dans la rubrique intitulée *De la réalité*. Ils croient qu'elle a écrit à son propre sujet, qu'elle a l'âge de sa protagoniste. Sur des bases fausses, elle a gagné une vraie petite fortune.

Elle se met à pleurer en raison de cet argent béni. C'est plus qu'assez pour une radio ! Elle pleure parce qu'elle se sent si seule de n'avoir personne à qui le raconter, pas même son amie ou sa mère. Cette femme n'est absolument pas issue de la réalité, elle est un mensonge. Comment peut-elle aller s'acheter un transistor dans un magasin sans qu'on aille soupçonner qu'elle a écrit sur une personne qui n'existait pas. Elle pleure et pleure. Jusqu'à ce qu'elle comprenne que si elle n'y prend pas garde, elle va devenir exactement comme son père.

Puis lui vient à l'esprit qu'elle peut écrire d'autres histoires. Peut-être seront-elles publiées. Peut-être pourra-t-elle gagner assez pour s'acheter aussi un vélo. Elle oublie la honte qu'il y a à être quelqu'un qui se fait passer pour une pauvre femme de la réalité, alors qu'on est en fait juste quelqu'un qui écrit bon train sur une femme fictive.

Dans la soirée, elle est toutefois convaincue d'avoir *rencontré* cette personne sur qui elle a écrit. Que cette personne lui a confié ses pensées les plus intimes. Faute de quoi on ne l'aurait pas crue, on ne lui aurait pas permis de remporter le concours.

Elle s'assied tranquillement au bureau et commence une nouvelle histoire. Sans avoir fait ses devoirs d'abord. Écrit page sur page dans son grand bloc Flaggpost. Songe qu'il existe une infinité d'histoires. Il suffit de les trouver. Ou qu'elles nous trouvent ?

Elle s'attarde sur le fait qu'il n'y a pas de honte. Ce n'est pas ce qu'il y a de *pire*. Elle sait bien ce qu'il y a de pire. Ce ne sont pas les mots qu'elle écrit ni ceux qu'elle n'arrive pas à apprendre par cœur dans un manuel. Le pire, ce sont les mots qui ne pourront jamais être dits, et donc jamais écrits. C'est la destruction même. Ce qui jamais ne passe.

*

Son père se tient au-dessus d'elle avec un couteau. C'est celui que sa mère utilise pour lever les filets de poisson. Le manche est robuste. Noir, percé de rivets brillants. Le fer est affûté en creux. Sa mère a ce couteau depuis la guerre, lui a-t-elle raconté. Elle n'a jamais vu son père s'en servir. Il n'utilise pas de couteaux. C'est l'instrument de sa mère. C'est sa mère qui coupe la viande et le poisson. C'est sa mère qui décapite les poules et écorche les perdrix des neiges. Elle voit le couteau de sa mère dans la main de son père, mais ne prend pas peur. Sait qu'il est trop lâche pour s'en servir. Il veut juste la laisser pourrir à petit feu. Laisser les gens la voir sombrer sans qu'ils sachent pourquoi. Elle se tourne brusquement et lui ravit le couteau. C'est si facile. Puis tout devient rouge.

Il gît dans un bac de récupération du sang, tels ceux dont elle se souvient lors de l'abattage au presbytère. L'odeur est chaude et nauséabonde, mais rassurante. Elle ressent un bonheur jubilatoire d'y être arrivée. Le rire dans la pièce, est-ce le sien ? Elle s'assied dans son lit. Sa respiration est la même, qu'elle soit réveillée ou qu'elle dorme. Sa respiration, profonde et sans volonté. C'est cette respiration qui fait qu'elle vit.

La nuit n'a pas de fenêtres

Ça commence après les vacances d'été. Insidieusement. Une angoisse. Il y a constamment quelque chose qu'elle a oublié, quelque chose qu'elle aurait dû faire mieux, ou à quoi elle aurait dû éviter de perdre son temps. Une nuit, elle est soudain debout à côté de son lit sans savoir comment c'est arrivé. Elle emporte son verre à eau en bas aux toilettes. Marche aussi silencieusement qu'elle le peut. Tire la chasse aussi silencieusement qu'elle le peut. Mais il n'est pas en son pouvoir de régler le débit d'eau de la citerne. Elle a dû réveiller sa logeuse, là ? Elle remplit son verre au robinet au-dessus du lavabo et retourne auprès du garçon. Alors qu'elle s'assied sur le lit pour lui donner à boire, elle comprend qu'il n'est pas là.

Le garçon a grandi et est devenu un jeune ami. Il se lève à cinq heures du matin et veut être avec elle. S'accroche à elle quand elle part. Elle n'arrive pas à réagir sans pleurer, même si elle devrait, pour lui.

Elle ne sait même pas s'il est réveillé.

Son amie est fidèle d'une façon rude et essaie de lui dire ce qu'il faut qu'elle porte et ce à quoi elle doit participer. Mais ça ne marche pas toujours. Elles font une excursion en montagne. Et elle n'arrive en quelque sorte pas à voir la lumière. Or les gens qui ne voient pas la lumière n'ont pas grand-chose à faire en randonnée en montagne. Elle le comprend en la regardant, l'amie. Quand elle a les moyens, elle vient au cinéma. Après, elle ne se souvient de presque rien. Quand, ensuite, son amie veut parler de l'action du film, c'est gênant. Elle est comme une brebis égarée coincée dans une faille.

Dans le courant de l'automne, la faille se fait plus étroite. Quand elle parle avec des gens, elle entend elle-même la fausseté. Son dessein est d'enjoliver l'instant pour être aimée. Ou en tout cas acceptée. Mais elle est incapable de s'expliquer devant qui que ce soit sur les choses les plus ordinaires.

– Tu as l'air cadavérique, va voir le docteur, lui dit un jour son amie sur un ton de reproche.

Elle parvient à s'excuser en riant, mais fait ce qu'elle lui dit. S'assied dans une salle d'attente après l'école, jusqu'à ce qu'une dame vienne s'enquérir si elle a rendez-vous. Elle n'en a pas, mais il la prend quand même.

Le médecin la regarde d'un air suspicieux parce qu'elle n'a mal nulle part. Mesure sa tension, écoute sa poitrine et lui tapote délicatement le dos du bout des doigts, comme si elle risquait à tout moment de s'effondrer. Après avoir regardé sa gorge et écarté ses paupières, il en vient à la conclusion qu'elle est anémique.

Tandis qu'il inscrit le nom de comprimés de fer qu'elle doit acheter, il lui demande d'un ton sévère s'il y avait autre chose. Elle secoue la tête. Mais quand il lui apparaît clairement que c'est tout vu et qu'elle va prendre la porte, elle essaie de faire traîner les choses.

– J'arrive pas à dormir la nuit, chuchote-t-elle.

On dirait alors que l'homme se réveille, il tourne sa chaise vers elle et la dévisage d'un air accusateur.

– Ah bon, alors ce n'est pas surprenant que tu sois pâle.

Il veut savoir depuis combien de temps.

Chose honteuse, elle n'est pas capable d'en rendre compte. Il prononce plusieurs phrases traitant d'une vie saine et elle acquiesce. Puis il rédige aussi une ordonnance de somnifères. Manifestement, il ne sait pas que cela coûte de l'argent. Elle ne mentionne pas qu'elle a l'habitude de s'évanouir. C'est déjà bien assez grave comme ça.

Quand il s'est levé et qu'elle comprend qu'elle doit partir, elle réussit à faire la *révérence*. Toute la journée, elle pense à la gourde qu'elle est, une adulte qui va au lycée et qui ne trouve rien de mieux à faire que la révérence. N'arrive pas à trouver d'autre sujet de préoccupation.

Elle prend des somnifères et se couche à neuf heures, se réveille à minuit en croyant qu'il faut partir à l'école. Comprenant que c'est la nuit, elle s'assied au bureau avec sa couette autour d'elle. Au milieu de tout cela, elle voit la lumière jaune des fenêtres de ceux qui ne dorment pas non plus. Que c'est infiniment beau. Elle aurait pu en faire une aquarelle ou écrire sur le sujet. Puis elle disparaît pour elle-même.

Le proviseur lit à haute voix des passages de sa rédaction d'examen blanc et la félicite d'une manière bourrue. Elle reste la tête baissée et ne se souvient pas de l'avoir écrite. Elle achète de petits cadeaux de Noël pour le garçon et sa sœur et se met sur le ferry. Un sapin de Noël accroché au gréement pendille au vent. Les palans jappent.

Arrivée à la maison, elle prend en charge ménage et astiquage. Elle en est fatiguée le soir, mais parfaitement réveillée la nuit. Son père, par bonheur, elle ne le voit pas beaucoup. Il erre, rend visite à sa famille dans la maison jaune d'ocre. Sa mère lui est reconnaissante de tout ce qu'elle fait et la complimente. De son côté, elle pâtisse et cuisine. Nul ne cuisine aussi bien qu'elle. Sa sœur est contente qu'elle soit à la maison. Le garçon a appris de nombreux mots. Il la suit et parle sans discontinuer.

Pourquoi emploie-t-elle ses rares heures de sommeil à rêver du meurtre ?

Elle ne va pas au bal populaire. L'auteur des lettres y est sans doute. N'ayant pas répondu à sa dernière missive, elle ne sait que dire. Il ne fait pas partie du monde qu'elle peut dessiner elle-même.

Après les vacances de Noël, il y a de plus en plus de nuit. Elle redoute le matin et le moment de se lever pour aller à l'école. Redoute de voir les gens et n'arrive à suivre ni conversations ni cours. Elle se dit que ce n'est plus possible, mais ça l'est. Pendant longtemps.

Courant janvier, un soleil sanguin perce et rend tout criard, hideux. Il émerge de la neige et du néant. Pelures d'oranges et mégots de cigarettes filtres de l'an dernier. Vieux viscères et sang brunâtre sous les séchoirs à poissons bordant les rochers. Ses cheveux ne veulent plus rester fixés sur sa tête, mais trouvent leurs propres voies et bouchent le lavabo de ses hôtes. Elle doit creuser pour les attraper. Le monde est une scène pour tout ce qui est mort.

Elle retourne chez le médecin et obtient de nouveaux somnifères. Ça a un côté rassurant de les avoir là, dans son tiroir. Économiser. Il lui en reste encore quelques-uns des anciens. Elle s'endort comme un cheval éreinté et se réveille comme un lièvre terrifié. Celui que, une fois, son père avait rapporté de la chasse, sorti du sac et posé sur le sol de la cuisine. Blessé d'une balle dans la patte arrière. Il ne saignait pas tant, mais ne pouvait pas se servir de sa patte. S'était contenté de traîner le derrière, impuissant, sur le plancher lisse peint en gris, jusqu'à ce qu'il trouve de l'ombre sous une chaise. Son père avait demandé à sa mère de lui mettre une attelle. Était d'avis que les filles pourraient jouer avec lui jusqu'à ce qu'il se rétablisse.

Sa mère n'avait rien dit. Mais quand son père s'était rendu chez le voisin après le repas, elle avait emmené le lièvre dehors et s'était absentée pendant un long moment. Elle n'a jamais demandé à sa mère où il était passé.

*

Elle essaie d'éviter de parler avec des gens et ne veut pas que sa logeuse frappe à sa porte.

Elle relit *Raskolnikov*. A reçu une demande de la bibliothèque signalant que la durée du prêt était révolue. À n'en pas douter, ils vont venir le chercher. Il s'ouvre de lui-même sur les passages les pires. Il est plus fort qu'elle.

– Sors de la classe ! Présente-toi à mon bureau à la fin de l'heure !

La voix du proviseur tonne au-dessus d'elle. Une seconde plus tard, elle se tient au garde-à-vous à son pupitre sans vraiment saisir ce qui se passe. Mais dans le couloir, elle se rend compte qu'elle s'est endormie en première heure, où elle a norvégien avec le proviseur. Elle reste assise sur les toilettes jusqu'à la sonnerie. Se hisse sur ses jambes et passe par les baguettes entre les hordes d'élèves qui remplissent les corridors. Elle se dit que la rumeur a circulé. Elle s'est endormie pendant le cours du proviseur ! Puis elle frappe à la porte de son bureau.

Il la regarde les yeux plissés et fait quelques tours avec ses chaussures reluisantes qui grincent.

– Assieds-toi ! dit-il, sans la regarder.

Elle s'assied. Elle a les mains et les genoux qui tremblent. La bouche qui tremble. Elle n'est pas capable de maîtriser quoi que ce soit et doit déglutir pour s'empêcher de baver. Là, je vais tomber, songe-t-elle pleine d'espoir. Mais elle ne tombe pas. Elle suit le proviseur des yeux comme si elle était le chien réprimandé dont il préférerait être débarrassé. La seule chose qu'elle puisse faire est de suivre du regard l'homme, qui va et vient. Encore et encore.

– Alors comme ça, on fait la noce la nuit tant et si bien qu'on ne peut pas suivre en cours, mais on s'endort, dit-il d'un ton bas et menaçant.

Elle secoue la tête. Secoue et secoue. Il est l'un de ces grands bisons de western. Il enrage contre elle du regard, en vomissant le soufre et le feu. Ses sabots grondent dans ses oreilles. Il va sous peu la piétiner à mort.

– Et que se passe-t-il, alors ? demande-t-il avec une gravité gentille qu'elle n'a jamais entendue chez quiconque.

Incapable de se ressaisir, elle se met à pleurer. Ne parvient pas à lever une main pour se cacher. Les larmes roulent.

Le proviseur avance la chaise pivotante de son bureau et s'assied juste devant elle. Il replie sa blouse plusieurs fois sur ses genoux. Ses genoux sont larges et osseux. La blouse glisse. Mais il n'abandonne pas. Inlassablement, il replace les pans de sa blouse. Avant même qu'elle ait pu articuler le moindre mot.

Et puis ça vient. Comme si c'était la dictée d'une histoire qu'elle est en train d'écrire. Des mots qu'elle n'a jamais exprimés. Sur le fait qu'elle prend des cachets pour dormir, mais qu'ils ne font pas l'affaire pour toute la nuit. Elle dit que son petit lui manque, dont le proviseur ne trahit pas d'une mine qu'il connaissait l'existence. Elle dit qu'elle n'arrive pas vraiment à travailler, que ce qu'elle a bachoté pour l'examen du collège ne s'est sans doute pas fixé. À moins peut-être qu'elle ne soit trop bête pour être dans son lycée, conclut-elle.

Il claque alors sa grosse patte sur son épaule en disant *Sottises* !

Elle reste là les épaules enfoncées tandis qu'il se lève et grince sur deux ou trois tours dans la pièce. Puis il s'arrête devant elle en disant, de la plus douce voix de bison qu'on ait jamais entendue, qu'il faut qu'elle prenne un congé et aille voir son petit. De toute façon, c'est bientôt Pâques. Elle va manger, dormir et revenir en pleine santé !

– Présente-toi à mon bureau le jour de ton retour ! ordonne-t-il à voix basse en claquant son autre épaule aussi. L'espace d'un instant, tout est de nouveau à l'horizontale.

Elle ramasse son cartable dans la salle de classe vide. Attend aux toilettes la sonnerie et le calme général. Puis elle fait le chemin jusqu'à sa chambre sans acheter de nouvelle bouteille de lait. Elle n'en a pas besoin.

Les montagnes noueuses se dressent vers le ciel pour rien. De part et d'autre de la route, les maisons montent la garde.

Mais sans s'en préoccuper. Elles ne sont que choses. Exactement comme tout le reste.

Les gens qu'elle croise n'ont pas de visage. Ils ne posent aucune question. Ils ne s'arrêtent pas. Pourquoi le feraient-ils ? Il y a un endroit d'où elle sait qu'elle peut voir la mer, si elle se tourne. Mais elle ne se tourne pas. Elle va droit à sa chambre. Pas à l'embarcadère du ferry. Ne peut pas partir. Sa mère ne peut supporter davantage de honte.

Il suffit de se décider.

Puis elle est assise sur le divan avec les coussins derrière elle. Le verre d'eau se trouve devant, sur la petite table. La nouvelle boîte de la pharmacie n'est pas très grande. Mais suffisamment. Elle le sait. Elle peine à la dévisser. Elle a dû rester si longtemps sur une étagère qu'elle avait renoncé à être ouverte. Mais ça marche.

Ce doit être l'après-midi. La lumière est chiche et elle n'a pas allumé de lampe. Ce n'est pas nécessaire. Lorsque les petits cachets roulent dans sa main, tout est calme. Elle l'a dessiné elle-même. Rassurant.

Son père n'est pas là.

Un bruit l'atteint de l'extérieur. Un chasse-neige peut-être ?

Puis le verre d'eau est vide. Elle le repose délicatement sur la table. Tout est d'un vide paisible. Il suffit d'attendre.

Plus tard, elle suit du regard le lièvre entre les arbres. Il ne boite pas, mais s'en va par bonds légers. Son garçon et sa mère tendent les mains vers lui. Mais il se contente de continuer de bondir.

Le temps n'existe pas. Elle distingue tout juste un corps qui bascule sur le côté. Ce n'est pas le sien. La pièce flotte au-dehors avec ses objets. Sans bruit. Avec souplesse.

Il fait sombre. Raskolnikov se penche sur elle. Elle sent la laine mouillée aigre et la sueur. Ils se sont vomi l'un sur l'autre. Elle tourne la tête. Ne voit rien. Mais la puanteur est là. Vomissure aigre. Elle croit qu'elle est maintenant allongée par terre, mais n'en est pas sûre. Sa main heurte quelque chose de léger, vide. Et elle se souvient. La boîte de cachets. Qui roule un peu sur sa route hors du monde. Puis elle se tord de nouveau. Ne peut pas s'arrêter même si c'est vide depuis longtemps. Elle gît dans un torrent infini de honte pestilentielle.

Sonia pense que tu dois aller *au carrefour*, dit Raskolnikov. *Salue le peuple, baise la terre que tu as souillée par ton péché et dis tout haut, à la face du monde : – Je suis un assassin !*

Rien ne sert de croire au destin, il faut le fabriquer soi-même

Elle se ressaisit. Répond aux lettres. Raconte qu'elle n'a pas la maîtrise de sa vie et qu'il faut que cela cesse. S'excuse. Écrit qu'elle tient à lui, mais n'a rien à donner.

Tient à lui ? Aussitôt après avoir fermé l'enveloppe, elle se demande comment elle peut employer des mots pareils. Voit la fausseté à travers l'enveloppe matelassée. S'étonne que les mots écrits semblent plus vrais que les mots dits. Se trouve-t-il que l'écrit *requiert* d'être cru, que le destinataire le veuille ou non ? Ce truc d'arriver à faire croire aux autres qu'elle sait sur le sens des mots quelque chose d'unique, a-t-elle reçu un gène auquel elle ne peut rien ? Ou s'efforce-t-elle simplement de camoufler qu'elle est un être malformé ?

Elle ne peut poser la question à personne ni tenter d'expliquer. Comment s'y prendrait-elle donc ?

Pâques se déroule chez ses parents comme un échec poisseux. Elle n'est pas allée à l'école et n'a pas passé l'examen blanc de Pâques. Et, il a beau lui avoir dit que sa place lui était réservée, elle ne parvient pas à aller jusqu'au bureau du proviseur.

Les semaines s'écoulent. Soleil sur les cimes dans le Sud. Skis sur l'épaule, les gens partent en pèlerinage sur les routes. Sa mère et sa sœur emmènent le garçon dehors dans la neige. Mais elles la laissent tranquille. Elle surveille les chutes de neige du toit et les stalactites sous le vieux faîte. De l'intérieur.

Après Pâques, elle glisse dans la pente sur un imperméable avec le garçon sur les genoux.

Elle a gâché ses somnifères pour rien. Mais ce n'est pas très grave qu'elle ne dorme pas, car elle ne fait rien d'autre que jouer avec le garçon. Elle se couche quand il se couche.

Se lève quand il la secoue. Les nuits sont moites et sans rêves. Les jours bleu laiteux et gris cendre.

Il n'y a désormais plus que sa petite sœur pour s'adresser à elle. En contrepartie, elle lui pose toutes sortes de questions sans attendre de réponse. Ses parents sont muets de déception. Même son père. Il ne réprimande pas. Ne lui parle pas du tout. Mais soupire. Sa mère dit ce qui doit être dit, mais les conversations ne sont plus là. Attend sans doute qu'elle revienne à la raison. Elle voit les pensées de sa mère dans toutes les irrégularités sur lesquelles se reflète la lumière printanière.

Elle dessine le garçon pendant qu'il joue. Utilise du fusain. Il fait des gestes nombreux et brusques. Ses traits n'arrivent pas à suivre. Au milieu de toute cette confusion, elle voit toutefois un mouvement dans le dessin. Une sorte de vie. Mais ce n'est pas assez bon. Elle n'arrive *jamais* à faire quelque chose d'assez bon.

Un matin elle ne peut absolument pas se lever. Son corps entier est paralysé. Raskolnikov et Sonia ne rendent pas les armes. Exigent des actes de pénitence pour ce qu'elle a fait. Toute la nuit. Travail forcé en Sibérie.

Sa sœur lui est envoyée avec une tasse de thé. Lui demande si elle est enrhumée. Il ne lui est pas possible de répondre. Elle a la bouche cousue. La salive s'accumule au coin de ses lèvres. Elle n'arrive pas à l'essuyer.

Sa mère vient s'asseoir au bord de son lit. D'abord elle ne dit rien, puis elle pose la main sur son épaule. Il ne lui est pas possible de sentir la main de sa mère même si elle sait qu'elle s'y trouve. Sa mère lui demande si elle a renoncé. Si elle n'a pas compris qu'elle ne pouvait pas renoncer.

Il eût été bien de pouvoir lui répondre dans un petit rire qu'elle n'a aucunement renoncé, qu'elle ne fait que se reposer un peu. Mais pas un mot ne vient, juste de la salive au coin de la bouche qui goutte sur l'oreiller. Et sa respiration sifflante. Comme le vent à travers les rideaux pourris d'une maison abandonnée.

Sa mère ressort. Elle l'entend farfouiller et parler au garçon et à sa sœur. Parfaitement normale. Comme si de rien n'était. Au bout d'un moment, elle lui apporte son cartable avec ses affaires de dessin et d'écriture. En vide le contenu sur la couette, mais ne dit rien.

Elle ne sait pas quelle heure il est ni combien de temps elle est restée sur le même côté dans le même lit, dans la même pièce. Mais elle finit par parvenir à mettre un pied hors du lit. Il lui faut tout simplement essayer, afin d'épargner d'autres humiliations à sa mère.

Ressaisis-toi. Il faut qu'elle se ressaisisse.

Puis débute un temps où elle commence tout et termine tout les dents serrées. Elle marche derrière elle-même en poussant, devant elle-même en tirant. Et dans chaque jour où elle voit sa mère s'éclaircir un peu, elle voit une petite victoire.

Ressaisis-toi !

La lettre où il est indiqué qu'elle peut se présenter à l'examen se trouve sur la table. Elle brûle déjà aux coins. Dans un instant, elle aura disparu de la surface de la terre.

– Je pourrais essayer, demande-t-elle. Plus petite qu'une mouche, elle demande à son père de l'argent pour le voyage. Entendent-ils qu'il s'agit d'une prière ? Sa mère hoche la tête sans la regarder. Comme si elle l'avait toujours su.

– Trois ans d'école d'art ! Que tu saches dessiner ne fait pas de toi une *artiste peintre* ! Il te faut un métier, *des revenus*, dit son père. Il fait des moulinets avec les bras, est hors de lui de désespoir. Elle avait un grand-père paternel qui savait lui aussi peindre des tableaux, il savait même jouer du violon, mais il avait un vrai métier et il peignait des intérieurs. Des murs et des meubles. Et pourquoi ne lui a-t-elle pas raconté qu'elle donnait dans ce genre de projets irresponsables ?

Elle regarde le plancher sans un pet de rébellion.

Même si elle n'en dit rien, sa mère est sans doute d'accord avec lui. Elle exprime rarement de désaccord avec son père. C'est le genre de choses dont il n'advient que troubles et gueulantes à sens unique. À la place, sa mère lui demande si elle a vraiment la force de passer tant de temps loin du garçon. La longue route depuis la capitale, elle ne pourra en tout état de cause pas la faire plus de deux fois par an.

Son père se lamente. Il ne dit pas directement qu'elle a été malade, ou *paresseuse*, ou consommatrice abusive de cachets, ou quel que soit le mot pour ça. Il le gémit. D'un bout à l'autre, elle leur a infligé la honte, dernièrement en arrêtant le lycée avant l'examen final. Il l'a laissée habiter à la maison avec le garçon sans une mauvaise parole en dépit de *tout*, dit-il. Il considère qu'elle ne voit pas les *réalités*.

Elle va à la table, saisit la lettre des deux mains, jette un bref coup d'œil sur le logo avant de la mettre dans le poêle. Puis elle prend le garçon dans ses bras, descend l'escalier et sort dans le jardin. Elle s'assied sur le banc où s'était assise l'épouse de l'auteur. Aujourd'hui il est froid. La peinture blanche est plus écaillée que dans son souvenir. Si elle avait été comme son grand-père, elle aurait pu le repeindre.

Sa mère a raison évidemment. À l'époque où elle se contentait d'aller de l'autre côté du fjord, le garçon la croyait quand elle disait qu'elle reviendrait bientôt. Mais il sait déjà que *bientôt*, c'est terriblement long. Un *bientôt* qui dure presque six mois, c'est *trop* long.

Le garçon veut aller trottiner par terre, mais elle le tient sur ses genoux et parle dans sa nuque. A besoin de l'avoir là.

– Il faut que je me déniche un métier dont on puisse vivre, tous les deux. Me déniche une formation. Ça ne devra rien coûter aux autres, tu sais. On trouvera bien un moyen.

En les prononçant, elle entend que ce sont là les mots de sa mère. On trouvera bien un moyen.

Elle se trouve des projets d'études et envoie sa candidature à l'école de formation des instituteurs. Comme par miracle, elle obtient une dérogation à la règle stipulant qu'il faut avoir dix-huit ans, et peut venir passer le concours d'entrée dans la ville qui ne se trouve pas trop, trop loin.

Si elle est admise, elle pourra prendre le bus pour aller voir son fils de temps à autre. Son père parle avec ferveur et sans interruption. Sa mère est tranquillement satisfaite. C'est là une profession utile dont on peut vivre. Et puis on manque d'instituteurs et il est facile de trouver du travail. Elle se dit qu'elle s'est toujours plu à l'école. Du moins avant l'échec et les cachets. Mais être condamnée à y aller toute sa vie, c'est tout de même une autre histoire.

Le début

De nouveau, il lui envoie des lettres. Il a fini son service militaire et veut lui aussi devenir instituteur. Ils vont passer le concours d'entrée, tous les deux, dit-il. Elle a le sentiment qu'il essaie de lui enlever quelque chose, ou de l'entraver.

C'est injuste de sa part, de penser en ces termes. Au bout de quelques jours, elle lui envoie une lettre brève disant que ça va être *sympa* de le revoir. Sympa ?

Il ne répond pas tout de suite, elle se dit donc *Voilà ce qu'il en était*. Regarde la photo qu'il lui a donnée. Ce n'est qu'une photo. En vérité, elle ne le connaît pas autrement qu'au travers des lettres où il raconte surtout les nombreux projets qu'il forme. Il est bon épistolier. Mais les lettres sont toujours autre chose que la réalité. Nul ne le sait mieux qu'elle.

Il se tient dans un groupe avec d'autres candidats au concours et leur parle comme s'il les connaissait depuis toujours. Elle, il lui dit salut, en lui souriant comme on le ferait à une cousine à qui l'on n'a en fait pas grand-chose à dire. Elle en est blessée, bien qu'elle ne sache absolument pas si elle veut qu'on les considère comme un couple.

Elle révise le programme du concours dans la petite chambre que des cousins de son père ont eu l'hospitalité de lui laisser. Elle ne paie rien. Et en plus on la nourrit.

À sa grande stupéfaction, elle s'en sort bien aux épreuves. Y compris au test d'intelligence. Il est apparemment fait sur mesure pour tester les conscrits de la défense. Ce qui signifie qu'elle aurait peut-être aussi pu être acceptée comme recrue. L'idée l'effleure. Et si elle avait pu apprendre le maniement des armes ? Mais elle sait en fait ce dont elle a besoin. C'est simple. Charger et armer. Et puis ! Tout près, en le regardant juste entre les deux yeux.

Elle est reçue. C'est un triomphe que de voir son nom sur la liste affichée dans le hall de l'école. Son correspondant aussi est reçu. Certains de ceux qui n'ont pas réussi s'en vont l'oreille basse sans un adieu. L'une pleure. Ç'aurait pu être moi, se dit-elle en s'attardant sur ce sentiment. Se demandant pourquoi *elle* a réussi.

Elle a promis d'appeler son père au bureau pour lui dire ce qu'il en était. Mais n'a pas la force d'entendre sa voix. Elle salirait cette belle journée.

Elle part de la maison avec tant d'argent qu'elle a de quoi s'en sortir jusqu'à ce qu'elle touche son prêt étudiant. Il lui faut remercier son père en lui serrant la main. Il n'y a pas d'autre issue. Il essaie d'être gentil et déclare que ce sera une bonne chose d'avoir une institutrice dans la famille. Elle ne répond pas. Est un Judas qui reçoit.

Quand elle a bouclé ses deux valises en carton, serré le garçon dans ses bras et pleuré, et se trouve enfin dans le bus, elle a le sentiment d'avoir des ailes. Elle se cale bien dans son siège et laisse la chaleur de ces ailes gagner ses épaules et sa nuque. Elle va y arriver.

Elle atterrit dans une grande maison avec plusieurs chambres louées. N'y vivent que des filles. Dans de petites chambres spartiates propres. Comme des bonnes sœurs. Elles dînent dans la salle à manger de leurs hôtes.

Elle est comme lavée et neuve. La vie commence maintenant. Elle arrive à parler aux gens sans gamberger sur ce qu'ils peuvent bien savoir à son sujet. S'ils comprennent qu'elle est une paria, ils ne s'en laissent apparemment pas affecter, mais la traitent comme si elle était de premier ordre tout comme eux-mêmes.

Elle rit avec eux comme si sa vie en dépendait. Et avant tout, elle maîtrise le travail scolaire. C'est comme si elle avait trouvé sa voie, comme on dit. Elle arrive à s'endormir et ne se réveille pas aussi souvent la nuit. C'est grisant. À moins que ce ne soit cette ville ?

Pendant qu'on construit la nouvelle école d'instituteurs, ils ont cours l'après-midi dans les locaux du lycée. Qui ne se lève pas le matin n'est pas trahi, et les devoirs peuvent être reportés au lendemain matin. Ce qui donne l'occasion de sortir le soir. Il le veut. Ils sont dans la même classe et sont toujours avec d'autres quand ils se voient. Cela fait d'eux des membres d'un groupe davantage qu'un couple. Elle ne se résout pas à lui demander ce qu'ils sont au juste. Peut-être n'est-il pas décidé.

Un jour, il passe comme fortuitement devant elle dans le couloir et l'invite à aller au cinéma. Ils voient un western et elle ne suit pas particulièrement. Il lui tient la main pendant presque tout le temps. Ensuite, il prend comme une évidence qu'ils sont ensemble. Il s'assied avec elle pendant les récréations. Ça ne lui déplaît pas, mais elle se sent empruntée et assujettie. Ils n'ont pas parlé de la tournure que devaient prendre les choses.

Au début, c'est bien qu'ils ne soient presque jamais seuls, parce qu'elle ne sait pas quoi dire. Un vide naît. Les mots flottent sans but et semblent parfaitement inutilisables. Plusieurs fois, elle est à deux doigts de dire qu'elle ne sait pas s'ils sortent ensemble ou non, mais n'y parvient pas. Comme si le moindre mot déplacé allait tout ruiner. Ce qu'est ce *tout*, elle ne sait pas trop. S'écrire des lettres était plus facile, se dit-elle. Il lui suffisait d'adopter un ton adulte et assuré, sans être obligée de voir sa réaction.

Il est sociable. Plus il est entouré, mieux c'est. Il parle avec toutes les filles. Flirte et rit. Elle en déduit qu'elle n'est pas son premier choix. Juste une réserve.

Chose curieuse, cela le rend plus séduisant à ses yeux que quand il écrivait des lettres. Crée une sorte de faim, ou de dépendance. Qu'il lui parle. Lui accorde ses bonnes grâces.

Elle passe beaucoup de temps à attendre qu'il lui propose de faire quelque chose.

L'attente l'isole et prend une place telle que tout le reste devient insignifiant. Sans être consciente de ce qui se produit, elle se *laisse* isoler. Plus il est populaire, plus elle devient petite. Elle rétrécit. Et ce n'est pas sa faute à lui. Il lui a chuchoté qu'elle était son amoureuse. Elle ne sait pas ce qu'il y met. Mais sa fierté prévaut sur tout le reste. Elle n'est pas quelqu'un qui quémande.

Elle attend. Qu'il passe et sonne à la porte. Ou lance un caillou sur sa fenêtre s'il est tard et qu'il ne veut pas réveiller sa logeuse. Qu'il l'invite au thé dansant. S'il ne l'invite pas, elle pourrait y aller avec d'autres gens de la classe. Mais ils croiraient alors qu'il ne veut plus entendre parler d'elle.

Il n'a sans doute pas le temps. Sport, groupe de théâtre, chorale, exposés, il en est. Elle ne comprend pas quand il travaille ses cours. À plus forte raison quand il passe aussi des nuits tardives avec ses copains. Souvent le soir, quand ses devoirs sont faits, elle reste seule. Ressent ce sentiment qu'elle n'avait jamais ressenti. Qui bloque sa réflexion. Que fait-il en ce moment ? S'amuse-t-il plus que quand elle est là ? Aurait-ce été mieux pour elle d'y être ?

Elle ne s'admet pas à elle-même qu'elle est jalouse, et certainement pas à lui. Se contente de tout renfermer et d'afficher une distance hautaine. Quand elle est au plus mal, elle se retire et fait de longues promenades dans cette curieuse ville plate qui lui a sauvé la vie, tout de même.

Les Allemands l'ont totalement bombardée. Mais elle s'est relevée. Elle est pleine de ces maisons dites *de Suédois*. Les Suédois ont en effet jugé que, après avoir été neutres et laissé passer les troupes allemandes pour le détruire, ils se devaient de redonner quelque chose à ce pays.

Le vent souffle en permanence. Et derrière chaque rocher rôde la mer. Mais qu'à cela ne tienne. S'il est quelqu'un qui se sent chez elle dans la bourrasque, c'est elle.

Avec l'argent de l'histoire mensongère du magazine, elle ne s'est pas acheté de radio, mais un vélo. Puis elle a écrit une autre histoire mensongère pour un autre hebdomadaire et, là aussi, reçu de l'argent. Qui lui a permis de faire l'acquisition d'un transistor Kurér. Ces deux objets sont ses meilleures possessions. La bicyclette est rouge. Une ville plate est comme faite pour pédaler. Elle a un solide cadenas. Rouler sans but est une sensation agréable. Parfois, elle voit des quartiers dans lesquels elle pourrait concevoir d'habiter.

La maison de la solitude

Elle entend une sonnerie quelque part à l'intérieur. D'abord, personne ne vient. Elle appuie encore une fois sur la sonnette. Deux coups brefs. On fait de petits pas hésitants et la porte s'ouvre lentement. Une petite face bleuâtre surgit derrière une chaîne de sécurité et elle fixe deux yeux incolores. Un chignon gris maigrichon est en passe de dégringoler sur le côté et une main crochue décharnée s'agrippe au chambranle. *De quoi s'agit-il ?* s'enquiert une voix stridente irréelle.

Elle déglutit et explique qu'elle a vu l'annonce pour une chambre à louer. D'abord la porte est entièrement repoussée, et elle entend remuer une chaîne. Puis elle s'ouvre toute grande. Le personnage glisse sur le côté et lui demande qui elle est. Elle donne son nom tandis que la femme la précède dans un couloir sombre. Ses mouvements sont silencieux, comme sans effleurer le sol. C'est contagieux. Il faut manifestement se faufiler. On la conduit dans une grande cuisine froide pendant qu'elle s'efforce d'expliquer qui elle est et pourquoi elle a besoin d'un logement.

– Tiens donc, on veut devenir institutrice, cela conviendra sans doute bien à Madame, indique la tête d'oiseau. Elle a soudain le sentiment d'avoir été placée dans un roman historique avec maîtres, « madame » et serviteurs. Un irréel d'épouvante pique sa curiosité.

– Quel est le loyer ? se renseigne-t-elle doucement.

La personne souffle par le nez. Il apparaît qu'elle n'a pas de loyer à payer, mais doit garder un garçon de onze ans deux soirs par mois et veiller à ce qu'il fasse ses devoirs trois jours par semaine. Elle peut utiliser la salle de bains s'il le faut et il y a des toilettes au rez-de-chaussée et un lavabo dans sa chambre.

Elles grimpent deux escaliers dans une atmosphère s'assombrissant de plus en plus. La maison se referme sur elles. Mais c'est le mois de décembre, ciel neigeux et routes déplorables pour le vélo, se dit-elle. Bien arrivée en haut, la dame grise trouve un interrupteur. Une lumière blanche révèle un couloir, ou un grenier de séchage, flanqué de livres dans des étagères en désordre. À chaque extrémité se trouve une porte. L'une donne sur la chambre qu'elle va avoir.

Elle est vaste, avec une fenêtre donnant droit sur le ciel. Qui est là, juste au-dessus de l'averse de neige. Il règne une odeur de bureau poussiéreux ou de bibliothèque oubliée. Devant la fenêtre est placé un bureau sombre avec une chaise pivotante préhistorique. Elle est recouverte d'une housse en cuir qui est déchirée sur les bords et autour des rivets couverts de vert-de-gris. Elle ne peut que deviner que le motif était autrefois doré. Il ne l'est plus. Tous les fauteuils de la pièce sont du même style, avec des accoudoirs à volutes et des dossiers élevés.

Elle s'avance dans la chambre. Le lit est haut, surmonté d'un cadre en bois qui lui évoque une potence décorée. Un rideau de velours jaune sale en orne un côté. L'autre a apparemment été oublié. Elle déglutit en attendant la fin de l'histoire. Le tapis est un marécage et ne peut naturellement pas être aéré ni nettoyé. Le lavabo est énorme avec des robinets en laiton pour l'eau froide et l'eau chaude.

Il apparaîtra par la suite que l'eau chaude n'arrive pas jusqu'au deuxième étage. Mais elle se sera alors déjà installée avec ses valises en carton. N'importe comment, ça n'aurait eu aucune espèce d'importance. Elle allait y loger tout à fait gratuitement.

⋆

Le garçon est maigre, taciturne et nerveux comme s'il n'était pas accoutumé aux gens. Sa mèche blanche se dresse toute droite comme contrôlée d'en haut par un aimant. Il a beaucoup de mal à associer les lettres en mots et il lui manque toujours de quoi se moucher. Ils sont amis dès l'instant où elle lui tend la main.

Il remplace en quelque sorte le garçon qu'elle a à la maison. Presque tous les après-midi, quand il rentre de l'école et avant qu'elle aille à la sienne, ils passent ensemble une heure à faire ses devoirs. À l'exception des jours où elle a cours à la fois l'après-midi et le soir. Le calcul, il y arrive bien, ils se concentrent donc sur la lecture et l'écriture.

Parfois le soir, il arrive à pas feutrés quand il l'entend rentrer de l'école. Veut surtout qu'elle lui fasse la lecture. C'est aussi ce qu'il y a de plus facile pour elle. Cela lui permet de se sentir comme sa sœur et sa mère à la fois. Il a le même livre de Tarzan qu'elle dans son enfance. Et *La Case de l'Oncle Tom*. Ce dernier est bien triste pour l'un comme pour l'autre. Ils reniflent assis dans l'immense lit potence. Il bascule vers une langue qui va se révéler être du néerlandais.

De proche en proche, il lui raconte que sa mère est néerlandaise et est *rentrée* à Amsterdam. Son père est en Afrique et sera absent pendant six mois. Elle a alors l'indélicatesse de lui demander ce que *lui* fait ici. Le garçon baisse la tête en expliquant que son père veut qu'il soit norvégien.

D'accord. Norvégien ? Dans une monstrueuse villa ayant survécu à la guerre. Avec une momie de gouvernante et une apprentie institutrice, se dit-elle, mais sans l'importuner avec d'autres questions.

Elle lance ses jambes dans la chambre obscure et glisse ses pieds dans les chaussons qu'elle s'est procurés. Ils passent un moment à se promener dans le noir. Le garçon et elle. Elle ne le voit pas distinctement, mais sent son odeur. Sueur fraîche. Il doit donc avoir peur. Ils s'installent au bureau et la lampe s'allume presque d'elle-même. Le garçon est tout contre elle pendant qu'elle écrit.

Ils sont prisonniers d'une immense maison sans savoir qui est leur geôlier. Ne font que l'entendre à travers les cloisons. Tout à coup s'ouvre dans le plafond une trappe, d'où descend un énorme plat en fer-blanc. Y tressaillent des membres sectionnés et des morceaux de viande rouge.

On ne peut pas manger ce truc-là, dit-elle au garçon, tout en essayant de voir ce qu'il y a dans l'ouverture sombre par laquelle est arrivé le plat. Elle voudrait que la ou les personnes qui sont là-haut remontent le plat, mais cela ne se produit pas.

Le garçon a encore plus peur qu'elle. C'est évident. Il a confiance dans le fait qu'elle va y arriver. Elle leur écrit donc un ordre. L'écrit directement sur le papier.

Voyez à faire disparaître cette cochonnerie !

Quelqu'un respire péniblement. Puis l'incroyable se produit, les poulies actionnant le plateau se mettent à couiner et le plat est happé vers le haut. La trappe a disparu comme si elle n'avait jamais existé.

Elle sait toutefois que le plateau se trouve là-haut dans le noir. Lentement, mais sûrement, la viande pourrira. La puanteur filtrera des lattes du plafond. Des asticots blancs. Ils se reproduiront à une vitesse effroyable. Dévoreront la maison entière. Ça, elle ne peut pas l'écrire, sinon le garçon aura encore plus peur.

Une radio invisible est allumée et émet des nouvelles crépitantes mettant en demeure de marcher en dehors du cercle de craie tracé sur le sol.

Où est le trait de craie ? chuchote-t-elle.

Le garçon part à sa recherche. Elle sent son odeur fauve quand il passe à vive allure. Comprend qu'il est en train de rouler le tapis.

Oui, c'est ça ! écrit-elle, le trait de craie est sous le tapis, rien que pour nous empêcher de le voir !

Le garçon n'ose pas aller aux toilettes au rez-de-chaussée. Ils contournent le trait de craie sur la pointe des pieds et font pipi dans le lavabo de sa chambre. Elle a beau bien rincer, c'est un forfait qu'on ne saurait excuser.

Ils s'empressent de regagner le bureau.

Il nous voit, dit le garçon avec inquiétude.

Qu'à cela ne tienne. Je l'écris, tout.

La lumière se déverse vivifiante sur le papier, écrit-elle sous la lampe, bien que ce soit sans rapport aucun avec l'affaire. Elle songe combien l'entrée et les escaliers qui montent sont obscurs. Se représente les couteaux africains, l'épée et le tambour au mur.

Pouvons-nous nous habituer à cela ? demande-t-elle.

Le garçon ne répond pas, elle s'écrit donc une réponse à elle-même.

Le fait est sans doute que je ne peux pas l'éviter.

À l'approche de Noël, il devient clair que c'est la gouvernante qui est la geôlière et qui évolue silencieusement en pantoufles de feutre dans la maison. Elle décrit le chignon gris en ruine et les yeux incolores qui fixent. Essaie de convoquer l'instant qui sera décisif à tous égards. Les sauvera, le garçon et elle. Mais ne le capture pas tout à fait.

Au fil de la période où elle aide le garçon à faire ses devoirs, l'histoire du cahier à spirale devient de plus en plus effrayante. Mais elle ne peut pas lui en parler. Certainement pas la lui lire à haute voix. Il a déjà bien assez peur comme ça.

Un soir qu'elle rentre de l'école, elle n'arrive pas à gravir le perron, ouvrir la lourde porte et entrer. Il pleut, les routes sont glissantes et le vent cingle de toutes parts. Elle se met néanmoins en selle et repart à l'école. Se fait un petit nid dans le coin salon où ils ont l'habitude de séjourner pendant les récréations.

L'école est vide, seules vaquent les femmes de ménage avec leurs seaux et leurs manches à balai. Elle sort son thermos avec le reste de thé et la boîte avec la moitié de tartine. Pendant une demi-heure, elle essaie de réviser pour le contrôle d'histoire du lendemain, avant que la femme de ménage vienne lui dire qu'elle y va et va fermer. Elle envisage un instant de rendre visite à quelqu'un de la classe. Juste sonner sans raison. Elle se dit même qu'elle pourrait rendre visite à celui qui un temps faisait comme s'il était son amoureux. Mais elle rejette cette idée. Depuis qu'elle a emménagé dans la grande villa en dehors de la ville, il est devenu distant. Elle ne sort jamais le soir.

Dès qu'elle verrouille son vélo à l'extérieur, elle sait que quelque chose ne va pas. Une respiration pénible se transforme en nausée. C'est l'avertissement. Il lui faut entrer et se coucher avant l'attaque. Elle se reprend et ouvre la porte sur un silence assourdissant. Ça ne fait rien si je tombe maintenant, se dit-elle. Mais il ne faut pas que je vomisse ici. Elle ne sait pas si les deux grandes valises à ses pieds sur le plancher sont réelles. Une odeur étrangère d'épices et de parfum la prend au nez.

La gouvernante vient à sa rencontre comme si elle était à l'affût depuis le début. Ou comme tirée du bloc à spirale par son écriture. La voilà qui écarte les mains et annonce de sa voix frêle que *la mère l'a emmené*. Lui empoigne le bras à travers les barreaux de la rampe. Elle s'écroule sur les genoux dans l'escalier.

– La mère est venue le chercher ! siffle de nouveau la vieille. Il fallait que je leur fasse suivre ça, dit-elle en désignant les valises. Maintenant ça va être la guerre, poursuit-elle d'une voix fluette le regard braqué dans le vide.

– Il sera sans doute mieux chez sa mère, tente-t-elle, mais est interrompue par des yeux qui lancent des éclairs.

– Elle est démente ! Tout le monde le sait ! feule la gouvernante, avant de tourner les talons et de courir dans la cuisine. Que la geôlière du bloc à spirale puisse ne serait-ce que courir quand bon lui semble a quelque chose de sinistre, de proprement contre nature.

Être normale

Elle rentre à la maison avec un sac rempli de menus présents et de friandises pour le garçon et pour sa sœur. Le soir de Noël, ils sont dans la maison jaune d'ocre. C'est bien, comme ça son père est moins destructeur. Il lui suffit de s'asseoir quelque part où elle ne le voit pas. Le son, on ne peut rien y faire.

Le garçon a l'attention de tous et est tout content. Sa grand-mère paternelle estime qu'il ressemble de plus en plus à *leurs gens*. Ça, personne n'y répond. Souvent, quand sa grand-mère dit quelque chose, ce n'est pas une question, mais un fait.

Sa sœur a les yeux scintillants d'espoir et rôde dans les paquets sous l'arbre. Comme à l'accoutumée, son oncle l'a fait de branches fraîches de genévrier fichées dans les trous d'un manche à balai. Il a une autre odeur que le sapin de chez ses parents. Sa mère est attentive à ce que les chandelles de suif n'y mettent pas le feu, mais ne dit pas grand-chose. Son père devise, assis dans le meilleur fauteuil.

Sa tante va et vient en faisant le service. Gâteaux et galettes. Sa tante est ce qui se fait de plus proche d'un ange dans la réalité, songe-t-elle, sans le dire. Si elle disait une chose pareille, on pourrait comprendre qu'elle a pitié d'elle. Et c'est le cas, mais ça, ça ne se dit pas tout haut.

Elle l'aide à faire la vaisselle. Elles vont et viennent dans la cuisine peinte en vert et parlent de gentilles choses tout à fait ordinaires. Sa tante l'interroge sur sa vie en ville. Plie le torchon et dit d'une petite voix quelque chose sur le fait qu'elle aussi rêvait d'aller en ville pour apprendre.

– Mais pour moi qui étais une fille et la plus jeune, il n'y avait pas d'argent, tu sais. Et puis à la place, il y a eu la cure au sanatorium, dit-elle avec un sourire timide. Elle a eu la tuberculose quand elle était jeune. Le sourire de sa tante est toujours changeant. Là, il est rêveur, comme si elle croyait encore pouvoir aller en ville.

– Tu peux venir me rendre visite, je me suis trouvé une grande chambre près de l'école maintenant. On pourrait aller au cinéma et au café. Ça pourrait être bien, dit-elle en se surprenant elle-même. Car le pense-t-elle ?

– Oui, ça pourrait être amusant, répond gentiment sa tante en empilant les belles tasses à fleurs. Puis elle lisse sa chevelure devant le miroir au-dessus du meuble de toilette dans le coin. Son visage a une douce empreinte de quelque chose. Chagrin ? Il est doré hiver comme été, avec des fossettes près de la bouche.

Il est là, le soir du bal populaire. Raconte qu'un copain l'a emmené en voiture. Elle a beau le voir tous les jours en ville, il paraît étranger. Il l'invite, bien qu'elle n'attende pas assise le long du mur comme il se doit. Elle est debout près d'un tonneau vide avec une amie du collège. Ils se sont *envolés*, eux aussi. Ne sont rentrés que pour Noël.

Elle sait qu'il danse bien le tango. Mais pas aussi bien le rock que le père du garçon. Elle se laisse conduire. Mais, comme s'il savait ce qu'elle pense, il s'avère bientôt qu'il y en a beaucoup d'autres avec qui il doit danser. Et quand il danse avec elle, il en est beaucoup à qui il doit dire bonjour et raconter des joyeusetés.

Lorsqu'elle repart dans le gel, il y en a toujours beaucoup avec qui il doit danser. Elle le ressent comme une piqûre de guêpe quelque part dans sa poitrine. En plein hiver. La neige craque et crisse quand elle pose le pied. Un anneau de glace enserre ses chevilles.

Quasiment mitoyenne avec l'école, sa nouvelle chambre est un miracle. Dès le moment où elle s'assied dans le bus pour la ville, elle se réjouit à la perspective d'ouvrir la porte. Elle a tout juste eu le temps de déménager avant de partir.

Deux caisses de livres se trouvent au milieu de la pièce. Mais sa logeuse est montée lui allumer le chauffage.

Cette logeuse-ci n'est pas une geôlière. Elle n'est pas bavarde, mais claire sans élever la voix. Les règles sont simples. Verrouille la porte d'entrée et surveille les feux de cheminée. Ne l'a pas encore prise à espionner ni à écouter aux portes. Elle est la seule locataire du grenier. Il y a un petit coin cuisine avec évier et la chambre est lumineuse, avec un plafond en soupente.

Elle se laisse de nouveau entraîner en ville. Croit que cela fait d'elle une autre. Oui, elle remarque qu'elle se conduit différemment du simple fait qu'elle a trouvé un *foyer*. Elle n'a pas besoin de pédaler une demi-heure qu'il pleuve ou qu'il vente pour aller à l'école. Elle peut acheter pain, lait et mousse de foie à la Coopérative au coin de la rue. Elle peut aller à pied prendre le bus les week-ends où elle va voir le garçon.

Un jour vient celui dont elle croyait qu'il avait laissé tomber, en visite. Se conduit comme si elle l'avait invité. Se pose et s'extasie de combien c'est sympa chez elle. A apporté deux bouteilles de bière. Boit les deux parce qu'elle n'en veut pas.

Il veut qu'ils *reprennent le fil*, selon ses termes. Elle ne répond pas, mais essaie à la place d'imaginer comment il se serait exprimé dans une lettre. Ce n'est pas chose facile. Elle le laisse donc continuer de parler.

Il a des lunettes à la mode. Les ôte et veut les lui faire essayer. Elle trouve cela casse-pieds et ne les prend pas. Elle lui demande à la place s'il veut une tranche de pain. Il en veut. La suit jusqu'au petit plan de travail et demande si elle a fini d'écrire la dissertation qu'ils doivent rendre le lendemain. Elle a fini de l'écrire.

– Pas moi, dit-il.

Une fois qu'il a mangé ses tartines, bu ses deux bières et déposé un baiser furtif sur sa joue, il doit partir. Tout en enroulant son écharpe autour de son cou, il se met subitement à parler de son jeune demi-frère. De son père. Comme s'il le tirait de l'obscurité de l'entrée.

– Merde quoi, il n'aurait pas dû faire un gamin, ce vieil homme !

– Pourquoi pas ? demande-t-elle en l'air, faute de trouver chose plus intelligente à dire.

– Il ne veut rien faire d'autre que chasser. Ni tenir la boutique ni garder le petit.

– Bon, bon, dit-elle en ne pensant pas au père, mais à lui-même. Elle voudrait lui demander ce qu'il entend au juste par *reprendre le fil*, s'il veut dire aller au cinéma, rien que tous les deux. Mais ce serait trop filandreux.

Une fois qu'il est parti, elle ressent de nouveau cette faim. Mais trop tard. Est-ce cela dont il est question dans les livres et les magazines, est-ce de l'amour ? Pas sous forme épistolaire, mais dans la réalité ? Elle ne sait pas. La réalité est plus ardue que les lettres.

Il a trois ans de plus qu'elle. L'apprécie-t-elle ? Oui. Mais pas tout lui. Il glisse et dérape et, en même temps, l'attire avec quelque chose qu'elle ne saurait déterminer.

La chose naturelle est d'avoir un amoureux. La chose normale. Elle veut être perçue comme normale. Une jeune femme faisant des études dans une ville doit être tout à fait normale.

Pourquoi ne pensait-elle pas ainsi dans la villa obscure quand elle était morte de peur jour et nuit ?

Le garçon se coule dans son lit. Il est glacial et elle sait tout sans qu'il le dise. Il a fui sa démente de mère à Amsterdam.

Mais tu ne peux pas rester chez moi, tu sais, dit-elle.

Il ne répond pas, serre juste les bras autour de son cou. Son corps glacial tremble.

Emmène-moi chez ta mère, la prie-t-il.

Non, non, elle a assez comme ça, tu comprends. Elle a bien assez. Elle a mon garçon aussi. Et bien d'autres choses…

Il abandonne en apparence, mais veut qu'elle lui fasse la lecture. Non qu'il se plaigne, mais elle sait qu'il n'est pas bien.

Bon, maintenant, il faut qu'on dorme, dit-elle d'un ton strict.

Puis elle essaie de dormir. Une ou deux fois, elle entend la mère du garçon crier de l'autre côté de sa fenêtre. Puis ils capitulent, tous les deux, planent ensemble au-dessus d'une forêt vert sombre. C'est elle qui est à la traîne. Et Dieu est enveloppé d'un énorme nuage et le dirige par les cheveux à l'aide d'un grand aimant. Elle glisse en apesanteur à côté de lui, comme si c'était tout naturel, et lui raconte des histoires qu'elle n'a elle-même jamais entendues. Sur sa mère à lui. Sur le fait qu'elle fait de son mieux, mais que ça a mal tourné pour elle, c'est pourquoi elle crie tant. Sa mère a des projets pour leur avenir. Elle a juste besoin d'un peu de temps. Il faut qu'elle finisse l'école d'instituteurs, le comprend-il ?

Mais Dieu et le garçon sont loin devant à présent. Ils n'entendent pas ce qu'elle dit.

La source

On doit abattre la forêt. Que va-t-il advenir des oiseaux et des lièvres ? Pire encore, on va creuser la source où ils vont chercher de l'eau. La vieille tante et l'oncle qui vivent avec sa grand-mère sont désespérés, eux aussi. Son père enrage et se fâche auprès de qui veut l'entendre. À savoir ses plus proches. La famille. Il est possible de déposer une plainte auprès de la municipalité, dit sa mère en écrivant une lettre dans laquelle elle menace de procès. Son père signe avec son nom. Ça fait mieux comme ça.

La municipalité répond qu'elle va installer l'eau des services municipaux. Mais sa grand-mère ne veut pas de *la sale eau* publique. Elle provient d'un étang qui sert de décharge et de baignoire, pense-t-elle. Son oncle a même vu des gens s'y baigner nus. Sa grand-mère veut avoir la source pure naturelle à côté de la maison même si aller puiser l'eau avec des seaux est éreintant.

Sa mère a pitié de la vieille, et admire son opiniâtreté. Ce qu'elle pourrait penser par ailleurs, elle le garde pour elle. On le sent malgré tout quand elle mentionne que l'eau publique n'a rendu personne malade dans le village. Ce qui est bien, c'est que son père est surtout dans la maison jaune d'ocre quand elle est là.

Les choses prennent du temps. Elle rentre plusieurs fois de la ville sans que rien ne se soit passé. Mais un jour, elle reçoit une lettre de sa mère disant qu'ils ont perdu le litige et que son oncle a cessé de voir du monde. Sa mère lui raconte aussi que sa grand-mère pleure beaucoup et que la blouse qu'elle porte toujours les jours de semaine est devenue trop grande. Elle ne peut pas non plus assister à l'enterrement de son voisin car sa robe noire est devenue un sac. Épingler une broche à l'encolure est peine perdue. Ce qui la fait pleurer aussi, naturellement.

Elle peut se trouver dans sa chambre agréable et sentir qu'elle éprouve une sincère pitié pour sa grand-mère paternelle. Mais elle ne peut pas agir. Aussi cette pensée disparaît-elle de son champ de vision comme un papillon en été.

Puis un jour qu'elle arrive dans le village, les scies, haches et pelleteuses sont passées. La nature est tombée, et conduites d'eau, robinets et lavabos sont entrés dans la maison de sa grand-mère. Curieusement, sa vieille tante a cessé de parler du *malheur*.

Son oncle a écrit à une société de vente par correspondance pour commander un instrument de filtration de l'eau polluée. Dont il prétend qu'il leur sauve la vie. Nul ne le contredit.

Sa tante a éliminé la toile cirée de la planche du porche et remisé les seaux à la cave. C'était surtout elle qui portait l'eau avec une perche et deux seaux dont l'eau lui giclait sur les jambes que le soleil brille ou qu'il gèle.

Maintenant, elle a poncé la planche et son oncle l'a peinte. Nul ne peut voir qu'il s'est agi d'un endroit où entreposer des seaux d'eau. C'est un meuble maintenant. On peut y laisser moufles et écharpe, ou des provisions, sans que rien ne se mouille. Il y a même un géranium rouge devant la fenêtre.

Mais de l'autre côté de la clôture, c'est l'enfer. Le bois n'est que souches et gadoue, les oiseaux sont terrifiés, les fourmilières assainies jusqu'à la dernière fourmi et les lièvres ont disparu.

Les ouvriers du bâtiment sont de véritables bêtes sauvages et les machines font du terrorisme auditif du matin au soir. Avec sa mère, elles rendent visite à sa grand-mère et restent dans le jardin à pleurer avec elle. Rien ne sert de dire qu'il y a plus de lumière maintenant que les arbres ont disparu. Le ruisseau et la source n'existent plus. On creuse à la place des tranchées et pose des conduites ou quelle que soit leur dénomination.

Sa mère n'essaie pas de réconforter en disant que ce sera peut-être mieux quand tout sera fini. Ce ne le sera pas. Une école avec des gamins qui braillent et des sonneries stridentes deux fois par heure pendant toute la journée est une torture en soi.

Plus tard, elle entrera elle-même à l'école en se demandant quel imbécile a bien pu inventer qu'il fallait sonner pour faire entrer et sortir les enfants. Croit-on que les gens sont des robots qui réagissent positivement, par l'envie d'apprendre, aux avertissements sonores retentissants ?

Assise dans le bus pour la ville, elle voit le visage de sa grand-mère. De son oncle. De sa vieille tante. Elle se souvient des étés de son enfance dans la maison jaune d'ocre. Ils portent de l'eau pour la cuisine, la lessive, le ménage, pour les plantes du jardin et le champ de pommes de terre. Ils portent jusqu'à en avoir des cals aux mains et les épaules endolories. Assise dans le bus, elle songe comment, d'un seul coup, le joug des gens devient la chose la plus importante qu'ils puissent défendre.

Elle voit la source où elle pêchait le gardon. Ils mordaient à une épingle tordue. Mais elle les relâchait. Tous ces millions de bestioles rampantes qui bâtissent leurs cités et transportent nourriture et matériaux de construction de loin jusqu'à leur tertre. Marchent et marchent, portent et portent. Certains sont des ouvriers ou de simples esclaves, et d'autres tiennent le haut du pavé, exactement comme chez les hommes.

Et elle songe que cette jungle miniature autour de la source de sa grand-mère est son premier apprentissage du fonctionnement des choses. C'est là qu'elle surmonte sa peur du noir simplement en allant seule dans la forêt. À maintes et maintes reprises. C'est là qu'elle le comprend sans pouvoir mettre de mots dessus. Au lieu d'avoir peur du noir et des arbres hauts, on peut y chercher refuge et se cacher. Elle peut se glisser sous les larges jupes odorantes des sapins et être entièrement seule. Là, auprès des histoires les plus effrayantes, la lumière est filtrée par des barreaux d'aiguilles et de branches de sapins, et à l'orée du bois, de la mousse apparaît dans toutes ses nuances comme une douce consolation quand les choses sont au pire.

II

L'épouse du chasseur

Épilobes dans des jarres. Les marguerites, pois de senteur et lys de sa grand-mère paternelle sont sacrifiés. Le jardin est honteusement plumé. Mais c'est déjà le mois d'août. Sa vieille tante et sa mère ont décoré l'église. Le couvre-lit au crochet de sa défunte belle-mère repose sous les chaises des mariés. L'image n'est pas nette. Les gens sont un brouillard qui de droite et de gauche se rassemble derrière le chasseur et elle, tandis qu'ils remontent l'allée centrale. À chaque pas, l'orgue les assaille.

Puis le silence. Ils doivent manifestement se débrouiller tout seuls. S'asseyent sur les deux sièges. Tout le monde s'assied. Elle entend quelqu'un tousser. Quelqu'un soupirer. Se racler la gorge. Respirer. Des bruissements d'affaires qu'on déplace. Sacs, livres de cantiques, pieds. Ils chantent. Celui qui est debout là et qui va devenir son mari chante aussi. Il a une bonne voix. Elle l'entend distinctement sans oser le regarder. Ils se lèvent et se rasseyent. L'orgue et le pasteur décident. L'autel flamboie dans la brume. Puis il pâlit avec le chœur des anges et se dépose, menaçant, autour d'elle.

Ils finissent par être forcés de faire ce pour quoi ils sont venus. Il n'y a pas d'alternative pour ces choses-là. Elle le sait depuis le début, mais en prend soudain conscience.

C'est quand l'inévitable est là qu'on aspire à une cachette. Tout de suite. Mais sa voix à elle est aussi limpide que la sienne à lui. Ils disent *oui*. Est-ce cela, le destin ? Se fait-il la même réflexion ?

Ils flottent au pied de l'autel, sur le même tapis que l'homme de l'histoire que lui racontait sa grand-mère paternelle quand elle était petite. L'histoire de l'homme qui tous les dimanches va à l'église pour voir celle qu'il ne peut avoir. Et ils sont là, tous. Toute la famille. Sa grand-mère pleure.

Le garçon la regarde avec de grands yeux ronds et sa mère lui tient délicatement la main.

Elle sait que ça ne se fait pas, mais elle brandit son bouquet vers lui, comme un signe. Le garçon se tient là et est le seul qui soit distinct dans le brouillard.

Il a obtenu un travail pour l'été. A fait la tournée des villages en voiture en vendant des encyclopédies pour le compte d'un libraire. La commission n'est apparemment pas très grosse, mais il peut rouler en voiture de fonction. Elle s'est acheté une robe de mariée blanche et un voile court. Blanc. Une femme qui a un enfant sans être mariée ne peut en réalité pas porter de robe et de voile blancs à son propre mariage. Pas dans ce bourg. C'est donc une décision rebelle avec laquelle sa mère est d'accord. La robe est soldée parce qu'elle est courte. Les robes de mariée doivent être longues maintenant. Mais elle peut se mouvoir sans craindre de trébucher.

Quand ils retraversent ensemble l'église, elle sent qu'il a le bras qui vibre.

– Ça s'est bien passé, non ? demande-t-il quand ils arrivent dehors.

Elle acquiesce en s'efforçant de lui sourire. Ne sait pas trop quel est l'effet produit, il est si sérieux. Remonte ses lunettes sur son nez et regarde droit devant.

Ils sont censés rester sur le perron pour recevoir les félicitations. C'est l'usage. Tous les couples de mariés le font. Mais, comme si c'était une question de vie ou de mort, elle veut descendre les marches tout de suite. À l'intérieur, l'orgue gronde encore. Les portes sont grandes ouvertes.

– Je n'ai pas le courage de rester jusqu'à ce qu'ils sortent, tous, chuchote-t-elle.

– Mais c'est ce qu'on est censés faire, dit-il d'un ton persuasif en la regardant enfin.

– Pas nous, répond-elle presque avec colère, sans se souvenir que c'est le jour même de leur mariage.

– Bon, dit-il, étonné.

Puis ils descendent laborieusement les marches et montent dans la voiture au pare-chocs orné de feuilles de bouleau.

Il s'est préparé, mais ne retrouve pas son discours. Il fait tinter son verre, se lève et dit que c'est tout aussi bien que le texte qu'il avait préparé ait disparu, car il n'était pas assez bon.

Ensuite, elle ne se souvient pas de ce qu'il a dit. Mais les gens rient.

Il s'amuse beaucoup à leur mariage. Le dira pendant longtemps, chaque fois qu'il en sera question. Il aime les réceptions. En tous genres. Elle croit que c'est bien pour elle d'être mariée avec quelqu'un comme ça. Il trinque souvent et avec tous. Ce n'est pas non plus cela qui la fait douter. Mais le fait qu'il devienne un autre. Quelqu'un qu'elle ne connaît pas. Elle part se coucher sans trop interrompre.

Il finit par venir. Tâtonne dans la pénombre, à la recherche de la poignée de porte, des murs, du lit et d'elle. La fenêtre est ouverte. Un vague petit courant d'air. L'été sera bientôt terminé.

Il est content de lui parce qu'il leur a construit une chambre à coucher sur le palier où elle a sa chambre. Elle aussi est contente. A cousu des rideaux à carreaux rouges et un volant à mettre autour du canapé-lit qui est maintenant lit double.

Tout le monde leur dit que c'est vraiment *douillet*. Et tout le monde leur rend visite. Elle n'a jamais eu autant de monde nulle part, à part sur l'Île, quand elle grandissait avec ses cousins.

Au début, c'est presque comme une autre vie. De proche en proche, elle commence à se manquer à elle-même. Elle a plus de place, mais ne sait où se mettre.

Arrive la saison de la chasse. Il prend congé de l'école et part dans son village natal. Se munit de son sac à dos et de son fusil et rentre dans ses montagnes.

Elle n'a pas besoin d'attendre qu'il lui accorde de l'attention, ou réponde qu'il n'a pas le temps quand elle lui propose de faire quelque chose ensemble, rien que tous les deux. Cela lui nettoie la tête pendant plusieurs jours. Elle va au cinéma, au thé dansant, au café avec ses condisciples. Elle dessine et peint avec les gens de la bande dans la salle d'arts plastiques après les cours. Elle va jusqu'à le couvrir quand, le front plissé, le professeur principal s'enquiert si quelqu'un sait si cette absence est due à la maladie. Elle hoche la tête.

Elle essaie de comprendre comment tout s'est mis en place. La décision. C'était ce dimanche après-midi où ils étaient assis au bord du quai près de la jetée. Subitement, il lui demande si elle prendra le garçon quand elle aura fini l'école d'instituteurs.

– C'est ce qui a toujours été prévu, répond-elle d'un ton ferme.

Il s'éclaircit la voix et lâche un caillou dans l'eau. Qui file dans l'obscurité en faisant des ronds à la surface.

– Alors on ferait mieux de se marier avant de postuler à des emplois d'instituteurs, dit-il, redresse ses lunettes et la regarde les yeux nus.

Quelque chose se produit. Il devient soudain quelqu'un qui comprend. Quelqu'un sur qui elle peut compter. Aux mains gentilles. Quelqu'un qui n'exige pas d'elle qu'elle soit une personne qu'elle n'est pas.

*

Les jours passent vite. Puis il rentre de la chasse et revient dans sa vie comme un mouvement qu'on ne peut interrompre.

Il me manque surtout quand il est là, songe-t-elle tranquillement, en sachant que c'est à *elle* qu'il incombe de mettre un terme à cette imprévisibilité qu'il lui impose. Mais elle ne sait comment. Cela a vraisemblablement un rapport avec les mots. Avec le fait qu'il faut dire les choses telles qu'elles sont. Mais comment est-ce donc ?

Le garçon

Ils ont chacun le papier attestant qu'ils ont un métier, l'homme et elle. En se débrouillant bien, ils pourront avec le temps rembourser à l'État leur prêt étudiant avec intérêts. Si les temps sont durs, elle pourra subvenir à ses besoins et à ceux du garçon. C'était le but même. Mais ils sont trois. Le garçon, lui et elle. Ils vont déménager dans une localité aussi loin au nord que l'on peut aller sur le continent. Les jeunes instituteurs reçoivent une prime s'ils s'engagent à y rester pendant quatre ans.

Aucun d'eux n'y est jamais allé. Mais ils savent qu'ils auront un appartement spacieux dans un immeuble tout neuf. Ils n'apportent que peu de mobilier, mais ça s'arrangera sûrement. Ils n'ont pas besoin de grand-chose.

Dans le salon de deuxième classe, le garçon et elle mangent des tranches de pain sec dans une boîte à gâteaux. Lui boit du lait, elle de l'eau. Elle a un peu mal au cœur. Le bateau gîte dans la forte mer. Elle est là à se dire que, pendant quatre ans, elle va être obligée de traverser de vastes mers pour pouvoir s'éloigner, sortir. Il est un peu tard pour y penser. Elle n'est pas seule. Elle a une famille. Un mari. Et un enfant qui a besoin d'elle tous les jours. Elle a le sentiment que la situation s'est mise en place pendant la nuit, mais ce n'est pas le cas.

Ils étaient d'accord pour accepter ces postes. Cet endroit. Et dès avant leur mariage, il sait clairement qu'elle emmènera le garçon là où ils s'installeront.

Il ne cherche pas à faire de résistance. Au contraire. Il est gentil avec le garçon. Amical. S'il ne le prend pas sur ses genoux, ça viendra avec le temps, se dit-elle. Là, il est sur le pont ou on-ne-sait-où. A rencontré quelqu'un avec qui il a fait son service. C'est sympa pour lui.

– Tu vas avoir ta propre chambre et aller au jardin d'enfants, tu sais, dit-elle au garçon. Il est petit pour son âge et a de la peine à atteindre le bord de la table. Elle lui a acheté un feuilleté à l'amande parce que sa tartine était trop sèche.

– Il y a beaucoup de fleurs dans le jardin où je serai ? Et des arbres avec une balançoire ? se renseigne-t-il plein d'espoir.

Elle ne sait que lui répondre, car elle suspecte que la nature y est moins luxuriante que celle à laquelle il est habitué. Heure après heure, les bords du chenal n'ont cessé de se faire plus désolés. Tente de lui expliquer qu'on appelle cela le jardin d'enfants parce que les enfants eux-mêmes sont censés figurer les fleurs.

Mais en aucun cas il ne veut être une fleur, il veut rentrer et aller dans le jardin qu'ils ont là-bas.

– Je veux absolument rentrer auprès de mère maintenant ! dit-il en pleurant.

Elle le mouche avec la serviette poisseuse et lui dit qu'ils vont aller sur le pont regarder la mer. Mais il ne veut pas aller sur le pont, il veut que *mère* soit là où il est.

Elle parle bien trop vite et bien trop faux de tout ce qui va être si bien. Pendant un moment, il essaie en apparence de suivre, petite âme aimable, comme s'il comprenait que ce n'est pas si facile pour elle non plus. Puis il pose la tête sur ses genoux et regarde fixement son visage en frottant sa petite main sous son nez.

– Mais tu ne comprends pas, maman, que je suis terriblement seul là ?

Voilà ce qu'il en est de la situation avant même que le bateau ait accosté. Elle a ravi le garçon à celle qu'il aime le plus.

Juste au-dessous de son sternum se trouve un objet pointu. Il s'élargit peu à peu pour englober son diaphragme tout entier. Surgit à toute heure quand elle regarde le garçon.

Son expression. Le mouvement de son corps et sa nuque baissée. Le pire, ce n'est pas ce qu'il dit. C'est quand il se tait et cherche à se cacher. Au bout d'un moment, elle essaie de s'étirer, sourire, dire quelque chose et expirer cette pointe en métal. Mais elle la sentira régulièrement pendant des années.

Sa mère l'écoute, mais la liaison n'est pas très bonne. Il y a de la friture sur la ligne.

– Tu veux que je vienne dans le Nord, c'est ce que tu me demandes ? veut-elle savoir.

Mais ce n'est pas ça. Elle veut juste que sa mère lui donne une solution via la ligne de téléphone, à plusieurs jours de voyage de distance. Bien entendu, elle ne le peut pas.

– Je ne vois pas d'autre moyen que de venir le chercher, dit sa mère.

Mais non, non, ce n'est pas la solution. Le garçon va vivre auprès d'elle, ça a toujours été son intention.

Sa mère estime que ça ne rime à rien de penser aux intentions, mais qu'ils pourront en tout état de cause leur rendre visite. Elle peut dire au garçon qu'ils viendront pour Noël. Peut-être que ça aidera.

Ça aide le jour où elle le dit. Le lendemain, il a les yeux brillants, déglutit et veut savoir combien de jours il reste jusqu'à Noël. Elle va lui chercher le calendrier mural. Et il prend une craie rouge et barre chaque sainte journée qui passe. Devient un véritable as en calcul. Emporte le calendrier au jardin d'enfants et se répand sur le jardin qu'il a *là-bas, à la maison.*

Un rituel

Si jamais elle ne la connaissait pas avant, deux ans dans cet endroit lui ont enseigné la différence entre être un chasseur et être une femme. Ce n'est pas la faute du chasseur. Cet état de fait s'est formé au fil des générations. Et cependant, elle mobilise ce qui pourrait ressembler à de la protestation, ou peut-être sont-ce simplement les hormones, car elle porte un enfant dans son ventre. Elle ressent une fureur douce, mais véhémente.

Dans la salle des profs, elle défie ses collègues masculins en mettant en doute l'évidence de leurs droits. Dit qu'il doit y avoir une erreur quelque part si les hommes peuvent se libérer de leur travail pour aller à la chasse, alors que les femmes doivent à la fois effectuer les heures de remplacement et garder les enfants. Ils la considèrent avec incompréhension, une expression offensée dans le regard.

Mais que son mari et un copain ont acheté un bateau de pêche avec l'argent qu'ils allaient utiliser pour une machine à laver, elle ne le raconte pas. S'il est une chose qu'elle évite, ce sont les humiliations.

Par un jour venteux avec de la neige en tourbillons, elle a une attaque pendant qu'elle surveille la cour d'école. Deux des grands garçons la ramènent dans la salle des profs. Elle se réveille dans la fumée de cigarette et de pipe côté chasseur.

– *Celle-là*, elle peut pas surveiller la récré ! Elle s'est juste effondrée dans la neige et puis elle est restée là comme une chiffe, dit l'un des garçons.

Nul ne répond. Elle sent leurs regards. Son mari la soutient jusqu'à ce qu'elle parvienne à se redresser en position assise. On va lui chercher un verre d'eau. Elle s'adosse et le prend les mains tremblantes. Quelqu'un lui demande comment ça va, mais elle n'est pas en état de répondre.

Une grande récré, c'est long. Elle a le temps de se lever et de passer les dernières minutes à se mettre en formation puis en marche. Ses collègues lui disent qu'elle est *méritante*. Mais elle n'est qu'en colère et par ailleurs passablement patraque.

Elle n'est pas seule à être enceinte. Une collègue aussi attend un enfant. Les hommes cultivent une tradition. Quand les femmes ont donné naissance, amis et connaissances viennent envahir le foyer du père en apportant toutes sortes de boissons. L'usage est de boire aussi vite que possible. La chose doit de préférence se produire aussitôt après que le cordon a été coupé. On appelle cela le *pied d'enfant*. Probablement parce que les hommes savent tout de même que ce qui naturellement sort en dernier est le pied de l'enfant. À moins qu'ils ne pensent que ce sont les pieds qui arrivent en premier ?

Le tapage dans l'appartement voisin l'a tenue éveillée pendant longtemps. Son mari aussi y est. Elle se lève, s'habille et traverse le palier pour demander le calme. À l'intérieur, elle est accueillie par du papier peint lacéré, des dessins au feutre et des inscriptions sur tous les murs du salon. La pièce ressemble à un lieu pour irresponsables, pas pour hommes instituteurs qui célèbrent une naissance.

Voix et musique se le disputent en puissance. Le rire est hurlant, rugissant. Le père de l'enfant gît le torse entier étalé sur la table basse et ne suit pas ce qui se passe.

Une collègue danse en solo, la jupe largement retroussée au-dessus des hanches. C'est cette personne qui la révolte le plus. Les hommes sont des andouilles et des bêtes, mais la femme est une traîtresse. Une *ennemie de la femme*. Cela ne change rien pour elle d'apprendre que le salon sera de toute façon retapissé pour le retour de l'hôpital de la mère et de l'enfant, retapissage auquel plusieurs des *animaux* vont se livrer collectivement.

Elle se tient debout de toute sa hauteur et sanglote. Au vu et au su de tous. Pleure et pleure. Le silence se fait. Quelqu'un éteint la musique. Son mari traverse la pièce et veut l'emmener dehors. Elle tambourine sur sa poitrine les poings serrés.

Celle qui danse la déclare ouvertement *folle*. Aussitôt, ces mots la rendent honteuse. Puis elle sent le mépris. Son mépris pour ces créatures. Elle ne voit aucun signe d'intelligence, d'empathie, de prévenance. Ce qu'elle voit, c'est qu'ils errent tous dans les brumes de leur propre ivresse.

Il la prend par l'épaule en lui disant qu'il ne va pas tarder.

Elle le contemple comme si elle ne l'avait jamais vu et sort de la pièce en emportant avec elle son mépris.

Le jour où elle perd les eaux, il a un match de handball à arbitrer. C'est un tournoi et il est contraint et forcé, dit-il. Mais il peut demander à un copain de la conduire à l'hôpital qui est juste un peu plus haut.

Elle répond que c'est les grandes vacances et qu'elle est libre de se rendre elle-même *à pied* là où il lui faut aller. Il ne laisse pas ce genre de déclarations l'affecter.

D'abord, elle n'a pas spécialement mal et se dit que ça va passer. Elle a entendu dire que cela pouvait arriver. Mais pendant deux ou trois heures, elle a des lancées à intervalles réguliers. Elle va à l'épicerie avec une liste de courses. Qui n'est pas longue, mais néanmoins pénible à rapporter. Elle est obligée de s'asseoir devant la porte de l'appartement. La montée d'escalier est silencieuse. La plupart sont partis en vacances. Une bonne chose que son sac soit prêt depuis longtemps. Le couffin. Tous les petits vêtements.

Elle se relève, ouvre, entre et comprend que, en fin de compte, elle n'a pas tellement de temps devant elle. Mais il faut bien mettre le lait au frais. Elle titube un peu sans but en poussant de forts gémissements. Il n'y a de toute façon personne pour l'entendre. Sur l'appui de fenêtre, la capucine qu'elle a forcée tente de l'égayer. Rayonne de jaune et d'orange. Après tout, c'est l'été. Dedans.

Elle marche jambes écartées. S'arrête deux fois. Mais il y a une clôture à laquelle se tenir. Le soleil se fraie un chemin à travers la couverture nuageuse. Elle entend des cris sauvages sur le terrain de sport. Quelqu'un aura donc marqué.

La maison du patriarche

Sa belle-sœur célèbre son mariage avec un homme sympathique qu'ils ont rencontré plusieurs fois. Roulant dans leur propre voiture d'occasion, ils ratent un bateau et n'arrivent pas à temps pour la cérémonie. Se présentent directement au dîner. Les gens sont offusqués, la mariée blessée.

– Tu aurais pu faire attention à l'heure, dit-elle à son frère, les larmes aux yeux.

Il ne se défend pas. Parle aux gens d'un ton enjoué. Les tantes et les oncles. Les amis. Il évolue comme une anguille en eaux peu profondes. Se dérobe. C'est *elle* qui doit défendre, expliquer. À quoi sinon lui servirait-elle ? Elle s'est acheté une robe fluide abricot et se sent en vie, malgré tout.

Les jours passent. Ils remplissent la maison de gamins et d'agitation. Son beau-père ne tarde pas à se lasser d'eux. Sa nouvelle femme aussi. Mais elle ne le dit pas. Elle tient l'épicerie de campagne. S'adresse aux gens sur un ton calme et poli. Le week-end, elle surveille ses casseroles.

Sa belle-sœur et elle font la vaisselle. Dans cette maison, les femmes sont nées pour faire la vaisselle. Elle fait bouillir des biberons dans un faitout cabossé dans la grande cuisine. Craint que la petite fille n'avale des bactéries. Est ridicule et angoissée. Sa belle-sœur n'est que jeune mariée, elle ne fait pas bouillir de biberons. Mais elle est compréhensive et intéressée. La femme de son beau-père lui lance des regards las, hautains. Ils ne lui reprochent pas d'avoir perdu son lait. Disent simplement qu'on ne peut pas s'attendre à autre chose quand on fait un si long voyage avec un nouveau-né.

Le linoléum du sol est ponctué de points d'usure. Elle va chercher de l'eau de la bouilloire sur le fourneau noir. La monte dans la grande chambre pour laver la petite et se laver elle-même, et regrette leur appartement moderne là-bas, dans le Nord. Ils, le jeune couple d'instituteurs, sont ici en *vacances*. Dans cette maison, personne n'en a jamais eu. Ils sont ici avec deux enfants. Son garçon vadrouille avec la nouvelle nichée de son beau-père. C'est dehors qu'il se plaît le plus.

Sur un gros clou juste au-dessus du lit dans lequel ils dorment, est accrochée une peinture du Christ. C'est une étude du retable de la chapelle que le grand-père de son mari a fait construire. L'artiste est renommé. Mais ça ne se fait pas d'avoir un retable dans son salon, si ?

Elle aime la chambre, mais est personnellement une étrangère.

– On est trop pour eux. Qu'est-ce qu'on fait là ? demande-t-elle à son mari.

Il refuse de comprendre. Cet endroit, c'est *son foyer* ! Fait rare chez lui, il s'énerve, adopte un ton dur. Le prend-elle pour un abruti ? Qui la suit au petit trot quand elle indique où ils doivent aller ?

Elle ne sait que répondre. Avoir une formation et un emploi fixe d'institutrice n'y change rien. Dans la maison du *patriarche*, les femmes ne protestent pas. C'est dans les murs. On peut se vexer et monter se coucher au grenier, mais jamais on ne contredit.

Elle pense à sa défunte belle-mère qui était arrivée du Sud en être libre. Avec une formation de sage-femme. Rencontre le chasseur et reste, dans la même maison que ses beaux-parents. Elle finit par tomber malade.

Mais le chasseur demeure tout aussi libre, tout aussi beau. Ce n'est pas sa faute s'il a besoin d'une femme plus jeune. Et puis quoi encore. Toute jeune, elle se tenait, la nouvelle, derrière le comptoir de l'épicerie de campagne. Mais pas la nuit. C'est pourquoi il y a de nouveaux enfants dans la maison. Toujours avec eau froide et toilettes extérieures uniquement. Et mouches qui entrent par les portes et fenêtres ouvertes. Après la fermeture de l'épicerie, il faut faire à manger, s'occuper des enfants. La femme n'est guère plus âgée qu'elle. En réalité. Elle porte son histoire sans les importuner avec. Elles auraient pu se parler. Pourquoi ne se parlent-elles pas ?

Son beau-père n'a pas besoin de parler. Il est la nature même. La vie en plein air. Le chasseur. Il est l'Homme, sans autre responsabilité sociale que lui-même. Et son arme.

L'atmosphère au dîner est de poix solidifiée. Un ou deux mots sur le voisin. Des propos sur les sentiments seraient chose impensable. Mal de crâne et doigt enflé, d'accord. Lapements, tintements, raclements de gorge, c'est permis. Des bruits qui trahissent la vie.

Le patriarche a la peau tannée, le visage marqué et des boucles sombres grisonnantes. Son corps est noueux comme celui d'un animal qui court tout le temps. Mais ses gestes sont tranquilles.

Sa femme avec son fichu sur la tête est taciturne. Jolie bouche rose qui mastique proprement. Un corps généreux qui bouge comme un ressort sur la chaise, la table. Peut-on se risquer à lui parler de ce repas savoureux ?

– C'est bon ! dit-elle en essayant de lui sourire.

Son beau-père pose le regard sur elles, tour à tour. Leur fait la grâce d'un signe de tête. Mastique. Ce sont des côtelettes de porc de son épicerie. Elles sont livrées en voiture de chez un fournisseur spécial et sentent la viande de l'instant où elles arrivent sur la rampe de chargement devant l'entrepôt à celui où elles rissolent dans leur propre graisse.

Son beau-père lui parle.

– Bien que tu manges. Tu as une carcasse de renard.

Elle ne répond pas. Dans cette maison, on ne répond pas. On écoute. Elle picore sa nourriture en espérant que la fille dans son landau de l'autre côté de la cloison ne va pas se mettre à pleurer. Baisse les yeux sur son assiette et se tait alors qu'elle est sur le point d'exploser. Mais ça ne se fait pas. Elle commence à croire qu'il y a de la méchanceté dans l'air. Mais n'est pas si bête. Qu'est-ce, alors ? C'est juste la maisonnée du patriarche qui se conduit comme il faut. Cette méchanceté, c'est la sienne. C'est elle qui n'a pas sa place ici.

Les moustiques sont partout. Elle veille à ce qu'il y ait une moustiquaire à la fenêtre de leur chambre à coucher et sur le landau dans lequel dort la fille.

Son mari prévoit de construire un chalet au bord de l'eau. Là, il est en train de parler de ses projets avec son oncle qui vit dans une maison sur le coteau. Et il veut lui emprunter son bateau pour aller pêcher en mer. Montre les dessins de chalet qu'il a faits, l'appelle en criant pour qu'elle vienne l'aider à décider. Elle n'a jamais rencontré personne qui ait autant de projets. Et il n'est pas comme son père, il en parle, lui. Les rend distincts. Dessine. Allume sa pipe et explique les yeux plissés à travers ses lunettes et la fumée. Il ne craint pas de ne pas arriver à le faire. Ou à le payer. Il garde les factures dans la boîte à gants de la vieille voiture qu'ils ont achetée. Il est généreux avec tous, avec tout. Y compris ce qui n'est pas à lui. L'amie qu'elle a dans le Nord le dit *enfant de la nature*.

Avec sa belle-sœur, elle peut parler. Elles ont fait l'école d'instituteurs ensemble et se connaissent assez bien. Mais il n'y a là aucun amusement. Comme si elles étaient englouties par le lieu et les circonstances.

Sa belle-sœur ne dit pas que rentrer à la maison est son *droit*. Sa mère étant très malade, on l'a placée ailleurs. Peut-être qu'elle aussi se sent comme une étrangère. Elle est frappée par l'idée que les histoires ne se trouvent pas seulement dans les livres. Pendant que s'écrivent et se lisent les romans, tout le monde s'évertue à maintenir le secret de ses propres histoires.

Se réinventer

La fille pleure quand elle lui fait sa toilette du soir. La voix basse de son beau-père est en colère. Il faut avoir la *paix*.

Elle prend l'enfant dans la couette. Empoigne le biberon, une serviette de toilette et des couches propres et sort de la maison. Le sentier à travers champs. Vers le lac. Elle lave la petite dans l'eau froide. Curieusement, l'enfant ne bronche pas.

Le père de l'enfant n'est pas là. Il s'en est allé pêcher en montagne. Son beau-père est jaloux parce qu'il ne peut pas se libérer et faire de même. Énervé contre ceux qui sont là. Contre qui sinon ?

Quand elle revient dans la maison avec l'enfant endormie dans la couette, il se tient à la porte d'entrée et gronde doucement sans la regarder dans les yeux.

– Qu'est-ce que tu as à t'enfuir dans le brouillard avec une petite gamine ?

Elle ne répond pas. Ainsi fait-elle la guerre à son beau-père en se servant de ses propres armes. Il sait qu'elle entend. Elle croise son regard, mais ne répond pas. S'arroge le droit d'être comme lui.

La petite endormie et lui s'étant allongé sur le divan pour se reposer, elle envoie dehors les grands qui jouent à chat autour de lui pour qu'il ait la paix. Il s'endort d'un sommeil lourd et tranquille. Elle le recouvre d'une couverture en laine pour le punir à l'extrême. Lui montrer qui est la plus forte. A des bonnes manières. Qu'il n'aille jamais croire qu'il s'agit là de prévenance.

Encore une fois, elle demande à son mari s'ils ne peuvent pas aller passer leurs vacances ailleurs. Il répond d'un ton absent. Ils n'ont pas les moyens, ils n'ont pas de maison de vacances. Mais ils peuvent aller faire un tour en montagne avec les enfants, ajoute-t-il. Emprunter le chalet au bord du lac le plus haut, ou dormir sous la tente.

Elle se représente tout ce qu'il faudra emballer et transporter, se représente des hordes de moustiques. Les biberons qu'elle devra faire bouillir sur le feu de camp. Puis elle se tourne et contemple la montagne de l'autre côté du lac. Elle connaît le sentier qui mène à la cabane de chasse. L'a souvent emprunté avec lui.

– Non, déclare-t-elle d'un ton résolu. Je vais à la montagne toute seule !

Il la dévisage, incrédule. Seule ? Mais la petite ?

– Tu es bien avec elle, dit-elle d'un ton calme, le cœur battant. Il suffit de s'assurer que le biberon soit nettoyé et bouilli et que le dosage soit bon.

– Crois-tu que ce soit tout ce qui compte ? dit-il d'un ton de reproche.

– C'est tout ce qui compte, répond-elle d'un ton endurci.

Elle attend que l'enfant soit endormie pour partir. Ne veut pas emprunter le bateau, mais fait le tour du lac à pied. La *tourbière des vaches* est bleutée et desséchée. Les baies arctiques encore vertes sont des boutons secs. Elle patauge à travers la tourbière pour trouver le sentier qui remonte la côte escarpée. Le chargement de son sac est déséquilibré et il y a du frottement. Elle vient de se réinventer en chasseuse, mais manque de naturel. D'entraînement. D'endurance.

La brume du soir monte comme de la vapeur au-dessus d'une casserole de pommes de terre bouillantes. Elle pense à la boîte de boulettes de renne Joika dans son sac. Assez pour deux jours.

Puis elle trouve le chemin et commence à grimper. Bien trop vite au début. Respiration haletante. Comme si elle avait peur qu'on envoie quelqu'un à ses trousses. Qu'on essaie de l'empêcher. La lumière transperce la bruyère et les pierres grises recouvertes de mousse. Broussaille collante d'aulnes, petits bouleaux et saules. Le genévrier lui pique les bras quand elle cherche prise pour se hisser. À un moment donné, les fougères sont si hautes qu'elles se dressent au-dessus de sa poitrine. Elle arrache son chemisier et le noue sur son sac à dos. Branchages et insectes assaillent sa peau nue. Est-elle sur le bon chemin ? La pente était-elle si raide ? Oui. La pente était exactement aussi raide. Et va le devenir plus encore.

À l'endroit qu'elle pense être le dernier palier, elle s'assied sur un rocher plat surplombant une falaise vertigineuse. Loin en bas, la vallée aurait pu être dans un autre monde. La lumière s'étale en couches papillotantes au-dessus des profondeurs, de l'eau, du paysage. Elle se penche par-dessus l'à-pic et ressent une liberté étourdissante. Suffisante pour tomber à vrai dire. Se laisser simplement basculer avec légèreté par-dessus bord. Son sac est lourd, il l'attirera rapidement vers le sol. Éboulis ? Fourrés ? Tout dépend de la direction qu'elle prend. La charge est mal répartie et le sac tire sur la gauche. Mais on ne peut jamais savoir avec certitude. Les bretelles sont lâches. Elle est une chasseuse inexpérimentée aux bretelles lâches.

Mais elle ne se laisse pas basculer. Au contraire, elle se penche en arrière et sent sa conserve Joika lui frotter une côte.

Arrivée au sommet du dernier raidillon et voyant le plateau devant, elle entend le cri. Sursaute. Puis elle comprend que c'est *l'esseulée*. L'oiseau qui vit au bord du lac de montagne où se trouve la cabane. Ou son partenaire. Ou l'un de ses descendants. Les cris ne cessent de se rapprocher. Elle est donc sur le bon chemin.

Lorsqu'elle aperçoit dans le creux le toit de la cabane, le silence se fait. L'oiseau est sans doute en train de l'observer pour déterminer qui elle est. Amie ou ennemie. Elle se demande si les oiseaux voient une différence entre chasseurs armés et non armés.

À l'âge de dix-sept ans, son mari a charrié ce chalet de montagne sur ses épaules. L'a d'abord construit dans la vallée, afin de ne pas avoir à porter plus de matériaux que nécessaire. L'a démonté puis transporté, planche par planche. Il n'est pas grand. Juste un cagibi avec lit superposé et volet pouvant être rabattu de la fenêtre et servir de table. Un minuscule plan de travail avec réchaud à alcool et réchaud Primus. Elle ouvre le cadenas, rabat le volet et fait entrer la lumière du jour.

Il règne une odeur rance de suif et de crottes de souris. Une bonne odeur de bruyère séchée et de mousse dans le carton à côté du petit poêle. Le conduit du poêle traverse toute la pièce. Personne ne sera donc venu cette année. Il le descend toujours avant l'hiver et bouche le trou dans le plafond. La neige ensevelit souvent la cabane entière.

Elle traîne le conduit dehors en s'efforçant de l'empêcher de vomir de la suie. Puis elle grimpe sur la petite échelle de fabrication maison et ôte la boîte de saucisses qui est attachée au-dessus du trou. Hisse le tuyau de poêle sur le toit et essaie en vain de le baisser. Elle redescend et le met en place depuis l'intérieur.

Les mains couvertes de suie et de rouille, elle allume aussitôt. Un vieux journal du mois d'août dernier fait l'affaire. Puis quelques poignées de bouleau et du petit bois sec du carton. D'abord, la fumée se dépose sur ses muqueuses et la fait pleurer. Mais la porte est ouverte et la chaleur finit par se coucher sur sa peau froide.

Elle rajoute des branchettes et entend crépiter allègrement dans le tuyau du poêle. Se défait alors de tous ses vêtements, les dispose sur les clous autour du poêle, glisse les pieds dans les bottes en peau écourtées. Sort la serviette élimée et le petit savon Lux de l'endroit où ils ont dormi sur leur route vers le sud. *Vers le sud*. Elle s'attache les cheveux au sommet du crâne avec un élastique en caoutchouc et se dirige vers le lac.

Les bottes en peau restent sur la plage. Elle a un endroit attitré où elle a l'habitude de se laver. L'eau est aussi froide que de coutume. Elle se savonne et barbote là où le fond s'obscurcit. Puis elle s'allonge en avant et se laisse glisser au-dessus de l'abîme.

Quand elle remonte, l'oiseau est là. Il pousse un vilain cri et traverse la tourbière en se précipitant tant bien que mal sur ses pattes. Bat des ailes d'un mouvement bas. Veut qu'elle le croie blessé et proie facile. Il aura donc dans les parages un nid, dont il cherche à la détourner.

– Tes petits sont grands maintenant, cesse donc de croire qu'on va te les prendre, s'entend-elle crier. Il se tait alors et disparaît dans la bruyère.

Elle s'essuie en grelottant au soleil frileux du soir et se rend compte qu'elle n'a pas emporté de montre. Une bise soudaine et pénétrante lui passe sur le corps. Mais de la cabane s'élève de la fumée grise. Il devrait déjà y faire un peu tiède. Elle s'élance dans la bruyère entourée d'une armée hostile de moucherons et de moustiques. Je vais rester au moins trois nuits, se dit-elle avec détermination. Il fait bon prendre une décision définitive. Elle se redresse et cesse d'écraser des moustiques.

La boîte Joika rougit sur le réchaud. Le poêle gronde. La nuit est blanc perle à travers la fenêtre poussiéreuse et son rideau de toiles d'araignée. Elle tend un vieux drap devant la porte ouverte contre les moustiques et déroule son sac de couchage sur le lit de planches. Le matelas est une couverture matelassée.

Elle traque les couleurs avec une épuisette trouée. Les couleurs se transforment, deviennent mots qu'elle recueille dans une boîte Joika. Ils ressortent en lévitant par le couvercle à moitié ouvert. Se déchiquettent sur les bords dentelés par l'ouvre-boîte. Elle pose une main dessus pour les maintenir en place. Les mots. De la tristesse. Mots de l'inquiétude.

Mots de l'odeur et de la saveur. Mais de la joie ? Non. Ces choses-là attendront.

*

Le matin, elle essaie de consigner son rêve par écrit, mais tout s'écoule. Elle aussi s'écoule. Lorsqu'elle revient à elle sur sa couchette, elle comprend qu'il lui faut sortir à l'air libre, au ciel et aux collines. Elle se lève lentement, fait pipi dans les broussailles derrière le chalet comme si quelqu'un pouvait la voir. Puis elle prend sa savonnette Lux et sa bouilloire en fer-blanc et trottine vers le lac.

Le soleil a, comme d'ordinaire à cette saison, été debout presque toute la nuit. Maintenant il fait fondre le beurre. Elle se coupe du pain devant la cabane. Ajoute une bonne épaisseur de fromage et mange. L'oiseau est silencieux. Le plateau. Elle ne sait pas comment s'appellent les sommets, mais elle les connaît quand même.

Elle marche jusqu'à avoir soif et faim et sommeil. Sur le versant sud, les ronces des tourbières ont fructifié. Il ne reste maintenant plus qu'à attendre. À moins que le gel n'emporte les baies. Car cela peut arriver aussi. Elle a du nez pour les biotopes sans savoir à quoi cela tient. Peut-être sont-ce les gènes de sa grand-mère paternelle ? La glaneuse de baies. Qui raconte des histoires.

Elle erre dans la montagne avec les gènes de sa grand-mère et contemple les baies arctiques et la bruyère dans les clairs-obscurs changeants. Elle se plonge dans une piscine de montagne et se sert du soleil comme d'une serviette tandis qu'elle allume un feu et fait bouillir la bouilloire. Coupe un croûton de pain et du fromage avec un couteau à gaine. Elle l'a reçu de son mari pour Noël. Lui a-t-elle témoigné de la joie en le recevant ? Savait-il qu'elle se réinventerait ?

L'après-midi, elle reçoit quelques gouttes. Elles ruissellent entre ses seins et alourdissent sa tresse. Se posent sur ses épaules et lui veulent du bien, malgré tout. La solitude n'est pas dangereuse. Tant qu'on est seul.

À un clou sous le plafond du chalet est accroché un filet de pêche en lambeaux. Elle noue une corde aux deux bouts tout comme la dernière fois qu'elle et lui sont venus. Elle en attache un à un nœud de saule au bord, l'autre autour de sa taille et nage jusqu'à la rive suivante. Noue la corde autour d'une racine d'arbre sur la berge et repart à la nage.

Elle voit la truite aller dedans. Voit son corps luisant au-dessus du sable. La voit lutter et s'immobiliser. Elle l'aiderait bien. Mais elle ne le fait pas. Le lendemain matin, elle a trois grosses truites. Plus qu'elle ne peut en manger. Elle en fait cuire une et enterre les deux autres dans le marécage, dans de l'aluminium avec du sel et du sucre dans le ventre. Elle a aussi emporté un peu de farine et de beurre. Pour les poêler.

Un goéland est soudain à pied d'œuvre comme elle va ensevelir les déchets du poisson. Elle lui parle un moment. Lui explique qu'il n'a strictement rien à faire en montagne, et qu'elle n'a pas l'intention de le nourrir. Les goélands gâtés sont une nuisance.

– Tu répands vers et vermine de la mer à la montagne, crie-t-elle.

Le goéland s'en fout et crie en retour. À la fin, il obtient les viscères. Mais elle ne lui fait pas confiance et renverse une bassine en fer-blanc par-dessus le poisson sur la tourbière, la surmonte d'une pierre et lève le poing.

Elle s'endort avec la plainte de l'oiseau dans les oreilles et se réveille au son de son propre cri.

Descente

Son beau-père l'accueille à la porte.

– Te voilà enfin ? Pouah, tu te conduis comme un bonhomme ! dit-il doucement de sa voix grave, pleine de condamnation. Puis il disparaît. Mais elle a vu quelque chose dans son regard. Si ce n'avait pas été elle qu'il regardait, elle aurait cru à du *respect*. Dans la maison, son enfant pleure.

Sur le sol de la cuisine se trouve un agneau. Il bêle avec angoisse et vient de se soulager devant le plan de travail. Ce n'est pas sans avoir quelque chose de naturel. On ne saurait faire plus naturel. L'agneau a la tête noire. Elle sort la fille en larmes du landau. Les pleurs cessent comme éteints avec un interrupteur.

La joie est-elle ma responsabilité ? songe-t-elle avec lassitude. S'assied au milieu de la pièce avec la fille sur les genoux et rit. Le garçon arrive à toute vitesse et est ravi. A encore ce bonheur de l'inattendu. Il referme les bras autour du cou de l'agneau et rit aussi. Son mari arrive et reste debout au milieu de la pièce. Rigole. Ils rient parce que j'ai commencé à le faire, se dit-elle étonnée. Si j'avais pleuré, l'atmosphère aurait été différente. Qu'ils puissent rire est ma responsabilité.

Après avoir fait sortir l'agneau, son mari est toujours en train de rire. Puis il balaie la crotte tandis que, assise par terre avec les petits, elle leur raconte l'oiseau et la truite.

– Mais qu'est-ce que tu as fait toute seule là-haut ?

– Comme d'habitude, répond-elle d'un ton léger en se relevant tant bien que mal avec la fille dans les bras.

Elle entend crépiter et détoner. Jeune et vieux chasseurs tirent sur cible au bord du lac. Elle se faufile sur le sentier qui descend de la maison et reste un moment à les regarder.

– Tu veux essayer ? propose le jeune en souriant.

Ils utilisent une carabine de précision. Elle l'a essayée plusieurs fois, mais accepte néanmoins les instructions. D'abord, elle rate méchamment et les hommes rient. Elle rit avec eux. Puis c'est comme si une obstination supérieure prenait le contrôle de la visée et du doigt sur la détente. Elle prend son temps. Tout son temps. Quand elle fait un deux, ils jurent avec bienveillance. Quand elle atteint le cœur de cible, le silence se fait. Quand elle l'atteint de nouveau, le regard du plus âgé noircit.

– Bon Dieu ! s'exclame le plus jeune. Encore une fois !

– Non, dit-elle en reposant l'arme.

En remontant le sentier, elle entend son mari parler en riant de chance des débutants.

– Ça, c'était pas de la chance, répond sombrement le plus âgé.

Un fabuleux bruissement se fait entendre dans la couronne des pins. Elle marche pieds nus dans l'herbe. Possède l'air qu'elle respire. Elle jette un coup d'œil dans le landau où la fille dort sous la moustiquaire. Ça sent les vêtements propres et l'herbe coupée. J'aime cette petite, j'aime à la fois le silence et le bruit de cette petite, songe-t-elle. Le garçon fait partie d'elle depuis longtemps. Il joue dans les collines avec les enfants de son beau-père. Ils se lancent à vélo dans la pente en braillant dans les virages. C'est une créature intrépide, mais il se fait assez rarement mal.

Jamais plus je ne tirerai à la cible pour prouver quelque chose, songe-t-elle.

Ensuite c'est précisément *cela* que son mari lui reprochera.

– Tu es tellement absolue, dit-il. Bon sang, est-il indispensable d'être si absolue ? Ne peux-tu pas esquisser un pas de côté et faire un compromis ?

Soleil inopiné

Les baies vitrées évoquent de gigantesques parois d'aquarium. Tous les passants dehors dans la neige qui tombe peuvent les voir dans la salle éclairée. Elle se poste à son pupitre et attend. Mais deux des garçons de quatrième chahutent et occupent le terrain aux dépens des autres.

Les hommes de l'avenir en liberté, songe-t-elle. Lève les deux mains, paumes tournées vers eux. Cela signifie calme. Aujourd'hui, ce n'est d'aucun secours. Quelque chose se prépare. Quelque chose qu'elle ignore.

Elle pointe le doigt sur le meneur et le prie de se lever pour lui dire ce qui ne va pas. Il se lève comme on lui a demandé, mais se retourne et invective celui qui est assis derrière au lieu de s'expliquer. Il s'est passé quelque chose à la récré.

– Eh, tais-toi et regarde droit devant toi ! ordonne-t-elle.

Le garçonnet la regarde droit dans les yeux en lâchant un juron. Certains rient.

Comme si elle était soumise à un déshonneur personnel, les fenêtres explosent vers elle. Elle s'avance tout près de lui et lui demande à qui il s'adresse. Il affirme se contrefoutre de savoir à qui il s'adresse, car il n'aurait pas dû être avec des bonnes femmes et des abrutis, mais ailleurs. Gagner de l'argent !

Elle fait quelques pas, ouvre la porte du couloir et lui lance un bref *viens* ! Il est d'abord désorienté, puis il obéit. Croit sans doute que la prochaine étape est le proviseur. Une fois sortis, elle ferme la porte. Il continue en marmonnant deux ou trois jurons grossiers.

Elle *sait* que ça ne se fait pas, mais sa main part quand même. Quand elle le gifle, elle doit s'étirer sur la pointe des pieds. Les joues s'enflamment, pas seulement celles du giflé. Mais il se tient bien campé sur ses jambes écartées. Inspire en remplissant tout le chandail en laine qui a fait son temps. Lève la main un instant avant de la laisser tomber. L'emmanchure de son pull s'est déchirée. Un fil gris pend autour de sa main robuste. Ses yeux débordent.

– Si vous n'aviez pas été si petite, je vous aurais rendu votre coup ! La voix d'une personne offensée est rauque et vibrante. *Elle*, mieux que quiconque, devrait savoir ce que c'est. Ils se dévisagent. Tous deux déglutissent.

– Pardon, dit-elle d'une voix éraillée.

Il fait un signe de tête et se frotte la joue.

– Qu'est-ce qui n'allait pas ? s'enquiert-elle.

Il secoue la tête et ne veut rien lâcher.

– Quelque chose de honteux ? tente-t-elle.

Il hoche la tête en regardant le mur. Suit des yeux les patères jusqu'au bout du couloir.

– Je me fous de ce qu'on dit sur moi, murmure-t-il.

Quand ils reviennent dans la classe, tout est calme. Le gel s'est posé. S'étale en congères bleutées dehors. Elle fait un détour par l'autre chahuteur, le saisit fermement par l'épaule, se penche et l'oblige à lever les yeux.

– Faire en sorte que l'autre encaisse tout, c'est lâche. Que ça ne se reproduise pas ! dit-elle passablement fort.

À ce moment précis, la vitre se fend en orange. Le premier croissant de soleil de l'année émerge de l'averse de neige et nage dans la pièce. Instantanément, tout est oublié dans la salle de classe. Tous regardent fixement le soleil dehors qui se pousse hors de l'averse pour pouvoir se montrer.

D'un seul coup, tout est en mouvement. Des centaines de pieds. Des portes s'ouvrent dans de joyeux claquements. Des cris.

– Permission de soleil ! Permission de soleil !

Une nuée hilare sort au pas de charge dans les couloirs, dégringole les escaliers, franchit le portail et part dans la descente. Une liberté de mouvement durable.

Elle dégage son pupitre et range des livres dans son sac. Veut être contente, elle aussi. C'est un bel usage, qui veut que l'école ferme dès l'instant où le premier disque solaire se montre au sortir de la nuit polaire. Elle lève les yeux sur ce qu'elle croit être une salle de classe déserte.

Il est encore là. Elle cherche des mots à dire. Mais il la devance.

– Vous avez de quoi dîner ? marmonne-t-il en triturant le fil gris de sa manche.

Elle ne comprend pas et ne sait que répondre.

– Je vais au port couper des langues*, si vous en avez besoin, dit-il en se levant rapidement. Je les apporterai plus tard, de toute façon c'est sur mon chemin.

– Merci ! Je préparerai l'argent, dit-elle.

– C'est pas très important, juge-t-il en toussotant.

– Bien sûr que si, proteste-t-elle en disant son nom. Pardonne-moi d'avoir été si bête tout à l'heure, ajoute-t-elle.

– Vous étiez furieuse, l'excuse-t-il. On était furieux tous les deux.

– Oui, mais il y a une différence, estime-t-elle, désirant davantage de pardon.

Il hausse les épaules et regarde un instant dans le vide.

– Pas de quoi en faire une histoire, dit-il, avant de lancer son sac sur son épaule et de se diriger vers la porte.

Elle rentre à la maison pour passer le week-end seule avec les enfants. L'homme est parti à un tournoi de handball avec les jeunes qu'il entraîne. Elle va entrer, quand elle voit le garçonnet assis sur la poubelle avec un ski dans chaque main. Il braque devant lui un regard vide.

– Salut, mon bonhomme ! lance-t-elle.

Il ne bouge pas. Un petit ballot dans un anorak. Elle s'avance tout contre lui et lui demande ce qu'il y a. Il jette ses skis et se met à pleurer.

– Tu t'es fait mal ? s'enquiert-elle.

– Pas spécialement, murmure-t-il.

* de cabillaud.

– Qu'est-ce qu'il y a, alors ? insiste-t-elle en lui redressant ses skis pour être gentille.

– Tout est si fichtrement triste quand le papa, là, il est pas là, et toi aussi, dit-il avec colère.

– Entre ! J'ai acheté des bonnes choses, dit-elle d'un ton persuasif.

Il secoue résolument la tête. J'ai pas faim.

– Entre, comme ça, on pourra crier ensemble, toi et moi, dit-elle en s'essuyant le visage.

Le garçon la regarde fixement, puis il saute au bas de la poubelle.

Le jeune garçon de sa classe surgit de derrière l'amas de neige sur le bas-côté et s'arrête.

– Il n'y avait pas de langues à couper aujourd'hui. Vous les aurez un autre jour, dit-il.

– Pas de problème. On se fera un riz au lait, dit-elle en riant tandis qu'elle se passe encore la main sur le visage. Le jeune garçon n'a pas de moufles. Le voilà qui tortille de nouveau le fil de son pull. Tortille à partir.

– Tu viens avec nous à la maison manger un peu de riz au lait, toi aussi ? demande-t-elle, bien qu'elle sache qu'elle doit d'abord aller chercher la fille chez sa nounou. Il secoue la tête avec timidité.

– Il est fou, votre petit garçon ! Il sautait dans la grande descente. Il va se tuer. Et sur des tout petits skis de fond en plus !

La fille dort. Le garçon et elle jouent au Ludo. Elle lui dit que c'est dangereux de sauter dans de grandes descentes avant d'être suffisamment grand et d'avoir des skis de saut.

– Je sais, répond-il en lançant le dé. Qui indique six. Le garçon sourit et déplace le pion rouge.

– Alors, tu vas arrêter ces trucs-là, dit-elle.

– Je crois pas, non, répond-il, avant de relancer et d'obtenir encore un six.

– Mais si tu te brises la nuque, tu ne seras pas sauteur à skis, le prévient-elle.

– Je ne vais pas être sauteur à skis, je vais être chasseur, dit le garçon en riant.

Rêve d'un espace à soi

Peau, bois, sabots et ventre ne sont certes plus là. Mais partout, le sang sombre coagulé a laissé un motif. Elle peut le suivre de la porte de l'immeuble à la table de la cuisine dans l'appartement, en passant par le couloir et l'escalier.

Les gars sont déjà installés quand elle rentre de sa promenade du dimanche avec les petits. L'homme est allé chez les Sâmes aider à l'abattage de rennes. Il est coutumier des missions de ce genre. Sur la table de cuisine neuve repose une carcasse. Rien ne sert ne serait-ce que de songer à protester. Ils se sont préparé une petite boisson de dépècement dans un pichet et se sont équipés, avec de grands verres au bord du plan de travail. L'ambiance est chaude. Ils sont en train d'aiguiser des couteaux.

Son mari est la force motrice et va vite en besogne. Mais tous quatre s'expriment comme des héros. La saluent comme s'ils étaient élus. Il va y avoir de quoi manger dans la maison. Assez de nourriture pour tout le monde. Il leur faut des sacs en plastique pour congeler les merveilles. Peut-elle leur en trouver ? Et puis il faut qu'elle leur fasse bouillir de l'émincé de renne, ils vont faire une partie de bridge après.

Elle accroche ses vêtements d'extérieur, place la fille dans son parc et trouve des sacs en plastique. Puis elle va chercher un seau d'eau froide pour nettoyer le sang. Ils rient et pérorent sur comment c'était. L'abattage. Parlent d'imbéciles qui ne sont pas comme eux. Des créatures maladroites. L'un imite avec dédain un Sâme qui ne sait pas parler norvégien.

C'est alors qu'il se retourne, l'énorme couteau à la main. Son mari. Les prie de bien vouloir mettre un terme à ces sales discours dans sa maison, merde. Il est à moitié sâme et fier de l'être ! dit-il.

Les visages s'allongent. Mâchoires un peu creuses.

– Crénom, on n'en avait pas la moindre idée !

– Non, mais maintenant vous le savez, dit son mari en continuant de dépecer. Coupe des membranes, brise des os d'une main experte malgré le grand verre d'alcool qui est vide.

Debout dans l'ouverture de la porte, elle les observe. Le silence s'est fait. Quelque chose se meut en elle. Du respect. Il est ainsi, se dit-elle. N'a pas peur d'être différent. Il est lui-même. C'est pour cela qu'il sait si bien s'y prendre avec les gens. Sur ce point précis, elle aurait pu apprendre quelque chose de lui.

Mais il n'aurait pas aimé. Cela aurait nui à sa liberté.

Une fois qu'ils estiment avoir terminé et ont mis la viande dans le grand congélateur qu'ils ont loué ensemble, elle s'occupe du reste. L'atmosphère est bruyante dans le salon, elle s'efforce donc de garder les enfants à l'écart. Des hommes à moitié ivres, ce n'est pas ce qu'elle souhaite pour eux. Elle se sent lasse et pudibonde, en dépit de tous ces dîners engrangés pour l'hiver. Il va bientôt falloir faire manger la fille et la coucher. Pour son dîner dominical, le garçon est obligé de manger des tartines.

Les bonshommes jouent au bridge sans grande ambition. Les cartes claquent. Les blagues fusent. Ces gros rires ont quelque chose de totalement innocent. De parfaitement désinhibé. Sans pensée pour le lendemain. Brossage de dents, lecture à voix haute, réveil, pleurs, petit déjeuner, rangement, habillement, nourrice, en rang, surveillance, chahut, livres oubliés, courses, pleurs, taches de sang, vaisselle, cuisine.

Non. Ils sont dans l'instant. Maintenant. Sur ce point aussi, elle aurait beaucoup à apprendre. Mais elle serre les dents en acceptant tout ce qu'il faut faire. Laisse ses pensées errer dans le dédale de toutes les choses qu'il faut faire. Plus tard. Demain, en tout cas pas plus tard qu'après-demain. Elle prend les compositions, qui vont être corrigées à la table de cuisine récurée pendant qu'elle fait bouillir de l'émincé de renne. L'odeur lui donne toujours la nausée, mais elle s'exhorte à ne pas y faire attention. Elle n'est pas enceinte, donc de quoi se plaint-elle ?

Un jour, se dit-elle, un jour j'aurai une pièce qui sera à moi. Je veux pouvoir fermer la porte. Je veux pouvoir dormir en paix sans que personne n'aille ou ne vienne. Je veux pouvoir penser des pensées sans être interrompue. Je veux pouvoir les écrire. La nuit comme le jour.

Elle affûte les couteaux et en prend un dans chaque main. Se fraie un chemin dans la jungle de carcasses de rennes. Suspendues à des séchoirs, elles pendillent en vent contraire. Sa nuque se contracte et sa respiration se fait sifflante tandis qu'elle avance en continuant de sévir. Les viandes abattues sont accrochées en rangs serrés par les pattes arrière et ont encore leur tête. Toute une armée. Les yeux la regardent fixement depuis leurs crânes écorchés. Quémandent. Mais elle ne leur témoigne aucune pitié et les tranche. Se précipite à une vitesse terrible, avec une force qui lui est extérieure. Arrivée enfin de l'autre côté, elle voit la mer se dresser devant elle comme un mur. De plus en plus haut.

Je ne bougerai pas ! Plutôt rester ici et me noyer ! s'écrie-t-elle en songeant qu'il n'y a que les rêves où l'on soit si courageux.

Une formidable écume déferle et devient mirage.

Puis elle est assise en hauteur dans un arbre et tout est loin au-dessous d'elle. Dans une pièce avec beaucoup de lumière et des rideaux blancs. Derrière un bureau où les choses se mettent en ordre pendant qu'elle regarde. Tout est étranger et pourtant connu. Elle tend la main pour attraper un stylo, mais il l'esquive promptement. Par la fenêtre elle voit de l'eau, des maisons. Loin en bas. Mais aucun humain. Tout est sans bruit.

Tandis qu'elle essaie de saisir le stylo, une branche de tremble au feuillage bruissant vient vers elle. C'est le premier bruit.

Elle y suspend ses pensées et les voit prendre des couleurs alors qu'elle les relâche.

L'arc-en-ciel y est au complet.

Quand elle voit que le noir s'y trouve aussi, ses pieds deviennent tout chauds.

Une protestation

Elle traîne la fille en pulka chez la nourrice. Les ferrures chantent leur propre chant. *Prochain-arrêt-Sibérie-Prochain-arrêt-Sibérie*. Ou *Pôôôlenooord, Pôôôlenooord*. Il fait un froid de canard et le vent souffle de toutes parts. Cela fait des mois que les propriétaires du sorbier au sommet de la montée l'ont enveloppé. Dans une vieille couverture en laine et une bâche déclassée. Le suroît a essayé de le déballer, mais sans succès pour l'instant.

Elle sort la petite de la pulka devant le perron de la nourrice et la lance presque dans le porche pour éviter de muer l'intérieur en glacière.

Instructions brèves sous nez coulant. Puis la voilà en route pour enseigner la natation en première heure.

Trente minutes environ de chaleur effective en maillot de bain pour elle et les petits. Puis c'est fini. Peu lui importe que le sauna soit froid, de toute façon, elle n'a pas le temps. Tandis qu'elle remonte en courant le chemin de l'école, elle sent que sa natte a gelé. Ce n'est pas la première fois. Glaciale, elle lui cingle la joue.

Le soir, quand tout est terminé, elle sent le froid jusqu'à la folie. Elle est seule avec les petits qui dorment, la chaleur n'a toujours pas regagné son corps. Une sorte de réflexe lui fait empoigner sa natte. Tout d'un coup, sans réfléchir, elle va chercher les ciseaux dans le tiroir.

Debout contre le plan de travail, et sans miroir, elle coupe ses longs cheveux et les pose sur la table de la cuisine. Un plateau en formica brillant à marbrures grises. Plusieurs de ses cheveux noirs se sont frayé un chemin hors de la masse et empruntent leurs propres voies sur tout ce brillant.

Ce n'est pas bon pour l'appétit, se dit-elle avec amertume, avant d'aller se coucher sans ranger.

Il la réveille en allumant le plafonnier. Entreprend de marcher devant le lit la natte coupée à la main. Va et vient. Il pleure. Elle ne l'avait pas prévu. L'a-t-elle déjà vu pleurer ? Il doit être vraiment soûl, songe-t-elle avec lassitude.

Afin d'éviter qu'il ne réveille la fille, elle se lève, éteint la lumière et le fait aller dans la cuisine. Il tient la natte coupée dans ses deux mains sous une grêle de larmes et de reproches.

Elle ne répond pas. Ne dit même pas que la natte est *à elle*. Se contente de se taire. Devient mutique. Impute en quelque sorte à son mari la faute de sa natte qui a gelé, sans rien en dire. Quand elle a besoin d'un être humain, il n'est pas là. Mais chez d'autres. Ceux avec lesquels il est amusant d'être.

Les chasseurs peuvent-ils aimer ? demande-t-elle sans mots et à son insu. Bien entendu. Il s'aime dans celle qu'il rencontre, se dit-elle. Aime l'instant où la proie est mise à terre, se dit-elle. Puis le sang se vide et il peut pendre la carcasse pour plus tard. Ou la laisser pendue et s'en aller. Se dit-elle.

L'hiver lâche prise et elle fait des promenades avec la fille en poussette, sur le chemin glacial allant vers le bourg dans un sens, ou revenant du bourg dans l'autre. Longe la grève de galets le soir. Dépasse la décharge où les rats traversent la route en courant, la queue nue et les yeux qui rougeoient dans le noir. Dépasse les lueurs de bateaux, de méchants phares de voitures et des moteurs vrombissants. Dépasse des voisins et des chiens.

Elle sait beaucoup de noms, mais ne connaît personne. Essaie de se camoufler en étant aimable. De temps à autre, elle croit être percée à jour.

Ce qui rend le jour vide.

Avent

Quelque chose cloche dans les bruits de l'immeuble. Le silence. Elle se redresse, parfaitement réveillée. Fait glisser sa main sur son oreiller. Vide. Il est allé à une soirée chez les célibataires du rez-de-chaussée. C'était ça. Dans l'obscurité, le réveil indique quatre heures. Cela n'a rien d'extraordinaire.

La scène n'est qu'un rêve qu'elle a fait, se dit-elle. Elle n'est pas réelle. Les rêves ne sont qu'illusion. Pourquoi alors se lève-t-elle ? Se faufile devant le lit d'enfant où dort la fille. Ouvre et ferme les portes comme une voleuse.

Ses chaussures ne sont pas devant la porte où était censée se dérouler la fête. Il n'y a aucune chaussure. Silence. La fête est terminée. La porte verrouillée. Son regard tombe sur la porte d'à côté. Le studio vide en attente d'un nouvel occupant. Quand elle appuie sur la poignée, la porte s'ouvre. Elle se glisse à l'intérieur et referme.

Quelqu'un respire. Sur le sol se trouve un tas de vêtements. Des chaussures. Pas seulement les siennes à lui. Elle prend un vêtement. La faible lueur du lampadaire extérieur s'insinue sous le store roulant et en révèle la propriétaire.

Quand elle se retrouve dans le couloir allumé avec de la poussière dans les recoins, sa poitrine est goudronnée. Elle entendrait s'éloigner la bitumeuse, exactement comme quand ils faisaient la route devant l'immeuble. Elle sent la puanteur, même si tout n'est que dans sa tête malade.

Remontée dans l'appartement, elle fait du café. S'empêtre dans le couvercle de la boîte à café et en renverse. Il importe de se ressaisir, se dit-elle. De faire quelque chose de concret. Dresser le couvert pour deux sur le plateau. Être attentionnée. Mettre le bougeoir de l'avent et allumer les quatre bougies. Pour l'amour et la paix.

Essaie de dire les versets du chant de l'avent, mais ne s'en souvient pas. S'en souvenir devient crucial, mais elle n'y arrive pas. Biscuits aux épices et meringues faits par le garçon et elle, dans une coupe. Puis elle se redresse bien droite, s'exerce à respirer et porte le plateau d'une main aussi ferme que possible.

Ils se relèvent d'un bond quand elle allume la lumière au plafond. Elle n'arrive pas à les regarder comme elle l'avait prévu. Se force juste à aller tout au bord du lit pour poser le plateau devant eux. Ils sentent la transpiration, la nuit, le vieux déodorant et l'alcool.

Les bougies de l'avent vacillent un peu sous leurs souffles. Puis elle entend la froideur de sa propre voix dans la pièce.

Joyeux Noël et bon appétit !

Le jugement

Les murs sont sombres et penchent vers l'intérieur. Le grand inquisiteur de Dostoïevski est assis sur la vieille scène de la maison des jeunes de son village. Le rideau rouge est tombé et s'étale autour de l'estrade.

Il s'enveloppe dans sa cape, seules sa tête et ses mains dépassent de tout ce noir. Pendant qu'elle attend, il a les yeux qui grandissent devant elle. D'un seul coup, il n'est pas seulement le grand inquisiteur, il est aussi Dieu.

J'ai marché silencieux et inaperçu entre vous tandis que le soleil de l'amour brûlait dans mon cœur, dit-il. Lève sa vieille lanterne et la scrute.

Son mari est assis au premier rang le visage défait et le fusil de chasse cassé sur les genoux. Sa grand-mère maternelle est assise à côté et pleure dans un drap froissé. Son amie est là aussi. Soucieuse, vêtue d'un tailleur. Le grand inquisiteur frappe la table de son marteau.

Tu t'es remise à lire des romans ? demande-t-il. Ne pouvant le nier, elle acquiesce. Ne sent plus ses pieds. Ils ont dû s'engourdir.

Tu crois que c'est là la vie ? Tout s'y passe selon ton entendement ?

Elle ne comprend pas ce qu'il veut dire.

Tu écris sur des papiers secrets alors que tu sais que tu as plus important à faire ? Être quelque chose pour ceux qui t'entourent, par exemple ?

Elle hoche la tête. Les murs penchent beaucoup vers l'intérieur maintenant. Mais elle est manifestement seule à le voir.

Tu n'écris pas pour bien réussir des examens, pas pour écrire des lettres. Tu traques les mots. En catimini. C'est ça ?

Sa réponse s'évanouit.

Crois-tu que l'existence soit quelque chose qu'il faut

traverser en attendant mieux et plus important ? Et que tu puisses ainsi abréger le temps en lisant des romans et en écrivant des sottises ?

Elle ne sait toujours pas quoi répondre.

En même temps, tu n'accordes à ton mari aucune distraction. Tu te caches en traquant des visages et des histoires ? Tu as dans la tête une cave. Des carcasses y sont suspendues qui pourraient t'être utiles. Laisse-les donc s'égoutter. Songe qu'elles peuvent facilement y rester des années. Tu attends. Attends la sécurité sans rien faire pour elle. Attends le mot tendre sans rien dire toi-même. Attends celui qui s'en va, qu'il revienne. Attends que ton agitation intérieure capitule. Attends le soleil. Le printemps. Attends le dimanche. Dimanche, que tu reproches à ton mari d'être si *vide*.

Elle baisse la tête.

Tu es absolue dans ton jugement des autres. Ton mari, par exemple. As-tu songé au compromis ? As-tu conscience que tu *devrais* y penser ? demande l'inquisiteur d'un ton sévère. Il t'a pourtant dit qu'il ne savait pas comment il était arrivé dans ce lit ni qu'il y *avait* quelqu'un dedans, n'est-ce pas ? Que tout n'était qu'un piètre malentendu parce qu'il n'était pas tout à fait sobre.

Elle hoche la tête.

Tu as promis de l'aimer et de l'honorer dans les bons jours comme les mauvais. Et celui-là était un mauvais. Une semaine avant Noël.

Elle voudrait répondre que lui aussi lui a fait cette promesse d'aimer et d'honorer. Mais n'y parvient pas.

Tu as décidé que tu étais seule au monde et que les hommes chasseurs étaient des nains spirituels, tandis que toi, tu es d'une meilleure engeance. Tu projettes de les ridiculiser. Mais tu n'y arriveras pas. Tu manques de courage et de force pour penser vengeance vingt-quatre heures sur vingt-quatre, jour après jour. Tu *échoueras*.

Elle murmure qu'elle le sait.

Il abaisse sa voix en un chuchotement inquisiteur.

Tu crois qu'il t'a donné l'occasion d'avoir une liberté que tu pourras utiliser. Pas maintenant, et peut-être pas l'année prochaine, mais un jour à l'avenir. Tu t'es trouvé *un but dans la vie* que tu crois pouvoir atteindre ? Vengeance !

Elle se débat en agitant les bras et ne veut pas l'admettre.

Connais-tu de *bonnes* personnes ? poursuit-il.

D'abord, elle ne sait pas et ne peut répondre, puis elle aperçoit son amie et la désigne.

Le grand inquisiteur fait un signe de tête, s'adresse à l'amie et lui demande si elle a quelque chose à dire.

Nos hommes sont des *enfants de la nature*, dit tendrement l'amie.

Tu as entendu ? demande-t-il.

Elle hoche la tête avec découragement.

Et cette femme, tu l'envies ? Sa bonté et sa tranquillité ? Envies le fait qu'elle ait plus d'énergie pour ses enfants et ton garçon que tu n'en as toi-même. Qu'elle soit une meilleure mère et institutrice. Une épouse aimante.

Elle produit un *oui* pathétique.

Et tu ne vois pas que ton mari est l'une de ces *bonnes* personnes que tu as rencontrées. Gentil avec ton garçon, qui l'appelle papa. Ce n'est pourtant pas son petit en réalité, mais celui d'un autre. Ce qui est *ta* faute !

Le grand inquisiteur a des manches amples et des mains osseuses qui sortent des ouvertures.

Tu pourrais témoigner un peu plus d'amour, affirme-t-il en plongeant en elle de grands yeux fixes. Sans paupières, juste des boules rondes menaçantes. Des globes.

Amour, c'est un très grand mot, murmure-t-elle comme pour s'excuser.

Mais c'est ce que tu *devrais* ressentir. Naturellement pas comme si tu y pensais tout le temps, mais assez souvent pour avoir mauvaise conscience à cause de ce que tu ne ressens *pas*, tempête-t-il.

Elle envoie un regard suppliant à sa grand-mère maternelle pour qu'elle prenne sa défense. Elle ne le fait pas. Se contente de rester là dans son drap, apparemment sans suivre.

Dis-moi, es-tu ne serait-ce que *capable d'aimer* ? fait le grand inquisiteur dans un sourire creux. Sa bouche semble faire le tour de sa tête et ses dents sont blanches et pointues comme des alênes.

Je sais pas. C'est peut-être un devoir... chuchote-t-elle.

Ce que tu dis montre que tu n'es pas *normale*. Le principal, c'est d'avoir des sentiments *normaux*. Quelqu'un qui n'est même pas capable de tenir à son propre *père* ne doit sans doute pas pouvoir aimer quelqu'un d'autre non plus, affirme-t-il.

Place l'amour haut ! N'oublie pas de le voir quand il est là. Ce n'est pas sûr qu'il reviendra, s'écrie soudain sa grand-mère avec un geste des bras.

Tu l'attends tous sens éveillés, n'est-ce pas ? demande le grand inquisiteur avec dédain.

Le mur de droite est maintenant tellement de guingois qu'elle l'a sur l'épaule.

Non, plus, tu es quelqu'un qui épargne avec avarice pour un usage futur. Tu trouves que c'est là une vie digne ? gronde-t-il.

Elle plonge la tête.

Je croyais que l'amour, c'était quelque chose de plus que ça, chuchote-t-elle enfin.

Alors Dieu se dresse de son siège de juge dans une formidable lumière.

Les murs se dressent avec lui. Le grand inquisiteur reste sur le sol comme une vieille dépouille de renne, mais ses mots claquent.

Je te condamne. Jamais l'amour ne sera pour toi davantage que cela !

Un courant d'air vient de la petite fente dans sa fenêtre. Sur le rebord s'est formé un léger amas de neige. Son mari dort tranquillement. C'est quelque chose de particulier, la respiration. On sait ainsi ce qui vit.

Juste une tasse de thé

Être *plaisant* est presque aussi crucial que de ne pas voler son prochain. La chose implique de ne pas se singulariser et d'avoir les mêmes points de vue que la majorité des gens. Faute de quoi ils pourraient se mettre à vous regarder par en dessous, conspirer, parler.

Dieu sait ce qu'elles savent qu'elle ne sait pas. C'est une petite localité, il ne faut pas l'oublier. Deux des femmes ont déjà émis des signaux indiquant qu'elles se passaient bien de sa compagnie. Avec son oreille défaillante pour ce qui est des intrigues, elle ne le comprend pas de prime abord.

Un jour, elle les croise dans l'entrée de l'immeuble dans lequel ils habitent. Les salue et s'arrête un instant. Elle est alors témoin de ce que l'une invite l'autre à boire le thé, en l'ignorant totalement.

D'abord, elle est juste sonnée, fait un signe de tête et part dans le couloir commun qui renvoie un écho quand la porte se referme. Monte les marches et entre dans l'appartement vide. Pendant qu'elle ôte ses vêtements d'extérieur, déferle sur elle la honte.

L'une d'elles est une collègue. L'autre est à la maison avec les enfants. C'est la collègue qui a invité. Elle essaie de se consoler en se disant que ses amies de couture et de lecture ne l'auraient jamais exclue de cette façon.

Pendant qu'elle est aux toilettes, elle essaie inlassablement de se repasser la conversation. Qu'a-t-elle dit ? Les a-t-elle blessées ? A-t-elle tenté de se mettre en avant ? A-t-elle essayé de s'insinuer dans leurs bonnes grâces d'une façon malhonnête ? Par quels mots ? Puis elle se souvient de la situation.

Quand elle est arrivée, elles étaient profondément engagées dans une conversation. Sur quoi ? Sur elle ? Le savent-elles ? Que son mari a couché dans un lit étranger ? Savent-elles qui c'est ? A-t-elle gâché leur conversation ? Elle se met à trembler. N'a plus qu'à rester aux toilettes jusqu'à ce que ce soit passé.

Peut-être voient-elles sur elle qu'elle n'est pas celle pour qui elle se fait passer. Qu'elle est en fait un détritus qui ne vaut pas d'être pris en considération. Elle se vide de tous les côtés. Quand il ne reste plus rien, elle se déshabille lentement et va dans la douche.

La nourrice attendra aujourd'hui. Dans la chaleur du jet d'eau, elle peut se recroqueviller et être seule.

L'instant est la seule chose que j'aie, se dit-elle. C'est ce qui est réel. Mais en tiens-je compte ? Le traité-je comme un fléau à surmonter ?

Elle a de quoi s'occuper. Et comment ! Ces deux-là, elle s'en éloigne. Veille à être enjouée et à toujours les saluer même si elle se sent fausse de le faire. Si elles se retrouvent au même endroit, elle s'en va avant elles ou après leur départ. Elles ne sont *que deux*, songe-t-elle. Rien que dans ce bourg, il existe légion d'autres gens.

Elle éprouve néanmoins une infériorité humiliante quand elle les voit. Ce qui engendre un misérable mépris. Pour elle-même et pour – elles.

Juste parce qu'elle n'a pas été invitée à boire un thé ?

Le cadeau

Elle emprunte parfois la machine à coudre de son amie. Son amie est serviable et n'est avare de rien. Elle lui emprunte des journaux de mode et dessine ses propres patrons. Par périodes, les romans doivent céder le pas à la machine à coudre de son amie.

Un jeudi de grisaille, elle rentre avec la fille de chez la nourrice, et son mari, arrivé avant, est avec un étranger en costume. Ils l'accueillent à la porte en faisant des mystères. La prient de venir dans la cuisine. Évidemment, c'est dans la cuisine qu'elle doit aller, songe-t-elle avec agacement, déshabille la fille et la met dans son parc.

Elle est là. La machine à coudre !

– Ça vient d'où, ça ? s'enquiert-elle en la regardant fixement. Fait le tour de la table en l'observant de toutes parts.

Le vendeur, puisque, oui, c'est bien entendu un vendeur, dit que c'est ce qui se fait de plus récent.

– Et à qui est-elle ? demande-t-elle encore.

– Votre mari vous l'a achetée, répond le sourire enjoué du vendeur.

Elle aurait pu oublier qu'ils n'ont pas les moyens pour ce genre de choses. Elle aurait pu lui donner la joie de la surprendre avec ce qu'il pense être son plus grand souhait. Mais elle ne le fait pas. Elle prie le vendeur de plier ses affaires et de revenir dans deux, trois ans peut-être. Ne rit même pas en le disant.

Quand elle apprend que son mari a déjà signé le contrat, elle déclare en feulant que *personne* ne peut signer quoi que ce soit sans qu'elle soit d'accord. Le vendeur toussote, mais emballe docilement la machine.

Son mari sort avec lui.

Une fois qu'ils sont sortis, elle se met à pleurer. Les larmes gouttent sur la tête de la fille. Gouttent sur les vêtements qu'elle étend. Les pommes de terre qu'elle met à cuire. Les galettes de poisson. La poêle à frire, qui crépite. Ce n'est qu'en entendant le garçon siffler de l'autre côté de la fenêtre de la cuisine qu'elle se ressaisit.

Son mari, elle ne le revoit pas avant que les enfants soient bien couchés. Il ne veut pas manger. Il est *déprimé*, comme on dit.

C'est lui qui commence à parler. Il a mis la machine à coudre dans leur box à la cave en attendant, qu'elle ait la force de la voir. Et puis il a vendu sa part du bateau de pêche et recevra le montant la semaine prochaine. Elle se remet alors à pleurer. Se liquéfie pour ainsi dire dans sa propre morve. À la fin, il dit qu'il va aller la chercher tout de suite, et puis ils pourront étudier le mode d'emploi ensemble. Le vendeur lui a un peu montré. Et il va revenir lui donner un cours.

Elle hoche la tête et pleure, pleure et hoche la tête. Il ne se sert même pas de petit verre, va juste chercher cet objet et l'appareille sur la table de cuisine.

Ils se penchent ensemble sur le mode d'emploi. Il explique, elle se laisse expliquer. Elle va chercher plusieurs coupons de tissu. Il insère quelques plaques et est doué pour la technique. Règle la couture sur le tableau. C'est une merveille. La machine coud les boutonnières. Elle prend le petit couteau découseur flambant neuf qui va avec, coupe le trou, aussi précisément que possible, et passe un bouton à travers. Encore et encore. Ils rient quand dans sa ferveur le bouton roule par terre.

Il fait des canettes de diverses couleurs tandis qu'elle regarde, assise sur un tabouret à côté. Dans la nuit devant eux, la machine produit des bordures rutilantes.

À deux heures, il leur faut se rendre. Ils parlent ensemble des merveilleuses qualités de la machine pendant qu'ils se brossent les dents et se préparent pour la nuit.

Elle y pense après qu'ils se sont couchés. Des conversations pareilles ? Quand ils vont en montagne seuls avec le garçon qui court devant et la fille dans le sac. Sur le paysage et le croassement rauque des lagopèdes dans les broussailles. Sur sa capacité à elle à supporter le froid du lac de montagne pour mettre le filet à truites ou sauver des moutons. Sur sa capacité à lui à faire du feu avec du bois vert par vent descendant de la montagne. Sur la trajectoire du soleil dans le ciel. Sur les baies arctiques qui sont plus avancées que l'année dernière. Sur les améliorations possibles du chalet. Sur le vent qui a soudain tourné au sud-ouest. Sur le fait qu'un mur de brouillard se dresse au sud et qu'il leur faut descendre le versant. Ou quand il est à la maison le soir et qu'ils passent quelques heures à écouter ses vieux disques d'Elvis sur la platine.

Elle tend la main et lui touche l'épaule.

– Merci d'avoir fait venir cette machine dans la maison, dit-elle dans le noir.

– Merci à toi, dit-il d'une voix joyeuse. Elle sent sa main sur sa cuisse.

Le lendemain matin, elle se lève à l'aube avant les autres. Fait un tour dans le salon et la voit sous son couvercle, scintillante, flambant neuve à côté des caisses de bières qu'ils ont empilées en guise de bibliothèques. Elle va dessiner des patrons. Elle pourra même s'acheter son propre magazine de mode. Elle va regarder des échantillons de tissu et commander par correspondance. Coudre des vêtements pour toute la famille. Des cadeaux de Noël.

Elle traîne la fille dans la pulka à travers la bourrasque de neige et l'obscurité de février. Personne n'a dégagé la route, le lampadaire a claqué et le gel mord les joues. La vie a des possibilités insoupçonnées. Il faut juste qu'elle effectue d'abord sa journée de travail.

Le monde débarque dans l'immeuble

Subitement, la guerre du Vietnam n'est plus seulement dans les journaux, mais dans les murs. Les voisins reçoivent la visite d'une parente et de son amoureux américain. On chuchote que cet amoureux a *presque* déserté. Il ne peut en effet pas rentrer chez lui car il est appelé au service de guerre. Dans un sens, l'exotisme de la présence si proche d'une personne pareille dépasse ce qu'on lit dans la presse. D'une façon unique, tous les habitants deviennent complices. On a tout bonnement le sentiment de sauver la vie d'un jeune homme en n'alertant pas les services secrets des États-Unis sur le fait qu'il habite dans la même montée d'escalier.

Sans qu'elle ait de contacts particuliers avec lui, le jeune *déserteur* la stimule. Pendant un temps, elle se sent presque comme une *penseuse sociale*. Par petites bouffées, elle se rend compte que le monde est là-dehors. Il est *réel*. Une réalité qui dépasse son quotidien et ses petits soucis. Elle se laisse influencer. Lit que les États-Unis vont peut-être réduire leurs forces dans le Sud malgré ce dangereux nid de communistes soutenu par la Chine et l'Union soviétique. Pendant que des massacres sont commis par les communistes, un Premier ministre scandinave manifeste à Stockholm avec un ambassadeur d'Orient.

Un jour, elle s'assied à la place de son mari à la table des chasseurs dans la salle des profs. S'assied tout simplement là où l'on fume et raconte des anecdotes de chasse et de pêche depuis sa place attitrée d'homme. D'une voix bien audible, ils ont l'habitude de tourner en dérision les faiblesses. Par exemple des gens dits tafioles ou gonzesses. Soudain, elle y est assise. Une *femme* qui parle de la *guerre*.

Il arrive et signifie qu'il veut sa place. Elle prétend ne pas le voir, et il se trouve une mission dans la salle de photocopie. Mais au moment d'aller en cours, il lui parle en crachant.

– Tiens-toi à l'écart de ma chaise ! Ils rigolaient ! Tu n'as pas vu ?

À cet instant, elle voit qu'il est figé dans ses petites routines masculines rassurantes, sans saisir que le monde saigne. Et d'un seul coup, elle grandit à ses propres yeux pour prendre des dimensions qu'il ne saurait contenir.

Mais le monde saigne toujours, sans qu'elle parvienne à y faire quoi que ce soit. Elle s'en tient aux mots. Les soirées sont bien trop courtes. Souvent elle s'endort sur son roman ou son journal avant d'en avoir lu une seule page.

Mais quelque chose s'est déplacé dans sa conscience. Ce n'est pas seulement son quotidien qui la déprime, c'est cette lâche de guerre. Toutes les guerres du monde. Elle a honte de n'avoir pas ressenti cette douleur plus tôt. Si seulement ils s'envolaient en fumée, tous ceux qui veulent la guerre.

Le grand inquisiteur est sans cape et ressemble à un Chinois, avec son habit aux allures de pyjama et ses yeux bridés affligés.

Tu crois tout savoir et tu regardes de haut ceux qui font moins l'article de leur engagement que toi ? dit-il.

Elle ne veut pas se laisser effrayer, mais se tait.

Tu as toujours vécu dans ta bulle en croyant que le monde était ailleurs. Tout d'un coup tu t'adresses aux gens comme si c'était toi qui l'avais inventé.

Elle ne veut toujours pas se laisser effrayer.

Tu te rends plus maligne que tu n'es pour que les gens voient comme tu es douée. De temps en temps, tu te cajoles un peu en lisant des romans. Il aurait mieux valu que tu couses un peu plus. C'est important et pour la société et pour ta famille. Mais tu penses comme une rêveuse mystique.

Crois que ta vocation est en latence dans l'avenir. Qu'elle *va se faire jour*. Plus tard. Tu y *crois*. Pas vrai ?

Elle hoche une tête rebelle.

On aurait pu s'attendre à ce que ton aveu de dilettantisme te rende humble. Mais non, tu discutes tout, tout en étant cruellement ignorante et passablement catégorique, et tu poursuis la traversée du désert qu'est ton devoir quotidien. Tu as développé une phobie des miettes et de la crasse, des mouches mortes et des vêtements de gym sales. Te figures que cela fait de toi, sinon une personne meilleure, au moins une personne plus *enviable*. Quand surgit l'idée que quelque chose pourrait clocher chez toi, tu t'apitoies sur ton sort au point de devoir compenser par une course aux tâches plus acharnée encore. Tu mènes ta vie dans un creux de sable dans le désert. Tout ce que tu creuses pour te faire ton petit trou est de peu d'utilité. Le creux se remplit plus vite que tu ne peux creuser.

Tout d'un coup, elle se dit que ceci est typiquement masculin. Il parle bien trop. Il ressemble au Premier ministre scandinave dont on parle tant.

Comment peut-elle se conduire ainsi en étant une bonne *sociale-démocrate** ? dit-il, vexé.

---

* En suédois dans le texte.

Les mots

Les romans requièrent des nuits longues. C'est pourquoi elle lit de la poésie, essentiellement écrite par des femmes. Se dit que la clef de l'énigme réside dans ce que des gens ont déjà décrit. Mais à des moments volés, elle cherche à tâtons ce qui est à elle. Le carnet de notes. Tentatives impuissantes de protester contre celle qu'elle est en passe de devenir.

Son amie et elle fondent un club de poésie avec quelques collègues et un artiste plasticien. Il est revenu au pays pour un temps, mais vit en fait dans la capitale. Elle ne comprend pas comment l'on peut procéder volontairement à un échange pareil.

Son mari est baby-sitter. Ce sont ses soirées bridge à elle, quoi.

Ils boivent du vin rouge et se font la lecture à voix haute. Les mots la touchent, aussi parce qu'elle les vit avec d'autres. Des sentiments dans lesquels elle se reconnaît, mais sur lesquels elle n'a jamais mis de mots. Les femmes écrivains ne se font pas passer pour des héroïnes ou des génies. Edith Södergran et Karin Boye. Tove Ditlevsen. Inger Hagerup et Magli Elster. Faiblesse et force, chaleur et irrévérence.

Ces soirs-là, les héros du foot, les soldats et les chasseurs sont absents. Les hommes qui séjournent de leur plein gré dans une pièce pleine de femmes et de poésie ne sont pas vus comme des hommes, *par* les hommes. Ils se font taxer de ridicule méprisable. Elle le sait. Cela rend le plasticien courageux à ses yeux, sans qu'elle le dise. Comment dire ces choses-là ? Il exerce sur elle un effet apaisant, même si elle voit que c'est quelqu'un de peu sûr de lui. Comme elle.

Le plasticien et elle se rendent ensemble à la réunion et parlent à mi-voix du bonheur de parvenir à un trait. Il aimerait voir ses dessins. De son côté, il souffre de ce qu'il qualifie de *panne sèche*. Mais il faut être optimiste, dit-il avec un petit sourire. Cette simple confidence rend la soirée douce.

Ils ont tous eu pour mission de lire un poème de leur choix. Les autres doivent deviner qui est l'auteur. Elle a prévu de lire *Deux voix*, le poème de Tove Ditlevsen.

Il y a deux voix dans mon cœur.
Jour et nuit elles se battent.
L'une rit chaque fois que l'autre
A souffert une défaite amère.

Je crains ces deux voix
Et j'obéis volontiers aux deux.
Mais comme elles veulent rarement la même chose,
Mon cœur n'est presque jamais tranquille.

Deux volontés se battent en moi.
L'une mauvaise, l'autre bonne.
Elles ravagent quotidiennement mon esprit et ma pensée
Et rongent mon espoir et mon courage.

C'est seulement quand j'aime, que le combat cesse.
Alors mon cœur bat clair et léger.
Alors les deux voix s'unissent
En un duo heureux et pur.

Quand vient son tour, quelque chose dans le dernier vers lui fait soudain changer d'avis. Et quand elle tire un autre stencil de son sac, elle sait ce que c'est. Elle ne croit pas que l'amour interrompe le combat. Elle n'y croit pas un instant.

À la place, elle lit le texte qu'elle n'ose pas lire. Omet le titre, s'éclaircit la voix et prend son souffle.

Je me tiens à l'écart
De tous les instants

Les heures ne sont pas miennes
Les événements sont irréels
Les gens passent devant moi

Je prends mon élan
Frappe
Entre
Dans un monde où personne
Ne connaît qui que ce soit

Ils hochent la tête d'un air approbateur, mais n'arrivent pas à deviner le poète. La timidité l'empêche de le dire. Timidité qui justement la trahit.

– Tu l'as écrit toi-même, chuchote son amie.

Elle le reconnaît, sans regarder personne.

Ils redoublent maintenant leurs éloges. D'un seul coup, elle est comme un enfant qu'on félicite à propos de quelque chose qu'il a fourgué aux adultes.

Le plasticien lui demande si elle a beaucoup de poèmes. Portée par une vague de bienveillance, elle trouve le courage d'en lire trois autres. Les textes sont toujours dans son sac. Toujours. Ils la félicitent. Ce dont elle se délecte éhontément pendant le reste de la soirée. Le plasticien trouve qu'elle devrait envoyer cela à un éditeur. Elle replie ses stencils sans oser répondre.

Leur chemin étant le même, ils rentrent ensemble dans le noir. Dans le ciel ondulent les aurores boréales. Le plasticien et elle s'arrêtent pour regarder tandis que les autres continuent. Entre les pierres immenses, la mer et les pans de glace font rage. Craquent, se brisent et cinglent, pulvérisent l'oreille.

– Ce soir, l'aurore boréale aussi est bleue, observe-t-il, debout dans le cône lumineux jaune. Tout est bleu !

– Oui, ce soir, oui, dit-elle, étonnée. Mais je trouve que, le plus souvent, les aurores boréales ondoient en vert.

– Peut-être, répond-il, pensif. Comme s'ils discutaient une affaire importante et qu'il leur fallait tomber d'accord. Oui, comme si, marchant sur cette route, ils pouvaient décider entre eux de la couleur de l'univers. Elle s'aperçoit qu'elle aurait voulu l'avoir pour frère.

– Pourquoi es-tu ici alors que tu aurais pu être là-bas dans le Sud, en ville ? lui demande-t-elle tout d'un coup, se sentant effrontée.

– L'argent, dit-il sombrement. Ou on est célèbre et on vend ou il faut avoir de l'argent.

Elle ne fait pas mention de ses projets infantiles de devenir artiste. Cela semble si petit. Cet homme se trouve au cœur du combat. Elle a lu que Simone de Beauvoir disait qu'*on écrit à partir de ce qu'on s'est fait être*. En va-t-il de même pour tous les artistes ? Peine-t-il à peindre celui qu'il s'est fait être ? Elle aurait bien voulu lui demander ce qu'il croit, mais a peur qu'il trouve qu'elle en fait trop.

Où sont mes mots quand j'en ai besoin pour expliquer quelque chose d'important ? Où est la hardiesse ? songe-t-elle en remontant le col de son manteau.

*

Il se tenait à la fenêtre et les a vus arriver ensemble. A du noir dans le regard et dit qu'elle *s'est encore donnée* avec ce *gars*. Les autres sont arrivées depuis longtemps, lui reproche-t-il. Il les a vus par la fenêtre, qui parlaient et parlaient et n'arrivaient pas à se séparer. Elle s'assied sur le tabouret pour ôter ses bottines. Reste là sans répondre. Il répète ce qu'il vient de dire et lui pousse l'épaule. Il a bu. Mais elle aussi. Elle lève les yeux vers lui et se contente de dire les choses, telles qu'elle aurait *voulu* qu'elles se produisent.

– Oui. Nous avons parlé de la vie. De ce que nous faisons de la vie que nous avons. Nous avons regardé tout le bleu.

L'aurore boréale. Parlé d'art. Du fait que l'art devient tel que les gens sont *réellement*.

Il lui lâche l'épaule, ouvre la bouche. Soupire.

– Bon Dieu ! Tu me prends pour un abruti qui ne comprend rien à rien ? dit-il.

– Et que comprends-tu ?

– Que, ma parole, tu n'es pas la vache sacrée que tu prétends être !

Elle ne le sait pas, mais elle s'est dressée. Elle ne le sait pas, mais elle a levé la main. Elle ne sait pas quand elle l'a fait, mais elle l'a frappé en plein visage. Ses lunettes sont par terre. Juste à droite des bottes renversées. Il se tient les bras ballants. Son front est marqué d'une empreinte rouge laissée par la pierre de sa bague.

Puis elle se réveille en quelque sorte. Il a raison ! Car qui *est*-elle ? Elle voit pourtant qu'il est jaloux. Mais l'aide-t-elle ? Non. Les mots pouvant expliquer qui elle est existent-ils ? Est-il possible d'expliquer la vérité sur la condition humaine ?

Des images de gens qu'elle a rencontrés en passant défilent sur le mur devant elle et sont projetées sur sa silhouette à lui. Le tressaillement soudain hésitant d'une moue dédaigneuse. La voix de quelqu'un qui entre dans la salle des profs après avoir perdu la face vis-à-vis de ses collègues et de ses élèves dans la cour d'école. Les images papillotent au-dessus des épaules de cet homme qui voudrait l'isoler parce que cela lui procure une sécurité. Le regard vacillant du garçon le plus dur de la classe. Peut-elle trouver des mots qui puissent les sauver ?

– Pardonne-moi ! chuchote-t-elle avec maladresse.

Il se touche le front, se tourne et va dans le salon.

Elle est seule sur le balcon et regarde la mer à l'ouest. Sent l'odeur d'eau salée lui emplir les narines. Une odeur qui l'a toujours suivie. L'horizon est une bande grisâtre aujourd'hui. Un brouillard laineux qui doit céder.

L'éternité et le chagrin, songe-t-elle. Ces deux dimensions, elle en est une portion infime. Étrange. Le chagrin d'*une* personne est plus petit qu'une particule de poussière dans l'univers. C'est comme ça. Elle est une partie de cela. Une étrangère. N'a pas l'instinct de l'appartenance. Ne sait pas si elle en est soulagée ou attristée. Le reconnaître ouvre en elle un espace.

Sur le revêtement du balcon se trouve une page arrachée du calendrier sportif de son mari. Le vent l'a déposée à ses pieds. Le crayon, elle l'a déjà à la main.

Les longues plages
Lavent nos rêveries
Négligemment, dans la laisse de haute mer
Seront toujours une limite
Entre nous et
Les profondeurs
Entre nous et
La fuite

Lumière et froid

Le 17 mai du quatrième printemps, il y a un relais à ski pour les petits sur la place du marché. Le garçon pleure jusqu'à obtenir l'autorisation d'y aller sans anorak et la poussette de la fille perd une roue.

Quand son mari passe devant et prend la fille sur ses épaules, elle est soulagée, mais comme plongée dans le permafrost et sans gants. Elle remonte la capuche de son anorak par-dessus ses oreilles et marche devant sa classe en criant hourra.

Le soir, ils sont avec d'autres personnes chez son amie de l'immeuble et son mari. Elle arrive un peu tard, après le coucher des enfants. Il fait bon et l'atmosphère est agréable. Elle arrive au milieu d'une conversation sur cette bénédiction qu'est la pénurie d'enseignants. On trouve facilement du travail. Quelqu'un a déjà accepté une localité non loin du village natal de son mari et lui lance qu'il a été décidé qu'eux aussi iraient là-bas.

– Ce n'est pas chose faite, dit-elle, mais sa voix est vaincue par un chœur bien intentionné qui veut que son mari soit de la partie.

– Je veux aller là où le printemps arrive tôt, dit-elle en dissertant sur le climat comme une météorologue. Son amie lui met un verre dans la main.

– Nous devons penser que ce n'est pas loin du chalet dans lequel nous avons investi tant d'argent et de travail, dit son mari d'une voix confiante.

Les amis sont d'accord. Comme si les résolutions étaient prises séance tenante.

Leurs hôtes ne vont pas déménager et trouvent complètement idiot que d'autres le fassent. La conversation part dans une autre direction et elle est sauvée. Accepte davantage de vin que de raison tandis que la colère monte en elle.

Quand son amie va dans la cuisine, elle la suit. La pièce déborde de verres et d'assiettes avec des restes d'aspic et de mayonnaise. Sur le dossier d'une chaise repose un tablier bleu. Elle le noue autour de sa taille et entreprend de rincer des assiettes. Son amie pousse un soupir de soulagement, la remercie en disant qu'elle ne devrait pas se donner tout ce mal. Se tient juste devant elle avec un visage pâle et de grands yeux amicaux. Son regard devient vague. Elle est sûrement fatiguée d'avoir préparé une réception pour tant de monde. À moins que ce ne soit elle-même ?

Juste en face se trouve une fenêtre blanche. Sur une tablette est posé un poussin de Pâques avec des plumes d'un seul côté.

– Tu as réussi à écrire des poèmes ces derniers temps ? demande son amie de but en blanc.

Les voix du salon paraissent étrangères. La cuisine n'est qu'elles deux. Son amie lui a posé une question.

– Je n'ai pas le temps, répond-elle en tentant de sourire.

Son interlocutrice fait un signe de tête. Son visage semble transparent.

– Tu es plus jeune que moi, tu trouveras bien le temps, dit son amie pour la réconforter.

Alors qu'elle s'étire vers la brosse à vaisselle et va répondre, une fissure du plan de travail progresse vers elle. S'élargit, monte jusqu'à son œil. Est aspirée par sa rétine et veut pénétrer dans son cerveau.

Ça va probablement s'arrêter là. *La réalité n'est pas plus grande que cela*, a-t-elle le temps de penser.

Puis la nausée est là comme un mur.

Il faut qu'elle rentre. Là. Tout de suite.

⋆

Il l'a ramassée, aidée à se mettre au lit et est reparti. De toute façon, il ne peut rien faire ni dans un sens ni dans l'autre. Elle ne peut même pas parler. Parfois c'est ainsi. Elle ne s'est pas fait mal. Est juste si fichtrement seule.

Entre lui et elle dans le lit se trouve un radiateur froid. Tout est froid.

– Tu aurais aussi bien pu dire ce que tu pensais, dit-il. Tout le monde a bien compris que tu ne voulais pas déménager au même endroit que nos amis.

Elle lévite autour de lui et est soulagée de ne pas parvenir à répondre. Sa transpiration est recouverte d'une fine pellicule de glace à présent. Comme d'être couchée dans des éclats de verre. Mais lui ne le sait pas.

– En fait, tu n'aimes pas les gens, toi ? Tu préférerais être assise sur un trône, avec *quelqu'un* qui ferait tout pour toi ? dit-il avec mélancolie, la considère d'un air blessé. Glisse la main dans sa poche en quête d'un tournevis et tire le radiateur entre ses genoux.

Elle voudrait lui dire de ne pas s'occuper du vieux radiateur rayonnant. Mais rien n'advient. À la place, elle essaie de suivre comme il travaille bien. En vain.

Il essaie d'allumer le radiateur encore une fois. L'interrupteur refuse.

– Il ne marche pas, dit-il, découragé.

Elle voudrait lui demander de les border tous deux avec la couette, pour que tout soit bien, mais n'y arrive pas.

C'est curieux que tout soit si froid quand la lumière autour de nous est si forte, songe-t-elle, étonnée.

Le lieu des ferries

Ils arrivent en plein été et s'installent entre arbres verts et jardins en fleurs. La plupart des gens se connaissent et savent quand quelqu'un s'en va ou arrive. L'embarcadère du ferry est un point de rencontre. Le chalet et le village natal de son mari sont à moins de deux heures de distance.

Les logements d'instituteurs s'alignent en rangs serrés, avec terrasses, vue sur la mer et bout de pelouse. Ils sont privilégiés de pouvoir, une fois encore, emménager dans un logis tout neuf en vertu du fait qu'ils sont instituteurs. Les plages et le fjord sont de carte postale. Le soir de leur arrivée, l'horizon est nimbé d'une aura orange.

Là d'où ils arrivent, il était manifestement surtout blanc et gris. Sanguin le jour où le soleil se montrait au sortir de la nuit polaire. Tard un soir, il a en fait été bleu. Plus elle y pense, plus il était bleu.

Les gens sont aimables ici, en tout cas si on ne leur donne pas de raison de ne pas l'être. De fil en aiguille, elle va apprendre que la plupart ont au moins *une* fenêtre sur la rue.

Il n'y a pas de quoi se plaindre. D'ailleurs, elle ne se plaint pas. Ici, on n'enveloppe pas les sorbiers en automne. Ce sont juste des choses qui lui reviennent quand elle est sur le chemin de l'école. *Là-haut*, on prenait en charge la survie des *arbres*. Elle y réfléchit. Est émue. Plus elle voit la luxuriance de ce nouvel endroit, plus elle se souvient des quelques sorbiers. Quand ils partaient en vacances, ils étaient rarement en feuilles. Quand ils rentraient, ils se dressaient d'un orange lumineux dans la bourrasque. Un bref moment avant de se faire remballer. Elle y pense comme à un morceau de poésie vécue.

Ses parents ne sont plus à trois jours de bateau. Il ne leur faut que deux heures en bus, et ils sont là. Elle le savait avant de déménager. Pourtant elle est prise au dépourvu. Ils viennent et restent plusieurs jours. Cela plaît au garçon. Son mari est hospitalier et sympathique. Il fait la cuisine, plaisante et rit. Les voisins passent prendre le café. Son père parle sans discontinuer. Elle ne comprend jamais de quoi. Parfois il lui demande ce qu'*elle* pense. Veut être aimable. Pense de quoi ? songe-t-elle sans répondre.

Elle range. Ils ont acheté un nouveau canapé et un nouveau lit pour le garçon. Il a eu un vélo aussi. File si vite que l'air sent le roussi. Parfois elle s'immobilise au milieu d'une pièce et croit le voir dans une mare de sang sous une voiture.

Sa mère lui dit qu'ils sont très bien installés. Parfois, sa mère lui lance un regard interrogateur sans rien demander.

Un samedi, elle se tient avec le quotidien national entre les mains. Il y est. Son poème. Comme encadré. Et illustré par un vrai dessinateur de presse. Beau. Il se trouble. Tout se trouble. Revient sur la page de journal et se trouble de nouveau.

Elle va chercher des ciseaux et le découpe. Le place délicatement sous sa pile à corriger pour savoir où il est.

Pendant le reste de la journée, elle pense à cette coupure-là. La couleur de la cuisine a un charme seyant. Pas plus tard qu'hier, vendredi, elle la trouvait jaune sale.

Maintenant, elle va le faire pour de bon. Juste envoyer sa pile à une maison d'édition.

Ils remontent une côte escarpée qui mène à une grande maison aux nombreuses fenêtres. Le plasticien porte une peinture sur laquelle il travaille. Elle est enveloppée, si bien qu'elle ne peut en voir le motif. Il fait sans cesse tomber des pinceaux de la poche de sa veste. À la fin, elle doit l'aider à les ramasser. Ils les posent sur des pierres au bord de la route sans en parler. Il lui demande si elle a envoyé ses textes à un éditeur. Elle pointe le doigt vers la maison et répond qu'elle est en train de s'y rendre. Il fait un signe de tête et s'assied sur une pierre.

Tu connais quelqu'un là-haut ? s'enquiert-il. Elle va lui répondre que oui, mais se retient.

C'est comme pour moi. Tu n'entreras pas, il n'y a pas de portes, rien que des fenêtres, dit-il tristement.

Cela la rend furieuse, comme si c'était sa faute à lui qu'elle non plus ne voie pas de porte. Elle continue d'avancer seule sans regarder derrière elle.

Le gène masculin

L'hiver a été notablement plus court, mais suffisamment long. C'est le printemps dans le nouvel endroit. Assis autour de la table, les collègues se réunissent en toute amitié au sujet de la prochaine année scolaire. La pluie fouette les grands carreaux. Le vent plaque le fourré de bouleaux contre les rochers juste en face. Dehors, sur la route, une personne se couche en avant dans les rafales.

Tout à coup, elle entend le proviseur prononcer son nom en lien avec la classe de cours préparatoire de la rentrée. À demi levée de sa chaise de stupéfaction, elle dit qu'elle a *déjà* une classe. C'est aux deux hommes qui n'en auront *plus* de prendre les nouveaux, estime-t-elle en promenant autour d'elle un regard interrogateur.

Les collègues regardent par terre, regardent le mur, se regardent les uns les autres. Aucun mot ne venant, elle continue. Elle ne veut absolument pas recommencer à apprendre à de petites personnes à nouer leurs lacets et à rester sagement assis. Avec un sourire hautain, le proviseur argue que les hommes n'ont pas ça *dans leurs gènes*. Elle affirme qu'il a une mentalité préhistorique et mentionne l'année dans laquelle ils se trouvent. Visiblement vexé, il clôt la discussion.

Elle déclare d'un ton tranchant ne pas vouloir de nouvelle classe. L'un des hommes dit qu'elle se conduit comme une *rødstrømpe**.

Quelque chose s'éveille. Elle se tourne vers lui.

– Merci ! C'est formidable que tu sois au courant de qui je suis.

Tous se taisent. Ce problème ne concerne qu'elle. Le

* Bas rouge, mouvement féministe (nom inspiré des *Redstockings* américaines).

monde est apparemment plus jeune encore que son entendement, songe-t-elle.

Le proviseur va avancer dans l'ordre du jour. Point quatre, la journée du sport. Elle lève alors la main pour demander la parole, demander la parole dans les formes. Le proviseur lui fait un signe de tête découragé.

– Je ne sais pas ce que vous faites, vous autres, mais moi, je continue avec la classe que j'ai. Je préviendrai moi-même les parents. C'était juste ça.

Elle reste à couver cette honteuse protestation. Sent le silence que celle-ci a déposé autour d'elle. À la fin de la journée de travail, elle parle en tête à tête avec l'une de ses collègues. Soupçonne une sympathie tiède quand cette femme hausse les épaules en disant *les hommes* !

Elle ne lui demande pas pourquoi elle ne lui a pas apporté son soutien pendant la réunion. Ça, elle l'a tout de même compris. Il ne faut pas exiger de loyauté ouverte.

La rumeur est descendue jusqu'à la salle des profs du collège, où se trouve son mari. Ils sont à la table du dîner avec les enfants quand il aborde le sujet.

– On parle, dit-il. Mais il la soutient, il ne manquerait plus qu'elle se laisse traiter comme un pion. Et j'ai dit ce que j'en pensais aux autres dans la salle des profs, l'informe-t-il.

Ils mangent de la soupe à la viande, réchauffée. Les morceaux de carotte sont orange luminescent. La lumière de mai est pénétrante. Perfore tout. La voilà qui explose dans l'assiette de potage.

Elle repose sa cuillère. Se lève et reste debout la tête baissée. Elle finit peu à peu par percevoir que lui aussi s'est levé. Les enfants les dévisagent. Il la prend dans ses bras et dit tout bas qu'il ne faut pas qu'elle se laisse affecter par ça.

– Ne pleure pas, c'est juste une histoire idiote, dit-il.

⋆

Elle attend le calme absolu. Cela prend son temps. De petits corps se tortillent comme des vers. Il y a toujours quelque chose pour requérir leur attention. Les bruits sont latents entre les murs. Elle attend, les ignore, attend encore. Elle s'emploie à être elle-même, qui que ce puisse bien être. De leur côté, les petits font preuve à l'égard de sa modeste personne d'une loyauté qu'elle n'a jamais rencontrée auparavant. Leur façon de la regarder ferait fondre un glacier.

Elle découpe, colle, dessine, raconte, fait la lecture, calcule, calcule faux, écrit au tableau, deux élèves crient qu'elle se trompe, et elle dit : dis donc, corrige et les félicite d'être si alertes. Au fond de la classe, il y a une table avec des ouvrages de référence, des cartes, des images et des objets que chacun a apportés. Des caisses de coquillages et de curiosités qu'elle a empruntées à son fils. Des pommes de pin, des insectes desséchés et des squelettes d'oiseaux. Ils n'ont qu'à deviner eux-mêmes ce que c'est. Elle ne fait que les retarder, prétend-elle. Les petits sont d'accord. Ils regardent et pointent du doigt. Lui expliquent des détails qu'ils sont seuls à voir.

Le jeu est une liberté, pour moi aussi, se dit-elle, en devant reconnaître à contrecœur qu'elle maîtrise probablement mieux l'exercice que la plupart des instituteurs hommes. Ils se voient ainsi donner *raison*. Cela l'agace prodigieusement, et elle ne le mentionne jamais à quiconque. Décide simplement que ces petites personnes ne doivent pas lui être enlevées, même quand elles seront si grandes que quelqu'un avec des gènes masculins aura envie de leur faire cours. Pas question.

Force

Elle lit un texte sur des femmes courageuses qui ont travaillé dur et véritablement *risqué* quelque chose. Lutté pour le droit de vote et l'égalité des salaires. Se sont érigées contre les généraux et les bastions masculins. Debout à son pupitre, elle parle aux élèves les plus âgés. Il faut qu'ils comprennent qu'agir pour ce en quoi l'on croit vaut la peine. Mais elle ne met pas en avant celles qui ces jours-ci sont sur les barricades pour la loi sur l'avortement libre. Cette loi qui a été rejetée au Storting. Ça pourrait donner lieu à du grabuge autour de la table du dîner.

En silence, elle se mortifie de sa propre insuffisance et de sa toute petite vie. S'afflige d'arriver à si peu. Sans parler de tout ce qu'elle ne *sait* pas.

Dans cette succion, cette centrifugeuse, passe le temps. Il s'émiette, fond, brûle, bourdonne et disparaît.

L'homme a fait la cuisine. Sept sortes de harengs. Accompagnés de son pain à elle. C'est un samedi de novembre et ils ont invité des voisins, des amis du sport et des collègues. Il importe de rendre. Ils manquent cruellement de temps pour tout préparer, estime-t-elle, sans le dire. Lui estime avoir terminé, change de chemise et prend le journal.

Elle tourbillonne fébrilement devant lui et met le couvert. Il lève les yeux et la prie de se calmer, ce ne sont que des gens ordinaires qui viennent. Le principal est d'être aimable et *plaisant*.

Ce maudit mot !

Mais ce soir, il n'en sera pas ainsi. Elle a souvent entre les omoplates un bouffon intérieur. Mais ce soir, elle a le contrôle. Tout va être parfait.

Elle est assise en bout de table sur un pouf et fait des allées et venues. Veille à ce que tous aient ce qu'il leur faut. Son mari est échanson, mais ne se sert pas trop souvent lui-même. Ce dont elle lui est reconnaissante. Sa consommation d'alcool à lui est son thermomètre à elle. Elle réagit, d'abord par de minuscules changements de température, quand elle peut encore se dire que ça va sûrement bien se passer. Il s'agit juste pour elle de faire montre d'un peu de tolérance et d'humour. Mais souvent la situation vire à l'écoute attentive. A-t-il une élocution voilée ? Elle reste crispée, mâchoires serrées et mains moites. Souvent, cela se conclut sur le fait qu'elle trouve une excuse et s'en va.

Mais ce soir, elle ne peut pas partir. C'est pourquoi elle lui donne une étoile dans son carnet invisible et est particulièrement prévenante. Telle une petite nigaude soumise. Mais tout cela, il n'est pas en son pouvoir de le deviner. Elle ne le lui a jamais expliqué. Pas en termes explicites. Et l'eût-elle fait, il se serait sans doute servi une grande rasade.

La soirée avançant, l'ambiance reste toujours bonne. Quand l'un des amis de chasse pérore sur son endurance dans le brouillard et la pluie une fois où il avait manqué de tomber dans un précipice, elle va donc aux toilettes. Quand elle se rassied sur le pouf, il n'a toujours pas conclu son histoire héroïque. Il a maintenant abattu l'oiseau, mais est en train de décrire l'harassante route du retour vers les hommes.

C'est là qu'elle décroche de son rôle d'hôtesse.

– Nom d'un petit bonhomme ! s'exclame-t-elle sur le ton qu'elle aurait employé pour s'adresser à un petit écolier s'étant fait une égratignure.

Tout le monde la regarde. Le héros conteur toussote, gêné. Regarde un peu autour de lui. Lève son verre et se tait. Tous lèvent leur verre. Elle aussi. Comme s'ils n'avaient rien vu ni entendu. Pendant cette pause embarrassante, l'un des hommes entreprend de parler du nouveau jardin d'enfants qu'on va construire. Il s'adresse à elle.

– Il paraît que vous avez fondé un comité pour faire construire un nouveau jardin d'enfants, dit-il.

Elle le confirme. Sourit. Sait que tout le monde le sait, à la fois qui est dans le comité et qu'ils en sont déjà drôlement loin. Il ne reste plus qu'à obtenir une garantie d'exploitation de la part de la municipalité.

– C'était urgent. Cette vieille baraque est proprement dangereuse pour la santé. Mais nous allons y arriver, dit-elle.

Plusieurs trouvent la chose formidable. Elle s'apprête juste à être contente quand une femme qui est à la maison avec ses enfants renverse entièrement la situation.

– C'est bien d'avoir un nouveau jardin d'enfants, mais ce n'est pas normal que nous qui sommes au foyer et qui assumons nous-mêmes la responsabilité de nos enfants le payions avec nos impôts.

Elle aurait pu s'en tenir là. Aurait pu laisser l'autre remporter la manche. Car personne ne s'est déclaré d'accord. À la place, elle la regarde dans les yeux avec défi et lui demande combien d'impôts *elle* paie.

Le silence se fait. Un silence écrasant.

– Tu sais bien que je n'ai pas de travail, dit l'autre d'une voix rauque. Exaspérée.

– Oui, je sais. Mais ce n'est pas un fait obligé. Il y aura de la place pour tes petits aussi.

L'autre se lève. Elle est grande et belle. Et en colère. Fait un mouvement de tête et met les mains sur les hanches.

– C'est facile à dire pour *toi* ! Toi qui as eu une formation gratuite de l'État ! Tu laisses tes gosses à d'autres comme un foutu bonhomme ! tonne la femme.

Son mari voudrait qu'elle se rasseye. Il n'y parvient pas. Elle balaie sa main comme une crotte.

Elle se dit qu'elle va parler du prêt étudiant à rembourser, mais par bonheur s'en abstient. Lève simplement les deux mains, paumes offertes, tout comme elle en a l'habitude quand elle veut obtenir le calme dans la classe.

– C'est bon, dit-elle. Il n'y a pas matière à se disputer. Nous ne sommes pas d'accord, mais ça ne fait rien.

Son interlocutrice n'en est que plus exaspérée. Elle a l'air proprement dangereuse. Tous les regardent tour à tour. Et maintenant ?

– Tu te crois souveraine ? éclate son interlocutrice en se penchant vers elle. Tu crois que tu es la seule à savoir. Que les autres ne sont pas assez sensées pour décider elles-mêmes ce qui est le mieux pour leurs gosses.

– Non, mais on a tout de même le droit de ne pas être d'accord, dit-elle faiblement.

– La suffisance de tes foutaises ! rétorque l'autre, qui lève son verre de vin rouge et lui en jette le contenu droit dans le visage, avant de se retourner et de se précipiter dehors.

Le mari bondit, crie le nom de sa femme et s'engage dans une sorte de poursuite. La porte d'entrée se referme deux fois.

Elle trouve une serviette en papier de réserve et se procure une meilleure vision. C'est de peu d'utilité pour sa robe claire. Dont le buste et la jupe ont fait la guerre.

Les femmes se désolent et cherchent à l'aider. Sans une mauvaise parole sur l'auteur des faits, elles sont, en toute bonne intention, de son côté à elle. Lui apportent des conseils sur la façon de détacher le vin rouge. Eau froide. Sel. Vin blanc. Tout de suite, avant qu'il puisse imprégner le tissu. Un chœur féminin à plusieurs voix.

Elle se sent assaillie par des taons. Est-ce ainsi ? se demande-t-elle. Les femmes ne peuvent-elles pas communiquer sans s'agacer les unes les autres ?

Elle se lève et se précipite derrière les deux qui sont partis. Passe son manteau et saute dans les chaussures de son mari. Grandes et juste bonnes pour l'atterrissage. Le chemin n'est pas long, mais quand elle rattrape le mari, elle est à bout de souffle.

– Va rejoindre les autres, dit-elle. C'est contre *moi* qu'elle est furieuse.

Elle sonne, mais entre directement car personne n'ouvre. La trouve en décomposition totale dans le salon, en manteau, agrippée à son sac sur ses genoux. Elle ne lève pas les yeux, continue simplement de pleurer. Quand elle se coule à côté d'elle, elle est violemment repoussée. L'espace d'une seconde, elle s'imagine qu'elle va recevoir une rossée. Une gifle en tout cas.

– Je te prie instamment… commence-t-elle en repliant les pans de son manteau sur les taches de vin rouge de sa robe. Reste un moment sans rien dire de plus.

L'autre a du mal à se camoufler, elle aussi. Pleure plus paisiblement maintenant.

– Tu es une dure à cuire ! Tu m'as rabattu mon caquet. J'aurais voulu qu'on soit du même côté, murmure-t-elle avec hésitation en étant préparée à ce qui pourrait venir.

– On aurait pu être de la dynamite, ajoute-t-elle.

L'autre est restée tout le temps avec son sac entre les mains comme si elle était en visite chez elle-même. Maintenant elle fouille en cherchant de quoi se moucher. Ne trouve pas et lâche le sac par terre sans le fermer. Elle se sert du revers de sa main, sous son nez. Sur ses yeux.

Puis elle la regarde enfin. La contemple de haut en bas. De bas en haut. Avec des yeux ternis par le vin rouge. Se penche vers elle, ouvre soudain son manteau d'un geste brusque et précipite sur elle des mains crochues en gestes désordonnés.

– Seigneur ! J'ai détruit ta robe ! s'écrie-t-elle.

Il n'y a pas de réponse à donner. Elle le prend comme une sorte de réconciliation.

Mais il est apparemment trop tôt.

– Je trouve que tu es une *jument* ! C'est pour ça, dit l'autre en colère.

– Depuis longtemps ?

– Oui. Plus ou moins.

– En quoi donc ?

– Tout a l'air si facile pour toi. Si fichtrement facile. Tu sais tout bien mieux que les autres, crois-tu. Ça m'horripile. Les choses ne sont pas si faciles, je te dirai ! Il n'y a que toi qui aies tout eu entre les mains dès ta naissance ! envoie-t-elle.

Elle est à deux doigts de se défendre. De tirer au grand jour une ou deux misères. Mais d'une manière ou d'une autre, l'idée se volatilise. Elles n'en ont d'utilité ni l'une ni l'autre. Pas maintenant.

– Comment le sais-tu ? Que c'est facile ? demande-t-elle.

– Tu ne fais que passer à travers tout, comme si de rien n'était. Je le vois à ton expression. Tu te fais une place. Travail. Déplacements pour des réunions. Discours sur le jardin d'enfants. Moi, je n'aurais jamais pu…

Elle s'interrompt brusquement et la dévisage avec fureur. Soupire. Puis se lève.

– Je vais faire du café ! annonce-t-elle en laissant son manteau sur un fauteuil.

Elle l'entend s'agiter dans la cuisine. Entend qu'elle a enfin pu se moucher. C'est incroyable, se dit-elle. Un don ! L'autre la voit entièrement différente de ce qu'elle voit elle-même.

Mais *est*-ce ainsi ?

Ne reste-t-il qu'à reconnaître sa propre force ?

Cours d'anglais

En vêtements de pluie à carreaux rouges de pied en cap, la fille est dans sa poussette et doit être déposée au jardin d'enfants. Après l'avoir embrassée et lui avoir fait signe par-dessus la clôture, elle est déjà dans l'interrogation de vocabulaire pour laquelle elle a oublié de choisir des mots. À cette même seconde, elle voit plus loin devant son fils se livrer à du pédalage à cou rompre entre des écoliers à pied.

Elle décide de ne pas crier pour l'interpeller. Pense plutôt au chien qui n'a pas eu sa promenade, s'est juste soulagé en toute hâte avant leur départ. L'animal est un projet pour lequel elle s'est laissé forcer la main. Fourrure douce. Démarche pataude attendrissante. Deux yeux d'animal. Trois contre une. Et il y a des limites à l'insensibilité d'une mère.

Ce n'est pas de la pluie, ce sont des trombes. Le bord de son imper de printemps cousu maison goutte dans ses chaussures. C'est encore une fois le mois de juin, et elle n'a pas eu le temps, ni temporel ni *météorologique*, de se réjouir du printemps. Elle n'a pas non plus trié et rangé les vêtements d'hiver. Et hachurant ces pensées, émergent les reproches qu'elle se fait de n'avoir bon sang de bois jamais l'intelligence de vivre dans le présent, de prendre son souffle, d'inspirer et d'expirer.

Elle se prépare mentalement au cours d'anglais des sixièmes. Rassemble les élèves, attend que le calme se fasse dans les rangs et dit *je vous en prie*. Alors qu'elle marche en tête dans le couloir, l'une des filles rompt le rang, lui prend le bras et lui demande la permission d'aller aux toilettes. Elle va lui répondre avec sévérité qu'il fallait y penser avant, mais quelque chose dans le regard de la fille la fait acquiescer.

La fille marche tout près d'elle et chuchote quelque chose. Serviette ? Elle a besoin d'une *serviette*.

Tout à coup, elle *voit* ce visage de fille et cette question. Elle demande à la classe de s'installer et emmène la fille dans la salle des fournitures, où elle sait se trouver des serviettes hygiéniques sur une étagère.

– As-tu déjà eu tes règles ? s'enquiert-elle. La fille secoue la tête, au bord des larmes. Elles se tiennent avec la serviette entre elles, ces deux-là. Tout à fait inopinément, elle se met elle aussi à pleurer. C'est impardonnable. Son fichu devoir est de dédramatiser, pas d'aggraver les choses.

Elle trouve un rouleau de papier ménage et fait un partage en sœurs. Elles s'essuient les yeux et le nez tandis qu'elle essaie de dire quelque chose sur le fait que c'est grand et solennel, mais pas dangereux. La fille hoche la tête et elles s'étreignent timidement. Un instant seulement. Puis la fille va aux toilettes et elle dans la classe.

Et elle s'entend dire qu'il n'y aura pas d'interrogation de vocabulaire, parce qu'*elle* a oublié de la préparer, et parce qu'elle a le sentiment que la journée est trop palpitante pour une interrogation de vocabulaire. Leurs visages s'ouvrent comme s'ils étaient exposés à un soleil inopiné.

Il n'y a pas de bruit. Ils attendent. La fille revient des toilettes et se glisse à sa place avec gêne et un peu de raideur. Promène un regard interrogateur autour d'elle et attend, elle aussi.

Elle commence à leur parler, pas en anglais, mais en norvégien. De pensées. De curieux petits instants dont on se souvient simplement, longtemps, même s'ils n'étaient pas si grandioses. De ce dont on ne se souvient pas et de ce dont on n'ose pas se souvenir. Et de tout l'intempestif qu'on croit ne pouvoir partager avec personne.

Des mains se lèvent. D'abord deux des filles les plus courageuses en termes de réflexion. Puis quelques garçons. Ils viennent avec leurs déclarations sur des choses qu'ils n'osent pas faire. Rien de fracassant. Juste du tout à fait acceptable. Ce sont leurs pensées, pas les siennes. Quotidiennes et concrètes. Et pourtant quelque chose de spécial qu'il n'est pas facile de partager avec autrui.

L'un a un bonnet ridicule qui lui a valu un jour des taquineries, mais qu'il porte malgré tout. Un autre bégaie. Bégayant vaillamment, il raconte une petite histoire, plusieurs mots, sur le fait qu'il n'ose en fait pas parler parce qu'il bégaie.

Elle le regarde en retenant son souffle d'admiration. Se rend compte qu'elle ne peut pas venir là avec son âge adulte, elle doit écouter et poser des questions.

De fil en aiguille, ils sont de plus en plus nombreux à se joindre à eux. Ils tombent d'accord sur le fait que ce n'est pas très grave de dire une bêtise ni de se distinguer ou d'être différent. Il importe au contraire d'être *quelque chose de spécial*, même si personne ne le comprend, glisse-t-elle. *Elle*, par exemple, écrit des poèmes dont elle ne peut pas parler. Les gens ne comprendraient pas. Ils croiraient qu'elle croit *être* quelque chose. Juste parce qu'elle traficote ces strophes de poèmes.

– Mais maîtresse, vous nous le dites à nous, s'écrie un élève.

– Oui, dis donc, et je n'en suis pas morte ! s'exclame-t-elle.

Tous rient de bon cœur. À la sonnerie, ils n'ont pas prononcé un seul mot anglais.

Lézard humilié

Son mari a fini son journal, mais le garde pour les mots croisés, il allume donc le feu de cheminée avec sa revue *à elle*.

Sait-il qu'il brûle le poème qu'elle a réussi à publier ? Elle ne le lui demande pas. Se contente de faire preuve de force en prétendant ne rien voir. Un iceberg de fierté. Elle voit *Sirène* partir en flammes. Il ne le sait pas, parce qu'il ne la regarde pas.

La soirée est toute une cocotte-minute de protestation. Elle engrange des choses petites et grandes. Jusqu'à ce qu'il sorte.

Elle l'entend. A toujours un sommeil agité quand il sort tard. Si elle dort. Là, encore. Distinctement. Du bruit dans l'escalier qui descend au sous-sol, où se trouvent les chambres. Ça ballotte et ça cahote. Le voilà donc encore soûl. Il faut qu'elle monte et le mette au lit avant que ce raffut réveille les enfants.

Il vacille sur la marche du dessus en essayant d'enlever son pantalon. Ses chaussures sont sur la marche suivante. Il se tient au pilier de la rampe et la regarde d'un air mauvais. Ce dont il n'est somme toute pas coutumier. Quelque chose ne va pas. Il est en colère.

Elle veut l'aider à descendre les marches. Il la chasse en jurant. Arrive malgré tout à ôter son pantalon. Le lance devant lui et la dépasse en titubant.

Au passage, il ricane en marmonnant quelque chose sur les *gonzesses*.

Une pauvre réflexion d'ivrogne qui ne mérite pas de réaction. Mais qui embrase une fureur imprudente, pour ne pas dire peu réfléchie. Elle ramasse son jean, le roule en une boule dure et emploie toute sa force à l'envoyer vers lui dans l'escalier. L'atteint.

Son mari s'affale le long du mur. Du sang s'écoule de sa plaie à la tête, juste à côté de la tempe. La boucle de ceinture. Elle l'a atteint à la tête avec la boucle de ceinture.

Elle l'aide à se rendre à la salle de bains. Il geint quand elle le lave de son sang. Rien n'est dit. Il ne semble plus très ivre. Une fois qu'elle l'a pansé et mis au lit, il marmonne avec découragement quelque chose sur la guerre. Est-ce là la *guerre* ?

Elle répond vaguement qu'elle n'avait pas pris en compte la boucle de ceinture. Mais elle ne lui demande *pas* pardon. Va chercher deux verres d'eau et essaie de lui en faire absorber un. Ils ont tous deux les mains qui tremblent.

Il essaie de rire un peu avant de s'endormir d'un coup. Elle reste assise au bord du lit en songeant qu'il aurait fallu recoudre. Mais ses cheveux repousseront bien par-dessus ?

Elle va chercher son peignoir et le verre d'eau et s'installe sur une chaise longue sur la terrasse devant leur chambre à coucher. Laisse la porte ouverte afin de pouvoir garder un œil sur lui. L'air est frisquet sur sa chair de poule. Elle boit son verre d'eau à lentes gorgées.

Les alentours de la maison sont en train de verdir. Une pluie s'est logée sur le fjord. Pourtant le soleil perce. Un jour, j'aurai un jardin, se dit-elle. Un vrai jardin. J'ai du temps devant moi. Tout va s'arranger, pense-t-elle.

Au bout d'un moment, elle entre pour vérifier que le sang n'a pas traversé son pansement maladroit. C'est vite arrivé de toucher là où il ne faut pas. Désastreusement vite arrivé.

Ils ne se veulent pourtant pas de mal ? Si ?

Gonzesse ! Il n'a pas l'habitude de dire des choses pareilles. L'humiliation est un lézard enfermé dans la tête. Dans le corps. Surtout là. On dirait que tout ce qui lui arrive est mouliné dans sa tête et stocké dans son corps.

Elle ne peut pas se coucher maintenant. En ce qui la concerne, la nuit est finie. Dans le miroir de la salle de bains, deux yeux las, ternes, avec de profonds creux entre les sourcils. Une bouche avec des traits marqués aux commissures.

Si seulement elle avait bientôt des nouvelles de la maison d'édition. Ne serait-ce qu'un bref *nous sommes navrés, mais… ne correspond pas à notre…*

Deux réalités

Ils sont au chalet et font une promenade dans la montagne. Pour une fois, ils ne sont que tous les quatre. La fille et elle déambulent derrière, le garçon et le chien sont devant. Son mari est troupe intermédiaire. Ils mènent des conversations amicales essoufflées sur des sujets pratiques. Ou sur ce qu'ils voient dans la nature. Pique-niquent.

Il prépare un feu et fait bouillir du café. Allume d'une main experte sous de l'écorce de bouleau humide et parvient à la faire brûler. Ses mains sont maigres, hâlées. Les petits partagent chocolat chaud et en-cas. Il raconte des histoires de son enfance. Le garçon écoute la bouche ouverte. Pose des questions et obtient des réponses.

Elle ressent des vagues d'un sentiment qui doit être du contentement. Est assise sur un rocher, le derrière sur un suroît, et sait que ça, il lui faut le préserver. S'en souvenir. De minuscules instants de quelque chose d'étrange qu'elle ne peut formuler. Un état d'esprit fait de chaleur et de tranquillité.

Du bonheur ? Elle n'y connaît rien.

Elle nage dans le lac de montagne glacial pour se laver de sa sueur. Sur la surface bosselée de l'eau ondoie un visage. Simone de Beauvoir est assise sur les rochers et l'observe d'un air hautain. Elle porte un manteau de laine élégant, un petit chapeau chic et un foulard détaché autour du cou.

Tu mets de l'argent dans ton écrin de couture sous du croquet et des rouleaux de biais parce que tu ne lui fais pas confiance ? N'as-tu pas de dessein plus grand ? Ne sais-tu pas que sans rêves et ambitions, nul ne parvient à tirer quoi que ce soit de la vie ? L'écrin de couture est-il le seul espace que tu aies ?

Je suis obligée de prendre l'argent le jour de la paie pour le reste du mois. Nous avons un compte commun et il oublie de payer, se contente de mettre les factures sur le tableau de bord de la voiture, explique-t-elle, honteuse.

Elle aurait bien voulu parler avec la philosophe d'autres sujets que celui-ci, se dit-elle.

On ne naît pas femme, on le devient.

La vie trouve son sens par l'action. Et ton action, c'est donc ceci, dit Simone, dont la voix porte doucement sur l'eau.

Tu ne vois pas que j'essaie de me raccrocher à ce qu'il y a de positif dans le quotidien ? se défend-elle.

Ça manque un peu de conviction, entend-elle venir des rochers.

Il y a une différence entre vivre ici et à Paris. Pas pareil non plus que la vie dans *Le Deuxième Sexe*, dit-elle en recrachant de l'eau.

Oui, mais sais-tu si c'est mieux à Paris ?

Toutes les possibilités y sont ouvertes, des milliers de possibilités, souffle-t-elle sous l'eau.

Et la *tristesse*. Pas seulement celle sur laquelle on écrit, mais aussi celle qui étouffe.

Mais tu as l'université et l'art, halète-t-elle en poussant fort sur ses jambes.

Tu rêves de vivre des choses. De faire ce qui est vraiment *grand* ? demande Simone.

Oui, admet-elle. Et chaque fois que je prends conscience de la distance qui me sépare du but, s'insinue une insatisfaction qui empoisonne tout.

As-tu songé que tu employais tes forces aux mauvaises tâches ?

Oui, mais les mauvaises tâches doivent être accomplies aussi. Il faut faire preuve de responsabilité.

À quel égard ?

Les petits et le travail, dit-elle en grimpant sur les rochers. Glissants comme des anguilles et coupants.

•

Ta plus grande responsabilité, c'est *toi* ! Il faut que tu prennes ta place, dit l'écrivain parisienne qui n'a pas d'enfants.

Jalousie

Quand elle est seule, elle passe son temps à corriger cette pile de feuilles A4.

Le message de la maison d'édition était circonspect, mais on l'invitait à réitérer. Elle l'a interprété comme une ouverture sur quelque chose.

Il a fixé au mur du salon un panneau d'aggloméré de deux mètres et demi qui sert de table de travail. La machine à coudre y est à demeure. Le garçon y fait ses devoirs. Sur un fil au-dessus, la fille accroche ses dessins et petits objets avec des pinces à linge. Ils ont acheté une machine à écrire d'occasion qui habite sous une housse en plastique grise. C'est lui qui l'utilise le plus, parce qu'il écrit un peu pour le journal local. Chose qui entraîne aussi qu'ils se procurent le téléphone. Quand on écrit *sérieusement* dans un journal, on se doit d'avoir le téléphone.

Elle aligne les mots au crayon de papier. Les pousse et les tire. Détruit souvent la spontanéité de l'idée initiale en construisant et démolissant. Soirées seule et coucher tôt. Elle aligne des mots dans l'odeur du ménage pas fait et du crayon gris.

Debout à la tribune devant la mairie, avec son bonnet blanc crocheté maison, elle va tenir le discours du 17 mai. Comme si elle était un homme d'importance pour le bourg. N'ose pas, mais le fait quand même. A consigné par écrit le moindre mot. Les connaît à peu près par cœur. Ses genoux tremblent. Ses mains. Mais de toute façon le vent agite ses papiers et ses genoux sont cachés derrière la tribune.

Nul ne doit voir combien elle a peur. S'ils le voient, ils verront aussi tout le reste, se dit-elle. Ensuite, les gens sont polis et trouvent que ce qu'elle a dit était bien. Elle décide d'y accorder foi. Cela la surprend. D'être en mesure de prendre une décision pareille.

Elle est élue déléguée du Syndicat des Instituteurs et ne sait pas comment se conduire quand elle doit se rendre à des réunions en ville. Fait comme si elle l'avait déjà fait et que tout était simple. Chose étrange, ils semblent y croire.

Quand elle doit se déplacer pour des réunions, elle a droit à un remplaçant rémunéré. Elle est quelqu'un avec qui l'on compte et que l'on écoute. Elle voyage seule, loge à l'hôtel et est libre de choisir les gens avec qui elle veut parler. Du sort des instituteurs et des élèves. Des programmes d'enseignement. De la volonté politique de développer l'avenir des gamins. Tout à coup, son mari n'est plus le seul à voyager. De son point de vue à elle, ils deviennent plus égaux. Elle cesse de voir d'un mauvais œil ses hobbys et activités.

Lui réagit autrement. La questionne à son retour, avec qui elle a été, ce qu'elle a fait, pourquoi elle n'a pas appelé à la maison le soir où il croyait qu'elle le ferait. Les jours précédant un départ, il est mutique, si toutefois elle le voit. Il est plus que manifeste que la situation lui déplaît.

Naturellement, cela lui donne plus de responsabilités, surtout avec la fille qui a besoin de la présence permanente de quelqu'un. Le garçon est grand et indépendant. Elle lui rappelle que, s'il veut sortir le soir, le garçon peut garder sa sœur. Il peut décrocher le combiné et laisser la gentille dame du téléphone écouter s'il y a des pleurs dans la maison. Ou alors le garçon peut l'appeler si jamais il se passe quelque chose. Mais il lui faut alors savoir où est son père. Sa proposition lui fait hausser les épaules.

Elle se demande s'il est sobre quand elle est absente. Se le demande sans lui en parler. Si elle appelle et que ce sont les petits qui décrochent le téléphone, elle se sent profondément irresponsable de laisser ses enfants sans même savoir s'ils sont en sûreté.

Mais elle le fait quand même.

Elle vient de rentrer d'un séminaire. Il ouvre sa valise et l'examine de long en large. Lorsqu'elle lui demande ce qu'il fabrique, il déclare que son diaphragme n'est pas à sa place habituelle dans le placard. Alors elle a dû l'emporter ?

Muette de surprise, elle reste debout à le dévisager, mais sans nier. Ce qu'il prend naturellement pour un aveu. Voyant ses yeux s'emplir lentement, elle ressent une satisfaction cruelle. Elle croyait avoir oublié. Mais elle revoit maintenant la nuit juste avant Noël. Le plateau avec le bougeoir de l'avent, le café et les biscuits de Noël. Sent l'odeur d'alcool et de transpiration d'un lit étranger.

Elle ne dit pas que le diaphragme se trouve dans son étui, derrière les gants de toilette sur la tablette au-dessus. Elle hausse au contraire les épaules et entreprend de sortir son linge sale.

Se rendre à des réunions devient plus que difficile. Chose qu'elle s'efforce d'ignorer, comme lui aussi a sûrement ignoré ses sautes d'humeur quand il allait partir. C'est-à-dire qu'elle n'a plus de sautes d'humeur. Elle a son propre domaine. Dans certaines situations, elle se dit même qu'il la soupçonne quoi qu'elle fasse ou ne fasse pas et que cela n'a donc aucune importance. Elle peut en tirer le sentiment d'une sorte de liberté vide. Mais du plaisir ? Non.

Si lui se sent probablement prisonnier de son propre foyer avec les enfants quand elle est en voyage, elle peut éprouver une sorte de tranquillité lorsqu'il n'est pas là. Comme on s'habitue à une blessure qui ne fait pas mal tant qu'on n'arrache pas la croûte. Quoi qu'ils ressentent l'un pour l'autre, ils ont un point commun. La jalousie.

Le ferry arrive et repart

Un jour, elle envoie une enveloppe C4 en kraft. Va en cours. Est maman. Syndicaliste. Une espèce d'autrui absent. Attend. C'est l'année internationale de la femme. Son cerveau est une éponge desséchée. Il se trouve en fait dans du papier kraft, en route pour la capitale.

Puis, arrive enfin une lettre de la plus grande maison d'édition du pays.

Un encouragement de la part d'une personne qu'elle n'a jamais vue. Des questions de quelqu'un qui est allé dans son univers intellectuel et l'a pris au sérieux. Comme si son manuscrit faseyant était à lui et qu'elle allait simplement l'aider à le rendre lisible. La solitude se lève comme des brumes marines un jour de chaleur.

Elle réécrit. Laisse reposer et mûrir. Réécrit encore. Encore et encore. N'ose pas être tout à fait satisfaite, mais finit par envoyer ce qu'elle a.

Elles sont sur la terrasse, toutes les deux. Sa mère vient de passer son permis de conduire et elle la félicite de l'avoir bel et bien fait. D'y être arrivée. Elle s'est acheté une petite Coccinelle d'occasion qui est garée devant. Conduit seule et va pour la première fois prendre le ferry pour aller au chalet. Elle ne peut que deviner ce que cela signifie pour elle. Cette soudaine liberté. Pouvoir partir en voiture. Depuis son arrivée, elle n'a cessé de parler de sa voiture et du sévère inspecteur du permis de conduire qui a loué ses talents de conductrice. Sa mère a parlé davantage en une heure que pendant les cinq dernières années réunies. C'est grandiose. Elle ne peut que se réjouir du fait qu'elle soit devenue une autre personne.

Tandis qu'elles prennent le café en contemplant la vue, elle se demande si elle va parler de la lettre de la maison d'édition. Elle est arrivée la veille. Les poèmes sont acceptés et seront publiés à l'automne. Elle ne l'a encore dit à personne. Pas à son mari non plus. Elle regarde le visage joyeux de sa mère et se dit qu'elle va être la première à l'apprendre. Elles pourront en quelque sorte fêter d'avoir réussi quelque chose, toutes les deux.

D'abord, elle prête l'oreille à l'enthousiasme de sa mère sur le stationnement en général, à son inquiétude qui n'est pas moindre à la perspective d'embarquer en voiture sur le ferry. Sa mère a le rose aux joues et des étoiles dans les yeux. Toutes deux regardent le fjord. La mer est une feuille de papier aluminium un peu froissée, et les petites branches de bouleaux sont voilées de vert.

– J'ai reçu une lettre d'une maison d'édition hier, commence-t-elle un peu vacillante.

Sa mère répond d'un flottant : Ah ? Une maison d'édition ? Je crois que le temps va se maintenir tout le week-end.

Elle prend suffisamment de souffle pour toute la phrase.

– Ils veulent publier mes poèmes… Ça va devenir un livre.

Sa mère tend la main au-dessus du dossier de la chaise et saisit le sac qui y est suspendu. Puis elle se tourne vers elle en souriant. Son visage entier rayonne.

– Voilà enfin le bateau. Alors il faut que j'y aille !

Elle accompagne sa mère devant la maison et lui dit à bientôt. Elle retourne à l'intérieur et range les tasses à café. Elle va aux toilettes pour faire pipi, sans arriver à produire la moindre goutte. Elle se lave les mains plus que soigneusement et va dans la cuisine, vers le pain qui lève.

Renverse la pâte sur le plan de travail sans l'avoir fariné d'abord. Pâte qui, vengeresse, se colle aux mains et à la surface. Elle plonge un instant ses mains couvertes de pâte dans le sac de farine, puis elle entreprend de pétrir avec tout ce qu'elle a de vide ravalé.

C'est comme ça, songe-t-elle. Moi aussi, je suis comme ça. J'ai beau essayer de voir les bonheurs et les chagrins des enfants, mes journées sont remplies de mes propres rêves.

Je leur ai donné la solitude en cadeau de naissance.

Il a lu les rares poèmes déjà parus dans deux journaux de la capitale et une revue. A signalé qu'il les trouvait *jolis*. Mais il ne sait rien de ceux-ci. Ceux qui ensemble vont devenir un livre.

Elle le mentionne un jour alors qu'il va passer la porte. Prend la voix de quelqu'un qui annonce qu'il va pleuvoir. Laisse la chose comme en suspens.

Un instant, il reste immobile, la main sur la poignée. Puis il lâche son sac de vêtements de sport, se tourne et la saisit par la taille. Commence dans l'entrée une curieuse danse. Il murmure un lent chant de la victoire sur une cadence de valse et sur l'air de *Ja vi elsker**. Elle se perd dans les pas. Il la hale et la tire et cahote bon train. Ils trébuchent sur son sac et manquent de tomber. Au bout d'un moment, il s'arrête car elle n'est plus que sanglots.

– Ma pauvre, pauvre chérie, lui dit-il dans les cheveux. Reste à la bercer en chuchotant des paroles sur le fait qu'elle va s'y habituer, que tout va s'arranger.

* *Ja, vi elsker dette landet* : Oui, nous aimons ce pays. (Hymne national norvégien.)

La porte de cuivre

Ils y sont arrivés, son assistant et elle ! Il est bleu et non coupé, doux comme du feutre repassé. A l'air d'être resté longtemps sous l'eau. Et pourtant il est distinct. Son nom lui paraît étranger. Elle n'a jamais vu son nom. Maintenant il se trouve là pour qui veut, ou peut, voir.

Automne. La pluie ruisselle sur une énorme porte de cuivre. Elle se ratatine. Se gonfle et frappe. Personne n'ouvre. Elle place tout son corps contre et brave la force de gravité. Franchit la porte vers un assistant inaperçu qui sait tout. Son cœur voltige. Son nez se livre à une production ininterrompue de gouttes. Ses pieds sont froids. Elle laisse des empreintes mouillées à travers les catacombes et se présente à une dame qui est jolie comme une poupée de porcelaine, articule avec le soin d'une animatrice radio et lui demande si elle a rendez-vous.

Elle répond en indiquant le prénom de l'éditeur. La jolie rectifie en ajoutant nom de famille et titre, et elle acquiesce, confuse. La dame lève le téléphone à son oreille ornée de perle et, l'instant suivant, un homme pas spécialement grand arrive par une porte et se précipite les bras tendus, un large sourire aux lèvres. Il l'épluche de son manteau mouillé et lui parle comme s'ils étaient cousins.

Elle prête une oreille aussi attentive que possible à tout ce qu'il dit sans en saisir le contenu. Dans son bureau, il ferme la porte et la conduit à un fauteuil. Il projette des étincelles verbales. Est un feu qui s'enflamme et s'apaise. Elle tend ses pensées vers la chaleur, ses pieds de même. L'humiliante goutte nasale est mouchée et oubliée.

D'un seul coup, elle comprend tout ce qu'il dit.

Il a découvert un auteur. L'auteur porte son nom.

Elle est en ville en tant qu'émissaire du syndicat et a pris un jour de congé supplémentaire. L'éditeur l'invite au restaurant, avec des caricatures d'artistes sur tous les murs. Vivants et disparus. Des fontaines coulent et les petites lampes murales déversent leur lumière sur les verres et couverts. Les serveurs virevoltent comme si elle était dans un film.

L'éditeur parle du *Livre*. Les critiques sont contents, prétend-il. Mentionne le nom d'un célèbre poète qui écrit aussi des critiques. Cite des mots irréalistes qu'elle n'ose absorber.

Ils mangent de la biche. Biche sanglante dans l'assiette. Elle se penche dessus, le visage rouge sang. Il promet de lui envoyer des coupures.

– Il faut que tu voies ça par toi-même, dit-il. Elle plane au-dessus de la table comme une mite ivre.

Comme dans les mauvais jours

Elle entend un choc sourd mou, puis quelque chose qu'on traîne. Cela vient de l'intérieur de la maison. Il sera donc exceptionnellement soûl, se dit-elle en regardant l'heure. Trois heures. Elle remonte la couette au-dessus de sa tête.

La fille est en train de la secouer. Elle se sera rendormie quand même.

– Maman, il y a un homme mort dans le canapé, couine la fille.

Elle la remet au lit et la borde. Dit que c'est encore la nuit et qu'elle a sûrement rêvé. Ferme la porte de sa chambre et monte dans le salon.

Il gît sur le dos dans le canapé. Son visage n'est qu'une mare de sang. Des traces rouges indiquent où il a essayé de se poser avant de trouver le canapé. L'un de ses yeux semble totalement enfoncé.

Elle sent une attaque se profiler, mais sait qu'il ne faut pas qu'elle tombe. Se force à aller jusqu'à lui. Quelque chose résiste. Pas seulement la nausée, mais quelque chose d'autre. De la mauvaise volonté. De l'aversion. Une aversion profonde. Sentiment désagréable à ce moment précis. Dégradant. Pour l'un comme l'autre. Comme si tout n'allait pas suffisamment mal. Car ce qu'elle ressent n'est pas de l'empathie, mais de la *colère*. Pourquoi se livre-t-il à ces beuveries insensées ?

Elle tâtonne maladroitement dans les airs au-dessus de lui et prononce son nom. Du sang écume de son nez et de sa bouche. Il émet quelques sons étranges. Elle parvient à les interpréter comme se rapportant à ses lunettes. Qu'elles ne sont pas là. Il en dépend.

– Où ? demande-t-elle bêtement, en pensant aux lunettes. Il a dégringolé dans le talus, à vélo, lui fait-il comprendre. Une peur glaciale s'abat sur elle et la maintient debout.

Ce n'est pas une question de lunettes. Elle ne sait pas ce que c'est. Peut-être le fait qu'il va perdre la raison ou quelque chose. Qu'elle va s'occuper de lui pendant le restant de ses jours. Qu'il va avoir besoin d'elle pour la moindre chose. Et *maintenant*, maintenant qu'ils sont en train de construire une maison, pense-t-elle avec honte. Une honte si fichtrement profonde qu'elle a pitié de lui qui ignore comment elle est. Combien elle est mauvaise.

Dieu soit loué, ils ont le téléphone. Elle obtient le docteur, enfin. Qu'on doit réveiller.

La fille est montée. Sanglote debout en chemise de nuit. Elle va la rejoindre et la soulève. Grande fille. La porte de nouveau au bas de l'escalier en disant *Allons, allons, tout va s'arranger*.

Pour lui rendre visite à l'hôpital, elle se fait emmener par des amis. Ou y va en bus. C'est à plusieurs dizaines de kilomètres et mal desservi. Fait son travail et essaie de coordonner le bénévolat de leurs amis et les travaux des artisans pour terminer les fondations.

Son fils lui manque, lui qui, en proie à la lassitude scolaire, s'est trouvé un travail sur un ferry qui n'accoste pas dans le bourg familial. Un job d'été qui se prolonge. Il en a assez de l'école et des profs, et ne veut pas aller au lycée. Lui dire qu'il gâche ses bonnes aptitudes est peine perdue. Elle doit maintenant l'appeler pour lui raconter ce qui est arrivé. Que va-t-elle lui dire ?

Sa voix est indistincte. Comme d'une autre planète. Quelque chose s'est peut-être déchiré en lui aussi ? songe-t-elle en essayant de lui poser la question. Mais la machinerie gronde et son bateau va quitter le quai.

⋆

Elle ne raconte à personne qu'en son for intérieur, elle reproche à son mari d'être à l'hôpital avec un ballon implanté derrière l'œil. C'est lui-même qui le dit, tout à fait spontanément. Que tout cela est sa faute. Bien fait pour lui. D'être couché là avec des tuyaux en plastique qui entrent et sortent de ses narines et de ses veines sans pouvoir fumer ni boire. Ils disent que sa guérison pourrait prendre des mois, explique-t-il, découragé, dans une espèce de ricanement.

Il y a une limite à tout. Y compris pour les gens comme elle. Elle s'accommode de son rôle de consolatrice. Dit que ce n'est pas si simple, pour lui non plus. Qu'il ne faut pas rester là à se submerger de reproches. Ça ne fait pas guérir, dit-elle en s'efforçant de rire. Voit sur lui qu'elle est une consolatrice lamentable. Elle lui tapote le bras et l'étreint légèrement entre tous les tuyaux de drainage.

Dans le bus du retour, elle a pitié d'eux tous, avant tout d'elle-même. Elle fait du reste un piètre maître d'ouvrage. Se rend compte de la facilité avec laquelle il aurait réussi à organiser son monde pour le travail d'équipe. Il a un talent inestimable pour les solutions pratiques.

Une image surgit de nulle part. La fille était un nouveau-né et elle avait perdu son lait. Ne supportant pas le lait maternisé, la petite allait pleurer incessamment jusqu'à ce que le médecin élucide le problème. Ils avaient dû ajourner leur départ en vacances et tout tournait autour de l'enfant. Nuit après nuit, il avait alors marché avec la petite puce dans les bras, pour qu'*elle* puisse dormir.

Assise dans le bus, elle voit son visage. Sous tous ses bandages, il est paré d'un filtre de prévenance.

La fille est bien trop seule quand elle fait ses allées et venues à l'hôpital plusieurs fois par semaine. Elle lui achète une maison de poupée miniature pour la consoler. Et de nouveaux meubles pour la maison chaque fois qu'elle est allée en ville auprès de son père. C'est bien trop cher, mais c'est important.

La fille fait preuve de joie avec une calme dignité. Comme si elle avait mauvaise conscience d'être contente d'avoir une maison de poupée alors que son père est malade.

À une ou deux reprises, elle lui demande s'il va mourir. Il ne faut jamais qu'elle aille croire ça, est la réponse. Il ne faut absolument jamais qu'elle aille croire ça. Elle a le droit de recevoir des amis à la maison quand elle doit rester seule, et elle s'autogouverne. Se met à ranger intensivement. Lego et puzzles sont méticuleusement placés dans la caisse ou sur l'étagère. Le lit est fait avec sa gaucherie circonstanciée. Spontanément, elle balaie le plancher jusqu'au perron, comme elle a vu son frère le faire.

Elle est félicitée, mais ne répond pas. Se contente d'un signe de tête. Cette fille ressemble à sa grand-mère maternelle, songe-t-elle avec stupéfaction. Elle ne l'avait jamais vu.

La fille garde aussi le chien. Il déménage dans son lit sans que quiconque lui en ait donné la permission.

Un jour, la voisine s'arrête pour lui dire que la petite est bien trop seule. Comme si elle ne le savait pas. Comme si toute cette histoire était sa faute. Elle passe un moment devant la porte d'entrée à écouter poliment. Puis elle hoche plusieurs fois la tête et rentre. La voisine veut manifestement entrer aussi. Mais elle prétend ne pas comprendre.

Ça sent le brûlé dans la cuisine. La fille est debout sur un marchepied et fait des œufs au plat. Elle a une brûlure de fraîche date au poignet. Mais elle a fait cuire deux œufs. L'un pour sa mère.

Elle trouve une pommade pour les brûlures et en enduit le poignet de sa fille. Ce n'est pas beau à voir. La fille sourit. C'est ce qui fait qu'elle, la mère, s'écroule sur une chaise et se met à pleurer.

– Il faut qu'on mange pendant que les œufs sont chauds, dit la fille en posant l'assiette devant elle.

Une nuit, il meurt quand même. Il fabrique lui-même son cercueil et essaie de la consoler. Sur le chantier, tout est boueux, tout lui est incompréhensible. Les charpentiers n'ont pas commencé à ériger la maison, car ils prétendent que la dalle est en porte-à-faux. Il faut qu'elle demande un emprunt supplémentaire, dit son mari, en ajoutant qu'il n'est pas nécessaire de peindre le cercueil. Autrefois, tout le monde reposait dans des cercueils non peints, affirme-t-il. Mais si elle pouvait avoir la gentillesse de laver son cadavre ? Il ne voudrait surtout pas que des étrangers voient cette misère, dit-il. Maintenant qu'il est mort, il ne peut pas organiser d'autres séances de travail collectif bénévole, mais si elle obtient un prêt supplémentaire, elle arrivera à payer des ouvriers, pense-t-il. Il a une capuche sur la tête. Mais, d'un rouge étouffant, le sang coule tout de même sur sa chemise blanche. Ce n'est pas naturel qu'un homme mort saigne si méchamment, se dit-elle.

Tout sera plus facile après l'enterrement, dit-il.

Elle ne peut que lui donner raison sur ce point, bien qu'elle doute.

Debout à la porte avec des yeux apeurés écarquillés, la fille s'enquiert de savoir pourquoi elle pousse des cris atroces au milieu de la nuit. Elle ne peut lui répondre.

Le chasseur dépose sa proie à l'intérieur

La soirée au chalet est d'un sombre automnal, mais il fait lourd. Elle attend depuis plusieurs heures. A vu la journée glisser vers un chatoiement obscur. Reconnaît intérieurement qu'elle s'est réjouie à la perspective de son arrivée. A préparé un repas. Émincé de renne, pommes de terre Mandel du jardin et airelles en abondance. Fraîchement cueillies et additionnées de beaucoup de sucre.

La fille dort. Le garçon est en vadrouille dans le monde.

Depuis qu'il est guéri et qu'ils ont fini la maison, ils ont trouvé une nouvelle communauté. Quand les phares de la voiture jettent leur regard insistant entre les pins, elle ressent de la joie.

Les portières s'ouvrent, claquent. Les portières, pas la ? Elle entend des voix. La sienne à lui. Et celle d'une femme ? Puis ils se tiennent dans le cercle lumineux de la lampe à pétrole du plafond.

C'est elle ! Il l'a emmenée. Ici. Lui a apporté sa proie. Un matou qui apporte en cadeau une souris sur le perron.

Elle en reste bras ballants. Sent que ses mâchoires se sont verrouillées. Ses mains refermées. Ses yeux retirés, quelque part dans sa tête.

Il dépose le bagage de la proie sur la dalle en pierre devant la cheminée et hume avec satisfaction la casserole. Va chercher assiette et couverts pour une personne de plus et met la table. Produit des sons de contentement. Asseyez-vous ! dit-il joyeusement. Je fais le service. Verse du vin de fabrication maison dans trois verres.

La proie s'assied et dit quelque chose de drôle. Elle a des cheveux dorés qui viennent d'être brossés et du rouge à lèvres rose. Son mari vient de quitter la maison. Le chasseur rit de son rire chaleureux. Quant à elle, elle est toujours au milieu de la pièce.

Puis quelque chose se déchire devant elle. Elle essaie de s'en détourner, mais c'est peine perdue. Ça se déchire de l'autre côté aussi. Sans un mot, elle prend son coupe-vent sur la patère et chausse les bottes qui se trouvent près de la porte. Met un point d'honneur à refermer délicatement la porte derrière elle. Ça se déchire dehors aussi. Elle va dans les toilettes extérieures chercher la lampe de poche qu'elle sait y être. Y reste assise un moment. Espère-t-elle qu'il l'appellera ? Il ne le fait pas.

Elle marche vite sur le vieux chemin de terre autour du lac. Quand elle arrive sur l'autre rive, un œil fenêtre jaune la dévisage depuis le chalet. La fumée s'élève tout droit de la cheminée. Elle voit le lac derrière l'osier et y descend. Doit s'allonger un moment. Sent la bruyère et des pierres âpres. Tout passe, songe-t-elle. Il suffit de veiller à maintenir son corps à un niveau bas.

Je leur ai allumé des bougies, pense-t-elle. Maintenant ils sont au chaud en train de manger le repas que j'ai préparé.

Tout se déchire. Elle ne voit rien. Puis la nausée. Vain de la surmonter, ou de la dépasser, il n'y a qu'à être dedans jusqu'à ce que ça passe.

Elle se découvre dans une posture contorsionnée sur un rocher au bord de l'eau. Une douleur sourde dans l'épaule. Quand elle se tourne sur le dos, elle a vue droit sur le ciel nocturne violet. D'abord elle ressent le froid comme un ennemi. Tremble.

Mais lentement, tout change. Le temps n'existe pas. Elle demeure en elle-même et ne ressent rien. C'est si facile, songe-t-elle, je vais juste rester là jusqu'à ce que tout soit terminé. Elle ouvre une fois les yeux et voit une lune difforme là-haut. Une autre fois, elle note que, de l'autre côté du lac, l'œil fenêtre est occulté. Elle se dit qu'elle a une lampe de poche sans vraiment comprendre ce qu'elle est censée en faire.

Il la porte à la voiture et la conduit au chalet. Le soleil est cuisant. Il fait chaud. Tu t'es totalement brûlé le visage, dit-il avec inquiétude. Elle ne le sent pas. Il la porte dans le lit et lui fait du thé tout en répétant une simple phrase.

– Tu es folle ! Tu es folle, toi.

La proie n'est pas là. Mais une odeur d'émincé de renne froid et une once de peau parfumée étrangère subsistent.

Dans la journée, il dit qu'ils ne peuvent pas continuer comme ça. Elle ne sait que répondre, car elle ne sait pas ce qu'il entend par là. Attend qu'il le lui explique. Qu'il dise qu'il ne peut plus continuer d'être chasseur comme ça. Mais il lui laisse le soin d'expliquer le sens de ses propos. Elle ne le peut pas.

Quand elle est de nouveau sur pied et se dirige vers les toilettes extérieures, elle voit que la fillette a démonté sa tente d'Indien. Elle repose, plate et jaune, entre les sardines.

– Tu ne veux plus avoir ta tente montée ? s'enquiert-elle.

– Je me fous de cette tente, dit la fillette en colère, qui part en courant entre les pins.

– Tu veux que je fasse du chocolat chaud ? lui lance-t-elle.

– Non ! crie la fille en disparaissant.

Il a raison, se dit-elle pendant qu'elle est aux toilettes. Je suis folle. Je fais peur à la gamine. Il faut que je me ressaisisse et que je devienne comme les autres.

*

Elle se tient sur le pont du ferry. Il a déjà conduit la voiture à terre et l'attend sur le parking. Elle sait qu'il lui faut débarquer. C'est ce qu'on fait quand on a pris le ferry pour traverser le fjord. Mais entre elle et la porte du ferry, il y a un désert. Elle ne sait pas combien de pas. Ses pieds ne savent rien de ces choses-là. Elle non plus. Les heures de retour à la maison sont décapitées. Elle n'arrive pas à tout remettre en place. Les gens piétinent vers la sortie, sans savoir à quoi ils s'exposent. Elle aurait pu les prévenir, mais ne le fait pas.

Les voilà qui flottent autour d'elle comme des ballots poisseux, enveloppés de haillons et de guenilles. Un spectacle répugnant, se dit-elle. Ceci doit être un cauchemar. Alors elle reste juste immobile. Se tient là quand il revient et lui demande pourquoi elle ne vient pas. Elle voudrait répondre qu'elle ne sait pas, mais il n'en advient rien.

– Pourquoi restes-tu là à pleurnicher pour rien ? répète-t-il, impatient, choqué. Elle ne peut le lui expliquer car elle ne sait rien de ces choses-là. Il la prend alors par les épaules en lui disant qu'il faut qu'elle se ressaisisse, elle est d'accord avec lui sans arriver à le dire.

Une fois qu'ils sont assis dans la petite voiture jaune, le véhicule se met à flotter autour d'elle. Elle ne peut plus le voir. Pas sentir le siège. Juste ses genoux qui tremblent. À moins que ce ne soient ses mains ? C'est une curieuse situation car elle n'a pas souvenir de s'être jamais trouvée dans une voiture avec les genoux flageolants. Le soleil est tombé du ciel et a entièrement défoncé le pare-brise. Là-dehors, des têtes décharnées se meuvent avec incohérence au-dessus des ballots de vêtements.

Puis vient l'obscurité. Elle a le temps de percevoir l'odeur douceâtre de la décomposition.

Il lui dit qu'il n'a rien fait de mal. Ce n'est même pas la peine d'y songer. Il a de grands yeux honnêtes qui mentent avec la rugueuse douceur d'une langue de chien. Elle sait qu'il le fait pour la sauver.

Elle est dans la salle de classe et parle de se tenir debout et d'être fort quand on croit en quelque chose. Ils ont fait un travail de groupe sur les personnes qui ont compté dans l'histoire récente. En disant *se tenir debout*, elle songe qu'elle ne se souvient plus du portrait de Martin Luther King devant la foule. Son imagination peut en revanche convoquer la fumée des fours crématoires qui monte au ciel au-dessus des camps de concentration, l'offrande de la race supérieure à l'humanité. Et à cet instant même, elle voit la petite fillette blessée au napalm courir nue vers son pupitre. Elle voit les bombes s'abattre sur la maison de Virginia Woolf, la voit remplir ses poches de cailloux et aller dans la rivière. Pourquoi l'a-t-elle fait, elle qui avait tant de livres encore à écrire ? Pourquoi s'est-elle abstenue de se tenir debout ? N'était-elle pas assez forte ? La véritable honte de l'être humain est-elle de n'être pas assez fort ? Se trouve-t-il que les héroïnes meurent et que nous oublions, tandis que l'humain ordinaire n'est même pas capable de tenir debout ?

– Ça ne va pas, maîtresse ? entend-elle juste à côté d'elle. Elle secoue la tête et se redresse. Je fais peur aux élèves, il faut que je me ressaisisse, se dit-elle en prenant appui sur ses bras derrière le pupitre. Puis elle se souvient de ce qu'elle était en train de faire quand elle écoutait la radio et qu'une voix a annoncé que le président John F. Kennedy avait été tué.

D'une voix étrangère, elle raconte aux élèves qu'elle est étudiante à l'école d'instituteurs. Que, penchée au-dessus d'une bassine en plastique rouge dans sa chambre, elle se lave les cheveux. Décrit comment elle essaie de fermer le robinet au-dessus de l'évier, mais qu'il continue de couler. Qu'à la place, elle monte le volume de son transistor vert. Qu'elle visualise ce que dit le journaliste. Le président mourant dans les bras de sa femme. Elle ne s'étend pas sur le sang, mentionne simplement qu'elle voit la scène, et qu'elle se dit *maintenant l'Amérique est perdue*. Mais tout le monde sait pourtant qu'un continent entier ne peut pas être perdu parce qu'*une* personne meurt, dit-elle. Et c'est tant mieux, même si c'est triste aussi, dit-elle.

Il règne un silence assourdissant. Les élèves écoutent la tristesse.

– Il arrive qu'on se crée des problèmes qui n'existent pas, dit-il d'un ton aimable en lançant son sac sur son épaule. Confiant dans le fait qu'elle aura oublié toute l'histoire dès l'instant où il sera hors de vue. C'est-à-dire oublié ce qui n'existe pas. Il a les pieds plantés dans ses bottes de chasse et la voiture est chargée.

Mais elle n'oublie pas. Est comme une vieille éléphante qui, cent ans durant, collecte les affronts. Ou une cocue ridicule, se dit-elle.

Elle réfléchit beaucoup, de façon élaborée. Elle ne parle à personne de ses affronts d'éléphante. Commence juste à planifier doucement. Pas en fait pour rester debout, mais pour pouvoir faire tomber une proie. Pas avec égard, comme le chasseur. Davantage comme un pathologiste. Ou un vautour. Presque tout est utile, à condition seulement de l'envisager dans une perspective suffisamment large. La mort est fort utile. Elle ménage pour ainsi dire de la place pour le renouvellement et la verdeur du système.

Pourquoi l'as-tu fait ? demande-t-elle.

Assise dans son fauteuil de lecture à côté de la bibliothèque, les mains nouées entre ses genoux, Virginia Woolf ne répond pas.

Je comprends que tu aies été déprimée par la guerre qui arrivait. Ou un chagrin d'amour ? Mais tu avais du succès. Étais respectée. Avais écrit des livres, des essais et…

Entends-tu les détonations au-dehors ? s'enquiert Virginia. Les canons ? Les mitrailleuses ? Entends-tu le gène masculin ? Ceux qui demandent la bénédiction de leur dieu pendant qu'ils tuent.

Non, chuchote-t-elle.

Alors, tu as de la chance. Moi, oui. Je marche sur des plages interminables en ramassant des galets. À la fin, mes poches sont pleines. Je vais alors dans les profondeurs.

Le roman

Une petite pièce dans la nouvelle maison haut sur le rocher. Sur les plans, elle est désignée comme *débarras à skis*. Mais pas le moindre ski ne s'y trouve et elle est à elle seule. Deux mètres par un et demi. Il a fabriqué des étagères et un abattant pour écrire. A de la compréhension pour son besoin d'avoir un endroit à elle. Quand il aura le temps, il lui construira une terrasse avec balustrade devant sa porte.

– Ce n'est pas urgent, dit-elle, car de toute façon elle ne peut pas sortir par la porte quand elle baisse l'abattant pour écrire. Et en tout état de cause, la majeure partie de la vie, c'est l'hiver. À cette écritoire devant la fenêtre de la porte, elle s'appartient. La tasse de thé à côté de la machine à écrire.

Dans la buanderie voisine, entre le cagibi et le reste de la maison, la lessive tourne et tourne tranquillement dans le tambour. De temps à autre, perce l'électrophone de sa fille. Elle ne s'est pas penchée sur ce qu'elle écoutait.

Ses doigts ont leurs flâneries sur le clavier. Lentes. Ou rapides. En une sorte d'harmonie avec la pensée. C'est-à-dire en fait que la pensée doit travailler par allers-retours. Corriger et trier. Les mots ont des possibilités qu'on ne peut comprendre immédiatement. Avant qu'ils soient écrits. Elle ne peut pas se permettre de taper faux trop souvent. Ne doit pas gaspiller le papier. Qui est cher et sacré. Avec la nouvelle machine, elle peut corriger vingt signes en arrière. Un miracle.

Dans le sorbier noueux, un merle appelle, voudrait entrer en contact. Son morceau de pomme. Elle ne tient pas compte de lui. Est assise dans un débarras isolé pour l'hiver et écrit quelque chose qui va devenir un roman. Mais ça, on ne peut pas le savoir avec certitude.

Elle reçoit de l'Association des Écrivains une bourse pour payer un remplaçant. Ce n'est pas seulement un rêve, mais aussi tout ce qu'il y a de plus sérieux. Elle a réussi à faire croire à des gens compétents là-dehors, dans le monde, qu'elle était un auteur. Demande deux mois de congé et les obtient après maintes tergiversations. Naturellement, il lui faut d'abord avouer.

– Je vais écrire un roman, déclare-t-elle sans autorité. Ils savent qu'elle a réussi à publier deux recueils de poèmes, mais ils sourient. N'ont jamais dû avoir de gens avec des marottes pareilles dans le registre du personnel. Mais d'accord, faisons donc cela, et puis on verra comment ça se passe ? lui dit-on.

Elle va passer huit semaines au chalet seule avec le chien. Le week-end, mari et enfant lui rendront visite. C'est leur marché. Il a de la compréhension pour ce projet et le prend au sérieux. On dirait qu'il croit qu'elle peut y arriver. Mais il ne lui demande pas ce qu'elle écrit. N'est pas quelqu'un qui met les gens sous pression à moins de vouloir qu'ils effectuent pour lui un travail. Se plaît à raconter lui-même. Pas seulement à elle. Souvent, il emmène toute sa classe au chalet. Cet automne, ça ne peut pas se faire et il en prend son parti.

Les baies arctiques sont cueillies et c'est maintenant la saison des airelles. La bruyère a fâné et on peut s'attendre à des gelées nocturnes à tout moment. L'heure bleue est plutôt violette et ne dure guère plus d'un quart d'heure. L'obscurité automnale et le silence sont d'abord anesthésiants. Être seule n'a rien à voir avec la solitude.

Elle nage dans l'eau glacée tous les matins. Se sent plus vivante qu'elle a souvenir d'avoir jamais été. Le chien trouve l'eau trop froide pour nager et l'attend assis sur la berge, tel un maître nageur de confiance. Elle n'aura sans doute pas d'attaque dans l'eau. C'est quelque chose dans la respiration. Un être flottant ne tombe pas. Et pour ce qui est de se maintenir à flot, elle ne manque apparemment pas de talent. Si elle nage loin, le chien se met à couiner. Si elle nage jusqu'aux rochers et grimpe dessus, il se met à aboyer. Mais quand elle lève la main en l'air, il cesse.

La journée de travail commence avec la lumière du jour. Elle n'éprouve pas le besoin de regarder quelle heure il est. La table avec la machine à écrire et la chaise, elle les a placées devant la grande fenêtre qui donne sur le lac. L'après-midi, elle allume la lampe à pétrole et les bougies. Les jours fraîchissant, elle fait du feu dans la cheminée.

Les heures passent vite au son du feu qui crépite, du clavier qui claque et du chien qui bâille et respire. Elle a le sentiment d'avoir vécu tout son passé en prison et d'être soudain libérée. Ne pense à presque rien d'autre qu'à ce qu'elle écrit de minute en minute. Mange quand elle comprend qu'il le faut, boit à la louche dans le seau d'eau. De toute façon, il n'y a qu'elle ici. Va aux toilettes extérieures quand c'est la seule issue. Reste coincée dans le texte et erre autour du chalet les pieds dans les sabots de son mari, en soufflant entre ses dents.

Le chien fait un tour sur les rochers et revient. Si elle rentre avant lui, elle laisse la porte d'entrée entrouverte. S'il arrive bien trop tard, elle le prie de refermer derrière lui. Ce que, pour de bonnes raisons, il ne fait pas. Mais il saisit la réprimande, bâille et se couche sur la dalle devant la cheminée.

Tout en se préparant une tartine, elle lui raconte le chat qu'elle avait autrefois et qui se soulageait dans l'évier et miaulait pour qu'on vienne rincer. Le chien bâille encore une fois, comme s'il voulait attirer son attention sur le fait qu'elle le lui a déjà raconté.

Son beau-père descend de la ferme et a le visage sombre. Qui est-elle donc pour ne pas monter les voir, mais se contenter de rester au chalet nuit et jour ? Ils ont dû voir qu'il y avait de la lumière la nuit aussi.

Elle ne répond pas à ce genre de choses. Il a raison. Qui diable est-elle donc ? Moins elle parlera, plus vite il abandonnera la partie. Ce n'est pas un homme qui parle à tort et à travers. Mais elle promet de leur rendre visite. Un jour, dit-elle, mais pas quand.

Elle lui propose du café et des biscuits fourrés au chocolat. C'est un homme vieillissant avec trois enfants. Elle lui demande s'il se réjouit à la perspective de chasser. La chasse a déjà commencé, rectifie-t-il. En ajoutant qu'il n'aura sans doute pas beaucoup de temps cette année. Ils ont tellement peu d'aide à l'épicerie. Il lui aurait fallu quelqu'un pour y être à sa place, dit-il en lui lançant un regard sévère.

Elle fait un signe de tête en se demandant s'il lui reproche en fait de ne pas être vendeuse, mais une institutrice oisive en congé inutile.

– Il paraît que tu écris un livre ?

Elle hoche la tête en employant sa tactique à lui. Si l'on veut en savoir plus, il faut demander plus. Il ne le fait pas.

En partant, il se tourne vers elle et dit en l'air qu'elle est une drôle de bonne femme. Elle dit qu'elle n'y peut rien.

– Je sais, répond-il brièvement en refermant soigneusement la porte derrière lui.

Mais elle a vu quelque chose dans son regard. De la chaleur ?

Ainsi sait-elle qu'il n'est plus fâché.

Elle se réveille et entend les battements de son propre cœur. Il y a quelqu'un à la porte. Elle entend distinctement qu'il y a quelqu'un à la porte. L'a-t-elle verrouillée avec le couteau dans l'interstice entre porte et chambranle ? Elle se lève et allume la lampe de poche. Le couteau n'y est pas !

Puis elle comprend.

Elle ne sait pas quand elle en a pris conscience pour la première fois. Du péril.

Le chien lève une tête endormie, et cela fait très longtemps qu'elle ne s'est pas servie d'un couteau pour verrouiller une porte. Pourtant sa tête en est pleine. Son corps. Elle titube dans la pièce et se tient aux murs tant qu'elle se trouve dans ce corps. Elle la retient. L'angoisse. Qui est une grande bénédiction, de déferler ainsi sur elle.

Tora entendit soudain des pas dans l'escalier. Elle reprit très promptement ses esprits et glissa le couteau entre la porte et le chambranle. Ce n'était pas forcément quelqu'un qui allait chez eux. Elle tendit l'oreille en tenant des deux mains le morceau de savon contre sa poitrine. Des gouttes tombaient régulièrement et presque sans bruit de sa gorge et de son nez sur le plancher en bois. De temps à autre, l'une atterrissait sur sa petite poitrine et faisait se rétracter sa peau.

On saisit fermement la poignée de la porte de cuisine. Lui !

Après en avoir martelé la majeure partie sur le papier, elle se sent bénie et fond en larmes. Boit un verre de lait debout près de la cheminée froide avant de se recoucher en peignoir.

Le matin, le chien la réveille en poussant des aboiements offusqués à la porte. Puis ils sortent satisfaire des besoins naturels, tous les deux. Ce sont des ermites qui sont convenus de n'importuner l'autre que quand il le faut.

Elle relit ce qu'elle a écrit et voit qu'il y a beaucoup à améliorer. Tout à coup, elle trouve que ce sont là essentiellement des inepties. Hormis le paragraphe du couteau. Qui est bien. Mais qu'elle ne sait où mettre. Ce n'est pas ça son sujet, mais cette fille qui est la gamine d'un soldat allemand.

Elle fait une promenade avec le chien et ramasse des champignons. Fait cuire des cèpes émincés comme du renne avec une sauce à la crème et songe qu'elle peut abandonner le tout et commencer autre chose. Ce n'est pas comme si elle avait promis à quelqu'un que le livre serait fini en deux mois, et la bourse, elle l'a reçue pour *écrire*. Elle n'a pas dit sur quoi. Au moment où cette pensée la traverse, survient la bravade. Elle range la nourriture et se remet au travail.

Au bout d'un moment, elle se rend compte qu'elle donne vie aux choses de façon trop *circonstanciée*. C'est quelque chose dans la forme même. Il y a sûrement quelque chose dans la forme qui ne va pas depuis le début, se dit-elle. Mais ça ne peut pas se corriger aujourd'hui. Ça attendra. Il lui faut écrire ce que le jour a à offrir. Phrase qui pourrait devenir sa devise, se dit-elle.

J'écris ce que le jour a à offrir.

Et si le jour cache ce qu'il a, il faut qu'elle fouille. Fouille profondément.

Il a de petites lunettes rondes et une bouche sensible. Se tient devant la grande fenêtre et est d'une beauté arrogante. Sa main joue avec la chaîne de sa montre dans l'ouverture de son gilet.

Tu es allée marcher sur mes brisées, dit-il dans son dialecte à elle. Ce qui la fait sursauter. Quelque chose ne colle pas.

C'est mon beau-père, là, qui est propriétaire ici, à part juste autour du chalet, explique-t-elle d'une voix mal assurée, comme une écolière prise en flagrant délit.

Sottises ! dit-il dans un rire sec.

À cela, il n'y a rien à ajouter, donc elle se tait.

L'environnement compte beaucoup pour comprendre l'histoire, dit-il.

Elle s'assied au bord du lit et essaie de se rappeler où elle l'a déjà vu.

Il faut que tu ailles au cimetière ! dit-il d'un ton ferme.

Maintenant ? gémit-elle en grelottant.

Tu viens d'entendre les voix, n'est-ce pas ? Tu as eu peur quand tu as compris que ce que tu écrivais était si laid ?

Les gens vont le lire, concède-t-elle en enfilant ses chaussettes en laine de ses mains engourdies.

Rien n'est trop hideux pour devenir littérature, dit-il, sur un ton un peu plus doux à présent.

Jamais je n'oserai publier ça. Je ne comprends même pas que j'aie pu y penser. Je suis trop lâche. Et cette nuit, cette histoire de le laisser se noyer. Elle ne peut pas être du genre à simplement le laisser couler, si ?

Le pire dans ce livre n'est sans doute pas qu'il se noie ou non.

Non ? demande-t-elle, désorientée.

Bien sûr que non. Le pire, tu ne l'as pas écrit aussi hideusement que tu le ressens. Mais il est déjà là. Tu crois que tu vas sauver tout le monde. Mais en littérature, c'est comme dans la vie, tout le monde ne peut pas être sauvé.

Mais cette fille est-elle comme ça ? A-t-elle les reins pour le supporter ?

Ça, tu ne peux le demander à personne, c'est toi-même qui dois en assumer la responsabilité. Il faut t'endurcir. Moi aussi il me l'a fallu. Il faut que tu écrives ce que tu n'oses pas. Ce que les gens croient qu'ils n'ont pas la force de voir.

Comment ? demande-t-elle en faisant deux pas vers lui pour chercher ses vêtements.

Tu dois capturer la *membrane intermédiaire* dans ce qui se passe.

Tu veux dire ce que personne ne peut voir, mais qu'on peut tout de même reconnaître, dit-elle en enfilant son pull par la tête.

Bien dit ! Ça commence à venir. Maintenant il faut juste aller te gonfler un peu au cimetière. Moi aussi, j'ai dû le faire à l'époque. Tu en as un juste au-dessus.

Tu m'accompagnes ? demande-t-elle.

Juste un bout de chemin. La solitude rend le *coût* évident. On ne peut pas *jouer* à la littérature. C'est la vie et la mort.

Le coût ? chuchote-t-elle.

Honte, chagrin et angoisse. Il faut que tu entres dedans. Maintenant tu as enfin les coudées franches pour le faire. *Entre dans ce que tu n'as jamais raconté.*

Mais tu m'accompagnes jusqu'au portail ? demande-t-elle.

Jusqu'au portail, oui.

– Reste là ! dit-elle au chien en refermant la porte entre eux. Quand elle allume la lampe de poche et marche entre les pins, elle n'est pas certaine qu'il soit là. Mais elle sait maintenant qui il est.

J'ai rencontré ta femme, dit-elle tout bas dans le noir.

Je sais. Elle a intercédé en ta faveur, c'est pour cela que je suis ici, répond-il juste derrière elle.

Dès qu'elle distingue les contours de toutes les pierres tombales, elle entend le bruissement des ossements là-dessous. Tous ont leur histoire. Ils luttent pour qu'elle les voie. Elle les entend ramper, ouvrir des bouches muettes avec des dents lumineuses empressées, se tordre et tendre leurs mains vers elle. Strate après strate, ils se dressent sur les os les uns des autres et veulent lui montrer leur histoire.

Elle trouve la tombe de sa belle-mère et se laisse glisser entre les fleurs fanées. Puis elle éteint la lampe et s'adosse. La pierre est dure et froide.

Où es-tu maintenant ? demande-t-elle.

Chez ceux qui veulent de moi, répond l'auteur.

L'éditeur

Elle se tient le courrier à la main. Il porte le logo de la maison d'édition et est trop épais pour ne contenir qu'un carton pré-imprimé d'un *nous avons le regret.* Mais ce n'est *pas* le manuscrit qu'on lui renvoie. Elle l'ouvre avec un couteau de table afin de ne pas déchirer l'enveloppe.

La lettre n'est pas de l'éditeur, mais de quelqu'un qu'elle ne connaît pas. Brève et aimable, mais relativement sobre. Son éditeur est hélas malade pour une durée indéterminée, mais ils ont cependant *résolu d'accepter son roman.*

Elle s'assied à la table. Son nerf optique cesse de fonctionner. La lampe de cordonnier bleue au-dessus de la table disparaît dans une auréole diffuse. Elle ferme les yeux. Reste assise. Rien n'est fondamental. Les quelques mots qui lui manquent sur ce qu'ils aiment, ou n'aiment pas, non plus. La langue est polie sans quelconque fioriture. Ce doit être normal, se dit-elle.

L'éditeur l'interpelle. Avec la voix d'un garçon qui a besoin de son copain. Elle n'arrive pas à le voir et essaie de suivre le bruit. Mais les appels ne font que s'éloigner. Il veut apparemment lui parler du roman. Elle se dirige vers les étagères. Mais le livre n'y est pas. Il n'existe pas dans la réalité.

Elle est seule et tient entre ses mains un classeur vide. L'instant suivant, elle est sur un carrousel à un seul siège. Quelqu'un déclenche la machinerie et elle doit tournoyer. Plus vite, plus vite. Sent qu'elle ne le supporte pas.

Il faut que je cesse de rêver de choses impossibles, se dit-elle.

Elle croit plus à l'éditeur qui l'interpelle qu'à son roman. S'arme de courage et téléphone pour demander à lui parler.

Est transférée vers quelqu'un qu'elle ne connaît pas. La voix de femme est mesurée et polie. Elle ne peut la renseigner sur la santé de l'éditeur.

– Mais va-t-il être absent pendant longtemps ? J'aurais voulu discuter avec lui des corrections à apporter, dit-elle.

– Vous n'avez qu'à nous envoyer vos rectifications et nous nous en occuperons. Et vous recevrez bien entendu des épreuves à relire avant impression, répond la voix d'un ton aimable.

– Mais quand sera-t-il guéri ? s'enquiert-elle.

La voix ne peut répondre.

Elle repense à ses conversations avec l'éditeur. Sur les poèmes. La vie. Et à l'Exposition d'automne qu'ils ont vue ensemble. A-t-il lu ? Pourquoi la voix ne veut-elle pas lui dire ce qui ne va pas ?

Son fils suit une formation dans la ville où elle a fait ses études d'institutrice. Revient le week-end dans une vieille voiture. Le dimanche, elle passe la nuit éveillée à attendre un appel annonçant qu'il a fait une sortie de route entre les trois bateaux qu'il doit attraper. Il prend toujours le dernier ferry. C'est son droit, elle n'a aucune légitimité à le changer. Ce jeune homme a même effectué son service militaire pour la patrie.

Elle reste à attendre la catastrophe. Se lève parce qu'elle *entend* tout à fait distinctement le téléphone sonner. Elle pense aussi à l'éditeur. Comme si réunir deux catastrophes en une était une suite logique. Même si la chose n'a rien à faire là.

Maintenant elle peut regretter. Regretter les fois où elle a négligé le garçon quand il grandissait. Les fois où elle l'a trahi parce qu'elle avait d'autres projets. Amoureux, travail, études. Le garçon de la villa. La mère folle qui est venue le chercher. Quand du reste a-t-elle pensé à *ce* garçon-là la dernière fois ? C'était dans la même ville.

Elle revoit le jour où son garçon pleurait assis sur l'escalier, parce qu'elle avait refusé qu'il aille jouer au foot avant d'avoir exécuté la tâche pour laquelle il recevait son argent de poche hebdomadaire.

Elle se recouche et regarde fixement le contour du dos endormi de son mari. Des épisodes font surface. Des fois où elle n'a pas pris le parti du garçon. Ou pire, celle où elle l'avait giflé parce qu'il ne voulait pas mettre un pantalon en drap de laine épais avant d'aller sur la piste de ski. Elle en est consumée. Consumée toute la nuit qu'elle passe à attendre la catastrophe.

Take this waltz

Sa mère lui rend visite sans que son père vienne. Cela change tout. Elle va préparer des perdrix blanches, c'est son grand numéro. Elles sont de bonne humeur, rient.

Sa mère ne plume pas les perdrix, mais les écorche partiellement dégelées. Lave et sèche. Les saisit brièvement dans la marmite pour former une pellicule. Les met sur feu doux. Hache herbes et genièvre et fait rissoler le tout pendant un moment. Sépare gésiers et cœur. C'est-à-dire qu'elle conserve les cœurs. Puis elle laisse les carcasses mijoter dans cette sauce provisoire jusqu'à ce qu'elles soient tendres.

Sa mère aurait pu lui en apprendre bien davantage sur la nourriture. Mais ou elle n'a pas eu le temps ou alors c'est elle qui n'a pas voulu apprendre. Pourquoi a-t-elle en elle cette aversion, sans qu'il en sorte véritablement quoi que ce soit ? songe-t-elle.

Elles parlent de ce que sa fille, en déplacement pour le hand, ne va pas pouvoir goûter. Le fumet est divin. Le téléphone sonne alors dans l'entrée. C'est lui, son mari.

– Je pars pour le week-end, dit-il. Ça tombe bien puisque tu as la visite de ta mère.

Pourquoi si brusquement ? Est-ce le hand ?

Moui… Sa réponse reste en suspens.

– Mais les perdrix ! dit-elle. Autour du combiné, sa main devient étrangère et moite.

– Vous n'aurez qu'à me garder les restes, juge-t-il.

– Si tu étais mécontent que nous ayons de la visite, tu aurais pu me le dire avant, dit-elle tout bas.

Il n'est absolument pas mécontent, il a juste besoin de faire un tour.

– Mais où ? demande-t-elle, subitement en détresse, comme si elle s'imaginait que cela pouvait avoir une quelconque importance.

– Ne t'en fais pas pour ça, répond-il brièvement.

– Mais il faut que tu rentres faire tes bagages ! halète-t-elle.

– J'ai tout dans la voiture. Au revoir, dit-il en raccrochant.

Il l'a prévu de longue date, se dit-elle. Prévu sans rien dire. C'est bien ce qu'elle pensait. Qu'il se passait de nouveau quelque chose. Le voisin est allé en ville et, en passant, il a vu une femme dans sa voiture.

J'ai cru que c'était toi, mais je vois que tu es à la maison, lui a-t-il dit innocemment.

Sur le coup, elle a encaissé. Sans tenter la moindre explication.

Elle n'arrive pas à être présente pour sa mère, n'arrive pas à manger les perdrix qu'il a tuées. Sa mère l'a toujours apprécié et l'a manifesté. Voilà qu'elle a préparé ses perdrix. C'est un complot. Sa mère devient en quelque sorte coupable. Y compris parce qu'elle accepte l'explication selon laquelle il a dû partir inopinément pour aller voir un ami tombé malade.

Pourquoi mentir ? Pourquoi ne dis-je pas les choses telles qu'elles sont ? Ai-je honte d'avoir un mari qui n'est pas là quand ma mère vient cuisiner ses perdrix ? Cela n'a-t-il pas toujours été le cas ? Qu'elle ne raconte pas ses chagrins à sa mère ? Craint-elle que sa mère ne voie qui elle est en réalité ?

Et puisqu'elle a une mémoire d'éléphante, elle revoit distinctement le jour ensoleillé où sa mère était venue en voiture avec son permis de conduire tout neuf. Elles sont sur la terrasse et elle lui dit que la plus grande maison d'édition de Norvège a accepté son recueil de poèmes et va le publier à l'automne. Elle se souvient que sa mère, aux aguets, a le visage tourné vers le sud et étire le cou vers la mer chatoyante. Elle se souvient du chemisier à carreaux que portait sa mère. Et le souvenir de ce chemisier, oui, le simple fait de penser à ce chemisier, enfonce un clou rouillé quelque part.

Comme si elle voulait répartir la faute entre sa mère et son mari, c'est à point nommé qu'elle s'en souvient *maintenant*.

Savoir que sa mère ne peut pas se douter qu'elle se remémore cet épisode, et ne peut absolument pas assumer la culpabilité d'une chose qu'elle ignore, n'est d'aucun secours. Rien n'est d'aucun secours pour sa mémoire d'éléphante.

La table du dîner est recouverte d'une pellicule de chagrin, honte, reproche, impuissance. Elle picore sa nourriture et ne dit rien, et sa mère lui demande si quelque chose ne va pas. Elle secoue la tête. À la fin, sa mère lui demande si sa présence est importune. À cela, elle ne répond pas, dit simplement qu'elle croit que le *ferry* arrive.

Sa mère la considère avec stupéfaction, regarde par la fenêtre, sans comprendre son énigmatique méchanceté. Mais se tait, elle aussi. L'instant suivant, elle se lève et entreprend de débarrasser la table. Jamais il n'y a eu entre elles de situation pareille. Glaciale.

Sa mère fait ses bagages et part en voiture. La maison est vide. Elle se remplit de l'écho de ses pensées. De tout ce qu'elle aurait dû dire à sa mère avant son départ. Le bien. Et le grotesque. Son père. Tout. La situation ayant à ce point dérapé, la chose aurait été adaptée. Elle aurait pu juste le dire en peu de mots. Lui demander directement. Connais-tu au juste celui que tu m'as choisi pour père ? Sais-tu de quoi il est capable ?

Sa mère serait-elle venue à sa rencontre ? Aurait-elle eu quelque chose à admettre ? À part qu'elle n'a probablement pas choisi cet homme, mais l'a épousé par pure nécessité. Comme on le faisait à cette époque. Et si elle avait eu cette conversation un jour comme celui-ci et en avait fini avec cela. Elle qui, de toute façon, a durablement brisé sa mère.

Elle appelle les renseignements pour obtenir le numéro de divers lieux d'hébergement où l'on pourrait imaginer qu'il soit descendu. Puis elle téléphone à tous les hôtels dans un rayon pouvant être parcouru en voiture et demande à parler au client qui porte son nom. Mais personne n'a de client de ce nom.

Elle se voit comme une petite fille abandonnée. Elle en est d'abord émue aux larmes, puis elle se rend compte qu'elle fait simplement figure d'idiote sans respect d'elle-même.

Elle jette les restes de perdrix avec la sauce et tout à la poubelle et l'emporte dehors. Elle sent l'odeur dans toute la maison quand même. Elle se couche et essaie de s'endormir en pleurant, comme toutes les petites filles doivent le faire de temps à autre, tout en jurant vengeance.

Il est minuit. Elle se lève et met un disque de Leonard Cohen. Le Vinmonopol est aussi loin que le pôle et elle ouvre donc une bouteille de vin maison. Enlève sa chemise de nuit et brosse ses cheveux qui ont largement repoussé depuis la fois où, debout à la table de la cuisine, elle avait coupé sa natte.

Combien d'années cela a-t-il pris ? Combien de temps faut-il pour que des cheveux poussent si longs que l'on puisse s'en servir comme d'une voile ? Quelle distance a-t-elle navigué ? Deux recueils de poèmes et un roman sans reliure ainsi que des petites choses sans importance.

Elle danse dans le salon bleu nuit.

Ain't no cure for love.

Non, bien sûr que non, songe-t-elle.

Everybody knows.

D'abord elle se dit avec une certaine hargne que tout le monde est au courant qu'il en trimballe une autre. Elle aussi, maintenant.

Mais après le deuxième ou le troisième verre, elle se fige et chancelle sans colère ni résistance.

Amour ? Ou simple jalousie ignoble ? pense-t-elle.

Est-ce là le problème ? Rêve-t-elle de quelque chose qui n'existe pas ? Ou pire, n'a-t-elle pas osé à l'époque être seule au monde avec son enfant ? Tout comme sa mère n'a pas osé être seule avec elle dans la guerre. Sans un mari. Et à l'instar des femmes de tout temps, elle choisit quelqu'un auprès de qui elle croit pouvoir se tenir, sans sonder la profondeur des implications ? Se sont-ils lancés ensemble dans un mensonge ?

Son mari sait-il à cet instant quelque chose qu'elle ignore ? Sur l'amour. A-t-elle cru qu'il pourrait entendre ses pensées ? Voir ses rêves ? Dès lors qu'ils auraient du temps. Maintenant peut-être que *lui* en a pris le temps.

If you need a lover… I'm your man.

Elle boit la bouteille entière, qui n'est pas du meilleur tonneau.

– *Take this waltz*, marmonne-t-elle en tombant. Elle tombe et tombe et tombe, avec la dureté de la pierre et moelleusement. Avec la dureté de la pierre et moelleusement. Un cadavre qui bave dans les résidus de l'ordre de Leonard.

First we take Manhattan, then we take Berlin.

Trahison et carnaval

Il regarde le sport. La télévision se trouve dans le couloir avec deux fauteuils devant. L'un est vide. Ils ne sont que tous les deux dans la maison. Elle lit une biographie de la Grande Catherine qui continue de régner après l'assassinat de son mari. Lit ce qu'on dit de ses amants. Pour lesquels on prétend qu'elle a dépensé 92 800 000 roubles. Une occupation qui, à tous égards, a dû être éprouvante, songe-t-elle, non sans intérêt. Elle pourrait faire comme Catherine. Le problème est juste qu'il lui faudrait alors en avoir les moyens. Il lui faudrait être veuve et avoir accès à des hommes, du temps et de l'argent.

Toute gloutonnerie n'est-elle qu'une forme de vide ?

Elle aurait pu lui demander. Se poster devant la télé et lui demander.

Est-*elle*, la dernière en date, chère à l'usage ?

Cette excursion t'a-t-elle apporté de la joie, ou n'es-tu que vide ?

Mais elle est trop fière. Ou trop lâche. Il lui demandera de s'écarter de l'écran de télé pour pouvoir voir qui franchit la ligne d'arrivée. Et elle se sera alors doublement humiliée.

À la place, elle se rend dans le cagibi à skis. Elle lui tape à la machine une brève missive sur ses projets d'avenir. Missive qu'elle dépose par-dessus sa tenue d'arbitre dans son sac de sport. Il se trouve derrière son fauteuil. Avec cette lettre, elle agit donc littéralement dans son dos.

Je suis admise à l'université et ai demandé un congé de formation. Ai décidé de faire des études de lettres.

Son fils a quitté la maison de longue date, mais sa fille n'est qu'une adolescente. Elle tourne et retourne la question. Pour la deuxième fois, elle abandonne un enfant pour apprendre autre chose que l'impuissance, qu'elle connaît déjà.

Tout n'est que trahison, se dit-elle. Nous sommes des parents qui trahissons nos gamins, qui nous trahissons l'un l'autre. Ce sera puni, se dit-elle. Tout est puni. Elle le fait quand même.

Il prend bien son émigration. En trouvant la lettre, il adopte une mine placide et fait observer qu'il lui suffisait de le dire. Clairement offensé. Un peu trop clairement pour paraître authentique.

Elle a honte. La fureur a disparu. À contrecœur, elle analyse les motifs de cette escapade. Est-ce le désir d'apprendre ou l'avanie ?

Il la dit *courageuse*. On ne saurait trop dire à quel type de courage il fait allusion. Elle ne lui pose pas la question. Ils arriveront bien à s'en sortir, dit-il. Mais quand des collègues à elle laissent entendre que ce n'est pas bien de quitter ainsi sa fille, il se tait et la laisse là dans sa honte.

Le week-end de son départ, il a d'autres projets, mais les enfants sont là pour elle. Sa fille l'aide à emballer les dernières choses qu'elle pense pouvoir lui être utiles en habitant dans un studio. Son fils conduit et sa fille les accompagne.

En chemin, ils rient et se racontent des histoires. Il leur arrive rarement d'être ensemble tous les trois. Bien trop rarement, songe-t-elle. Ils mangent des boulettes de viande dans un café. Les jeunes dorment sur un matelas dans son sympathique studio.

Le lendemain ils rentrent à la maison et elle est seule. Sort livres et objets des cartons et leur trouve une place. Songe qu'elle connaît en fait des gens dans cette ville. Sait qu'il existe une bande de filles qui écrivent. Elle en connaît plusieurs par le biais des réunions de l'Association des Écrivains.

Des conversations, songe-t-elle. Elle se trouve en un lieu où, quand elle mentionne qu'elle écrit, il peut y avoir des gens qui *comprennent*.

Elle se motive pour se sentir libre, et se demande en même temps où les enfants en sont sur la route du retour. S'ils conduisent bien. C'est la dernière chose qu'elle leur a dite, conduisez bien.

Une fois au lit, elle songe qu'elle aurait dû saisir l'occasion pour leur parler de tout ce qui depuis longtemps n'est pas comme il devrait. Le froid dans les murs à la maison. Le fait que c'est peut-être sa faute à elle. Qu'ils n'ont sans doute pas les parents qu'ils méritent.

Mais elle ne l'a donc pas fait. Cette fois-ci non plus. Elle reste couchée à former des questions et des réponses entre elle et les gamins. Ça ne mène à rien. Si ce n'est l'insomnie.

La chambre est drôlement agréable, même la nuit. Il règne sur l'insomnie du studio un autre calme qu'à la maison. Ici, elle n'est pas à l'affût du bruit sec de la porte d'entrée et de l'état dans lequel il se trouvera en entrant dans la chambre.

Elle se torture néanmoins en analysant ce qu'elle aurait pu faire autrement. Il n'est pas encore trop tard ?

Il se sent seul parce qu'elle ne vit pas à la maison, écrit-il. Le dit même au téléphone. Elle est debout dans l'entrée de ses hôtes, avec la porte de leur salon ouverte. Mais il n'évoque pas d'épisodes embarrassants et ne l'accuse pas de voir le mal partout. La conversation a une consonance tout à fait normale entre gens mariés.

Il lui rend visite et dort sur le matelas. Ne lui adresse pas un mot de reproche parce qu'elle a laissé sa fille adolescente. C'est elle-même qui le fait. Il comprend bien qu'elle veuille faire ces études, dit-il. Il est lui-même venu dans cette ville pour étudier. Deux *étés* il est vrai. Comme si être loin des enfants en été était plus pardonnable que de les quitter en hiver.

Il insiste pour rencontrer ses amis, qui presque sans exception sont des femmes qui écrivent. Souvent, elles s'épaulent. Rient ensemble. Parlent de l'indicible. De l'impuissance. De ce truc d'écrire. D'écrire suffisamment bien.

Mais pas maintenant qu'il est là. Ils se retrouvent au café avec leurs conjoints. Trahison et chagrins n'existent pas. Ils rient. Sont les sympathiques bouffons les uns des autres.

Sur le chemin du retour, elle ne fait pas mention de ses faits et gestes au-delà de ce qu'elle a effectivement vu ce soir-là. Qu'il a été affable et charmant. Et s'est gardé de trop boire. Bien entendu elle ne l'exprime pas de la sorte, mais en termes plus quotidiens. Avec camaraderie.

– Tu leur as plu, dit-elle.

– Des gens plaisants, répond-il.

Ils arrivent tard et montent ensemble l'escalier sur la pointe des pieds pour ne pas réveiller leurs hôtes.

Elle ne connaît personne. C'est le carnaval. Des corps nus s'enroulent serrés les uns autour des autres comme s'ils étaient enfermés. Les têtes sont masquées. Elle danse tout contre un homme qu'elle croit connaître, mais qui est inconnu quand même.

Il est en érection et elle a honte pour lui. Doit impérativement faire quelque chose avant que quelqu'un s'en aperçoive. Elle le traîne sur un matelas moelleux sous une table haute. S'assied sur lui.

Une lourde nappe de velours pend de toutes parts et les cache. L'obscurité les happe. Pourtant elle n'ôte pas son masque. Qui la pique désagréablement. Puis elle se meut sur lui. En toute liberté. Se dit qu'elle peut aussi bien en tirer plaisir. Nul ne pourra le lui reprocher, c'est un mouvement tout à fait nécessaire.

Lettre en octobre

Ma chérie,

Aujourd'hui, maman a fait du pain dans son studio. Une façon de s'approprier son chez-soi. Des petits pains complets cuits à la casserole sur la plaque. Maintenant, ils sont en train d'embaumer sur la grille.

La matière Connaissances littéraires communes va sans doute un peu au-delà de ce à quoi s'intéressent les gens dits du commun, je crois. Il y a de la lecture à revendre. Quand je dis à revendre, j'entends des milliers de pages. Par bonheur, il s'agit essentiellement de belles lettres. Moi qui auparavant rusais pour trouver le temps de lire, je peux y consacrer ma journée entière si je le souhaite. L'analyse de texte, en revanche, j'aime moins. De même que l'histoire de la littérature. Le ton est parfois rébarbatif, même si le contenu peut être assez intéressant.

Je suis dans la salle de lecture à partir de neuf heures, si toutefois nous n'avons pas cours tôt le matin. J'ai ainsi une vraie journée de travail. Rentre au studio vers quatre heures et me fais à manger. Puis je continue de lire.

En ce moment précis, c'est L'Iliade *d'Homère. Texte grec antédiluvien. Très dramatique avec beaucoup de guerre et d'amour et d'exquises descriptions de la nature. Ressemble un peu aux sagas des rois de Snorri, mais en tellement plus beau, plus poétique. Les dieux de l'Olympe dressent les humains les uns contre les autres, mettent sur pied chagrins d'amour et disputes. C'est presque comme dans notre société actuelle. Dispute sur le bien ou le mal dans l'Église et en politique. On dirait que les humains n'ont pas appris grand-chose. Homère a écrit ce texte plusieurs siècles avant Jésus-Christ.*

Je trouve que je suis comme un coq en pâte, mais vous me manquez. N'ose pas trop m'étendre au téléphone sur combien tu me manques, parce que j'ai peur de me mettre à pleurer.

J'imagine que tu dois faire tes devoirs et jouer au hand. Chouette que vous ayez emmené des filles avec vous au chalet. Tu vas sûrement devenir douée et indépendante avec tout ce dont tu dois t'occuper maintenant.

Tu peux croire que certains cours m'ont inspiré quelques réflexions. Car que ne devez-vous pas supporter, vous, élèves, en matière de profs bizarres ? Ici aussi, il en est un ou deux qui auraient dû se trouver une autre occupation. Certains sont brouillons, pas préparés et étranges, et on croirait qu'ils s'expriment derrière un masque de Père Noël. Certains, surtout les hommes, auraient sans doute dû apprendre à parler avec des cailloux sur la langue, à l'instar de l'orateur de l'Antiquité. Les femmes qui enseignent ici sont souvent meilleures que les hommes. Je me prends à être fière d'elles, et je les acclame un peu quand je peux.

Pour le reste, ces pauvres cellules grises là-haut dans ma caboche sont souvent perturbées.

Je leur parle sérieusement en leur disant que je suis dépendante de leur bon fonctionnement. Mais elles s'envolent par la fenêtre de la salle de lecture, ou entreprennent d'analyser des condisciples et des profs au lieu de faire table rase d'analyses de poèmes, de dogmes et du structuralisme, et je ne sais quoi encore, tout.

J'oublie parfois que c'est un programme obligatoire que je lis. Je crois que je vais devenir une bûcheuse, moi aussi. Tu disais au téléphone que tu pensais en être une. Chapeau bas pour les bûcheuses.

Je t'embrasse, maman.

Qui se sent de moins en moins comme la Petite Mu, et plutôt comme le Renaclerican qui s'en est allé en laissant son chapeau et sa pipe.

Ce sur quoi peut déboucher un roman fait par soi

Le roman qui a été accepté sort. Elle n'est plus seulement quelqu'un qui a publié deux recueils de poèmes, elle a publié un *roman*. Il devient très visible parmi les enseignants de l'université et auprès des étudiants. L'université ne doit pas avoir d'auteurs de premier roman tous les ans.

Son logeur est prof de lettres et critique littéraire, mais dit qu'il ne veut pas écrire sur son livre car ils se connaissent trop bien.

Non, bien sûr, et puis quoi encore, juge-t-elle.

Mais il va le lire, lui promet-il.

– Formidable, répond-elle timidement.

Un jour, il la croise à la sortie d'un cours.

– Dis, il faut que je parle de ton roman quand même. Il est très, très bien ! déclare-t-il avec un sourire incrédule.

Elle déglutit péniblement et monte l'escalier sans oser lui en demander davantage. Se dit à elle-même qu'elle a toujours su qu'elle vivait chez un homme aimable.

Un jour, elle est à la rédaction du journal régional pour une interview. Elle connaît un peu le journaliste. Il fait partie du petit cercle de ceux qui écrivent auquel lui a été donné accès. Dans les discussions, ils sont souvent en désaccord. Or s'il est une chose utile, ce sont les gens qui résistent ouvertement.

Là, il veut écrire un portrait d'elle. L'institutrice du petit bourg qui publie un roman *poétique* au contenu indélicat pendant qu'elle fait des études de lettres dans sa ville.

Il est ardent et enthousiaste, mais ne se gêne absolument pas pour rectifier ses réponses, séance tenante. Curieusement, cela lui donne de l'assurance. Il rectifie si grossièrement qu'on croirait que c'est son frère. Ce qui stimule la franchise. Mais ce qu'il veut, ce n'est pas de la franchise, c'est une bonne histoire. L'histoire derrière. Ils discutent entre eux, sans qu'elle lui donne quoi que ce soit.

Soudain un collègue entre et cherche à établir le contact, mais le journaliste l'éconduit avec brusquerie d'un *Ne me dérange pas*. L'homme disparaît certes, mais pour revenir aussitôt avec un fax qui vient de tomber.

Elle profite de l'intermède pour ôter ses chaussures et glisser ses pieds sous elle sur le siège.

Puis le journaliste lève les yeux, la dévisage d'un air furibond, la bouche béante. Profère un long juron, défait le bouton du haut de sa chemise et continue sur le même ton.

Ton livre est nommé pour le Prix littéraire du Conseil nordique, bon sang de bon Dieu !

Elle rit. Ne comprend-il pas qu'on leur joue un tour ?

Il abat sa main sur la table et lui demande à quel point elle peut être bête. Croit-elle que quelqu'un s'amuserait à envoyer un téléfax juste pour jouer un tour à une institutrice qui a écrit un roman ?

Il lui tend le papier. Les lignes sont certes très étirées, et l'encre bave, mais son nom y est, distinctement. Et donc, la nomination du Conseil nordique.

Elle s'écroule en saisissant sur sa lancée les chevilles de ses jambes croisées. S'agrippe.

Une bouteille de vin rouge est ouverte. Des gobelets en carton surgissent. D'abord, ils pleurent ensemble, le journaliste et elle. Puis ils rient et boivent. L'interview est annulée. Elle lui donne les pleins pouvoirs pour écrire ce qui lui semblera convenir.

En fin d'après-midi, elle remonte la côte vers son studio. C'est un jour pour cuire du hareng. Du hareng gras, luisant avec des pommes de terre et du beurre. Elle pose son roman sur l'appui de la fenêtre et le regarde tout en dînant. Ce serait dommage de le tacher. Reliure souple et image d'une fillette triste. Elle passe outre la ressemblance avec une histoire oubliée. L'histoire n'est pas oubliée. L'histoire l'a totalement submergée au contraire.

Son visage est dans les journaux. Elle comprend que son mari soit perturbé. Leur réalité à tous les deux est changée. Tout le monde dans leur petit bourg est au courant. Plus, tout le monde dans leur petit bourg croit la connaître, mieux que lui. En lisant le journal.

Elle essaie de lui en parler, au téléphone. Il dit d'une voix singulière qu'il lui souhaite tout ce qu'elle peut avoir.

L'éditeur s'enfuit dans un épais brouillard. Elle crie son nom. À qui d'autre pourrait-elle faire appel ? Un échafaudage branlant est posé contre une paroi rocheuse. Elle sait qu'il est là-haut quelque part et se met à grimper. À mi-chemin, elle commence à douter d'être sur la bonne voie. Il n'y a nulle part où s'arrêter. Juste de l'air. Autour d'elle, le vent souffle, froid. Elle comprend soudain qu'elle n'a pas de vêtements. Devant se tenir des deux mains, elle ne peut se protéger. Ne ressent aucune gêne à titre personnel, mais pense à son mari et aux enfants. Aux grands enfants. À leur honte.

Une grue arrive à sa hauteur, et un personnage se met à crier qu'il lui faut laisser en paix son éditeur qui est malade. Elle crie à son tour. Dit qu'elle n'a personne d'autre. Le personnage rit en disant que le livre a beau avoir été nommé pour ce grand prix, il n'est pas important. Ne voit-elle pas qu'ils l'ont sorti en édition bon marché, sans reliure digne de ce nom ?

Il fait tourner la grue devant elle, sur la mer. Une épaisse liasse de papiers déferle hors de la cabine. Sur les feuilles, il n'y a pas d'écriture, mais des photos de son corps nu. Les photos croissent en une affiche géante, qui reste à vibrer au-dessus d'une vaste foule. La tête se déchire du corps photographique, est projetée en l'air et reste suspendue à l'envers.

En bas, dans l'abîme, la foule enchantée crie. Elle ne comprend pas les mots, mais s'étire pour rattraper sa tête.

Sa main autour de l'échafaudage ripe. Elle gratte désespérément sans trouver prise. Puis elle comprend qu'elle plane. Étend les bras et flotte, comme si l'air était de l'eau. Se dirige facilement jusqu'à la tête déchirée. Saisit fermement les cheveux et la met en place sur son propre corps qui plane.

C'est bien que ses cheveux aient eu le temps de repousser, qu'elle ait quelque chose à tenir, se dit-elle, en se laissant flotter en apesanteur à travers l'épais brouillard.

Je suis espionne pour le compte d'une puissance étrangère

Lorsqu'elle rentre pour Noël, elle comprend qu'il a repris la chasse. Le soir de Noël, il va la consoler, *elle*, dont il dit qu'elle se retrouve seule. Elle lui a demandé d'être Père Noël pour ses gosses, dit-il.

Sait-il qu'il nous humilie ? se demande-t-elle. Se rend-il compte que nos gamins n'en sont plus ? Qu'ils comprennent ? Est-ce en réalité la raison pour laquelle il le fait ? Ou est-ce parce que j'ai écrit un roman dont parlent les journaux ? Tout cela est-il en fait ma faute ?

Il ne revient pas. Ils dînent et ouvrent les paquets. Elle fait comme si de rien n'était. Ne prononce pas son nom. Ses grands enfants ne l'importunent pas avec le fond de leur pensée. Il faut bien fêter Noël.

La nuit, elle s'habille et fait une longue promenade dans les gelées. Se trouve à faire devant la maison de celle qui *se retrouve seule*. Reste un instant sur le perron, puis sonne. Une fenêtre s'ouvre. Une tête émerge et dit *bon sang*.

Il lui semble entendre des voix chuchoter à l'intérieur. Au bout d'une éternité, la porte s'ouvre et la blonde sort en peignoir. Il lui semble entendre en même temps un petit bruit sec à la porte du sous-sol.

Ceci est trop idiot, songe-t-elle. Pourtant elle mène l'opération à bien. Comprend qu'elle a dû passer des heures à la planifier. C'est le genre de choses qu'on peut inventer à l'occasion de l'anniversaire du Sauveur.

Elle se défait de ses vêtements d'extérieur et demande à passer la nuit là. C'est le soir de Noël, non ? Tente un petit sourire en disant qu'elle est un peu seule en ce moment.

L'autre la dévisage, perplexe, avec de petits yeux ensommeillés. S'excuse en disant qu'elle n'a pas la force de refaire le lit avec des draps propres. Mais ne pose par ailleurs aucune question. Comme s'il n'y avait en fait rien d'anormal dans cette situation. Elle assure à la blonde que l'histoire des draps propres n'a aucune espèce d'importance. Dans un sens, elles sont de la même famille, dit-elle en s'enfouissant dans la tiédeur du lit double.

Elle s'endort instantanément. Ce qui n'est sans doute pas le cas de l'autre. Dans la nuit, elle remarque qu'à la fois la couette et elle ont disparu. Puis elle se rendort dans l'odeur de l'étranger et du familier à la fois.

En partant à l'aube le lendemain, elle la voit contre le plan de travail de la cuisine. Des miettes et une boîte de maquereaux à la tomate ouverte, sous la tignasse qui pend en paquets. Les petits s'ébattent autour d'elle.

– Merci pour le logis, dit-elle en essayant d'établir un contact visuel. C'est un échec.

Il fait bon pouvoir s'en aller. Bon pouvoir se réjouir à la perspective d'une douche chaude dans sa propre maison. Il y a sur l'horizon une bande noire acérée où ciel et mer se rencontrent. Un navire vogue cap au nord. Là-dehors, une personne se tient à la barre, à l'aube, le jour de Noël, et émet dans l'univers une aura de lumière jaune fluctuante, se dit-elle. Là-dehors, dans le monde, il y a toujours quelqu'un pour faire ce qui est nécessaire.

Elle voit soudain sa mère retirer les cendres du poêle avec la pelle noire et remplir le seau. La voit placer délicatement le couvercle afin que rien n'aille tourbillonner et mettre de la poussière. Puis elle emporte la misère au tas derrière l'étable. Renverse le seau à cendres, retire le couvercle et le laisse ainsi jusqu'à ce que tout se soit apaisé.

Sur le continent, les étoiles en papier et en plastique brillent aux fenêtres des gens. En haut, sur le rocher, elle voit la sienne aussi. L'a elle-même accrochée avec une ficelle fine camouflée sous le rideau. Tandis qu'elle marche ainsi, ses pensées se muent en un cantique de Noël.

Un poteau couvert de givre lance des signaux scintillants à son passage.

Elle est dans la petite église de l'île sur laquelle elle a grandi. Grimpe dans le clocher et trouve l'épaisse corde. La saisit et fait un bond en l'air. Au-dessus d'elle, la cloche d'airain se met en mouvement et fait exploser le silence. Elle n'a plus d'ouïe, et pas assez de poids pour l'arrêter. Se contente de pendiller par les bras entre les planches du sol et la formidable cloche. Il ne reste plus qu'à s'accrocher.

Tout est calme. Son mari dort. Sa fille et son fils dorment. Il est encore tôt. Elle se prépare un petit déjeuner avec du café et du pain grillé à la roulade d'agneau et aux betteraves. Contemple la mer noir d'encre, assise à la table de cuisine. Au sud, l'horizon se fend en une bande violette.

Elle mastique scrupuleusement en réfléchissant à ses enfants. Ils n'ont pas demandé à être de sa famille. Elle mastique sa vie et déglutit. Sa période d'études l'a rendue optimiste. Et même sporadiquement joyeuse. Les enfants ne le voient pas, car ils ne sont pas là où elle est. Mais *maintenant*, ils le sont. Elle mobilise de la joie. Lui ordonne de tenir jusqu'à la fin de la journée.

Et lui ? Est-ce que je le hais ? se demande-t-elle. Et de se répondre au même instant. Non. Ils sont liés l'un à l'autre. Peut-être est-ce *cela* l'erreur. Ce lien faux. Peut-être n'est-ce là que de la violation de droit de propriété.

Elle se représente la blonde avec ses petits gamins dans les jambes. Lui envie-t-elle en fait quoi que ce soit ? Non.

L'horizon est devenu bleu-gris. La nuit polaire a une luminosité que ne voient que ceux qui veillent.

Quelques strophes de Tove Ditlevsen ronronnent dans sa tête.

Je suis espionne pour le compte d'une puissance étrangère,
Que je ne connais pas.

Au quotidien et sans scrupules je vends
Mes meilleurs amis.

Cachés dans mon cœur et mon esprit sont de petits
Microphones gris,
Qui captent les autres cœurs et esprits
Dans leurs accents de vulnérabilité.

Je suis étrangère ici. Et
Tous sont ennemis.
Mon code sort chaque jour
D'un émetteur secret.

Le salaire que je perçois
Est l'amer bonheur de l'exclu
De passer des frontières que je
Suis seule à oser franchir.

L'un après l'autre, vous allez, surpris,
Vaciller et tomber.
J'ai moi-même été trahie une fois.
Maintenant je trahis tout le monde.

Oui, se dit-elle, ainsi suis-je devenue.

Lettre en février

Mon cher mari,

Je n'arrive pas à me rattacher à l'avenir.

À maintes et maintes reprises, je me suis vue humiliée sans comprendre pourquoi je devais être celle à laquelle tu n'avais pas de temps à consacrer. Pas même le soir de Noël.

J'aurais dû te le dire en face avant de partir. Je suis dans l'obligation de te faire savoir que je ne peux poursuivre, faire comme si de rien n'était. C'est impossible. Je regrette d'avoir promis d'essayer. Car je ne crois pas à ce que tu dis. À tes promesses de changement. Je ne crois pas que tu te soucies de moi, en réalité.

Nous ne faisons que nous le faire croire, maintenant que nous sommes séparés. Le pire, c'est de songer à la vraie grande haine que cela pourrait attiser entre nous. J'ai peur. Et ne veux pas redescendre dans l'abîme dans lequel je me suis retrouvée après Noël. J'aspire à avoir la paix, j'aspire à me fiche la paix à moi-même, j'aspire à ce que toi, tu me fiches la paix, et j'aspire à ne faire que réviser pour mes examens. Aussi insignifiantes que tu les dises, ces répétitions avilissantes rognent sur ma joie de vivre et sur mon plaisir de travailler. Je ne suis pas assez généreuse pour quelqu'un comme toi.

Tel que je le vois, notre passé a été chaotique, amusant, triste, beau, terrible, tendre, solitaire. En premier lieu solitaire, en ce qui me concerne. L'avenir avec toi, je le vois à présent comme un étouffant film sentimental sur la solitude. Je ne supporte pas l'idée d'être deux pour le public, la société, la bourgeoisie, alors que je suis en fait seule. Cette vie commune apparente m'est devenue aussi intolérable que l'infidélité.

Tu as joliment parlé de l'amour avant mon départ, ça, on ne peut pas te l'enlever. Mais nous savons tous deux que ce même amour ne résout rien, au contraire. Il crée une nostalgie de la véritable vie commune.

Je me fous de l'amour ! Je veux une bonne vie à deux et du temps pour des conversations sur ce qui a de l'importance.

LE COMPRENDS-TU ?

Se rattacher à ce qui va venir

Lui rendant visite dans son studio, sa mère ne lui parle pas tellement du roman. Mais elle lui raconte que les gens en parlent. Dort sur son divan qui fait office de lit. Elle-même prend le matelas.

Elles boivent du vin et sa mère veut discuter politique, chose qui fait d'elle une personne qu'elle n'a jamais rencontrée. Sa mère n'est pas contente du Premier ministre. La première femme du pays à l'avoir jamais été, mais pire que les hommes, dit-elle.

Elles ne sont pas d'accord. Presque comme dans une pièce de théâtre. Sont assises par terre les jambes croisées. Boivent du vin accompagné de fromage. Elles picorent le fromage morceau par morceau et sont modernes. Sa mère devient de plus en plus entêtée. Elle ne l'a jamais vue ainsi. Maman s'autorise à être agacée par la politique ! Elle se prend à regretter toutes les fois où elles *auraient pu* se trouver ainsi si elles s'étaient vues plus souvent sans l'ombre de son père.

Mais le livre, elles n'en parlent pas beaucoup.

En une occurrence, sa mère mentionne que son père est fier qu'elle ait écrit un roman. Mais elle ne dit pas ce qu'elle en pense elle-même. Peut-être est-elle simplement intimidée, songe-t-elle, en ne lui demandant pas non plus s'ils l'ont lu. Se contente de revenir au Premier ministre. Dit qu'elle trouve formidable qu'elle s'élève contre les bonshommes et obtienne ce qu'elle veut.

– Elle est bien trop catégorique. Plusieurs des hommes avec lesquels elle se dispute en savent bien plus long qu'elle sur la façon de diriger un pays, affirme sa mère.

– Mais maman, si ce n'avait pas été une femme, tu n'aurais pas trouvé idiot d'être catégorique. Admets-le.

Mais sa mère n'admet rien du tout, elle souffle dans

son nez. Elle se délecte clairement d'être assise par terre à boire du vin en soufflant dans son nez tout son soûl. Et, qui plus est, elle se contrefout que la chose nuise au Premier ministre. Que sa fille endosse donc la responsabilité de ce que le Premier ministre est une femme plus dure que n'importe quel homme.

Sa mère est éminemment libre, dans son discours et ses opinions. Elle se comporte comme une espèce d'étudiante anti-gauchiste. Cela les rend en quelque sorte compagnes de beuverie.

– Mais maman, elle est obligée de se positionner, tu ne comprends pas ? demande-t-elle.

Sa mère souffle avec mépris et se ressert de vin. Puis, soudain, c'est comme si elle se radoucissait. Elle soupire et regarde autour d'elle.

– Un studio comme ça, c'est ce qu'il aurait fallu. Rien qu'à soi, observe-t-elle pensivement.

C'est alors que, pour une fois, elle relève et dit ce qu'elle pense.

– Pourquoi ne divorces-tu pas, maman ?

Sa mère a l'air d'avoir pris un coup. Les profonds plis entre ses sourcils se font fossés et elle finit son verre. Puis elle se relève péniblement et rajuste sa jupe.

– On s'engourdit à rester assis par terre, dit-elle.

Le lendemain, elle n'est plus là. Mais au milieu du plancher, se trouve la trace de son verre. Elle ne se donne pas la peine de l'enlever.

*

Elle va au café avec ses amis de fac. Ou voit d'autres gens qui écrivent des livres et vivent dans cette ville.

Un jour, un homme fait son apparition comme une nouvelle créature, encore qu'elle l'ait déjà rencontré plusieurs fois. Il a de beaux yeux, se dit-elle, comme si elle regardait un tableau. Il a un corps bien bâti et des hanches souples, se dit-elle, comme si elle voyait un lynx. Il a de l'humour, se dit-elle, comme si elle n'avait jamais rencontré quelqu'un qui la fasse rire.

Il lui parle de son livre qu'il trouve *diablement bon*. Il comprend qu'elle en sait long sur la condition humaine, dit-il en la prenant fermement par la taille quand ils marchent dans la rue dans le noir.

Quand ils se quittent à la lumière du jour, il a une marque invisible sur le front. Elle comprend que ceci n'est pas un jeu en toute liberté. Mais ils se voient quand même. Quand ils sont ensemble, elle *pense*. Pense fort au fait qu'elle ne veut pas davantage de problèmes. Lui demande-t-elle comment lui se sent ? Non.

Mais il est grand, il faut qu'il prenne soin de lui-même.

Que fabrique-t-elle là ? Se venge-t-elle de son mari ?

Oui, bon. Je peux bien utiliser ce qui me plaît, se dit-elle, endurcie.

Puis elle est davantage préoccupée par la méchanceté d'une dent de sagesse enflammée qu'elle doit faire opérer. Ce doit être la tête qui se venge. On lui donne une ordonnance de puissants cachets contre la douleur et l'inflammation. Sorte d'acceptation du flottement dans une agréable laine d'agneau. Mais ils déclenchent aussi les attaques. Plus fréquentes qu'elle ne peut compter.

Un matin, elle prend conscience qu'elle est assise sur des marches en pierre dans le centre-ville sans être allée en cours. Sans se rappeler comment elle a atterri là. Trouve toutefois un taxi et est ainsi sauvée. Dans son studio, elle se contente de basculer sur son divan ses chaussures aux pieds.

Il fait grand jour. L'auteur et elle sont couchés tête-bêche. Il ronfle bruyamment et est aussi grisé qu'elle. Mais il n'a pas pris de cachets pour inflammation dentaire. Au contraire. Il vient de recevoir le prix Nobel.

Elle le pousse et veut qu'il se tourne. Lui ne le veut pas. Se contente d'inspirer par le nez et la bouche et d'expirer en un long coup de trompette. Il me fait perdre mon respect pour la littérature, songe-t-elle avec agacement en poussant plus fort.

Il bondit et tâtonne à la recherche de ses lunettes sans les trouver.

Qui es-tu donc ? feule-t-il en se tenant la tête.

On s'est rencontrés au cimetière, répond-elle en lui donnant les lunettes.

Il fait glisser les branches au-dessus d'une oreille d'abord, puis de l'autre. L'observe attentivement avec le regard de quelqu'un qui voit quelque chose d'étrange dans la bruyère.

Le cimetière, oui, conclut-il comme si c'était hier. N'a apparemment pas tout à fait la notion du temps, tout comme la plupart des poètes.

Comment ça s'est passé ? demande-t-il.

Le livre ? À la fin, ça s'est bien passé, concède-t-elle.

Personne ne sait comment ça se passe à la fin, rectifie-t-il.

Puis il aperçoit ses chaussures. Elles ne sont pas rigoureusement propres.

L'on n'a pas daigné libérer un récipiendaire de ses souliers avant de l'aider à se mettre au lit, dit-il en riant doucement.

Pointe le doigt sur ses chaussures à elle.

Une dame qui couche avec ses souliers n'en est pas moins une plus grande curiosité, conclut-il. Le doit-on à un prix ?

Prix, prix… marmonne-t-elle. Je n'ai pas reçu le grand prix Nordique pour lequel j'étais nommée, mais celui de la Critique, dit-elle en s'efforçant d'être modeste. L'auteur ne s'offusque pas des vantardises. Semble habitué à ces choses-là.

Prends juste garde à ceux qui te disent de faire chapeau bas, l'admoneste-t-il de façon inattendue. Ils prennent tout.

Les idées, l'honneur, l'œuvre. La vie. Tu n'as pas le temps de t'en rendre compte que tu te retrouves au cimetière sans personne d'endeuillé.

Un jour, à son retour de l'université, l'attend une lettre anonyme. Elle est de la part de quelqu'un qui à l'évidence se sent menacé. Les caractères sont découpés dans des journaux et des magazines et collés ensemble sur une feuille neutre. L'expéditeur attire son attention sur le fait qu'il connaît sa famille et que *des choses pourraient arriver* si elle ne met pas un terme à ses *histoires mensongères*.

Elle l'a à la main et se tâte le pouls pour savoir si elle a peur. Non. Ce qu'elle ressent, c'est du mépris. Le même sentiment que quand son père est dans la pièce.

Dans les semaines qui suivent, elle reçoit deux autres lettres. Elles ne l'effraient pas un instant. Ce sont des signaux d'un homme terrifié qui emploie beaucoup de temps et d'énergie à lui faire peur. Elles portent le cachet de diverses localités.

Elle envoie les lettres au *lensmann** de la commune de son domicile. Après un temps, elle les reçoit en retour. Ils ne peuvent rien faire. Elle ne s'y attendait pas non plus.

Mais elle raconte l'histoire des lettres à autant de monde que possible. Y compris aux journalistes qui croisent son chemin ou viennent l'interviewer. Elle raconte qu'elle a porté plainte. Qu'elle sait qui est l'expéditeur. Un lâche qui s'est mis en tête qu'elle pouvait être dangereuse. Elle dit que, à tout moment, elle pourrait s'en irriter au point de révéler son nom. Oui, elle l'invite à la rencontrer face à face.

Elle a du plaisir à être dangereuse.

Il n'arrive pas d'autres lettres.

* Officier d'administration chargé notamment du maintien de l'ordre dans les communes rurales.

En recevant de l'argent de la maison d'édition, elle s'achète l'*Histoire de la Littérature mondiale* en davantage de volumes que le diable ne peut en compter. Se sent presque fortunée. Les livres ne trouvent pas de place sur l'étagère et elle les aligne le long du mur. Souligne et prend des notes. S'édifie pour les examens.

Souvent elle s'endort pendant qu'elle est assise à lire.

Quand elle est *assise*, elle est en sûreté.

Plusieurs de ses condisciples ont choisi son roman *à elle*. Elle en est fière et terrifiée. Elle les voit en colloque d'étudiants et s'efforce de répondre à leurs questions. Se sent fausse.

Elle-même ne peut naturellement pas écrire sur son propre livre. Elle a choisi Dostoïevski comme sujet de mémoire, *Crime et Châtiment. Raskolnikov*, sa bible à l'époque où elle essayait de passer son examen de fin de lycée.

Elle, qui s'est exercée à réciter tout un mémoire sur la psychologie du meurtre et la morale renversée, n'arrive pas à articuler un mot quand elle tombe sur ce sujet précis à l'oral. Par bonheur, elle finit par venir. La voix. Les mots coulent. Ce n'est pas elle qui passe l'examen, c'est Raskolnikov. Il était là quand ça s'est produit.

Elle l'a accompli. Enfin. Libération de savoir qu'elle y est arrivée. Tout a été éliminé, supprimé. Il n'y a ni sang ni cadavre. Elle a le combiné à la main.

– Vous pouvez venir me chercher, j'ai fini maintenant, dit-elle d'une petite voix enjouée de fillette. Mais personne ne décroche. Le rideau se dresse dans la pièce. Le crochet de la fenêtre grince. Le vent s'est levé dans la nuit. Grelottante, elle ferme et va aux toilettes.

Le jardin d'herbes

Il lui a dit au téléphone qu'il ne comprenait pas ces façons absolues qu'elle a d'écrire des lettres. Dans l'avion du retour, à la fin du semestre, elle décide d'assainir l'atmosphère. Ou elle fait la révolution ou elle abandonne, songe-t-elle. Mais comment ?

Ils ne peuvent pas se jeter l'un l'autre dehors.

Il vient la chercher à l'aéroport. La maison est d'une propreté éclatante et il prépare un repas de fête. Allume des bougies et dit qu'ils devraient partir en vacances. Leur témoigne à la fois à leur fille et à elle une chaleureuse attention. Boit du vin, mais délaisse les alcools forts.

Quand leur fille s'en va avec des amis, ils restent à table à bavarder. Le soir tombe. Il ne fait pas mine d'avoir à faire ailleurs. A l'intention de lui bêcher un carré d'herbes au chalet. Oui, il a même déjà commencé. Il prévoit d'installer un système de pompage d'eau, et pour le chalet et pour les massifs. Va chercher un livre qu'il a acheté sur la culture d'herbes aromatiques, et prononce le mot *jardin d'herbes*.

Sous la table, le chien a posé la tête sur ses pieds.

Il fait bien trop clair la nuit maintenant. Les bougies allumées sont un peu de trop. Un fjord brûlé par le soleil regarde par la fenêtre. Finalement, ils éteignent les bougies et vont au lit sans être passés par la salle de bains d'abord.

⋆

Ils vivent en une sorte de paix. Presque en harmonie. Il tient parole, retourne un carré d'herbes au chalet, et lui fabrique des cadres dans lesquels faire ses semis. Ils utilisent de vieilles fenêtres comme châssis. Elle est agenouillée au-dessus des graines et des jeunes plants. Des averses de neige surviennent, d'accord, mais elle va y arriver. Ça va pousser.

Elle étudie des livres de jardinage et se décide. Tout va bien se passer. Elle ne lui demande jamais où il est allé ni avec qui il était. Comme elle le fait avec sa fille.

Dans un sens, il est son enfant aîné. Suffisamment adulte pour pouvoir mener tranquillement sa vie, à l'instar de son fils.

Un week-end où sa fille est en déplacement sportif, il déclare vouloir aller au chalet.

– Bien, dit-elle. Elle pourra ainsi voir son jardin d'herbes, qui a besoin d'elle.

Mais il peut l'arroser, lui, juge-t-il.

Elle la ressent physiquement. La baïonnette droit dans les intestins.

Est-ce possible ? songe-t-elle. Peut-il encore me frapper ?

– Tu y vas avec une autre ? demande-t-elle tout de go.

Non, il veut juste être seul, pour *réfléchir*.

Elle lui lance une réplique acerbe arguant qu'il n'est pas quelqu'un qui recherche la solitude pour réfléchir.

Et là, elle sent la vieille lassitude.

– Emmène le chien, dit-elle en se détournant. L'entend qui va chercher la laisse et la nourriture pour chien. Puis il n'est plus là.

Elle prend le bus et le bateau pour se rendre au chalet. Descend le sentier et s'arme de courage face à ce qui pourrait venir. Mais la voiture n'est pas là. Les rideaux sont tirés. Le jardin d'herbes est sec. Avec de maigres pousses visibles de-ci de-là. Elle ouvre les vieilles fenêtres et arrose. Remonte plusieurs seaux du lac. S'assied sur le rocher avec son écœurante jalousie coutumière. Qui n'a aucun avenir. Elle le sait.

Puis elle inspecte la fourmilière derrière les toilettes extérieures. Rampe elle-même comme une fourmi, en dehors de sa fourmilière. Finalement, elle ouvre la porte du chalet. Le trouve exactement tel qu'elle l'a laissé une semaine plus tôt.

La nuit, le vent se met à souffler. Elle est réveillée par le craquement des vieux pins. Sur le tabouret, le grand réveil indique trois heures. Elle se lève et sort nue dans le vent pour recouvrir convenablement les châssis de verre. La lumière est affirmative, comme de l'acier poli. Çà et là subsistent encore des congères glacées. Le printemps a eu des remords. Mais il règne une odeur de tourbières et de pin mouillé.

Elle fait les quelques pas qui la séparent de la plage et continue dans l'eau, entre les pans de glace, jusqu'à ce qu'elle flotte. Une épreuve de féminité qui lui plaît. Un instant le choc repousse l'air hors d'elle. Puis elle reprend le contrôle. Le couple de goélands sur le récif marque son territoire avec de vilains cris. Ils doivent avoir des œufs. Elle gronde un peu en retour, sans les impressionner. Ce n'est pas un jour à nager jusque là-bas.

Vêtue d'un caleçon long, d'un vieil anorak et de gigantesques bottes en feutre, elle allume un robuste feu à partir des braises de la soirée. Puis elle se sert un grand verre de l'alcool sans étiquette qu'il garde là, coupe un énorme morceau du fromage qu'elle a apporté, le pose sur un pain craquant et s'installe dans la chaleur.

Au bout d'un moment, sa peau est brûlante sous l'anorak, et elle sent ses orteils comme si elle avait marché dans le sable chaud.

Elle ouvre le blouson et se met à pleurer des sanglots haletants, sans vigueur.

Rupture

Il est déjà à la maison quand elle revient de réunion. La porte de la chambre à coucher est ouverte et un sac à demi fait se trouve dans le couloir. Il doit donc aller quelque part.

– Je n'ai pas obtenu le congé que j'avais demandé. C'était le tour de plusieurs des bonshommes.

Il lève les yeux au ciel et lâche un juron. Est de son côté et trouve cela mesquin de leur part. Il n'est pourtant pas question pour la municipalité de débourser de l'argent, mais simplement de lui laisser un travail auquel revenir. Mais il y a autre chose dans sa voix, la vibration de l'inquiétude ? Sait-il quelque chose qu'elle ignore ?

Ils ont traversé un hiver et un printemps. Lui avec ce qui le concerne et elle avec son écriture et ses voyages, ses lectures et ses rencontres. Fils et fille ont tous deux vécu hors de la maison, à l'école les jours de semaine.

– Que vas-tu faire, alors ? Tu vas reprendre la classe que tu avais ?

– J'ai démissionné, dit-elle rapidement pour en finir.

– Tu as démissionné, reprend-il, mais sans rien ajouter. Elle sait d'ores et déjà que quelque chose se trame.

Elle réchauffe un gratin de poisson au four et fait bouillir des pommes de terre et des carottes. Elle a l'habitude de se réjouir des couleurs. Le doré, le blanc, l'orange. Elle aime l'odeur de la surface gratinée. Mais pas aujourd'hui.

Pourquoi n'en parlons-nous pas ? songe-t-elle. Pourquoi ne dit-il rien d'autre ? Et moi ? Que puis-je dire ?

– Elle m'a dit au téléphone qu'elle avait hâte de faire son séjour linguistique cet été, dit-elle, entendant par là leur fille.

D'abord il ne répond pas, puis il déclare d'un ton bourru que ça ne pourra pas se faire.

– Nous lui avons promis ! dit-elle en trouvant une arête

dans le gratin. Drôlement grande. Comment a-t-elle pu la laisser passer en nettoyant le poisson ?

– Qui va payer ? demande-t-il, plus furieux encore. Un thème rare chez eux, au demeurant. L'argent.

– Il est trop tard pour annuler, et cruel qui plus est ! Nous lui avons promis, répète-t-elle.

– *Tu* lui as promis ! grogne-t-il en avalant tout rond une grande bouchée.

Elle n'a jamais trouvé qu'il mangeait salement. On peut le critiquer à bien des égards, mais il ne mange pas salement.

C'est bien que la fille ne soit pas à la maison, songe-t-elle sans le dire. Intuitivement, elle comprend qu'il est ici question de diplomatie.

– Je prendrai sur l'argent que je vais avoir pour les ventes du roman cette année, dit-elle en finissant le repas pour ce qui la concerne.

Lui mange et mange.

– On en a parlé, répète-t-elle. Tu l'as aidée avec les papiers.

Elle se met à ranger la table de son côté. Ne dessert pas, mais regroupe son assiette et ses couverts.

Il se lève, mais ne fait pas mine de sortir, pour un entraînement, une visite, un bridge. En arrivant dans le couloir, elle voit qu'il a enlevé le sac.

Elle essaie de lire, mais a le sentiment d'attendre une tempête. Tend l'oreille. Mugissement sur le fjord ?

Il regarde le sport à la télé dans le couloir. Puis, subitement, il éteint et se met à marcher devant elle. Une danse agitée, le verre à la main. Commence à parler. L'élocution un peu troublée, car il a sans doute vidé son verre plusieurs fois. Il a le visage sombre.

Il lui fait des reproches. Elle n'aurait pas dû démissionner. Il est maintenant le seul responsable des finances. Ils viennent pourtant de construire une nouvelle maison. Il faut la payer.

Quelque chose cloche. Elle a des revenus du roman, qui

se vend, à l'étranger aussi. Ils sont pourtant d'accord sur le fait qu'elle va miser sur l'écriture cette année, non ?

– S'en sortir pendant *un* an, c'est tout autre chose que *démissionner*, mais si c'est ce que *toi*, tu veux ! dit-il durement.

Elle sent une plaque d'aggloméré se constituer dans son plexus. Va dire qu'il n'a pas besoin de se faire de souci, qu'elle n'a strictement aucune intention d'être un fardeau pour lui, mais ne trouve pas les mots.

Il commence à se faire tard. Il se sert un autre grand verre, car il est sincèrement soucieux. L'atmosphère est difficilement respirable. Elle ne peut argumenter avec un homme ivre. C'est tout ce qu'elle sait au sujet de cette affaire.

Puis ça vient. Il veut quitter la maison. C'est fini. Et de quoi vivra-t-elle alors ? s'enquiert-il.

Une armée de sentiments petits et grands dégringolent de la bibliothèque devant elle. Ils explosent dans des couleurs et des formes dont on ne peut que rêver. Comme de regarder dans le kaléidoscope de son enfance en carton et vitrail. Mais elle n'arrive pas à distinguer les figures. Ne peut s'en servir. Elle tâte le chaos en se disant à elle-même que ceci, ce sentiment, elle pourra écrire dessus un jour.

Il a pris une décision pour eux.

Elle ne s'y attendait pas. Malgré tout.

Un jour, elle se distanciera de ce sentiment de chaos total, tout en s'en souvenant. Décrira que, tel un chirurgien, elle sort un cœur et le pose de côté, aspire le sang de la cavité, pose des drains en tous sens, trouve un espace pour un nouveau cœur de donneur inconnu. L'autorisation est donnée.

Parfait. Il veut déménager.

N'est-ce pas là ce qu'elle avait envisagé comme la meilleure solution ? Elle peut relier tous les muscles et artères à son nouveau cœur et recoudre. Ça va marcher. Et comment. Exactement comme le jardin d'herbes qu'il a bêché. Les graines poussent de toute façon, il leur suffit d'avoir de l'eau.

Mais il lui faut se défaire de la narcose. C'est l'anesthésie le problème, se dit-elle en se tournant. Elle se tourne vers la fenêtre et se concentre sur la vue. Le fjord. Les îlots. L'horizon. Les paquets de mer. Les bateaux qui tanguent et tanguent. Une mouette en suspens dans les airs, juste devant la fenêtre. La voilà qui lève encore un peu les ailes et vire. Puis elle vogue vent arrière vers le sud.

Elle se force à le regarder. Il a l'air fatigué, pâle au-dessus de sa barbe. Derrière les verres de ses lunettes, ses yeux sont profondément enfoncés. Ternis par l'ivresse et le manque de sommeil. Elle ne l'a pas beaucoup vu ces derniers jours. Mais a compris que, au-dessus de la surface qui fait illusion, planait une femme.

Il a encore le pied ferme et la surplombe de toute sa hauteur. Ses paumes sont ouvertes, ses bras tendus. Comme des excuses sans mots. Quand elle lui demande si c'est à cause d'une autre, il nie. Il envisage de faire des études comme elle. De faire autre chose.

Elle se lève et se met à marcher, elle aussi. Ils sont égaux, debout. Les bibliothèques ne sont que des bibliothèques. Le fjord n'est qu'une gueule mouillée dans l'univers. Elle se demande si elle va parler d'amour. Puis elle se souvient qu'elle le lui a écrit, qu'elle se foutait de l'amour.

Comme s'il devinait ses pensées, il dit qu'elle a elle-même lancé la rupture il y a longtemps. Il ne fait qu'en tirer les conséquences, juge-t-il en se frottant sous le nez du revers de la main.

Elle acquiesce et comprend. Lui offre de rester habiter à la maison jusqu'à son admission à l'université. De faire les choses en temps utile. Pourquoi se fait-elle si minuscule ? s'interroge-t-elle avec mépris de soi.

Il secoue la tête.

Il apparaît qu'il a déjà deux sacs bouclés dans la penderie et veut partir sans délai. Elle lui rappelle qu'il a bu et ne peut pas conduire. Là, il fait juste ses bagages, dit-il, et il pourra venir chercher la voiture le lendemain. Elle ne lui demande pas où il va dormir.

Quand il porte sa couette dans la voiture, elle se met à rire. Ha, ha. La couette sous le bras. Le chien arrive en couinant de sa place dans la buanderie. Tournoie autour d'eux dans une tentative de médiation. Quand il fait mine de sortir sans le chien, elle lui dit qu'il doit l'emmener. Il ne proteste pas, se contente d'aller chercher la laisse et de faire signe au chien.

La porte se referme et elle reste, à rire, ou quel que soit le terme approprié. Une étincelle de colère la pousse à ouvrir pour exiger qu'il lui rende les clefs de la maison. Elle l'entend alors démarrer la voiture et partir. Prise de panique, elle se dit qu'elle doit l'arrêter. Son rire s'est indéniablement tu, mais elle ne téléphone pas au *lensmann*.

S'il fait une sortie de route ou entre en collision avec quelqu'un, ce sera sa faute à elle. Une heure durant, elle se représente toute une série de conclusions sanglantes à son trajet en voiture. Se représente non seulement le sien à lui, mais plusieurs autres corps en sang. Mais elle ne téléphone pas.

Démonter un lit

Elle boit du vin rouge sans songer aux attaques. Maintient simplement son corps suffisamment bas pour ne pas se blesser. Il y a dans le vin rouge un réconfort grandiose.

Elle démonte le lit conjugal pour le traîner en bas, au sous-sol. Il a été acheté à crédit avec leurs premiers salaires, et est resté plus ou moins debout jusqu'à maintenant. Elle essaie de multiplier le nombre de jours d'une année par le nombre d'années. Mais ne se souvient plus au juste du nombre d'années qu'il y a eu. Elle s'est toujours empêtrée dans les années. Maintenant c'est fini.

C'est une ignominie que personne ne voie cette vaillante femme. Cet acte héroïque au travers de la douleur et de l'humiliation. Elle jure tout haut pour elle-même quand les vis refusent de se défaire. Verse dessus de l'huile de machine à coudre. La moquette rouge se dote d'affreuses taches brunes. Mais les vis doivent céder. Une fois, le tournevis ripe. Un ongle se détache, elle saigne un peu et doit aller chercher un pansement. Mais c'est moins douloureux qu'on pourrait le croire. Rien au fond n'est aussi douloureux qu'on pourrait le croire, à part accoucher d'un enfant, se dit-elle à elle-même.

Puis le lit se retrouve en pièces détachées à la cave. Entre vélos, pneus de voiture, caisses de vieilleries, filets à truite, sacs de sport mis au rebut avec vêtements transpirants oubliés dedans, seaux de peinture, un bel établi ancien et un lampadaire de 1960. Elle s'assied sur une caisse et projette de manger quelque chose. Bientôt.

Cette maudite cave fait partie de mon ancienne vie, pense-t-elle théâtralement. Avant de décider dans une froide fureur que c'est sa vie *à lui*. Son désordre, ses effets, sa misère. Qu'il vienne donc chercher tout ça, tout ! Oui, ma parole, elle va lui dire qu'il faut qu'il voie à venir chercher ses vieilleries !

Quand tout est fait, elle est en nage, mais plutôt satisfaite et passablement sobre. Envisage même de faire un jogging sur les routes rien que pour leur montrer. Qui *ils* sont, elle n'en a pas de notion précise. Mais rejette en tout état de cause l'idée. Elle n'est tout de même pas très en forme. Dans l'intervalle, elle a perdu l'appétit et songe que souvent le tragique a du bon.

Progressant un peu dans une nouvelle bouteille, elle comprend que non seulement elle a la gueule de bois, mais qu'en plus elle a recommencé à zéro. Et quiconque est soûl ou a la gueule de bois ne peut s'en prendre qu'à lui-même. Elle l'a toujours pensé.

Elle se punit en décidant de dormir sur le matelas d'appoint que sa fille a pour ses copines. Après l'avoir apporté dans le salon et plus ou moins fait, elle ne parvient subitement plus à boire. Veut seulement se coucher et être paisible et bien. Que ce soit la nuit ou le jour n'a aucune espèce d'importance. Peut-être pourrait-elle lire un peu avant de s'endormir ?

Elle atterrit devant la bibliothèque à la recherche d'un livre dont elle ne se rappelle plus tout à fait le titre, mais dont il lui semble qu'il parle de perdre son amant dans un crash d'avion.

Perdre son amant dans un accident d'avion est tout de même autre chose et chose plus grave que des gens qui se contentent de prendre leur couette et de partir en voiture. Ce qui reste et demeure risible. Surtout après tant de lamentables années.

Et le romantisme, se dit-elle, où diable était le romantisme ? Elle n'a absolument aucun souvenir ne serait-ce que d'*une* scène romantique. Elle pense en revanche se souvenir que l'accident d'avion a lieu en Afrique, mais ne parvient pas à retrouver le tiroir mental où est rangée la fiche. Encore moins le livre.

Au lieu de quoi elle s'étale de tout son long sur la table du salon.

Quand elle revient à elle, elle se rend compte qu'elle pleure. Mais il n'y a dedans aucune réelle vigueur, c'est plutôt de la pleurnicherie. Alors qu'elle passe du temps au-dessus des toilettes, elle se souvient. Et dans le courant de la journée, elle est en mesure de le retrouver. *La Ferme africaine* de Karen Blixen. Et, en effet, dans une édition bon marché du temps de ses études.

Au passage, elle tombe aussi sur un livre sur les roses. Un jour, je m'installerai quelque part où je pourrai cultiver des roses, se dit-elle. S'enfonce dans le canapé et feuillette le livre sur les roses. Touche le papier glacé jusqu'à ce qu'elle sente leur parfum. C'est ce qu'elle veut. Calme plat, soleil et ombres. Elle veut gravir une côte et savourer le vent si elle en a envie. Les choses telles qu'elles doivent être.

Elle ferme les yeux et voit toutes ces roses qui débordent en mille couleurs. De pentes, de balcons, de corniches, de pergolas. Et au milieu de tout cela, elle sera assise, sans être dérangée le moins du monde, à écrire de gros romans que les gens adoreront lire. Doit redevenir sobre et commencer maintenant.

Elle peut essayer de planter des roses ici, contre la façade sud. Faire installer un brise-vent par un menuisier. Parce que son mari ne va plus rien construire chez elle. Elle pleurniche en reconnaissant ses talents de menuisier.

Mais, ajoute-t-elle promptement, il ne finit jamais entièrement ce qu'il a commencé.

Le chalet, au fait ? Que va-t-il en être ? Elle a semé des graines dans un jardin d'herbes dont elle n'a pas l'usage et qui va sûrement se dessécher. Car elle ne saurait avoir de droit à disposer de ce chalet s'ils sont séparés ? À quoi diable sert-il à une femme abandonnée de semer dans les châssis que *lui* a fabriqués ?

Regrettera-t-il qu'elle ne soit pas là pour ranger derrière lui et ses camarades de chasse ? Eh bien, tant pis pour lui. Vraiment ! Elle y arrivera bien ailleurs. Roses et herbes aromatiques. Pas demain, mais bientôt. Elle laisse le livre sur les roses ouvert par terre devant le matelas et entre dans une subite torpeur.

Le troisième jour, elle se met à écrire. Jusqu'à une heure avancée de la journée. Regarde droit dans une pente. Les corneilles ont obtenu quelque chose chez le voisin. Elles envahissent son toit et lui crient d'avoir aussi bon cœur. Elle leur parle comme à des amis encombrants. Elles lui répondent avec dédain que ce qu'elle écrit n'est pas précisément de la littérature, mais du bon et du mauvais destinés au tiroir.

– Je vais vous montrer ! gronde-t-elle en arrachant la maudite feuille du cylindre. La froisse en boule et la met dans sa bouche. Mastique sans appétit. Ouvre la porte-fenêtre pour la recracher dehors. Puis elle enfile ses vêtements de sport et va courir une heure sur le chemin de terre.

C'est le début de l'été, mais l'obscurité est là même s'il fait jour. L'obscurité est en elle, se dit-elle en courant. Il faut qu'elle informe les enfants. Que va-t-elle dire ?

Votre père a pris sa couette et déménagé ?

Peut-être traque-t-il une femme, peut-être pas. Toujours est-il qu'il ne veut pas payer.

Non, elle ne peut pas y mêler ce stupide argent. Ce serait trop pathétique. Mesquin. La fille aurait mauvaise conscience à cause de son voyage et le garçon déclarerait avec mépris qu'il se débrouille tout seul.

Je ne peux pas habiter ici, il faut que je m'en aille. Je n'ai pas les moyens de continuer d'habiter ici. Qu'il reprenne donc dettes et logement et toute la lassitude de ce maudit mariage avec, se dit-elle.

Au bout de quelques kilomètres, elle revoit en pensée l'élan qu'elle avait rencontré ici un soir d'hiver. Il l'avait regardée depuis l'amas de neige sur le bas-côté sans rien lui faire. Il faut juste voir les choses ainsi, se dit-elle. Un élan dans les congères est un phénomène dont on se souvient quand on se le voit rappeler. Un homme aussi, on peut le mettre de côté quand il n'est plus là.

La différence entre avant et maintenant, c'est que *maintenant*, elle sait qu'il ne refera pas surface en exigeant du temps et des égards. Inutile de gaspiller de l'énergie là-dessus, elle n'a qu'à continuer de courir. En réalité, la chose n'est sans doute pas plus traumatisante que ce qu'elle en fait. Elle n'a qu'à lui demander s'il peut arroser le massif pour qu'elle puisse récolter les herbes dans le courant de l'été ?

Elle fait demi-tour et rentre en joggant, tandis qu'elle s'imagine sérieusement que la vie est d'une simplicité enfantine, avec des élans du passé et des carrés d'herbes qui s'auto-entretiennent. Ça poussera. Tout pousse. Avec le temps. Il se met à pleuvoir. Avec une intensité dure et libératrice. Sur tout le chemin du retour, elle laisse pluie et morve affluer.

Elle épluche ses vêtements dans le sas d'entrée, prend une douche, tresse ses cheveux en deux nattes mouillées. Le ciel s'est fait de traîne et elle s'enfonce un bonnet sur la tête pour aller s'acheter de quoi manger à l'épicerie. Étant seule, je n'ai pas besoin de grand-chose, se dit-elle triomphalement. Apporte au comptoir filets de poisson pané, lait et fromage brun, et paie.

Le bourg est petit comme une boîte à thé avec couvercle. On raconte que son mari habite ici ou là. D'aucuns pensent avoir entendu dire qu'elle l'avait jeté dehors. Elle ne répond pas à ces choses-là. Comme c'est triste ! estiment-ils. Et nous qui croyions que vous étiez un couple si stable, en est-il un pour exprimer d'un ton offusqué.

La femme d'un collègue lui dit sans ambages que c'est ce qui arrive quand la femme laisse son mari et ses gamins pour aller *faire des études et se réaliser*. Ce n'est pas là une chose qu'elle peut directement nier, elle encaisse donc en souriant de toutes ses dents dans le vide. L'autre aussi sourit de toutes ses dents. Elle a des dents triomphantes de prédateur et des yeux angéliques qui scintillent. Mais derrière, ses ailes ne se sont pas dépliées. Elles sont aussi brunes que le crottin de cheval qui se dissout dans une flaque de boue. Se dit-elle.

Le chien et les clefs

Il veut traverser la rue quand ils se croisent. Il n'est pas en laisse, et arrive donc en sautillant, fourre son museau dans sa main. Lui toussote et s'enquiert de savoir comment ça va.

– Bien ! dit-elle.

– Tu es maigre, dit-il. Elle ne répond pas à ce genre de choses. Elle n'est pas si légèrement vêtue qu'il puisse le voir. Depuis maintenant des semaines souffle du nord une bise glaciale. Les gens raisonnables fuient ce trou perdu dans l'océan. Ce maudit port de ferry.

Il lui raconte qu'il a trouvé un logement à louer. Enfin. Elle babille que ça lui paraît bien. Il a besoin de quelques affaires à y mettre, s'il pouvait venir les chercher à la maison, juste l'essentiel.

– Bien entendu, répond-elle. Continue de parler comme si elle était une relation d'affaires, et recommande qu'ils mettent tout sur le papier et signent des contrats. Il leur faut aussi effectuer une demande de séparation, n'est-ce pas ?

Il a l'air d'avoir reçu un coup.

– Jeudi ? demande-t-elle.

Jeudi, il ne peut pas, mais…

Il est obligé de mettre le chien en laisse pour l'emmener. Quand celui-ci se met à couiner, elle tourne le dos et part dans une direction où elle n'a strictement rien à faire.

⋆

Il est venu chercher quelques meubles et objets. Quand elle tente de le convaincre d'en prendre davantage, il décline. Ça peut attendre plus tard. Ce *plus tard* résonne comme une menace. Elle est donc prête quand il téléphone pour lui demander de s'occuper du chien parce qu'il va à un tournoi de bridge. Elle est polie comme un fusil avec le doigt sur la détente. Désolée. À son *pourquoi*, elle ne répond pas. Se contente de dire qu'il peut venir chercher le reste de ses affaires dans la cave qui est ouverte, elle les lui a emballées. Il la prie de se calmer un peu.

– Laisse la clef sous le paillasson en partant, l'enjoint-elle.

– Elle est à moi, cette maison, c'est moi-même qui l'ai construite, répond-il en colère.

– Oui, tu es doué, mais j'en ai besoin, il faut que quelqu'un vienne arroser les plantes pendant que je pars en séminaire, dit-elle calmement.

Lui peut le faire, dit-il.

– Non merci ! répond-elle en raccrochant.

Bien entendu, il entre dans la maison avec sa clef et le chien. Qui est fou de joie. Ils restent immobiles l'un en face de l'autre.

– Tu ne peux pas juste entrer comme ça, dit-elle.

– Je peux bien habiter ici pendant que tu n'y es pas, juge-t-il.

– Je ne veux pas d'*étrangers* qui entrent et sortent comme dans un moulin, dit-elle.

Elle l'entend qui suffoque.

– Tu es glaciale, si foutrement absolue, dit-il, sincèrement blessé.

Il est possible que tu sois d'une espèce plus chaude, mais c'est *toi* qui… veut-elle répondre. Mais elle ne le fait pas. Probablement parce que ce serait de l'énergie gâchée. Se disputer avec cet homme a toujours été de l'énergie gâchée. Elle ne peut pas se lancer là-dedans maintenant.

Peut-être a-t-elle l'air de l'avoir dit quand même. Il a les yeux qui se déforment, débordent. Comme les pièces de la fontaine de Trevi la fois où elle est allée à Rome. Dans un sens, elle a pitié de lui. En fait, elle a pitié d'eux deux. Il n'avait pas voulu aller à Rome avec elle. Prétendait qu'ils n'avaient pas les moyens, même si elle avait obtenu une bourse de voyage. Mais elle sait qu'il avait d'autres projets.

S'entend demander ce qu'il veut *au juste*, pourquoi il veut avoir la clef d'un endroit où il n'habite pas. Il ne sait pas ce qu'il veut, marmonne-t-il. Il a juste besoin d'un peu de liberté de mouvement.

– Eh bien, maintenant tu en as, donc tu peux bien m'accorder un peu de tranquillité, juge-t-elle.

De nouveau son regard qui se déforme. Un chatoiement. Un tressaillement de la bouche. Émotion.

L'un d'eux fait un pas en avant. Tous les deux peut-être. Perçoit-elle l'odeur d'une proie ? Est-ce *elle* la chasseuse ? Ou lui ? Peut-on traquer des corps connus ?

Le déplacement est modeste. La moquette du couloir fait l'affaire. Attaque bilatérale. Fureur ou désespoir. Désir ?

Combien de temps ? Dix minutes ? Trois ? Couché devant la porte, le chien fait semblant de dormir.

Ensuite, gêné, il se débat avec ses vêtements comme s'il s'était adonné à la chose avec la voisine par pure folie. Puis il fait signe au chien qu'ils s'en vont.

Elle titube jusqu'à la salle de bains. La porte d'entrée se referme. Elle ne ressent ni soulagement ni chagrin. Juste ce vide envahissant. Rien n'est aussi paralysant et libérateur que le vide, songe-t-elle.

Plus tard, elle voit qu'il a déposé la clef sur la tablette de l'entrée.

Le buisson ardent

La surface est calme, d'un noir étincelant. À la lueur d'une porte ouverte, elle voit de légers anneaux autour des roseaux qui émergent en bordure. Le ciel est plus clair que l'eau. De pâles étoiles peinent à se maintenir.

Au bord, il y a des rires et des voix joyeuses. Des écrivains de tous les pays nordiques. Les soirées sont bons repas, vin en quantité. Conversations et rires. Sauna et bains. Elle est entraînée dans une autre réalité. Certains sont plus timides qu'elle. Ne doivent pas avoir l'habitude de se baigner nus avec des étrangers. Elle non plus au fond. Les timides sont assis habillés autour du feu, le verre à la main.

Elle a préparé une serviette sur une pierre là où elle est descendue dans l'obscurité. Le sauna a laissé son corps brûlant. L'eau est un choc thérapeutique. Elle s'éloigne en se laissant glisser et ne fait qu'une avec elle-même. Cela sent l'eau saumâtre et la terre, pas le sel. Elle ne s'en lasse pas. Laisse l'eau glisser dans sa bouche et la fait ressortir en un ruisseau. Comme un morse. Un petit morse tout fou. Une soudaine joie intense. Elle veut être dans l'instant. Être maintenant. Longtemps, longtemps.

Une silhouette prend de la vitesse dans l'eau et arrive à sa hauteur. Une voix masculine suédoise lui pose une question. Requiert de l'attention, ou cherche à être aimable. Elle reconnaît la voix. Il s'est adressé à elle pendant la pause. L'a observée dans la salle de cours. Peut-être est-elle flattée.

Elle plonge le visage et la tête sous l'eau et avance sans répondre. Il accélère dans un mouvement brutal et signale sa force. Aplatit les roseaux sous lui et la dépasse. Elle le laisse continuer. Flotte. Il ne sait pas quelle est sa force à elle. Se maintenir à la surface.

Mais l'instant, le plaisir de l'eau, il les a brisés.

Ensuite, quand elle le voit dans le cercle, elle ressent un

soulagement. Il aurait peut-être pu constituer une menace. Mais il s'est trahi. Un homme qui fait des démonstrations de puissance et de force sans d'abord montrer qu'il a un cerveau n'est qu'un animal dans un enclos.

Sara l'auteur donne un cours d'écriture. Sur Camus. Avant de venir, ils ont eu comme devoir à la maison de lire *L'Étranger*. Ce qu'elle a consciencieusement fait. Elle est passée par un processus. Mais ne se sent pas assez littéraire pour être là. D'autres semblent déborder d'enthousiasme. Dans la discussion qui suit, elle ne dit rien, ne fait qu'écouter les ovations des plus *convertis*.

Leurs capacités de formulation sont variables. Souvent, les hommes ont une propension à parler pour ne rien dire, se dit-elle. Comme le brouillon d'une dissertation qui peut-être *pourrait* devenir bonne. Peut-être pas. Des affirmations non abouties et des évidences.

Et les femmes ? Leur pensée manque peut-être tout autant de substance, mais elles ne l'expriment pas, songe-t-elle.

Où les hommes trouvent-ils leur assurance ?

Pendant la pause, elle rassemble son courage et va importuner Sara l'auteur avec son point de vue audacieux, dit que l'histoire de monsieur Camus est un peu statique.

Sara rejette en arrière sa coupe courte blanche en riant.

Instantanément, elle a honte de ce qu'elle a dit. N'est-elle pas prise au sérieux ? Devrait-elle se conduire avec un peu plus d'humilité ? En tout cas vis-à-vis de quelqu'un comme Sara l'auteur. Et la voilà qui entreprend de s'excuser en disant que c'est peut-être parce que la sortie du roman remonte à loin, l'année de sa naissance, en l'occurrence.

Sara sourit et prétend que, quand il s'agit de vraie littérature, le temps n'a en fait aucune espèce d'importance. Mais tu es jeune par rapport à moi, mon enfant, ajoute-t-elle. Avant d'avouer très modestement qu'elle a dû lire *L'Étranger* plusieurs fois pour le faire vivre, surtout maintenant qu'elle allait en parler. Elle a un grand respect pour l'œuvre de Camus.

Respect ? À cause du prix Nobel ?

– Oui, et puis c'est l'un de nos morts tragiquement jeunes, estime Sara. Pas seulement cela, davantage le fait qu'il nous montre l'absurdité dans ce qui est humain. Dans la société. Le fait que *l'éternité se trouve dans l'instant*, dit-elle pensivement.

C'est quelque chose dans sa façon d'incliner la tête quand elle a prononcé ce qu'on croit être le dernier mot. Cette expression interrogative. Et ce par quoi elle a conclu sa conférence.

– Mes chers ! Oubliez tout ce que j'ai dit ! Oubliez. Pensez ! Vivez ! Écrivez* !

Quel homme aurait dit une chose aussi sage ?

Personne qu'elle connaisse.

Elle essaie d'adoucir sa première sortie par une autre excuse. Que tout coince parce qu'elle ne comprend pas comment cet homme dans le livre, Meursault, pense, comment il est. Tout est le fruit du hasard. La mort de sa mère, qui ne l'affecte pas. La fille qu'il rencontre, mais dont il ne se soucie pas réellement, l'Arabe qu'il tue par hasard. La seule chose qu'elle comprend, c'est qu'il est condamné à mort parce que son comportement est considéré inhumain.

– Mais asseyons-nous donc pour bavarder, ma chère amie, poursuit Sara.

Elles s'asseyent sur un mur, un banc, ou un buisson ardent ? Qu'en sait-elle ? Car une fois qu'elles se sont assises, Sara lui prend la main et se penche vers elle. Ce geste vient comme un choc. Elle n'est pas loin de se mettre à pleurer. L'auteur en chair et en os la prend par la main !

Comme si elles étaient des amies proches, Sara l'auteur commence à parler. De l'absurdité. De la confrontation qui

---

* En suédois dans le texte.

naît entre la *personne* qui requiert un sens, et le *monde* qui n'en a pas.

– Le meurtre de l'Arabe par Meursault ? dit Sara. Tu ne lui as trouvé aucun sens. C'est précisément l'insensé que nous devons accepter. Tu te souviens de ce qu'il souhaitait pour son exécution après le jugement ?

– Oui. Il voulait qu'on vienne nombreux le regarder mourir et qu'on l'accueille avec des cris de haine. Ainsi, tout serait consommé. Il l'a dit à l'aumônier de la prison.

– Est-ce *cela* qui t'a ennuyée ?

– C'est peut-être plutôt que ça m'inquiète. Tu comprends ?

– C'*est* comme ça la bonne littérature, dit Sara. Et l'instant suivant, elle produit sa phrase.

– Mais oh, comme je jacasse ! Oublie tout ce que j'ai dit ! Pense par toi-même.

Moïse vient de mettre le feu au buisson où elles sont assises. Autour, c'est un désert de cactus en fleur. Elles sont assises serrées et regardent une télévision qui diffuse le meurtre d'Abel par son frère Caïn. Le bâton sanglant tient tout seul en l'air. Caïn pleure, inconsolable.

Brusquement, l'image change. Abraham lève son couteau, prêt à le plonger dans le cœur de son fils pour exécuter l'ordre de Dieu. Au même instant tonne la voix de Dieu au-dessus d'eux pour interrompre l'exécution. Isaac pourra vivre.

Tu crois que Dieu se contente de jouer avec nous ? Que l'absurde est le jeu de Dieu ? demande-t-elle.

Dans ce cas, on nous a mis ici pour stopper son jeu absurde là où nous le pouvons, répond Sara. Personne ne devrait envoyer ses fils mourir dans un jeu de guerre, ou tuer des enfants parce que Dieu veut jouer au héros, ajoute-t-elle en faisant signe à Moïse d'apporter plus de bois.

Il est vêtu de peaux et erre sans visage. Mais elles savent toutes deux que c'est Moïse.

Les buissons vifs brûlent si mal, observe Sara.

N'est-ce pas Dieu qui a mis le feu ? demande-t-elle.

Non, ça a dû être lui, là, répond-elle d'un ton grave en désignant Moïse alors qu'elle se lève et s'en va.

Ne t'en va pas ! crie-t-elle.

Sara a un sourire doux et répond gentiment.

Je suis là tout le temps. Je te suis dans tous tes instants avec la mort.

L'écho renvoie ses mots de toutes parts.

Le boomerang de la vengeance

Un processus mental stérile s'initie aussitôt qu'elle a essuyé les vomissures du coin de sa bouche. En réalité *avant* que la cuvette des toilettes ait tout pris. Cet infect, ce superflu, ce dont elle ne veut pas. Car ce n'est pas là une attaque. Elle se brosse les dents et boit au robinet. L'eau a un goût de plomb.

C'était ce soir-là avec le chien et la clef. Mais le croira-t-il ? Elle, qui a été en voyage ? Qui a été dans des saunas et nagé et bu avec des hommes. Sans vêtements. Acceptera-t-il qu'un dernier soubresaut conjugal, une dernière éjaculation à domicile, parfaitement écervelée, puisse engendrer une grossesse ? Et elle ? La scène s'est-elle produite parce qu'elle cherchait à le distraire ? Parce qu'elle voulait pour ainsi dire mesurer ses forces avec l'autre. Montrer qui était la plus forte. Auprès de qui il reviendrait ? Séduire son propre mari, peut-être même avec calcul. Non, se dit-elle avec lassitude. Le petit déjeuner, elle n'a plus qu'à l'oublier. À la place, elle reste affalée entre les coussins du canapé à maudire la nature.

Le désir est un sentiment composite, au sens propre. Latent dans le cerveau, il attend le bon moment. Quelqu'un avec son vécu devrait être reconnaissant de pouvoir ne serait-ce que le *ressentir*. Le centre du désir a peut-être décidé de leur jouer un tour à l'instant où il est entré dans la maison ? L'a-t-elle soudain *vu* ? Après toutes ces années ? Ou se sont-ils simplement *allumés* simultanément, avec le même objectif instantané ?

Ou était-ce lui ? Sa vengeance ? Du fait qu'elle s'en sortait si bien ? Du roman ? Des études de lettres ? De l'attention des médias ? S'est-il introduit dans la maison pour littéralement se venger ? Non, se dit-elle. Il est possible que moi je sois ainsi, mais *lui est une bonne personne*.

Quoi qu'il en soit, c'est là la sanction. Qui la frappe *elle*. Elle qui vient de trouver la liberté de commencer une nouvelle vie palpitante.

Elle tombe dans le *cachot*. Où le mépris de soi a son nid visqueux. Y reste plusieurs jours sans sortir ni répondre au téléphone. Commence la journée en vomissant et en cajolant la *catastrophe* du mieux qu'elle peut. Car a-t-elle le moindre souvenir de s'être jamais réveillée sans ce sentiment que tout était en vain ? Mais non.

Sa vie a toujours été fiasco et douleur. N'est-elle pas ainsi construite ? N'est-elle pas quelqu'un qui démolit toutes les chances qui pourraient se présenter en pensant et en agissant de façon destructive ? N'est-ce pas *cela* qu'il lui reproche ? D'être si foutrement sérieuse, si sacrément tournée vers les problèmes, à toujours attendre pour ainsi dire la prochaine catastrophe. Jusqu'à ce qu'elle se produise. Ou d'un autre côté, quelqu'un qui, sans réfléchir aux conséquences, se lance dans des exercices requérant contraception, *à seule fin de se venger*. A-t-elle toujours été une vengeresse ? Avec un corps et un courage de lézard, mais la capacité de dissimuler les humiliations, l'injustice et les éraflures avec une patience d'éléphant. N'est-elle pas de ceux qui peuvent attendre toute une vie, uniquement pour pouvoir un jour obtenir *vengeance* ? Qui ne peuvent pas se redresser, pas regarder de l'avant, pas se raccrocher au positif, même pas se réveiller le matin sans suffisamment de dépression pour tuer la pensée qui aurait pu être une joie. Elle se rend compte qu'elle est enceinte entièrement par sa propre faute, et dûment sanctionnée.

Au bout de quelques jours, elle a une espèce de réveil. C'est cette histoire de choses pratiques. Se brosser les dents. Les finances. Planifier. Se renseigner sur l'état de son compte auprès de la maison d'édition. La maison est sous emprunts jusque par-dessus la cheminée. Doit-elle vendre ? Dans ce cas, son mari devra avoir sa part et plus encore. Elle *doit* maîtriser la situation.

Et cette nouvelle personne dans son ventre, va-t-elle grandir sans foyer ? Sans père ? Elle s'essaie à la scène dans laquelle elle lui raconte qu'elle est enceinte. Voit son regard et se place rapidement dans son raisonnement quand il lui demande si elle est sûre qu'il est le père. En a-t-elle la force ?

D'un autre côté, il *faut* bien que l'enfant ait un père ! Va-t-elle s'humilier en lui téléphonant ? En demandant un entretien, comme si le tout faisait partie de la procédure de divorce ?

Non. Pas aujourd'hui. Elle l'ajourne. Tout comme elle ajourne d'aller chez le médecin. Ce qu'il y a de bien quand on ajourne, c'est qu'on n'a encore rien fait que l'on regrette. Ce qui est négatif, c'est que cela remplit la tête.

L'idée d'un avortement n'est pas loin. Au contraire. Elle prend conscience que la loi sur l'avortement librement choisi est là. Après un premier rejet, elle a finalement été adoptée. Elle a participé à des discussions et sur le coup ses opinions étaient tranchées. Depuis, elle y a peu réfléchi. Ne sait pas s'il existe encore une commission censée être le Tout-Puissant pour la faire changer d'avis.

Elle peut bien entendu trouver l'information. Elle peut appeler un centre de soins de façon plus ou moins anonyme. Avec le risque d'être reconnue quand même ? A-t-elle la force de passer par tout cela ? Uniquement pour s'entendre dire d'aller chez son médecin local pour déterminer l'état d'avancement de la grossesse.

S'il est une chose dans la vie qu'elle ne supporte pas, ce sont les humiliations. Elle reste dans le débarras à skis sans mettre de feuille dans la machine. Elle y prend conscience que son courage est exempt de toute perception de la réalité. Elle a plus peur des humiliations du médecin local que de porter et de prendre soin d'un enfant. C'est ainsi que la société nous a bâillonnées, nous les femmes, songe-t-elle. Par l'humiliation.

Mais l'instant suivant : ce n'est pas la faute de la société si elle est enceinte, merde !

Elle appelle le directeur de la banque locale et lui demande un entretien, un emprunt. Elle croit qu'elle pourra le rembourser d'ici un ou deux ans. La maison d'édition croit en son livre, surtout à l'étranger, fanfaronne-t-elle. Elle mentionne un montant qui n'est pas trop gros. Juste des premiers secours, quelques mois. Mais elle ne lui parle pas de la personne dans son ventre.

Le directeur ne la convie pas à la banque pour un entretien, comme elle l'attendait. Il s'agit là du patelin où tout le monde sait tout. Y compris qui quitte sa femme. Il lui dit aimablement qu'il ne voit pas comment il pourrait être possible de lui accorder un emprunt alors qu'elle est seule. Qui signera les papiers si elle n'a ni mari ni travail ?

Elle oublie de tâter l'humiliation. Est si effroyablement en colère. Elle dévisage cet avorton à travers le combiné du téléphone, car elle sait exactement de quoi il a l'air. Il a pour ainsi dire été son voisin. Le regard dans la petite lampe murale, elle le réduit en bouillie et lui fait une réponse qu'elle oublie aussitôt et ne peut donc pas restituer. Puis elle raccroche alors qu'il est au milieu d'une phrase.

*

Il reste encore un peu de ce qu'elle a touché pour le livre. L'argent suffira pour les dépenses fixes pendant deux ou trois mois. Puis elle n'aura qu'à aviser. La panique n'est pas une bonne solution. Avec un cœur d'écolière, elle appelle la maison d'édition et demande à ce qu'on lui envoie ce qu'elle pourrait éventuellement avoir en termes de crédit. Sans travail, elle en a tant besoin pendant qu'elle écrit.

Quelques jours plus tard, arrive une grosse somme de droits d'auteur. Elle n'y croit presque pas. Un miracle.

Elle prend contact avec une banque de la ville la plus proche, s'y rend et présente l'affaire à un conseiller. Il va faire tout le nécessaire pour transférer son compte dans sa banque à lui et l'invite à déjeuner.

Dans le bus du retour, elle a le courage et la force d'un chef d'armée et se contrefiche que cela se voie.

Quelques jours plus tard, le banquier local l'appelle, au tapis, parce qu'elle a prié une banque concurrente de la changer de pavillon. Il la chapitre sur le fait qu'on ne demande pas à une autre banque de fermer un compte, comme ça, sans autre forme de procès.

Elle ne se moque pas de lui. Se contente de lui dire comment les choses se sont passées. Qu'elle a signé un pouvoir. Ça n'a pas été une affaire, dit-elle, même si elle n'a ni mari ni travail permanent. Puis elle prend congé d'un ton glacial.

Une voyageuse

Ce n'est pas heureux pour la nausée matinale, mais elle voyage pour parler de ce qu'elle a écrit. Fait des lectures. Essaie de se faire passer pour une personne sans soucis.

La salle est passablement grande. Beaucoup de monde. Surtout des femmes. C'est sans doute pourquoi elle le remarque. Quelque chose lui fait croire qu'il est enseignant. Ces dernières années, elle en a rencontré de nombreux modèles différents par le syndicat. Il est assez loin dans le fond. Pourtant elle perçoit dans son regard une acceptation qui lui donne confiance en elle.

Il ne se tient pas dans le cercle qui attend à la fin. Ce sont essentiellement des femmes qui sont positives, enthousiastes même. Avec souvent le livre à la main pour avoir un autographe.

Mais il est à la sortie quand elle va partir. Lui tend la main et se présente, mentionne qu'ils se sont rencontrés une fois dans des circonstances plutôt particulières. Dans un hôtel. Ils étaient chacun à son séminaire professionnel, s'en souvient-elle ? S'empresse d'ajouter qu'il comprendrait qu'elle ne s'en souvienne pas, car la situation était un peu imprécise, pour dire les choses ainsi.

Elle s'en souvient, oui, bien sûr, dit-elle. Mais elle ne s'en souvient pas et est si embarrassée qu'elle ne lui demande pas d'autres précisions. Il l'invite à boire un verre de vin, ou un café. Ce qu'elle veut. Peut-être un repas ?

Après de telles rencontres littéraires, survient toujours un certain vide quand elle n'a personne avec qui être. Alors pourquoi pas ? Quand elle accepte, son visage se transforme. Il sourit. Anguleux et vulnérable. Il est plutôt grand, un peu plus âgé qu'elle. Sport, mais bien habillé. Chemise à petits carreaux et veste en velours côtelé avec des ronds de cuir aux coudes. C'est apparemment ce qui se fait maintenant.

Quand il approche, il sent vaguement le savon, ni tabac ni après-rasage. Ce qui sied à son état. Elle s'attend à ce qu'il lui parle de sa prestation sur scène. Du livre. Du fait qu'il l'a lu. Il ne le fait pas. Ce qui suscite en elle une sorte de curiosité rebelle. Il ne s'intéresse pas à son livre, soit, il s'intéresse à *elle*. Il n'y a rien de mieux, songe-t-elle.

Le restaurant est complet, mais il connaît le maître d'hôtel et obtient une table quand même. C'est agréable de sortir avec un homme qui l'a choisie. Qui est même probablement venu à cette rencontre littéraire en cherchant un prétexte pour la revoir. Elle songe qu'elle se laisse facilement flatter.

Il est assez bavard, mais ça lui va. Elle a passé une heure entière à parler plus tôt dans la soirée. Il lui raconte qu'il vit seul, qu'il voyage beaucoup et aime l'art et la culture. Il apparaît qu'il lit principalement des polars. Elle n'a aucune raison d'en être déçue.

C'est la musique qui lui tient le plus à cœur, dit-il en levant son verre. Bach, surtout. Mais il n'a pas le temps pour grand-chose d'autre que son travail. Et ça lui va. Sans beaucoup de travail, on risquerait de se livrer aux *cogitations*.

– Vous n'aimez pas les cogitations ? s'enquiert-elle d'un ton taquin.

– Non ! tranche-t-il catégoriquement.

Il est beau, se dit-elle hors de propos. La chandelle entre eux coule un peu. Elle lève la main pour la redresser. De la cire chaude se dépose sur son index.

– Votre pouls est un peu meilleur que la dernière fois que nous nous sommes vus, dit-il soudain. J'espère que vous êtes bien rentrée et que vos collègues ont pris soin de vous. J'ai dû repartir tôt le lendemain matin…

Alors d'un coup, elle se souvient. Elle est en réunion syndicale, a une attaque et tombe sur le buffet du déjeuner. Par hasard, se déroule aussi un congrès médical. Ses collègues lui raconteront par la suite qu'une équipe de jeunes médecins l'ont transportée jusqu'à sa chambre. Disserteront sur un plat de précieux rôti échoué sur le sol, à l'instar de la rémoulade et de la salade de pommes de terre. Celle qui partageait sa chambre lui a même relaté en riant qu'ils ont pris son pouls et sa tension et regardé sous ses paupières retournées. Elle s'était enfoncé une fourchette dans la joue et ils ont nettoyé et pansé la plaie.

Maintenant, elle est là à se *souvenir* que, quand elle est revenue à elle, elle puait le sexe de femme. Il y était donc ! Elle se sent devenir écarlate. Déglutit, tout à fait trempée de sueur. Sur son assiette, le reste de son pain garni grandit. Les petits cadavres de crevettes roses épluchées nagent sur une mayonnaise immonde. La tranche de citron semble soudain antédiluvienne.

– J'espère que vous ne prenez pas mal que je le mentionne de cette façon ? dit-il. Elle lève les yeux et comprend qu'il est aussi gêné qu'elle, s'efforce de sourire en marmonnant qu'elle ne se souvient pas de grand-chose, à part que c'était très embarrassant. Ce qu'il trouve injustifié.

– Je suppose que vous êtes épileptique, dit-il en la regardant dans les yeux, comme si elle était quelque chose d'exceptionnel pour avoir une telle affection. Il veut savoir si elle prend des médicaments, si elle est suivie.

– Je trouve ennuyeux de discuter de ce sujet, dit-elle brièvement.

– Bien ! se contente-t-il de dire, en se mettant à parler cuisine avec quelque fébrilité. Il aime cuisiner.

Elle ne sait pas si c'est cela, ou autre chose, toujours est-il qu'elle s'apaise. Quand il parle, il remue les lèvres et les mains dans un mouvement qui semble synchrone. Comme si elles œuvraient ensemble dans une sorte de danse. C'est si fascinant qu'elle a envie de sentir la chaleur de sa peau. Sans doute la perce-t-il à jour, car il l'invite à dîner chez lui le lendemain. Le peut-elle ? Veut, ose ? Je vis seul…

– Êtes-vous dangereux ? demande-t-elle.

– Je ne suis pas la bonne personne pour en juger, mais je n'ai jamais reçu de plaintes, dit-il en riant.

– Alors misons sur le fait que le repas sera bon, décide-t-elle.

L'appartement est vaste et se trouve dans un quartier où les logements sont sûrement chers. Mobilier de designer et murs blancs, presque vides. Aucune bibliothèque. Mais deux grandes gravures au mur. L'une représente des hélicoptères de combat qui tourbillonnent comme des papillons. L'autre, en noir et blanc, contient des ombres de personnes. Douleur, songe-t-elle en se détournant. Elle aurait voulu en savoir plus sur l'art, mais ne l'exprime pas à haute voix. Elle admire et commente son appartement tandis qu'il fait la cuisine. Il l'informe sobrement qu'il a de la chance, a hérité et gagne raisonnablement sa vie.

Mais je n'ai pas de chance en amour, prétend-il.

Ces choses-là, elle ne relève pas. Que dirait-elle ? L'amour ?

– L'aménagement intérieur n'est pas tout à fait terminé, et ne le sera sans doute jamais, juge-t-il.

– Pourquoi ? demande-t-elle avec indélicatesse.

– Depuis deux ans, je suis animé d'un soulagement si enchanteur d'avoir mis de l'ordre dans ma vie que je n'ai pas la force de mettre un clou au mur, admet-il.

– Eh bien, ce n'est pas rien, d'avoir mis de l'ordre dans sa vie, dit-elle sèchement, sans le mettre au parfum de ses propres bévues.

Il est plus doué pour la communication superficielle que moi, se dit-elle. Il parle en mettant le couvert. A oublié d'acheter des serviettes, se désole-t-il.

Le service et la façon dont la table est dressée ne correspondent pas à l'ameublement onéreux, et c'est presque un soulagement. Il parle de ses voisins de la cage d'escalier. Ses paroles portent sans être méchantes.

Pendant qu'ils mangent du filet de bœuf, il discourt sur

la musique. Passe du Bach en fond sonore. Mais pas si fort que cela l'empêche de parler en même temps.

De fil en aiguille, elle l'interroge sur son travail. Il répond d'un ton évasif et peu engagé que, pour l'essentiel, il découpe des gens.

– Et vous les recousez ? demande-t-elle.

– Non, ça, ce sont d'autres qui le font, dit-il brièvement.

Elle croyait que les hommes voulaient toujours parler de leur travail. Mais pas celui-ci, donc. Peut-être voit-il clair dans le fait que cela ne l'intéresse pas vraiment.

Peu à peu, elle se contente d'écouter.

Il disserte sur les différentes façons d'accommoder le filet de bœuf. De temps à autre, il s'interrompt et la considère d'un air interrogateur. Mais elle n'a aucune formulation intelligente à offrir. Passe beaucoup de temps à contempler ses poignets qui travaillent avec les couverts et gesticulent. Et sa bouche. Il mange avec élégance. Ses épaules sont un peu voûtées au-dessus de la table. Comme s'il était appesanti par quelque chose qu'elle ne voit pas. Ce doit être le cas, songe-t-elle, avec un soudain sentiment de solitude.

– Comme je bavasse, s'exclame-t-il tout à coup, en s'essuyant le tour de la bouche du revers de la main.

*

Longtemps après, après qu'ils ont desservi la table ensemble et qu'il lui a demandé si elle voulait un cognac, et qu'elle a décliné, et après qu'il a oublié de mettre d'autres disques, mais a d'une manière ou d'une autre obtenu qu'ils soient tous deux assis dans le canapé, et après qu'il a allumé deux nouvelles bougies et ouvert une autre bouteille, et mis tout de même une musique indéterminée sur laquelle ils pouvaient danser, et après que ça aussi, c'était terminé et qu'elle a dit qu'elle devait rentrer à l'hôtel, après tout cela, il n'est que souffle.

Cela semble facile. Il y a entre eux une légère odeur de nourriture. Le lit se trouve au milieu d'une grande pièce bien rangée. Les rideaux sont fermés. Elle se prend à se demander si c'est toujours si ordonné chez lui. Ce n'est pas bien. Qu'elle pense à ce genre de choses.

Comme une hache

Elle se brosse les dents. Il voulait qu'elle reste pour la nuit, mais elle a refusé. Ce n'était pas uniquement parce qu'elle n'avait pas de brosse à dents. Elle sent maintenant le vide. Il se mêle au dentifrice. Flotte dans le lavabo et s'écoule. À travers les canalisations. Dans les égouts au-dessous. Avec toutes les autres cochonneries que cette ville recrache dans le noir. Mais c'est sans fin. Elle crache de plus en plus.

Elle flotte et flotte.

Subitement et sans préavis, l'entaille. Comme une hache. Elle se laisse tomber sur l'abattant des toilettes et attend que ça passe. Ce qui, au bout d'un moment, se produit, devient au moins vivable. Puis elle sent le sang. Le voit goutter sur les carreaux blancs. L'odeur. La nausée la met à plat, la tord. Elle se laisse glisser par terre par mesure de précaution. N'a pas besoin en plus de se cogner et de perdre connaissance.

Elle n'a pas pu être absente longtemps, car tout est si distinct. Presque réel. Ce que c'est. Elle sait que les saignements pendant une grossesse peuvent conduire à des lésions fœtales. Dans sa tête fuse que si un enfant est évidemment la mission d'une vie, un enfant blessé l'est plus encore. L'écoulement est abondant maintenant.

Elle s'assied sur les toilettes pour épargner à la pièce davantage de saletés. Mais glisse par terre. Au bout d'un moment, elle comprend qu'elle s'est encore évanouie. Il lui faut demander de l'aide avant de partir complètement au large sur ses propres flots. Par bonheur, il y a un téléphone dans la salle de bains. Elle croit qu'il saisit ce qu'elle dit, le veilleur de nuit, qu'elle est probablement en train de faire une fausse couche.

Le combiné se balance un moment au bout du fil, comme dans un film policier où quelqu'un vient de liquider la victime dans une cabine téléphonique. Elle est une observatrice vaseuse. Le bruit d'une pendule en plastique contre un mur. Hache dans le ventre. Elle finit par entendre le veilleur de nuit appeler là-haut dans le vide. Puis l'existence devient silencieuse et sombre.

Quand elle se réveille, tout est terminé et elle est quelque part où elle n'a jamais été.

C'est malheureusement la tournure qu'ont prise les choses cette fois, dit la blouse blanche. Ils ne veulent pas la relâcher avant qu'elle puisse se débrouiller toute seule et qu'ils aient eu des réponses à toutes leurs questions.

Elle fait semblant de ne pas avoir la force de parler.

Puis elle comprend que c'*est* le cas. Elle ne peut parler à personne. Sait seulement qu'elle a obtenu que les choses soient telles qu'elle les voulait. Elle a chassé son propre enfant. Elle a baisé une rencontre de passage si fort que le fœtus a choisi de la quitter.

Elle se fait aider par un chauffeur de taxi, va chercher sa valise, règle la chambre. N'oublie pas de remercier la réception d'avoir pris soin d'elle. Dans le taxi, elle comprend qu'elle n'arrivera pas à faire le trajet en avion jusque chez elle.

Elle se fait conduire dans un autre hôtel où personne n'est au courant. Appelle le room service. Un grand verre de lait, du thé au miel et du pain avec du fromage brun.

Pendant quelques heures, elle éprouve une grande gratitude à être seule. Puis elle va à la pharmacie acheter du fer en quantités suffisantes pour bâtir une prison entière, et des serviettes. Dans la chambre d'hôtel, elle s'affale comme une chiffe. Baigne dans la gadoue. Quelque chose ne va pas dans la lumière à côté du lit. Maléfique, blanche.

La fillette creuse avec une louche en bois dans la terre gelée. Des glaçons de toutes formes et tailles lui font obstacle. Dans une forêt de vieilles croix et stèles, de fer et de granit et de bois écaillé. Elle a enlevé ses moufles. Sent ses ongles casser. Jusqu'à la racine. L'un après l'autre. Elle se couche sur les genoux et sent l'odeur de la mousse et de la terre. La fillette tient une boîte à chaussures délicatement au-dessus du trou. Son geste montre que le contenu est léger, mais que ce ne sont pas des chaussures. Elle place la boîte dans le trou et l'enfouit avec précaution. Il se met à neiger. De grands flocons purs.

Étrangère dans le monde

Si elle avait été un homme, elle aurait pu se vanter de ses exploits. Surtout le sang. Un homme a un sang de héros quelle que soit la façon dont il s'échappe. Mais elle est une *femme* infanticide, et ne tombe pas sous les lois du sang héroïque.

Loin dans le millénaire suivant, on va lui faire sentir cette étiquette. *Femme.* Femme Premier ministre, femme prêtre, femme boxeuse, femme détenue, femme recrue, femme chasseuse et *femme écrivain. Littérature féminine.* Sans parler du phénomène tout à fait peu naturel de la femme *génie.*

Ne l'avait-elle pas *souhaité* longtemps avant les coups de hache ? Eh bien, c'est ce qui est arrivé.

La décision que *personne ne doit savoir* reste en vigueur. Elle a des amis. Quelques-uns en tout cas. Mais pas pour toute sorte de poisse. Elle a encore beaucoup à apprendre. Il ne reste qu'à faire le tri au pied levé. Mettre derrière elle ce en quoi personne ne peut l'aider. Écouter plutôt que se plaindre.

Un jour, elle reçoit une petite lettre enjouée de son *assistant* amateur de Bach. La journée est froide et elle a fait un feu de cheminée.

Il aimerait bien être en contact, et a deux numéros de téléphone, écrit-il. L'un à son bureau, l'autre privé, elle peut utiliser les deux. En lisant, elle essaie de revoir son visage. Mais il est dissimulé derrière un filtre rouge de honte.

Lentement, elle déchire le papier blanc en morceaux et le jette dans la cheminée. L'espace d'une petite seconde, il s'enflamme. C'est tout.

Elle est la fillette au sujet de laquelle elle écrit, et en même temps elle ne l'est pas. C'est important pour le manuscrit, qu'elle ne le soit *pas*. La fillette n'a aucune confiance en elle, elle est si jeune. Quant à elle, elle en sait un peu plus, mais est une étrangère, elle aussi.

Cette reconnaissance rend tout urgent. Elle s'enferme et écrit comme si cela avait une importance. Sans comprendre sur quel sujet elle écrit. Elle court partout dans la maison, ou est assise à son rabat dans le débarras à skis. Ne répond pas au téléphone, et ne sort qu'une fois qu'il fait noir. Heureusement pour elle, il fait essentiellement noir.

Elle prend du fer, dort et rédige des listes. L'une, une feuille A4, est partagée par un trait vertical au milieu. À droite, elle écrit ce qu'être au monde a de positif. À gauche, ce qui est négatif.

Mais elle triche. Avant qu'elle aille se coucher, les points positifs sont toujours plus nombreux que les négatifs. Le problème, c'est qu'elle n'y croit pas. Ce ne sont que des exhortations d'institutrice. Creuses et dénuées de sens. Quant à la colonne de gauche, elle n'est que lamentations sentimentales.

Je ne sais pas quoi faire de cette gamine, Sara. Elle me suit en permanence.

Sara l'auteur dirige la grue sur le quai et a de quoi faire. La fillette pointe le doigt sur la mer, sur un homme qui se débat et se noie. Il ne doit pas savoir nager. Les pontons brûlent.

C'est moi qui ai mis le feu, crie la fillette.

Mais comment s'est-il retrouvé dans l'eau ? demande-t-elle.

On le laisse couler ? demande la fille avec angoisse.

On le remonte. Sara ! On peut le hisser ? crie-t-elle.

L'auteur tourne sa tête blanche, l'observe les yeux plissés en verrouillant la grue.

Ma chérie, tu en as terminé avec ça. C'était dans le livre précédent. Va de l'avant !

Elle saisit la gamine par la main. La mer est sombre comme du pétrole.

Puis il n'y a plus que l'auteur et elle. Le vent souffle. Planches de quai pourries, pontons écaillés. Vide. Vide !

Sara, je doute de tout, se plaint-elle. Je ne crois pas que j'y arriverai. Tout est si condamné et désert ici. Crois-tu que je n'écris que pour atténuer la solitude ?

L'auteur est passée derrière un gros empilement de caisses à poissons. Elle farfouille. Quand elle revient, elle a avec elle deux ailes en papier, tendues sur un vélo.

Enfile ça et vole ! dit-elle.

Je ne peux pas voler avec ce truc-là, il suffit d'une ou deux gouttes de pluie pour que je tombe, dit-elle découragée.

Ne te préoccupe pas de la réalité, de toute façon, elle est fausse, dit Sara dans un sourire en grimpant sur le vélo. Elle ressemble à sa mère. Le même mouvement. Un chagrin rieur dans l'équilibre. Puis elles décollent. La chaîne glapit tranquillement. Le papier bat au vent.

L'auteur et elle volent en tandem sur le fjord. Il se met à neiger. Des flocons mouillés sur le visage. Une caresse de l'univers. Elles planent au-dessus du phare qui émet ses clignotements blafards à travers l'averse de neige. Tout est d'un bleu-gris de lait écrémé.

En bas, dans les profondeurs de l'océan, les marsouins roulent. De grandes scies circulaires fendent la mer et présentent leurs dorsales en rythme. Elles volent au-dessus du ferry qui tangue, où aujourd'hui toutes les voitures ont des sabots sous les roues, et où les gens dans les salons ont peu d'appétit. Elles volent au-dessus du goéland qui bat des ailes et se soumet à toutes les directions du vent parce qu'il a appris de ses erreurs, en mille ans.

Mais pas l'auteur et elle.

Elles volent au-dessus d'un bateau de pêche avec un homme seul en combinaison de survie sur le pont. Le vent malmène son suroît jaune et il a des engelures aux mains. Elles volent au-dessus d'un îlot avec des pins tortueux et des pierres recouvertes de mousse.

Les ailes de papier ont cessé de faire du bruit. Elle aura donc oublié d'y penser, qu'elles sont mouillées, car elles n'en volent pas moins bien. Elle voit que le pêcheur et Sara l'auteur sont les mêmes. Ils envoient leurs amorces dans les profondeurs.

Sans solitude, pas de littérature, ma chérie, dit l'auteur en lâchant prise. L'univers a cessé de respirer. Elle doit respirer par elle-même.

Flotter au-dessus de grandes profondeurs
Sans penser au fond
Ni se laisser distraire
Par une catastrophe fortuite
Ou la douleur dénuée de sens de la mort
Sans révérence pour le constant triomphe du froid
Et la dépendance de la pensée
À l'égard de la chaleur du sang qui circule
Comme un enfant
Juste voler
À travers les éléments
Comme si rien d'autre n'était possible
Que de suivre le flot
Comme si peau et eau protégeaient et liaient
Enlaçaient et endurcissaient
Formaient flottaient ferraient
Et affranchissaient

Un avertissement

Avec hésitation, elle décroche le téléphone qui sonne. Sa mère a une petite voix calme. Demande si elle peut passer. D'habitude, elle roule simplement jusqu'au perron et est là sans avoir appelé au préalable.

– Je viens seule, dit-elle.

– Bien sûr que tu peux venir. C'est franchement sympa que tu viennes. Mais il se passe quelque chose ? Elle ne peut s'empêcher de poser la question.

– Non, il ne se passe rien, je vais juste à l'hôpital pour me faire examiner le ventre. Je pensais que je pourrais laisser la voiture chez toi, et puis je ferai le reste en bus…

Il y a toujours eu quelque chose qui n'allait pas avec le ventre de sa mère. Ulcère. Chronique, parfois dramatique dans son enfance, avec saignements et hospitalisation. Civière et bateau-ambulance. Elle se souvient de sa peur que sa mère soit malade au point de devoir être hospitalisée. Il lui fallait alors rester seule avec son père. En hiver, on pouvait difficilement coucher sous une corniche parce qu'on ne pouvait pas dormir à la maison. Et puis sa mère risquait de mourir. Si elle devait mourir, c'était bien entendu pour sa mère que c'était le pire, mais elle ressentait la terreur surtout pour son propre compte.

Elle se l'est pardonné.

Elle a toujours pensé que l'ulcère de sa mère était dû à son père. Quiconque vit avec quelqu'un comme lui garde forcément des séquelles.

*

Il y a une tumeur. Elles pensent toutes deux cancer, mais aucune ne le dit. Aucune ne veut être la première. Comme d'habitude, sa mère ne s'étend pas outre mesure sur ses tourments. Dit simplement qu'elle espère que ce ne sera pas long, car elle se réjouit de la perspective du printemps dans la nouvelle maison avec son lopin de jardin sans vis-à-vis.

Elle essaie de la réconforter en disant que c'est sûrement quelque chose de bénin qui dans le pire des cas pourra être opéré. À cela sa mère ne répond pas, se contente de l'observer scrupuleusement comme si elle ne l'avait pas vue depuis longtemps. Ce qui n'est pas entièrement faux.

Sa mère ne commente jamais l'apparence des gens. Elle loue sa cuisine et lui demande si elle voyage toujours autant et s'il lui plaît de ne plus enseigner. Dans un sens, c'est nouveau. Elle n'a pas souvenir de la dernière fois où sa mère lui a posé ce genre de questions. Mais elle ne lui demande pas quel effet cela lui fait de vivre seule. Ne manifeste aucun intérêt pour la question de savoir ce qui finalement a *mal tourné* entre eux. C'est comme s'il n'y avait jamais eu de gendre dans la maison.

Elle est frappée par l'idée qu'en réalité sa mère et elle, qui sont si proches, ne se connaissent pas. Pourtant elle sent son regard comme si elle lui disait tu n'as pas l'air tellement plus en forme que moi. Quelque chose lui dit aussi que sa mère s'arrête en fait chez elle non pour y garer sa voiture, mais parce qu'elle aimerait bien qu'elle lui propose de l'accompagner à l'hôpital. D'être auprès.

Mais elle ne le lui demande pas. Elle ne cesse d'attendre que sa mère le lui demande. Mais elle ne le lui demande pas.

Devrait-elle raconter sa fausse couche à sa mère ? Non. Car que dirait-elle ? Est-il possible de raconter ce genre de choses sans mettre les gens dans l'embarras ? Sa mère a largement de quoi faire avec ses propres problèmes, elle est sûrement plus angoissée par la tumeur qu'elle ne le montre.

Quand elle la suit jusqu'au bus, sa mère dit que si elle avait eu son permis, elle aurait pu lui emprunter la voiture.

Stupéfaite et un peu heurtée par cette remarque, elle ne répond pas. Mais elle est suffisamment agacée pour refouler sa mauvaise conscience de ne pas avoir offert de l'accompagner.

Dans l'après-midi, elle se rend à l'évidence qu'elle est une merde et une égoïste. Le soir, elle appelle à l'hôpital, uniquement pour apprendre que sa mère n'est pas encore hospitalisée. Elle est frappée par le constat qu'elle ne sait pas où dort sa mère. Quel genre de fille est-elle au juste ?

Quand le téléphone sonne tard le soir, elle répond pour le cas où ce serait sa mère. Mais c'est son père. Il l'engueule parce qu'il croyait qu'elle l'accompagnerait à l'hôpital. Pour une fois, il a raison. Elle ne dit pas que c'est *lui* qui devrait être suffisamment homme pour y aller avec elle. Ne veut dans un sens pas souiller sa mère en faisant d'elle une balle qu'on se renvoie, un reproche entre eux.

Elle écoute un moment, puis monte une lassitude qui la paralyse. Elle dit tout bonnement qu'elle raccroche, et le fait.

Trier des vies

Il vient un mercredi après le travail. Ils doivent signer des papiers et les envoyer. Elle s'arme de courage. S'impose de croire qu'elle *est* quelqu'un, une personne indépendante. Chose curieuse, elle se sent malgré tout trahie.

C'est inutile, car personne ne lui a jamais rien promis. À part cette histoire de fidélité jusqu'à la mort. Mais ils sont depuis longtemps *ex æquo*. À quel point, il n'en sait rien. Il n'y a rien à discuter. Et puis elle a toujours su qu'il était de ceux qui ne sont pas *coupables*. Elle le savait longtemps avant la promesse à l'église. C'est juste qu'elle ne voulait pas l'admettre.

Ils ont décliné la médiation. C'est-à-dire qu'elle a décliné et qu'il est d'accord. La sphère publique n'ira pas sous leurs draps plus que le strict nécessaire. Ils sont assis à la table de cuisine que son grand-père paternel a fabriquée. Sous la lampe de cordonnier bleue. Il règne dans la maison une autre odeur maintenant qu'elle vit seule, une autre atmosphère. Le remarque-t-il aussi ? Peut-on sentir le soulagement d'une pièce quand les gens mettent de l'ordre dans leur vie ?

Les papiers sont réglés. Il a même promis qu'il aiderait à financer le séjour de leur fille comme étudiante d'échange aux États-Unis l'année prochaine, et qu'ils assisteraient ensemble leur fils quand il en aura besoin. Mais comme d'habitude, elle ne croit pas tout à fait à ce qu'il dit. Et puis dans un sens, c'est son problème à elle.

Elle prend la nouvelle maison qui, sur le papier, appartient à la Banque nationale immobilière, et elle lui promet qu'il aura un droit de préemption si elle se voit obligée de vendre. Il est hors de question de faire une évaluation publique ou un partage, dit-il. Il prend ce qui a toujours été à lui. Le chalet avec mobilier et équipement, et la voiture. Des meubles et des objets qui lui sont chers. Les disques de jazz et tous les romans policiers. Il est déjà venu les chercher. La séparation peut maintenant suivre son cours.

C'est la chose la plus ordonnée qu'ils aient faite ensemble, songe-t-elle en lui proposant encore du café. Au moment où il dit oui, merci, elle a des remords. Fausse politesse de sa part. Mieux vaut en fait qu'il s'en aille. Peut-être se sent-il obligé de boire un dernier café. Doivent-ils passer par cela aussi ? Une sortie dans l'hypocrisie polie.

Elle cherche quelque chose à dire. Est-elle obligée de dire quelque chose ? Il lui demande alors comment se porte sa mère. Elle a été opérée, non ?

– Bien, merci, mais on ne sait jamais si tout a été enlevé, dit-elle vite. Un peu trop vite.

Le chien s'est couché sur ses pieds, comme autrefois. Il a une tête osseuse dure. Lui boit du café à petites gorgées et la regarde à travers ses épais verres de lunettes. Il a le teint hâlé. Il est apparemment parti en classe verte avec ses élèves. Mais sous le hâle, sa peau est fine et vulnérable. Sa voix est basse, hésitante. Comme s'il cherchait ses mots.

– Ces derniers temps, je me suis dit…, je me suis dit que maman n'avait pas eu beaucoup de monde autour d'elle à la fin de sa maladie.

– Non, sans doute pas. Mais elle t'avait toi, répond-elle.

– Je ne sais pas, moi, c'était surtout du concret. Je l'aidais pour diverses choses…

Elle ne peut que l'observer. Peut-être oublie-t-elle de refermer la bouche, reste-t-elle la mâchoire décrochée. Elle aurait pu lui demander si c'était un aveu sur sa relation avec sa mère. Ou avec elle. Mais elle ne le fait pas. Cela pourrait par trop ressembler à une suite. S'il est une chose qu'elle ne veut pas, c'est une suite. Elle prend conscience du service inestimable qu'il leur a rendu à tous les deux ce soir-là, en se contentant de prendre sa couette et de s'en aller.

– Pardon ! Ta mère ne va naturellement pas mourir, dit-il en regardant ses mains.

– J'espère, répond-elle vite. Bien trop vite, là encore.

Il toussote et promène un regard inquiet autour de lui.

– Ç'a été beaucoup de travail, la découpe de ce lambris, dit-il.

– Oui, tu es doué, reconnaît-elle sans savoir où il veut en venir.

– Tu as eu une grosse attaque et tu t'es évanouie quand tu as appliqué ce vernis mortellement dangereux, tu te souviens ? demande-t-il avec un petit sourire.

– Je ne me rappelle pas, marmonne-t-elle.

La pause qui s'ensuit enfle pour devenir une masse impénétrable.

– Bon, je vais devoir y aller, dit-il, en reposant scrupuleusement sa tasse sur la soucoupe avant de se lever. Il est en visite, quoi. Elle se rend compte que cela doit lui faire un drôle d'effet.

Le chien prétend ne pas comprendre qu'ils s'en vont. Il est obligé de se pencher et de dire *viens* pour qu'il le suive.

Elle va s'adresser à une vaste assemblée et a le trac. Sait qu'il ne faut *pas* car tout pourrait mal tourner. Le pire qui puisse arriver est qu'elle s'évanouisse à son pupitre et se fasse pipi dessus tandis qu'elle gît au sol enroulée sur elle-même. Croire à la catastrophe a ceci de bon qu'elle veille toujours à passer aux toilettes avant d'aller retrouver ses auditeurs. Elle sent sa vessie vide tandis que les derniers retardataires prennent place.

Quelqu'un apporte alors une grande boîte rectangulaire et la pose devant elle sur la table. Dans un état confus de curiosité, elle soulève le couvercle et voit des roses rouge sombre à longues tiges sur un lit de papier de soie. Sentiment d'irréalité. Elle ne connaît personne qui pourrait avoir l'idée de lui accorder cette forme d'attention. Puis une folle idée la frappe. Pourrait-il s'agir du séparé qui voudrait marquer que c'est aujourd'hui leur anniversaire de mariage ? A-t-il totalement perdu la raison ? Et comment sait-il qu'elle est ici ?

Elle ne peut pas ouvrir la carte devant tous ces gens à qui elle va s'adresser. Ceux du premier rang ont vu ce qu'il y avait dans la boîte et sourient. Elle remet vite le couvercle et la pose par terre.

Puis elle s'incline au-dessus de la table et commence à parler. S'aperçoit qu'elle n'a pas besoin de ses notes et mots-clefs. Les mots viennent d'eux-mêmes. De temps à autre, elle se rend compte qu'elle sourit. Et quand elle a terminé et va répondre aux questions, elle vide son verre d'eau sans songer à ce qui pourrait en découler.

Ils veulent savoir si elle connaît le personnage principal, dans la *vraie vie*. Elle explique qu'elle connaît des gens au vécu similaire, mais que l'histoire est fictive. Elle est *inventée*. Ils veulent savoir si elle compatit, s'identifie à ses personnages. Incontestablement, répond-elle, peut-être plus que la normale. Personne ne demande quelle est la normale. Et c'est tant mieux, parce qu'elle ne pourrait pas y répondre.

À la fin, elle se retrouve dans un groupe de personnes intéressées qui veulent une signature dans leur livre ou ont d'autres questions. Deux dames lui offrent de la conduire à son hôtel. Elle accepte. Elles parlent sans discontinuer. Elles l'interrogent et elle essaie de répondre, mais ne sait pas si ses réponses sont pertinentes par rapport à ce qu'elles demandent.

Elle plane sur le sentiment de leur avoir donné quelque chose. Vole, en quelque sorte. Une espèce de soulagement ou de joie. D'avoir maîtrisé quelque chose. En même temps, elle ressent quelque chose de corrosif, d'errant.

Dans sa chambre, elle se force à mettre les roses dans un vase *avant* d'ouvrir la carte.

Je suis en ville, pouvons-nous nous voir tout à l'heure ?

De prime abord, la signature ne lui dit rien, à part que ce n'est *pas* celle de son mari. Puis elle comprend. C'est l'amateur de Bach.

En bougeant le vase, elle se pique sur une grosse épine. Une petite goutte rouge perle de son pouce. Une petite chose avec une solide membrane superficielle. Elle met son doigt dans sa bouche et reste à regarder fixement les roses. Le rouge le plus rouge qu'elle ait jamais vu. Au même moment, le téléphone de l'hôtel sonne. Elle décroche le combiné avec un oui assorti de plusieurs points d'interrogation.

– Tu as été étincelante, ce soir, commence-t-il. Avant de continuer en disant que, si elle est libre et en a envie, il a réservé une table pour deux au restaurant.

Elle n'y échappera pas. Ne sait pas si elle *veut* y échapper. Sort son pouce de sa bouche et essaie de lui répondre aussi convenablement qu'elle peut.

Il l'attend dans le hall, se lève galamment et la salue d'une étreinte. Même élégance nonchalante que la dernière fois. La chemise se *doit* de ne pas être repassée et le pantalon se *doit* d'être sans pli.

– Merci pour ces roses *fabuleuses* ! pense-t-elle à dire.

Il rit. Elle rit.

Le restaurant est quasi désert. Il commande du champagne pendant qu'ils attendent leur plat. Le verre pétille allègrement. Elle est dans un film américain et se laisse fêter. Ils se sourient. Il lui demande subitement si elle est bien rentrée à l'hôtel ce soir-là.

Elle acquiesce d'un air perplexe. Le visage devant elle se transforme. Celui d'un ami ? Cette réplique devrait être coupée au montage, songe-t-elle. Mais c'est cette réplique qui, plusieurs fois dans le courant de la soirée, la tente de se confier. Ce qu'elle ne fait pas. Car si elle faisait de lui un complice, il aurait à jamais un droit sur elle.

Ils mangent un poisson indéterminé artistiquement disposé sur un plat gigantesque, et reposant sur un monceau de verdure. Elle envisage de lui dire que sa cuisine était meilleure, mais il pourrait alors croire qu'elle se plaint de celle-ci.

– As-tu jamais reçu ma lettre ? se renseigne-t-il.

– Oui, merci beaucoup ! répond-elle en se demandant ce qu'elle devrait dire d'autre. S'excuser de ne pas avoir répondu ? Non, ce serait trop bête.

– J'ai beaucoup pensé à toi, dit-il d'un ton grave, un peu gêné.

Elle lui lance un regard interrogateur sans poser de question.

– Quand j'ai appris que tu allais parler ici, j'ai saisi l'occasion. Tu l'avais peut-être compris…

– C'est gentil, dit-elle avec un sourire furtif.

Il l'observe. Quelque chose s'enlise. Mais il continue.

– Tu avais parlé de séparation ? Dit que tu vivais seule ?

Elle aurait pu lui dire qu'elle regrette qu'ils aient commencé par le mauvais bout, la dernière fois, et fini au lit, mais elle ne le fait pas. Ils étaient deux dans le coup. Il lui faut toutefois lui donner quelque chose, alors elle lui raconte que ses enfants adultes ne vivent pas à la maison et que oui, elle est séparée.

– Tu aimes vivre seule ? demande-t-il.

– Oui, dit-elle. Elle peut voyager, travailler, dormir. Personne n'exige quoi que ce soit d'elle. Entend elle-même combien cela semble facile. Ou cynique. Les mères ne sont sans doute pas censées avouer ces choses-là. Il prétend le comprendre, bien qu'il n'ait pas d'enfants. Elle se demande si c'est un choix, mais ne lui pose pas la question. Il l'inviterait alors dans le saint des saints. Et elle ? Pourquoi est-elle là ?

– Comme je te le disais, je voulais te revoir, répète-t-il en posant sa main sur la sienne sur la table. Une main chaude, noueuse et agréable, exactement comme la dernière fois.

Elle laisse couler son regard sur le poignet avec des poils sombres autour du bracelet de montre, la manche de veste poivre et sel, la poitrine de chemise en flanelle sans cravate, le bouton du col ouvert, le creux du cou hâlé, le menton robuste et la bouche bien formée. Pour finir, contact visuel. Regard bleu direct.

Elle analyse le changement entre eux depuis leur dernière rencontre. C'est le sien à elle. Elle est devenue quelqu'un qu'elle ne connaît pas encore elle-même. Quelqu'un qui a revêtu une cape d'ironie comme bouclier. Se laisse moins flatter d'être *vue*.

Elle se rend compte qu'il attend qu'elle dise quelque chose, alors elle lui explique qu'elle apprécie qu'il ait voulu la voir, remercie une deuxième fois pour les *splendides* roses et ne sait pas quoi dire de plus.

Dans sa tête résonnent les mots de son mari sur sa froideur. Une clarine rouillée. Elle sourit et lui demande où il était dans la salle, puisqu'elle ne l'a pas vu. Il admet s'être assis derrière un pilier pour ne pas la distraire.

L'homme a de l'assurance, songe-t-elle. Il croit risquer de la distraire, ce qu'il ne veut donc pas faire. Mais envoie néanmoins des roses devant deux cents personnes ou plus.

Après le repas, il l'invite à boire un verre dans sa chambre. Elle dit qu'elle préférerait aller au bar, ce qui est vrai. Il le prend bien. La soirée s'achève dans la décontraction et la bonne ambiance apparentes. Il a mis un frein à ses attentes et réglé l'addition. À plusieurs reprises, elle rit avec abandon de ce qu'il raconte.

Quand elle se lève et lui dit bonne nuit, il l'accompagne à l'ascenseur. Pendant qu'ils attendent, il lui demande si elle peut lui donner un numéro de téléphone où il pourrait l'appeler. Il l'obtient. Ils se séparent sans qu'elle sache ce qu'il pense. Elle est frappée par l'idée qu'il sait bien parler, mais qu'elle ne sait malgré tout pas ce qu'il pense.

Mais lui non plus ne sait pas ce qu'*elle* pense. Pourquoi ne s'en est-elle pas aperçue la dernière fois ? Est-ce parce que leur rencontre avait été si foutrement physique ? Qu'elle était flattée d'être vue ? Confirmation. Qu'un homme l'ait choisie *elle*, ait voulu être avec elle et *seulement* elle. Que c'était là si exceptionnellement gratifiant qu'elle en avait perdu la capacité de le contredire ou de poser des questions.

III

Le temps est eau qui coule

Elle fait et défait sa valise. S'envole vers la prochaine rencontre dans la prochaine ville. Un matin, elle se réveille sans savoir où elle est. Dans quel hôtel, dans quel festival de littérature ou à quelle lecture. Qui elle a rencontré hier.

Elle ouvre les yeux. La lumière du jour filtre à travers les rideaux. Un vent sans bruit. La lumière disparaît, mais revient. Disparaît et revient.

C'est comme ça, songe-t-elle en se réveillant. Tout va si vite qu'elle ne sait pas quel genre de vie elle mène, ni dans quelle direction elle va. S'endurcit-elle ? Non. Elle ne fait la morale ni à elle-même ni aux autres. N'entretient pas de rêve de pureté. Quelle utopie serait-ce donc ?

La chasse. Elle est pour l'instantané. L'essentiel est qu'ils captent les signaux. Se souvient-elle de ses yeux ? Non, pas aujourd'hui. Elle ne les vide pas de leur sang. Les suspend rarement pour un éventuel usage ultérieur. Mais elle ne paie pas pour se débarrasser d'eux comme le devait en son temps la Grande Catherine.

À une ou deux petites exceptions près, peut-être.

Moyennant quoi le temps passe. Imperceptiblement. Comme un bouchon non étanche laisse passer l'eau du lavabo.

Elle ne se souvient pas de quoi elle a rêvé. Ne sent que le soulagement. Il n'y a ici personne. Elle est dans son lit dans la maison sur le rocher. La lumière entre les rideaux est à elle. Le vent. À elle. Disparaît. Revient.

Puis elle est dans une conque. Assise au milieu à écouter. Le silence peuple le cagibi à skis. La tasse de thé exhale de la vapeur. De l'odeur. La fille lui parle. La fille n'a personne d'autre qu'elle.

Alors sonne le téléphone. Ne s'arrête pas après trois sonneries, se contente de poursuivre son assaut. Le répondeur n'est donc pas allumé. Beaucoup de monde l'appelle. Certains ont lu les deux livres sur la fille de l'île et croient que l'auteur peut les aider. La plupart sont anonymes. Certains pleurent. Elle peut écouter, mais pas consoler. Ne sait pas s'il existe une consolation.

La sonnerie fait peur à la fille et la chasse. Elle peut aussi bien répondre.

– Allô !

C'est la voix d'un écrivain qu'elle connaît. Il parle avec du vent dans le combiné. L'invite chez lui au bord du large.

– Je veux te montrer mon île ! annonce-t-il d'un ton triomphal.

– J'écris, répond-elle.

– Apporte ton écriture, juge-t-il.

– Je ne peux pas traîner ma machine à écrire entière, et puis j'ai besoin de tranquillité, fait-elle en riant.

– Viens sans, alors, juge-t-il.

– Juste nous deux ? Ce pourrait être trop astreignant.

À cela, il ne répond pas, mais mentionne un ami qui vit chez lui en ce moment. Elle écoute un peu l'enthousiasme à l'autre bout du fil. Rit et raccroche.

Le débarras à skis est froid. Elle a oublié de refermer la porte du balcon avant de répondre au téléphone. La conque et la fille ont disparu. Ici, il n'y a pas de fraîcheur printanière suffisante pour humecter un timbre, songe-t-elle avec mauvaise humeur. Rien que de la poussière froide, des cadavres de mouches ancestraux, un géranium desséché qu'elle n'a pas eu le cœur de jeter, plus une machine à écrire accusatrice.

*

Ils filent dans une barque en plastique sur une mer plate. Les goélands et l'homme de l'île sont intarissables. Le moteur aussi est sonore, parfois furieux. Il le fait gronder en cadence avec l'intensité de son récit. Elle et l'ami ne trouvent aucune raison de faire des objections. C'est un gars sérieux, doux, qui en a vu d'autres.

Ils pêchent. Juste avant d'arriver à l'île. Entre îlots et à-pics rocheux, avec des plages blanches de coquillages, et ornés de laminaires digitées en rosettes décoratives. Elle se toque de vouloir piquer des plies. Peut voir le fond à cinq ou six mètres.

Il y a prise. Deux petites choses plates à pois et une autre un peu plus grande. De jolis monstres, avec les deux yeux du même côté.

– C'est comme ça qu'on devient, dit-elle, quand on passe son temps couché du même côté, les yeux braqués sur ce qu'on ne peut éviter.

L'îlien rit, son camarade loue sa chance à la pêche. Personne ne le prend personnellement.

La maison est très ancienne et en relativement mauvais état. Le seuil est pourri. Les gonds crient. Mais il a soigneusement conservé une foule de vieux instruments et meubles sans les tourmenter outre mesure par le nettoyage. La cuisine doit être telle qu'elle était il y a cent ans. Il a de nombreux projets, tout comme l'homme qui l'a quittée.

Le copain et l'îlien préparent le poisson qu'ils vont manger. Ils boivent du vin et de l'alcool fort. Le soleil de nuit déferle sur la table. Sur les arêtes et la peau. Les taches de gras sur des verres mal lavés. Les couverts ayant connu des jours meilleurs. La table qui aurait dû être récurée. Terne et pourtant chatoyante. Le visage des hommes en face d'elle. Barbe naissante, dents irrégulières et yeux doux chez l'un.

Fraîcheur rose et sourires furtifs découvrant les dents sous des yeux perçants comme l'éclair chez l'autre.

Course de relais masculine.

À travers la vitre poussiéreuse, le printemps leur fait signe. Mais elle sait qu'il est froid. Le bosquet sur le rocher s'est couché avec toutes ses jeunes feuilles plaquées contre la terre.

De fil en aiguille, les bonshommes deviennent plus ivres que charmants. Mais elle se protège en partant faire une promenade nocturne sur l'île.

Le vent est devenu virulent et essaie de lui enlever son coupe-vent. Du genre vert robuste avec une capuche. Elle ouvre la bouche et essaie de boire le vent. Il est comme des épingles sur son visage. Les goélands sont plus fous que les bonshommes. Elle suit le conseil de l'homme de l'île et brandit un ciré au-dessus de sa tête en bouclier contre becs et griffes. Ils croient qu'elle en veut à leurs œufs. Elle crie pour les raisonner. Quiconque essaie de raisonner un goéland en couvaison ne sait pas grand-chose de la raison. À la place, elle éclate de rire. Chose qui ne fonctionne qu'en partie. C'est comme une guerre sous un ciel florissant. Qui reflète tout dans les couleurs de l'arc-en-ciel. Qui essaie de capturer récifs et nuages, amers et horizon. Tout dans sa propre lueur.

Le soleil est d'un glacial cuisant et le suroît chante.

Je rentre demain, se dit-elle.

Mais elle reste plus longtemps que l'ami. Jaloux des conversations qu'elle a avec lui, l'îlien le renvoie après avoir d'abord déclenché une dispute masculine dont on lui épargne de comprendre les tenants et aboutissants. Le copain ne répond pas à la provocation, se contente de faire son sac. En l'entendant démarrer le moteur de son propre bateau et s'en aller, elle songe qu'elle est maintenant seule avec un îlien.

Mais dans le pire des cas, elle peut faire chauffer le moteur de la barque toute seule.

Il parle sans interruption et avec enthousiasme de ce qu'il est en train d'écrire. Elle savait en fait avant de venir que cet homme était une explosion sociale. Elle finit par le prévenir qu'il ne faut pas qu'il parle tout le temps parce qu'elle doit réfléchir.

Cela fait de lui une créature offensée. Il prend la tronçonneuse et va se venger sur le bois flotté le long de la grève sauvage. Plusieurs heures durant, il joue de la tronçonneuse.

Elle prépare le dîner et l'appelle au-dessus du paysage aride, brun-jaune et caillouteux.

Il arrive d'un pas lourd comme un petit garçon costaud muni d'une tronçonneuse. Qu'il fait vrombir sur le perron pour lui faire peur. Elle n'a pas peur. Elle est une anthropologue observant un indigène dans sa culture.

Il aime sa casserole de poisson à la sauce blanche mitonnée à partir des restes de la veille. Beaucoup de curry et de l'oignon haché. Il lui parle de sa mère, qui, dans ses dernières années, ne mangeait que du *flatbrød**.

– Pourquoi cela ? demande-t-elle.

– Je crois qu'elle *voulait* mourir, répond-il gravement.

– Je peux le comprendre, dit-elle.

Il la considère avec surprise.

Ils marchent sur l'île en glanant des œufs dans la lumière pénétrante du soir. Il ordonne aux goélands de s'éloigner quand ils tentent de se servir d'elle comme d'une piste d'atterrissage.

– Rentrez chez vous ! vocifère-t-il en s'attendant à ce qu'on lui obéisse. Stupéfaite, elle constate que c'est efficace.

---

* Pain non levé cuit en galettes fines, caractérisé par une longue durée de conservation.

Il ramasse un œuf ici, un autre là, sans se faire becqueter. Est roi des oiseaux en son propre royaume. Possède les oiseaux, les œufs et l'île entière. A un rire haut et joyeux.

Tout à coup, elle le voit autrement. Un long corps noueux et de belles épaules. Sa peau est tannée et lisse avec quelques profonds sillons. Ses gestes sont vigoureux et impatients. Il est bien plus âgé qu'elle, mais n'a pas eu le temps de devenir adulte. Peut-être n'est-ce d'ailleurs pas nécessaire, songe-t-elle. En tout cas pas pour lui.

Elle ne le connaît en fait que par les médias et de réputation, et par les quelques fois où elle l'a rencontré. Et maintenant, par ce qu'il lui a raconté dans un flot d'informations étranges.

Derrière lui, elle saute de monticule de bruyère en pierre, et du coq à l'âne. Il pérore sur tout et n'importe quoi dans un torrent impétueux. Un banc de nuages se déchire au-dessus de l'horizon. Des raies d'argent assaillent la mer et le soleil envoie du pastel par-dessus. Le nuage est un cavalier au casque enflammé.

Elle s'arrête et s'abandonne à l'étonnement.

Est-il possible à quiconque de déverser tant de mots sous un ciel pareil ?

Ils cuisent les œufs de goéland à la coque et boivent de l'aquavit. Elle surtout de l'eau. Il en a rempli un seau et elle a à côté d'elle une louche à eau. Il la tance de n'arriver à manger qu'un seul œuf, sans qu'elle s'en laisse affecter notablement.

Il a aussi beaucoup d'autres choses à faire savoir. Discourt sur l'histoire récente de la Norvège et ses guerres, avec noms et années. Sait qui étaient les véritables héros et qui a été décoré à mauvais escient. Il cite des noms et des événements, ceux sur lesquels il *va* écrire et ceux sur lesquels il *a* écrit, avec un engagement qui la laisse rêveuse pour ce qui est de sa capacité à communiquer à elle.

C'est un *fait*, songe-t-elle. Les hommes parlent. Les femmes écoutent et réfléchissent. Elle note qu'il ne supporte pas tout cet alcool. Sans doute n'est-ce le cas de personne. Elle a l'habitude des hommes qui boivent, et celui-ci, elle n'est pas mariée avec. Voit que son caractère s'altère autrement que chez celui qui l'a abandonnée.

Celui-là s'emporte, devient presque agressif, à propos d'une chose que lui-même raconte. Les mots se déposent comme de l'écume au coin de ses lèvres. Il se préoccupe particulièrement de la trahison des hommes politiques après la guerre. Prononce le mot *partisan* comme s'il s'agissait d'une formule religieuse. Répète encore et encore le mot *honteux*. De temps à autre, il la dévisage comme si elle était un adversaire politique. Oui, comme s'il l'avait invitée sur l'île dans le but de lui expliquer comment elle et ses *sbires* ont affaibli les héros de guerre norvégiens à tel point qu'elle aurait dû être liquidée.

La leçon déborde de connaissances sur le sujet, connaissances sur la guerre, sur des héros qui ne reçoivent pas les honneurs qu'ils auraient dû, sur des femmes qu'on outrage et dont on ne prend pas soin, sur la maladie et l'endurance, la bravoure et la peur.

S'il n'avait pas été si en colère, elle aurait pu l'écouter tranquillement. Peut-être faire une ou deux observations. Mais il n'est réceptif à rien d'autre que ses propres mots. Des mots nombreux et vigoureux. On dirait qu'il essaie de l'effrayer et est très blessé qu'elle n'ait pas peur.

Une fois où il reprend son souffle, elle essaie d'établir un contact visuel et glisse une question lui demandant comment il peut être si sûr et certain de son fait.

Il adopte une expression désespérée et place un instant les deux mains autour de sa tête. Puis il se lève si brusquement que sa chaise tombe. Soufflant comme un taureau sauvage, il reste debout la tête baissée au-dessus d'elle.

Elle écarte sa chaise pour avoir la place de l'attirer sur ses genoux. Il se recroqueville et devient silencieux, comme en état de choc. Mais il est osseux et lourd à la longue. Comme une brassée masculine de bois flotté.

– Bon Dieu ! Tu es si petite, s'exclame-t-il comme s'il prenait subitement conscience d'avoir été insulté. Puis il bondit et la soulève comme si elle n'était qu'une simple manique. La porte tout entière jusqu'à sa chambre.

– Tu es mienne maintenant ! déclare-t-il le matin.

– Non ! J'ai décidé de n'appartenir qu'à moi-même ! répond-elle en croisant son regard.

Mais elle note qu'il ne s'en laisse pas affecter. Il est d'une humeur radieuse.

Déroger à ses principes

Elle s'est promis de ne pas les ramener chez elle. Pourtant l'homme de l'île est dans la maison depuis deux jours quand le téléphone sonne. Quelqu'un de la maison d'édition l'informe que son manuscrit a remporté le concours du meilleur roman documentaire. Surprise et contente, elle se met à rire. Grand Dieu !

C'est le récit de la famille qui a dû fuir en Suède par les montagnes pendant la guerre. Elle revoit leurs visages pendant qu'elle les interviewait. Larmes. Colère. Impuissance. Il n'y avait aucun héros. Que des perdants.

Ce n'est pas qu'elle n'a pas *voulu* raconter à l'homme de l'île qu'elle avait envoyé le manuscrit, mais l'occasion ne s'est pas présentée et il ne lui a pas posé la question. N'a pas témoigné d'intérêt pour ce qu'elle écrivait. Elle ne croit pas qu'il lise autre chose que la presse et la littérature politique.

– C'était la maison d'édition, commence-t-elle.

Il ne lui demande pas ce qu'ils voulaient, mais continue de parler d'une chose qu'il a lue dans le journal. De son côté, elle n'arrive pas à suivre cette histoire qui le révolte tant. Au bout de quelques minutes, elle dit qu'elle a remporté le concours du meilleur roman documentaire.

Son teint frais devient gris.

– Tu n'écris pas ce genre d'histoires, *toi* ! dit-il.

Elle ne répond pas. Que répondrait-elle donc ?

Quand il a passé un moment à parler d'un ton fort élevé et furieux de ce que lui, un écrivain *expérimenté* qui *sait*, a remis un contenu unique pour ce concours, elle dit qu'elle n'en doute pas et va dans la cuisine. Il la suit en continuant.

Tout à coup, c'est son père qui crie. Et elle est sa mère, ne dit rien et ne rétorque pas. À la place, elle ôte le couvert, prend un chiffon et essuie la table, laisse couler jusqu'à ce que l'orage passe.

C'était comme ça, se souvient-elle.

Subitement, une fureur incontrôlable la fait totalement disjoncter. Elle se dirige vers cet homme imposant et lui claque le chiffon mouillé contre la poitrine. S'éclaircit la voix et crache une tirade qui l'envoie promener et lui rappelle qu'elle n'est pas dans le jury. Elle est horrifiée par sa propre conduite, et drôlement impressionnée.

Mais il claque à son tour le chiffon sur le plan de travail et poursuit son flot de mots comme s'il n'entendait pas. Mots, mots, mots. Fait preuve de rage contenue à l'égard de son existence dans le monde et de sa façon grossière de remporter des concours. La poitrine de sa chemise est mouillée, mais il n'en a cure, il faut lui reconnaître cela. C'est une guêpe provoquée, ni plus ni moins.

Elle abaisse sa voix en un chuchotement et déclare aussi distinctement que possible qu'il doit partir. Il ne le veut nullement. Titube offensé dans la pièce en faisant des moulinets avec les bras comme si elle lui avait volé ses soldats de plomb. Et, dans un sens, c'est ce qu'elle a fait.

Elle trouve les horaires du bus dans le tiroir.

– Le bus va bientôt partir, dit-elle froidement. Il considère qu'ils n'ont pas fini de discuter sa trahison. Elle ne nie pas être une traîtresse, mais ne veut pas discuter de quoi que ce soit. À une ou deux reprises, elle essaie de rire. Cela ne sonne pas vraiment bien.

Il l'entend, lui aussi, et croit sans doute un instant avoir le dessus. Elle quitte alors la scène et va emballer ses affaires. Il la suit et, l'écume aux lèvres, approfondit le rôle humiliant dans lequel elle l'a placé.

De temps à autre, elle voit qu'il a raison sur certains points, mais n'accède heureusement pas à la parole. Puis elle appelle un taxi, décroche sa veste du cintre et la lui présente. Il se laisse vêtir sans jamais cesser de parler ni de gesticuler. D'une manière ou d'une autre, elle parvient à le mettre de l'autre côté de la porte, et la verrouille.

Deux heures plus tard, il l'appelle d'une cabine et dit qu'il va revenir parce qu'il n'y a pas d'avion. Elle répond qu'il ne peut pas revenir. Quand un taxi s'arrête devant et qu'on sonne à la porte, elle n'ouvre pas. Elle est couchée dans son lit, rideaux tirés, et se sent à peu près en sécurité. Il est bien sûr capable de briser une fenêtre ou deux, mais quelque chose lui dit qu'il n'est pas violent. Elle l'entend fureter sur le perron et autour de la maison. Lorsqu'elle est à deux doigts d'avoir pitié de lui, elle s'offre le luxe de se mépriser d'éprouver ce sentiment.

Puis tout devient silencieux. Merveilleusement silencieux.

Elle se fait un œuf au plat, le mange avec de la tomate sur du pain maison et boit un verre de lait. Tout en mastiquant, elle décide de partager le montant du prix avec les personnes qu'elle a interviewées. Elles lui ont donné de leur vie et de leur temps. Si elles y ont perdu, elle n'en sait rien. Elle ne sait pas non plus si elles sont contentes qu'*elle* ait gagné.

La joie est un vagabond errant, songe-t-elle.

La ville dans le monde

Elle se tient sur ce que l'on pourrait appeler un îlot de circulation et essaie de héler un taxi. À ses pieds se trouve une petite valise chic. Blanche. Le nom et l'adresse de l'hôtel sont accessibles dans sa poche, inscrits en capitales d'imprimerie sur une demi-feuille A4. On est en septembre et cependant la chaleur est estivale. Elle transpire.

Les taxis paradent sans s'arrêter. Ils klaxonnent, virent, doublent, bloquent. La ville est vacarme agressif et poussière au ras du sol, calme iridescent trois mètres au-dessus. Une bande blanche révèle les émissions d'un avion en route vers Dieu. Des arbres déposent leurs grandes feuilles sur le trottoir. S'il y avait eu du silence, elle aurait entendu leur bruissement. Juste là. Orange, rouge, marron. De grands monceaux. Dentelées, ovales, rondes, lobées, saines et poussiéreuses pêle-mêle.

Elle aurait pu être un arbuste, ou un réverbère. Personne ne tient compte d'elle. Elle se tient là avec sa petite valise blanche et comprend qu'elle est toute petite. Essaie d'avoir une pensée constructive, sans panique. Le souvenir d'un voyage organisé à Rome semble relever d'une autre vie. D'aucun secours maintenant.

Même l'idée qu'elle s'est un jour trouvée avec sa traductrice sur un point de vue de Berlin-Ouest et a vu les barbelés et le no man's land entre Est et Ouest ne lui est maintenant d'aucun secours. Tout ce qu'elle a expérimenté sur le fait d'être en ville a disparu. Elle ne sait rien et n'a rien appris. Essaie de convoquer le plan de la ville qu'elle a révisé. Mais il reste et demeure un bout de papier.

Ceci est la réalité. La ville de Simone de Beauvoir. La ville des artistes. Qui ne flirte pas avec elle comme elle se l'était figuré.

Elle reste là pendant au moins un quart d'heure. A le

sentiment de se faire claquer et gifler tandis que la circulation chie sur sa valise blanche et son imperméable chic. La ville est de surcroît pleine de chauffeurs de taxi qui roulent sauvagement sans but et ne lui veulent pas de bien.

Libre ? Non, effrayée ! C'est ce qu'elle est. Comme toujours quand elle a peur, elle devient furieuse. La fille de la petite localité sous le pôle Nord doit prendre conscience que cette ville se contrefiche de sa fureur, ou de sa peur, et qu'elle ne peut pas se mettre n'importe où pour héler un taxi. Finalement, elle saisit la poignée de sa valise d'une main ferme pour traverser la rue en gardant la vie sauve.

Là ! Aussitôt, un taxi vire à quelques centimètres d'elle, un jeune homme en bondit, agite les bras, attrape sa valise, prend la feuille avec l'adresse de l'hôtel et la fait monter en voiture.

Les vitres sont baissées. Ils entrent dans la nacre rose. Dans chaque quartier, un vent chaud entêté apporte avec lui de nouvelles odeurs. Effluve humide de frondaisons énormes, feuilles dans les caniveaux, grill sur le trottoir, parfum des tables de café. Elle essaie de lire des écriteaux. Des noms de rue. Mais tout va vite. Puis elle renonce à cette manie de bien travailler. De comprendre ce qu'elle voit. De maîtriser le mouvement. De contrôler. Elle s'adosse à son siège en cuir moite et laisse son regard errer, comme si elle feuilletait le papier glacé d'un livre de photos sur une Ville Mondiale.

Quelque part, là où ils s'arrêtent à un feu rouge, une échoppe de fleuriste embaume lourdement. Lys ? Cependant qu'un soleil bas s'efforce de repeindre un mur crasseux. Puis ils traversent le fleuve. L'eau n'afflue pas, elle repose calmement et la regarde droit dans les yeux pour autant. Sous d'énormes lanternes en fer forgé défilent de petits groupes de passants. Un bateau-mouche glisse sous eux et disparaît dans le contre-jour.

Sans la moindre raison, elle fond en larmes.

L'hôtel est usé jusqu'à la corde. La réception est un placard à balais qui sent le chou. Le réceptionniste est tiré d'un film d'espionnage et utilise sûrement de la paraffine à confitures pour plaquer ses cheveux de part et d'autre d'une courte raie. Il promène sur elle des yeux sombres et prend son temps.

Elle peut avoir le petit déjeuner dans sa chambre à partir de sept heures, il suffit d'appeler, et elle doit payer la première nuit tout de suite, dit-il dans une sorte d'anglais staccato, tout en la scrutant avec insistance d'un air prétendument indifférent. Puis il prend sa valise et la précède dans un escalier étroit. Je le trouverai sans doute charmant demain, songe-t-elle.

La chambre est étonnamment vaste et regorge de vieux meubles poussiéreux. Comme issus de la succession d'un défunt. Mais les draps et les serviettes semblent propres. Elle inspecte les coulures vert-de-gris du lavabo et les toilettes aux empreintes remontant à la nuit des temps.

Une fois débarrassée du réceptionniste, elle ferme la porte à clef, se livre à une toilette sommaire et trouve quelque chose de plus léger à revêtir. Puis elle met son sac avec son argent et son passeport en bandoulière et *sort dans le monde*.

Elle s'est déjà fait une feuille de route, avant de quitter la maison. Tout ce qu'elle va voir. Vivre. A tracé des traits sur les rues où elle va marcher. Au crayon, pour le cas où elle changerait d'avis, passerait par d'autres chemins et devrait donc faire d'autres traits. A prévu de s'orienter du sud au nord et d'après le fleuve. Elle s'est aussi dit qu'elle pourrait *voir* la tour Eiffel d'où qu'elle se trouve, même s'il fait noir, car elle est très certainement illuminée.

Mais ce premier soir, elle va juste poser le bras sur son sac et s'imaginer libre et en sécurité à partir de ce qu'elle a planifié. Elle se trouve dans le Quartier latin des artistes. Elle choisit un café avec des chaises et des banquettes tendues de velours rouge. Trouve une table dans un coin.

Une dame fatiguée avec une fleur en plastique dans les cheveux vient à sa table et lui parle en français. Elle essaie de répondre en anglais, ce que la femme ignore, tout en lui fourrant dans les mains un menu. Elle parvient à commander en français du vin blanc et un plat de la carte sans avoir la moindre idée de ce que c'est. Et la voilà engagée dans sa première *soirée*.

La nourriture se révèle être des escargots dans du beurre aillé fumant. À sa stupéfaction, elle découvre que cela assouvit la faim. Avec le pain chaud odorant. Il suffit de faire descendre la première boule immonde. Le reste va tout seul, sans qu'elle se doute que ce plat sera pendant plusieurs années son plat de prédilection. Le vin est repas en soi. Une mission religieuse. Sûrement un vin de pays bon marché d'un fournisseur médiocre, se dit-elle sur un mode taquin à l'intention de Simone de Beauvoir.

Le restaurant finit par afficher complet. Certains semblent avoir leur place attitrée et sont d'un millésime ancien. Ils se parlent d'une table à l'autre. Elle ne sort pas son guide touristique, qui la trahirait. Mais elle feuillette son carnet de notes et inscrit quelques mots-clefs. La lumière est devenue bleue de l'autre côté de la fenêtre. Crépuscule. Elle se dit qu'elle ne va pas essayer de trouver le fleuve ce premier soir.

Quand elle se lève pour aller aux toilettes, elle arrive. L'inquiétude. Elle trouve son chemin à tâtons derrière un rideau de velours et essaie de s'apaiser mentalement. Se repasse le trajet jusqu'à l'hôtel. Vérifie de la main qu'elle a tout ce qu'il faut dans son sac. Passeport, portefeuille, plan. Trouve un billet et le glisse dans sa poche pour régler l'addition. Se demande s'il y a des gens qui s'énervent parce qu'elle passe beaucoup de temps là-dedans.

Mais il n'y a personne de l'autre côté de la porte. Juste ce rideau rouge.

Elle s'assied et fait signe qu'elle veut payer.

Tout se passe bien. La dame prend le billet et lui rend de la monnaie. Elle laisse deux ou trois pièces, la dame s'empare prestement de la soucoupe et disparaît quelque part dans le mur.

Dehors il fait bleu sombre maintenant. Avec les yeux jaunes des réverbères et des fenêtres. Une bande rose tout en bas de ce qu'elle voit du ciel entre les maisons. Il y a du monde partout autour. Peu sont seuls. La plupart sont accompagnés et marchent en file indienne quand ils passent sur le trottoir étroit en bavardant et en gesticulant.

Sa tête lui paraît ratatinée. Comme une vieille noix. En même temps une gelée molle dans la poitrine. Familière, mais inattendue. Cette honte de ne pas être. De ne pas être vraiment. Elle ne fonctionne pas. Pas toute seule. N'a aucun contrôle. Elle est l'*étrangère.* Invisible. On peut passer à travers elle sans s'en rendre compte.

Elle marche devant le bar qu'elle a dépassé en allant dîner. Elle avait prévu d'y prendre un verre. Une ombre surgit derrière elle. Elle ne se retourne pas. Se contente de rendre son trajet aussi court que possible. Quand elle voit l'enseigne au-dessus de la porte de son hôtel, elle est au bord des larmes. Elle se conduit comme si elle avait douze ans et n'était jamais allée dans une ville.

Pourquoi ici ?

Pourquoi pas à Rome, Berlin, Stockholm ou Copenhague ?

Ou lorsqu'un vent inopiné avait répandu son manuscrit sur la plage dans un pays chaud ? Et que tout le monde s'était précipité derrière les feuilles volantes pour l'aider. Elle n'en avait récupéré qu'à peu près la moitié et n'avait aucune copie.

Mais là ? A-t-elle quoi que ce soit à perdre ?

D'où vient cette créature au souffle court ?

Qui diable est-elle donc, qui ne peut pas s'abandonner et simplement être libre ?

Le réceptionniste la regarde d'un air endormi et lui donne la clef. Dit quelque chose en français et fait un signe de tête quand elle lui dit bonne nuit.

Elle a verrouillé la porte de l'intérieur. En se retournant, elle aperçoit une porte qu'elle n'avait pas remarquée avant de sortir. Juste à côté de la penderie. Son cœur se mue en groupe électrogène. Travaille comme s'il devait alimenter toute cette ville cosmopolite en électricité. Sa bouche est sèche.

Elle se force à aller à la porte et à appuyer sur la poignée. Elle s'ouvre. Dans la lueur du réverbère se révèle une chambre deux fois plus grande que la sienne. Elle pense d'abord qu'elle va terroriser ceux qui y logent, puis elle voit que le lit est vide. La porte de la salle de bains éteinte est ouverte. C'est vide. Nulle valise ni trace d'occupants. Nulle clef non plus sur la porte entre les chambres. Elle se risque à l'intérieur et va tester la porte du couloir. Elle est verrouillée.

Elle essaie de réfléchir. Vite.

Elle n'a aucune garantie que personne ne viendra dans la nuit. Elle pourrait appeler la réception. Mais l'homme ne comprendrait pas ce qu'elle lui dit.

De retour dans sa propre chambre, elle voit la vieille penderie juste à côté de la porte. La contemple un instant, ôte son imperméable et l'y suspend avant de placer le poids de son corps dessus et de pousser. Un petit segment à la fois. Souffle et avance encore un peu. Un déménagement nocturne qui recouvre tout juste la porte.

Échauffée et épuisée, elle perçoit nettement un effluve d'escargots à l'ail.

Avant d'éteindre la lumière, elle passe en revue les objectifs du lendemain sur le plan. Orientation en environnement proche. Le fleuve. La tour Eiffel.

Un bruit ? Un bruit lourd de raclement. Grincement. Elle distingue à peine certains des objets de la chambre à la lueur de l'extérieur. Les meubles.

Le bruit est réel, songe-t-elle. Oui.

La penderie ! Instantanément, elle revoit la porte derrière, qui s'ouvre *sur* l'autre chambre. Ils peuvent donc l'ouvrir et entrer chez elle par la penderie. Pourquoi n'a-t-elle pas remarqué si la cloison du fond était mobile ou non en suspendant son imperméable ?

Elle attend. N'est-elle pas en train de s'ouvrir ? La porte ? Imperceptiblement. Le bruit prouve qu'il se passe quelque chose. Quelqu'un est en train de faire quelque chose. Dans sa penderie ? Elle s'arme de courage. Se sort du lit. Empoigne une chaise des deux mains. La tient devant elle en se dirigeant vers la penderie. Hésite avant de la poser et d'ouvrir.

L'imperméable pend devant une maigre cloison en bois qui laisse passer des rais de lumière de la chambre voisine. Exact. Aussi près que s'ils étaient dans sa chambre. La porte est donc ouverte. Elle se tâte un moment pour savoir si c'est un cauchemar. Puis elle se décide.

Elle marque sa présence de trois petits coups. Un hurlement à demi réprimé est émis. Aussitôt après, elle voit le reflet d'un œil dans une fente. La porte est refermée. L'obscurité se fait. Pendant un moment, les voix se font lointain chuchotement énervé. Puis elle entend qu'on tire quelque chose de lourd sur le plancher jusque devant la porte.

Elle se met au lit avec son sac à main lui rongeant le creux du cou.

La dernière fois qu'elle regarde, il est trois heures. Le silence s'est fait depuis longtemps.

Mais elle sait bien que le pire peut se produire dans le silence.

Deux décisions sont prises pour le lendemain. Un, commander le petit déjeuner en français à l'aide de son lexique de voyage. Orange pressée, café et ce qu'ils auront à offrir pour le reste. Deux, elle forcera l'homme qui apportera le plateau à trouver quelqu'un qui puisse verrouiller la porte entre les chambres.

Elle crapahute en suivant le trait de crayon sur le plan, le long du fleuve. Les vendeurs de rue ont mis en place leurs stands pleins de cartes postales, vieux livres, tours Eiffel et Arcs de triomphe miniatures, bric-à-brac en fer-blanc, monnaie, caricatures et reproductions de vieilles affiches. Ils ne vendent pas à la criée. Au contraire. Semblent presque arrogants.

Les ponts ont *un* point commun. Relier les rives. Permettre de se déplacer sans bateau. Pour le reste, chacun est doté de sa propre personnalité, repose dans sa propre brume de couleurs, a sa propre architecture. De loin, ce sont des miniatures avec de minuscules poupées humaines qui fourmillent dans les deux sens. Quand elle va les traverser, tout se révèle en grandeur nature. Papiers gras, chewing-gums, foulards perdus, une sandale solitaire aux lanières dorées. Et tous ces visages ! De toutes les formes et de toutes les couleurs, surpris par le soleil et le chagrin. Seuls éléments vivants au-dessus de corps emballés et de membres de marionnettes. Vélos qui font un bruit de ferraille et talons qui claquent.

Elle s'appuie contre un solide garde-fou et laisse la brise malmener le rebord de son chapeau. Joue les femmes du monde et s'en délecte intensément. Demain, elle sera sans doute plus courageuse. Elle marche au soleil pour trouver la brasserie Lipp. Réserver une table *en bas*, comme elle a lu qu'il fallait le faire. Elle y dînera pour sa deuxième *soirée*. Elle pense à ce mot. *Soirée*. Après le dîner, elle rejoindra à pied son hôtel dans l'assurance qu'à son arrivée la porte entre les chambres sera verrouillée.

Elle a passé cinq jours seule à Paris quand elle déménage dans un autre hôtel et rejoint un festival de littérature auquel elle est invitée. Des écrivains de toute l'Europe. Elle a hâte de les rencontrer.

Mais on les abandonne à eux-mêmes. Éparpillés dans des hôtels de la ville entière. On les conduit certes à et de l'endroit où ils doivent se produire, mais pour le reste il appartient à chacun de se débrouiller.

Pourquoi suis-je ici ? songe-t-elle en regrettant son hôtel miteux du Quartier latin. En cinq jours, il était devenu un vrai foyer. Elle s'y sentait moins seule en sa propre compagnie que maintenant qu'elle s'attend à rencontrer de nombreuses autres personnes venues pour la même raison qu'elle. Est-ce parce qu'elle s'est mentalement préparée à être en communauté ?

Un soir, elle tombe sur un autre écrivain à la réception, après qu'ils ont fait des lectures chacun de son côté. Peut-être a-t-il le même ressenti. Quoi qu'il en soit, ils en viennent à parler et décident de dîner ensemble. Ils boivent du vin. Après le repas, ils vont dans un bar de seconde zone et boivent encore. Un gars sympathique au sourire chaleureux.

Ils parlent de littérature. Du fait que le festival aurait dû rassembler tous les écrivains au même endroit. Qu'ils auraient dû avoir des interprètes pour rencontrer leur public. Ils parlent du fait d'écrire. Un sujet rare pour elle. Il ne semble pas particulièrement fort en gueule ni dominateur, ne tient pas de discours. La conversation est fluide.

Quand ils rentrent à l'hôtel relativement tard, il passe le bras autour d'elle. Elle le prend comme un égard amical. Ils arrivent d'abord à sa porte à elle et il reste. Elle ouvre et lui dit bonne nuit. Quelque chose se produit en lui. Un mouvement frénétique. Et ses yeux. Ils louchent. En une seconde, il est transformé. Avide, il veut conquérir son visage la bouche ouverte.

Elle essaie de le remettre sur le droit chemin en plaçant son corps en retrait. Doit les sauver tous deux en empêchant une scène embarrassante. Mais il la suit, tout contre. Place un pied dans l'ouverture de la porte avec une assurance à laquelle elle n'a pas invité. La situation est on ne peut plus claire. Elle pose la paume sur son torse pour le maintenir à distance. Elle sent alors ses mains. Fortes. Il les pousse tous deux dans la chambre et vers le lit.

La politesse entre collègues s'est volatilisée. Il ne reste même plus de gêne.

– Ne fais pas l'imbécile ! l'enjoint-elle.

– Ce n'est pas très grave, on est à Paris, dit-il la diction voilée, avec un rire penaud, tout en la retenant.

Sa tête explose.

Elle rugit. Est une force brute qu'elle ne connaît pas.

C'est seulement une fois la porte verrouillée, quand elle est seule, qu'elle sent l'angoisse.

Elle marche sur le chemin gagné par les herbes. Son père est rentré de la chasse et a posé son sac à dos et son fusil pour s'allumer une cigarette. La boîte à tabac se trouve dans l'herbe, couvercle ouvert. Il l'a vue arriver par le sommet de la descente. Lui fait signe. Attend. Quand elle doit le dépasser, sa main est soudain là.

Elle a le bras verrouillé. Elle se penche, se tortille, souffle.

Il a un rire sifflant doux.

Viens ! dit-il avec un signe de tête vers le bosquet.

Puis elle a les dents plantées dans sa main. Traverse. Elle ne peut éviter le goût de son sang.

Il crie et lâche.

Elle est une hermine et elle est elle-même. L'instant suivant elle est à côté du fusil. S'en empare des deux mains.

Puis crépitent entre eux de la terre et des cailloux.

Il la dévisage. Deux trous noirs.

Ça sent la poudre.

Tremblante, elle reste sans bouger.

La boîte à tabac a le fond en l'air et il y a de la terre noire partout. Les racines d'un chardon bleu se sont retrouvées à la lumière. Pour le reste, tout est comme d'habitude.

C'est seulement alors qu'elle entend la détonation.

Simone l'auteur n'a pas de chapeau, mais un foulard autour de la tête. Elle boit quelque chose dans un verre haut avec une écorce de citron sur le rebord. Quant à elle, elle a pris un verre de vin blanc et se sent faible.

Il était temps que tu viennes, dit la Française en étirant des jambes de soie au soleil de l'après-midi. Elles sont à la terrasse du Café de Flore et contemplent tous ceux qui glissent devant elles.

Tu fais preuve d'une singulière capacité à tomber sur des hommes minables, remarque l'auteur.

Et que dois-je y faire ? demande-t-elle en s'efforçant de camoufler que l'incident occulte encore ses pensées.

Il faut les ignorer. Ils ne sont pas à toi. Ne les laisse pas avoir l'occasion de croire qu'un organe sexuel et des mains suffisent.

Dois-je soupçonner tous les hommes ? M'abstenir de leur parler ?

Non, mais il faut leur montrer qui tu es dès le premier instant, affirme Simone.

Elle aurait pu lui répondre qu'elle n'est pas toujours sûre de qui elle est, mais c'eût été trop pathétique.

Tu veux dire que c'était ma propre faute ? Aurais-je dû me tenir à l'écart de ce type dès le début ? demande-t-elle à la place.

Simone sirote son verre, un peu absente. Comme si elle ne comprenait pas tout à fait.

J'aurais dû ? répète-t-elle.

Le mot *faute* est dépourvu de fiabilité de bout en bout. Mais tu as exposé ta solitude, et ta joie de rencontrer quelqu'un avec qui parler. Tu as dû parler comme un moulin, dit Simone.

Est-ce là un motif de malentendu suffisant ?

Oui. S'ils sont suffisamment bêtes.

Mais c'est un écrivain reconnu. Il doit avoir une sorte d'intellect, estime-t-elle.

Simone renverse la tête en arrière en riant.

Écoute ! Tu es venue seule. Tu as réussi à trouver de la sécurité en toi ici. C'était le but. Un bref instant, tu as dû mettre le genou dans l'aine d'une créature. Voilà tout. Une bagatelle. C'est fini. Tu as encore toute cette journée à Paris. Et tu reviendras. Et je te montrerai les bars. On peut y inventer sa vie. Il n'y existe pas de solitude à moins d'en vouloir pour la mélancolie, dit Simone.

Tu creuseras toi-même vers la lumière

Elle se laisse enneiger avec la fillette. Il leur faut se cacher de Dieu. La raison en est la petite boîte à chaussures dans la terre. Elles ont répudié une créature et Dieu a vu qu'elles n'avaient pas les reins assez solides pour l'assumer.

J'ai perdu mes moufles, quelqu'un pourrait les trouver et tout comprendre, couine la fillette, en tendant ses mains rouges gonflées.

Ce n'est pas grave, personne ne sait que ce sont tes moufles.

Tu crois ?

Je te *promets* qu'ils ne savent pas.

Tu peux promettre des choses pareilles ? demande la fillette, dubitative. Sa bouche est toute bleue dans le petit visage blanc.

Oui. C'est moi qui décide qui sait.

Mais tu ne peux pas décider à la place de Dieu ?

Ici, c'est moi qui décide tout, à la place de Dieu aussi, affirme-t-elle en saisissant la fillette par la main pour la détourner de la tombe ouverte.

Je n'y crois pas, dit la fille découragée.

Crois ce que tu voudras, mais maintenant nous avons fait ce que nous devions. Notre sac est vide, à part la louche que nous avons utilisée pour creuser. Ce n'est pas illégal d'avoir une louche en bois dans un sac tout en ayant froid aux mains.

Pendant un moment, tout se passe bien. Il n'y a que le bruit de la tasse de thé levée et reposée sur la soucoupe et le claquement du clavier. Puis la fille recommence. L'assomme avec une échelle. Avec le fait qu'elles ont oublié de retirer l'échelle de la tombe. Les gens pourraient tout comprendre en voyant qu'il y a une échelle, chuchote la fille.

Du calme, tout le monde sait que le fossoyeur croit aux

fantômes et que, quand il prétend qu'une échelle peut descendre d'elle-même dans une tombe ouverte, c'est juste une invention. Ils croiront que c'est *lui* qui a oublié de la remonter derrière lui.

Dans son visage de fille, se meut quelque chose qui ressemble à du soulagement.

C'est bien d'avoir un fossoyeur quand on en a besoin, dit-elle.

L'écriture est interrompue par des rendez-vous pris plusieurs mois auparavant. Des lectures. Des rencontres. Elle se dit à elle-même qu'il lui faut être reconnaissante de ce que le monde l'accueille. Ne sait pas tout à fait d'où elle sort ces histoires crétines de gratitude. Les filles apprennent probablement si bien ces inepties qu'elles ne se souviennent ni où ni pourquoi.

Elle est dans le bus, dans l'avion, dans des aéroports et se demande comment la fille sur qui elle écrit se porte. Comment elle s'en sort à ce moment précis. Essaie de noter des idées qui pourraient être pertinentes. Mais ce n'est pas suffisant. Il lui faut l'avoir auprès d'elle. Près. Tout contre. Pulpe des doigts contre clavier.

À son retour, la fille s'est cachée. Des jours et des nuits peuvent s'écouler sans qu'elle la trouve. Occasionnant une désespérance qui n'est pas supportable, car sans solution concrète. Elle est en elle-même.

Malgré tout, elle écrit.

Elle écrit du bon et du mauvais.

Reste dans le cagibi à skis à écrire des choses qui font fuir la fille. À maintes et maintes reprises.

C'est l'été sans qu'elle s'en soit aperçue. Un jour, elle reçoit un livre par la poste. Sara l'auteur lui envoie son roman *L'enfant de la colère*, avec une dédicace.

Ma sœur bien-aimée, je pense à toi !

C'est celui pour lequel elle a reçu le prix Nordique. Celui dont elle a parlé au séminaire quand elles se sont rencontrées. Le livre commence ainsi :

Anna-Stava était si belle !

Mais Didrik aussi était né un dimanche.

Elle s'installe sur la terrasse, le livre dans les deux mains. Sur les rochers, la chaleur s'évapore en spirales presque invisibles et les goélands avec leur progéniture se sont apaisés. Ses amies sont en vacances et les lieux marchent à l'amble. De temps à autre, elle note un camion qui décharge quelque chose. Il s'en va et revient. Elle n'est pas concernée. Ce n'est que du bruit qui n'engage à rien.

Elle lit.

Oublie qu'elle doit retourner dans le cagibi à skis pour écrire.

Pose le livre sur ses genoux et regarde le fjord sans vraiment le voir. Puis elle relit.

Quand il lui faut retourner à l'intérieur pour aller se chercher un verre d'eau, elle se dit qu'elle va regarder ses notes de la conférence de Sara au séminaire de l'époque. Fouille un moment dans de vieux papiers avant de se souvenir que ses notes avaient été prises à la fin d'un autre livre qu'elle avait emporté pour le faire signer.

La voix de Sara est un doux filtre sonore au-dessus de sa propre écriture manuscrite.

Faites confiance aux images archétypales ! Allez-y. In medias res. *(Mais moi, je ne l'ai jamais fait). Commencez là où ça brûle. Mon idée d'entraîner le chemin de fer dans les terres désertes était bonne ! Mais le roman est bien trop informatif. Moïse aurait dû occuper une place plus grande. Et la régulation du débit de l'eau. L'esclavagisme. L'énergie hydraulique. La séparation des classes. Au lieu de lire le contrat de la digue, on aurait dû voir des gens s'épuiser dessus. Mon modèle était un chasseur australien qui voit son peuple mourir. Avec horreur, fierté, compassion, laideur. J'ai essayé de le voir et d'écrire ce que je voyais. C'est cela. Entrez à l'intérieur des gens ! Regardez ce qui se meut. Leur imagination. Suivez la graine via l'herbe, et l'animal jusqu'à la laine et au vêtement sur l'homme et la femme. Apprenez des comédiens. Ils entrent à l'intérieur des gens, sont dans leurs corps. Laissez le texte vous mettre à plat. Totalement à plat. Les mots sont un secret entre texte et lecteur, et l'écrivain doit se tenir à l'écart. Un bon texte est meilleur que son auteur. Souvenez-vous-en ! Transmettez la matière sans trahir. Ne montrez pas aux ennemis les faiblesses de vos personnages, pas sans donner de l'empathie. Ne faites pas une vitrine de vos paysages. Laissez le lecteur entrer dedans par lui-même.*

Trois sujets valent la peine d'écrire.

L'amour. La mort. La pauvreté.

Si quelque chose est trop difficile, trop révoltant, violent, racontez autre chose, quelque chose qui puisse se refléter sans répugnance. Aucun détail épouvantable ne doit tuer la gravité de ce qui se passe et bloquer l'identification du lecteur. Ayez confiance dans l'imagination du lecteur.

Et pour finir :

Faites ce que vous avez à faire.

Oubliez tout ce que j'ai dit !

Elle a tout ce qu'il lui faut et ne va nulle part pendant plusieurs semaines. Elle ne pense pas, et elle pense à tout en même temps. Débranche le téléphone.

Puis elle se remet à écrire sur la fille, cette jeune personne qui l'a martyrisée pendant des mois sans qu'elle trouve de solution. Comment va-t-elle parvenir à sauver son entendement ? Elle se promène parfois dans la maison en disant des répliques qu'elle n'a jamais entendues.

Va dans le débarras à skis et écrit furieusement vite sans avoir particulièrement besoin de corriger vingt signes en arrière, comme son amie la machine à écrire sait le faire.

Alternativement, elle lève les yeux de la feuille sur le rouleau et s'attarde sur un timbre qui n'entre pas dans son oreille. Mais dans son corps. Qui vibre. Une note singulière qui n'a rien à voir avec ce qu'elle écrit. Elle l'englobe tout entière, l'écriture, toute sa vie.

Il lui apparaît qu'elle a été mise au monde pour transmettre cette note-là. Pour aspirer, transformer, embellir, rendre immonde un chagrin que, personnellement, elle est trop lâche pour assimiler. Mais dont elle exploite toute la valeur. Qu'elle malaxe encore et encore. Comme la farine et la pâte sur la planche à pétrir.

Et au milieu de tout cela, il lui arrive de découvrir que, dans le pauvre petit sorbier, le merle la fixe.

La voix

Elle l'entend par la porte ouverte. La voix de la conférence téléphonique à laquelle elle a participé il y a un certain temps.

Puis il entre dans la pièce. Se poste à l'accueil.

Elle est assise sur une chaise, penchée sur les bottes qu'elle délace. Doit être passablement enneigée. Elle voit le bout de ses chaussures pointer vers elle. Elles sont bien trop fines pour la saison et très mal cirées. C'est dommage, car elles sont sans doute de fabrication italienne.

Se trouvant d'un seul coup dans un film au ralenti, elle déglutit et laisse son regard faire l'ascension des longues jambes de jean. Une veste en tweed ample, qui est verte, et une chemise kaki à laquelle manquent deux boutons. Elle essaie de percevoir son visage, mais ça ne marche pas.

Ce n'est pas qu'il la *regarde*, il vrille son regard à travers ses iris et ses pupilles, dans son crâne et sa masse cérébrale. La passe aux rayons X. Son nerf optique s'émiette, elle n'arrive pas à faire la mise au point. Ce doit être ainsi d'avoir une cataracte. Ou un glaucome*, d'ailleurs.

Elle croyait être préparée à cette rencontre, mais comprend qu'elle ne l'a jamais vu. Juste un bref instant de dos dans la rue cet été, et en photo dans le journal local. Il venait alors d'être embauché.

Voir des patrons ne la met jamais à genoux, pourtant une timidité paralysante lui fait regarder le plancher. Autour de ses pieds se répand la première neige de l'année. Humide, fraîche et menaçante. Combien de temps cela prend-il ? Une seconde ? Le bruit de pas lui indique qu'il faut redresser le regard, se lever et dire bonjour peut-être.

---

* En norvégien, la cataracte est appelée *gråstær* et le glaucome *grønnstær*, similitude de noms qui est source de confusions fréquentes entre les deux maladies.

– Bonjour, nous nous sommes parlé au téléphone, dit-il.

– Oui, dit-elle, en éjectant sa botte. L'autre encore au pied, elle se lève et lui tend la main. Au moment où elle repose son pied en chaussette, elle se rend compte qu'elle a marché dans sa propre flaque.

Derrière son oreille à lui, la neige s'accroche à la fenêtre.

– Le 12 octobre, c'est bien trop tôt pour de la neige, marmonne-t-elle. Avoir trouvé quelque chose à dire lui confère une sorte d'assurance.

– Il peut aussi neiger en mai, ici, ai-je entendu dire, dit-il.

La phrase résonne comme une strophe de chanson et elle prend conscience qu'elle s'est promenée avec sa voix dans la tête depuis la conférence téléphonique. Ce qui, elle ne sait pas pourquoi, l'agace.

Il est maigre et a des lunettes. Beau d'une façon brute, même s'il a des cheveux bouclés de garçonnet. Ses yeux sont du verre transparent et son nez est de travers. Ce qui pourrait être le fait d'un accouchement difficile ou d'un réverbère. Des mois plus tard, il avouera que c'était un mari jaloux.

Il la regarde maintenant d'un air provocant en souriant. C'est quelque chose dans sa bouche en arc de Cupidon. Elle n'arrive pas à la regarder. D'une manière ou d'une autre, elle se sent nulle, et doit y remédier. Elle finit par dire son nom.

– Je sais, répond-il en l'aidant à enlever son anorak blanc. Il a un grain de beauté à la naissance du cou, là où ne se trouve pas le bouton de chemise du dessus. La tache vient vers elle d'une manière solitaire.

– Bon, il faut sans doute que j'enlève mon autre chaussure aussi, dit-elle en s'asseyant.

Il reste à la regarder pendant qu'elle le fait. Puis il attrape soudain le chapeau en cuir sur sa tête et l'accroche au portemanteau.

– Vous conduisez même par temps neigeux ? demande-t-il.

– Non, jamais ! Je prends le bus, le taxi ou l'avion, dit-elle.

– J'aime bien conduire, l'informe-t-il.

– Bien ! répond-elle.

En se levant, elle parvient à mouiller son autre pied aussi.

– Vous restez en chaussettes ? demande-t-il.

– Je suppose qu'il n'y a pas d'autre possibilité, répond-elle.

Il échange avec sa collaboratrice à l'accueil quelques mots sur le fait qu'il n'y a pas de chaussons. Ils rient tous deux sans qu'elle se joigne à eux.

Puis ils se rendent à leur réunion.

La pièce n'est pas grande. Elle connaît déjà les personnes présentes. L'ordre du jour est riche. Les voix enthousiastes. Plaisanteries et commentaires sont monnaie courante dans ces réunions. Rires. Deux des gars sont pour ainsi dire des spécialistes de la blague.

Le nouveau directeur place la barre un peu différemment et ne se laisse manifestement pas hanter par les habitudes qui ont pu s'installer. Il fait une brève introduction et remercie de la confiance qui lui est accordée. Estime ce travail fait pour lui. Il ne reste plus qu'à s'y mettre et à planifier le festival de l'année prochaine.

Il dirige la réunion en étant à l'écoute, mais relativement abrupt. N'a apparemment pas besoin de détours. Pose beaucoup de questions. De temps à autre, il proteste face aux réponses qu'il reçoit.

Un ou deux s'inquiètent et échangent des regards, un autre prend la mouche et argumente.

Il ne comprend pas que la région soit fière de son autosuffisance culturelle. Ne le dit pas directement, mais c'est manifeste.

– Qu'est-ce qui ne va pas, à votre avis ? demande-t-elle.

– Il nous faut davantage d'originalité. Sortir la région du cliché du poisson et de l'emplacement du bateau. Faire venir les artistes qui sont l'avenir, pas se contenter d'être nostalgiques, dit-il avec ferveur.

Quelqu'un explique au nouveau chef qu'il y a quelque chose qui s'appelle le *budget*. Un ou deux autres rient.

– Et alors ? Sans tirer sur la corde, nous n'aurons pas non plus le budget que nous méritons, répond-il. Il jette le doute sur les anciennes structures, a des propositions concrètes. Des noms d'artistes enthousiasmants. Le système de rotation des artistes pour les expositions, ils ne peuvent pas en tenir compte, juge-t-il.

Quelqu'un lui rappelle l'importance de faire équipe avec les institutions. L'une des personnes qu'ils ont élues comme porte-parole dit qu'il ne faut pas croire qu'il peut faire ce qu'il veut, c'est la raison pour laquelle ils ont un comité de programmation.

Telle qu'elle perçoit l'atmosphère, il est à deux doigts de se faire estampiller *sudiste* arrogant. Il en faut moins que ça. Se souvient de sa propre sortie quand elle a su que le conseil d'administration l'avait embauché.

– On ne peut pas avoir un directeur qui ne soit jamais allé au nord de Trondheim, a-t-elle dit.

Quelqu'un lui a-t-il rapporté son commentaire déplacé ? Si tel est le cas, il s'en moque. Comme des protestations du jour d'ailleurs.

Il veut du changement, mais sans règle établie, dit-il.

Il veut le monde dans la petite ville. Il veut des artistes internationaux en collaboration avec des artistes de la région.

– Le monde dans la petite ville, ça coûte de l'argent, dit quelqu'un en souriant de sa mégalomanie. Mais elle remarque qu'ils se laissent séduire par l'idée en soi, tout comme elle. Plus, ils croient s'être peut-être déjà fait la réflexion.

Après la réunion et un repas commun, les autres retournent à leurs affaires. Ceux qui vivent dans cette ville doivent rentrer chez eux, ceux qui se sont déplacés ont des rendez-vous. Ils se retrouvent tous les deux seuls à la table du café. Il se met juste en face d'elle.

– Pff ! Voilà ! dit-il, comme si elle était une complice.

– C'était une bonne réunion. Ça s'est bien passé ! dit-elle comme l'institutrice qu'elle est.

– Vous trouvez ? De part et d'autre de sa bouche court un sillon de vulnérabilité.

– Oui, vous rigolez ! Bien sûr ! Mais vous y êtes peut-être allé un peu fort ?

Elle va ajouter que, au début, il y a eu des velléités de clash culturel, et cherche ses mots quand un homme barbu se présente soudain à la table et lui demande si elle est *l'écrivain.*

Elle acquiesce d'un signe de tête. Que faire d'autre ?

Il va naviguer devant chez elle dans deux jours et se demande s'il peut l'appeler, car il aimerait bien avoir une conversation, dit-il.

– Sur la littérature ? demande-t-elle.

– Sur la littérature, répond-il en lui tendant une feuille et un stylo-bille. Elle griffonne son numéro de téléphone et il lui fait une courbette polie avant de partir.

– Vous vous faites souvent aborder par des hommes qui vont *naviguer* devant chez vous ? s'enquiert-il.

– Pas au point d'en être pénible, dit-elle en riant.

– Et que ferez-vous si le type appelle ?

Elle ne peut répondre car elle ne sait pas.

Une ride se creuse entre ses sourcils. Cela lui plaît intensément. Cela la rend ridiculement de bonne humeur, oui.

Ils parlent des programmes possibles pendant un moment, puis il lui demande si, après être allée à une réunion, elle fait partie de ceux qui regagnent directement leur chambre d'hôtel pour dormir, ou si elle va au bar.

– Ce soir, je vais au bar, répond-elle avec gravité.

L'homme

Ils marchent dans la neige grise mouillée. Elle dit qu'elle aurait dû emporter des chaussures d'intérieur. Il lui demande pourquoi.

– Je n'aime pas rester dans des chaussures mouillées.

– Vous prenez soin de vos pieds, dit-il. Ce qui ne peut être nié.

– Il n'est pas certain que vous puissiez entrer sans cravate, dit-elle pour se venger.

– Là d'où je viens, on n'a pas besoin de cravate, l'informe-t-il.

Elle mentionne un endroit de la capitale où on n'entre pas sans.

– Mais cette ville-ci n'a pas ce standing, dit-il.

Elle lui déconseille de tenir ce genre de propos en public.

– Au moins, cette ville est un port où s'arrête l'express côtier, vous n'en avez pas dans le Sud ! dit-elle en riant.

– OK, admet-il. Puis il veut savoir combien elle connaît sa ville *à lui*, à quel genre de rendez-vous elle est allée, dans quels hôtels elle a logé, ce qu'elle a vécu.

Elle a besoin de temps pour répondre. Pendant qu'elle réfléchit, il lui suggère, chose agaçante, des noms de lieux et de bars dont elle n'a jamais entendu parler. Elle mentionne quelques endroits autour de la rue principale de la ville et du Palais. L'un en particulier où elle a fait ami-ami avec le videur et entre toujours sans faire la queue.

Il se laisse impressionner.

– Eh ben ! Mais vous n'êtes sûrement jamais soûle quand vous tentez le coup, la taquine-t-il.

Non, elle doit le reconnaître. Seulement affamée de nourriture, de vin et de gens qu'elle a convenu d'y retrouver, explique-t-elle sobrement.

– Et d'hommes qui *naviguent* devant chez vous ? rétorque-t-il.

Elle aurait pu rougir. Mais il fait sombre. Ils continuent de patauger dans la neige et il parle comme un garçon qui cherche à être le meilleur. Se gargarise de ce qu'il est né dans la capitale et connaît la ville mieux qu'il ne se connaît lui-même.

– Tout le monde ne se connaît pas très bien, dit-elle.

Il ne saisit pas l'allusion, et elle songe qu'il ne comprend peut-être pas le dialecte.

Ils traversent un centre-ville vide. Les magasins sont fermés depuis longtemps et les gens ne traînent pas dehors sans raison. Il le commente.

– Terriblement calme comme ville ! Où sont-ils tous ?

– À la maison, suggère-t-elle, voyant soudain *tous* avec ses yeux à lui. Désert.

– Les lumières du bateau dans le port montrent en tout cas qu'il y en a qui travaillent, et les autres sont derrière leurs rideaux, estime-t-elle.

– Pittoresque, dit-il d'un ton hautain.

Elle l'observe de côté.

Quand ils arrivent à l'un des deux hôtels, celui où ils ne logent pas, il s'avère qu'il entre dans le bar sans cravate et sans faire la queue. Ils sont plusieurs à savoir qui est le nouveau directeur du festival, et certains lancent des *bonjour* animés !

– Pardon, mais on se connaît ? demande-t-il à quelqu'un qui le retient et veut parler. Mais il sourit, impressionné par son nouveau statut de célébrité locale.

– Le journal du coin a publié votre photo, ainsi que toutes sortes de choses, sans que vous le sachiez, l'informe-t-elle.

– Je le sais évidemment. Il faut suivre la presse régionale quand on obtient un tel poste, dit-il d'un ton docte.

Il devrait baisser d'un ton, songe-t-elle. Comme s'il lui importait à *elle* qu'il soit aimé ou non.

À la différence de l'extérieur, l'endroit n'est que semi-obscur et bourdonne. Il fume sans discontinuer et l'interroge sur la ville, les gens du comité, tout ce qui se passe. Elle remarque qu'il trouve qu'elle ne répond pas assez bien. Elle a les pieds mouillés et la musique est bien trop forte. Dans un coin, on danse sur une chanson pop sentimentale. Elle regarde dans cette direction.

– Vous voulez danser ? demande-t-il.

Elle hoche la tête. Il écrase son mégot, se lève et fait une courbette comme s'il s'agissait là d'un bal populaire à l'ancienne. Dans un sens, cela la touche.

Il a les mains agitées, mais fermes. Il débranche ses questions. Au milieu de tout ce bruit naît un curieux silence. Elle appuie sa tête contre lui sans évaluer la sagesse de ce geste.

Il sent la fumée de cigarette et autre chose. Pas le déodorant. Tout simplement la peau chaude et c'est tout. Comme sa grand-mère maternelle. C'est un Dingo aux longues jambes et il est bien trop près. Sa bouche est loin là-haut. Tant mieux. Car comment sinon s'en sortirait-elle sans clore les paupières ?

Il apparaît qu'il a trois bouteilles de vin rouge dans sa chambre. Ou bien il est accro au vin ou c'est un chasseur notoire, ou encore les deux. Il l'invite à s'asseoir sur le lit, elle pourra ainsi réchauffer ses pieds sensibles, estime-t-il.

La pièce ne compte qu'un seul fauteuil. Il est assis dessus. Elle accepte, bien qu'elle soit de plus en plus consciente que la situation risque de devenir délicate. Notamment pour leur collaboration au sein du comité. Ils vont se rencontrer régulièrement.

Elle éjecte ses bottes et s'assied en tailleur comme le premier Indien venu. Il ôte sa veste et ses chaussures et reprend son interrogatoire tandis qu'ils boivent dans les larges verres à dents de l'hôtel.

D'abord il tente un concours de questions culture, comme s'ils étaient à un Noël d'entreprise. Devant ses protestations, il lui rappelle qu'elle va l'aider à faire en sorte que ce festival culturel offre ce qu'il y a de mieux, il lui faut donc dresser un état des lieux de ce qu'elle sait de la culture.

Elle rétracte ses antennes et attend. Il commence par les peintres, et continue avec le théâtre. Elle reste sans réponse plus souvent qu'elle ne le voudrait. Sent qu'elle couve de la mauvaise humeur. Le défie en l'interrogeant sur la littérature.

– Que savez-vous au sujet de Camilla Collett ? demande-t-elle.

– Elle était amoureuse de Welhaven ! dit-il avec ferveur.

– Franchement, répond-elle avec dédain, en lui demandant si *ça*, ç'aurait été une raison suffisante pour l'inviter au festival si elle était encore vivante.

– Bien sûr que non, répond-il d'un ton supérieur en mentionnant *Les Filles du Préfet*. C'est vraiment de la petite bière, juge-t-elle et veut en savoir plus. Enfin, elle a le dessus.

– Avez-vous lu Simone de Beauvoir ? *Le Deuxième Sexe* ?

– Non, mais j'ai lu Sartre ! Des deux, c'était lui le penseur, affirme-t-il.

Elle sait qu'elle a bu trop de vin et que c'est pathétique de se mettre en colère. Mais c'est ce qu'elle est. Furieuse.

– Il peut être qui diable vous voulez. Mais c'est *elle* qui a signifié quelque chose pour les gens comme moi !

– Ah bon, et pourquoi cela ? demande-t-il.

Elle disserte avec quelque incohérence sur l'importance de Simone pour *la femme moderne* à notre époque, et l'exemple exceptionnel qu'elle constitue pour celles qui écrivent.

Il écoute. Finit par ouvrir la bouche pour parler, mais elle est sur sa lancée maintenant.

– On ne pourrait pas inviter Sara Lidman ? Elle est tout à fait vivante, propose-t-elle.

– Elle écrit bien ?

– Elle fait partie des meilleurs. Et puis elle donne des conférences de déesse !

– Vous l'avez entendue ?

– Oui. Je la connais, fanfaronne-t-elle.

Puis il reste ainsi, à la fixer avec ses mâchoires décrochées de façon seyante.

– Vous la connaissez ?

– Oui, un peu, dit-elle en vidant son verre.

– Bien ! Alors on vous met sur l'affaire, décide-t-il comme s'il abandonnait la partie. Mais ce n'est pas le cas, il enchaîne bon train sur les compositeurs.

Elle ne répond pas. Ne s'est jamais trouvée sur le lit d'un hôtel dans un concours de devinettes virant à la dispute. Le temps est peut-être venu de dire qu'elle n'*aime* pas les compétitions.

Il répond qu'il s'en était aperçu, leur ressert du vin et prétend que c'est parce qu'elle a peur de perdre. Elle avoue sans ambages que c'est le cas. S'adosse dans le lit, tout contre le mur, et s'installe confortablement pour vraiment souligner combien l'aveu est facile.

Il continue alors de l'interroger. Sur sa vie. Lui pose des questions dont elle est seule à connaître la réponse. Elle tombe dans le panneau et répond en toute franchise à un certain nombre de questions relativement personnelles. Il apprend qu'elle est séparée. Lui aussi est dans ce processus, dit-il, avouant par la même occasion que c'est la deuxième fois.

D'accord ! Voilà donc comment il est, songe-t-elle.

– Pourquoi se marier quand ça se termine si vite ? demande-t-elle avec dédain.

Il souligne que quelques années se sont écoulées entre les deux, comme si l'ensemble formait un cycle naturel.

– Oui, vous êtes de la capitale, où tout va si vite, dit-elle.

Il veut savoir ce qu'elle en sait. Elle ne répond pas.

– Vous avez toujours trois bouteilles de vin pour une soirée à l'hôtel ? demande-t-elle.

– Non, mais je savais que *vous* seriez là, répond-il, si convaincant qu'on pourrait croire que c'en est la raison.

Puis il examine la bouteille vide. La lève vers la petite lampe murale et la considère d'un air critique. Se lève et tâtonne pour en trouver une autre dans un sac du Vinmonopol. L'ouvre le dos tourné.

D'un côté, sa chemise a glissé de son pantalon. La ceinture maintient toutefois tout en place. Il y *a* bel et bien quelque chose dans les lignes qui longent la colonne vertébrale, du creux de la nuque à la ceinture. Les voir lui est insoutenable. Elle déglutit.

Des gens passent dans le couloir en parlant relativement fort. Évoquent quelqu'un qu'elle connaît. Cette ville est petite. Elle grouille de gens dont elle connaît le nom d'une manière ou d'une autre. Ce n'est pas son cas à lui. Une fois qu'il a rempli les verres et s'est rassis, elle lui demande ce qu'il vient faire là-haut dans une petite ville.

– J'ai sans doute fui, dit-il.

– Qui donc ?

– Les femmes, répond-il.

– Plus d'une ?

– Tout dépend de la perspective dans laquelle on se place.

– D'accord. Et ici ? Vous connaissez des gens ?

– Je vous connais vous, je vous ai vue à la télé et je vous ai parlé au téléphone, dit-il.

– C'est suffisant ?

– Non, mais c'est un très bon début.

– De quoi ? demande-t-elle.

Il a un sourire qui commence à vibrer au coin de sa bouche. Comme une incertitude pressante. Une question. Me vois-tu ? Son regard vient vers elle. Il n'a pas d'autre protection, elle l'accueille donc. Encore, cette radioscopie.

A-t-elle attendu cela ?

Quelque part, là-haut, quelqu'un remplit une baignoire.

Elle se tortille hors du lit, il est étroit. La chambre est petite. Très petite. Elle se coule sur l'unique fauteuil, où se trouvent ses genoux.

Un mur disparaît

Assis ensemble, ils mangent des petits pains richement garnis. C'est le dernier soir de la tournée. Tout un groupe d'écrivains ont présenté leurs livres aux libraires. Ils sont complètement différents, à l'instar de leurs livres. Certains ont la capacité de féliciter les autres pour leur performance, leur lecture, le contenu. D'autres se préoccupent surtout de leurs propres affaires, ou de raconter des anecdotes d'une vie sous les feux de la rampe.

Le directeur des ventes est demandé au téléphone. L'un des écrivains saisit l'occasion pour commander davantage de vin, aux frais de la maison d'édition. Tout le monde a un petit rire approbateur. Les gens de la maison d'édition aussi. L'atmosphère est légère.

Le serveur est juste en train d'ouvrir une bouteille quand le directeur des ventes revient. Il a une démarche un peu hésitante et s'immobilise avec un regard désespéré. Comme s'il se trouvait sur une scène et avait oublié sa réplique.

A-t-il bu *tant* que cela ? songe-t-elle.

Puis il se met à parler. Une voix rouillée, mal assurée avec beaucoup de souffle. Elle ne saisit tout d'abord pas ce qu'il dit, mais voit aux visages qui l'entourent que c'est grave. Il prononce le nom de son éditeur.

Le dit encore une fois.

– Il a disparu ! Est sorti dans le froid et a disparu. Personne ne sait où. Ils ont passé des heures à chercher. Ils sont en train. Font une battue et cherchent. Dans tous les endroits imaginables, dit-il.

– Seigneur ! s'exclame quelqu'un de la maison. Je le savais ! Je l'attendais. Il est déjà passé par là, mais pas comme ces derniers temps.

Visiblement plusieurs le redoutaient. C'est en tout cas ce qu'ils se chuchotent au-dessus de la table.

Pourquoi pas elle ?

Le serveur demande s'il doit ouvrir *toutes* les bouteilles. Personne ne répond.

Il pose le tire-bouchon sur la table et sort par une porte battante qui reste à battre. Elle est percée d'un œil-de-bœuf qui la fixe. Bat et bat. Fixe et fixe.

Sur la nappe blanche, les cercles rouges laissés par les verres fusionnent, tels des serpents, sous des bougies consumées.

Elle sent la nausée et sait qu'il lui faut agir. Arrive à sa chambre et va dans la salle de bains, sans verrouiller. Sait qu'il ne faut pas verrouiller.

Personne ne pourrait alors l'atteindre.

Elle le voit assis sous un arbre avec le manteau noir qu'il avait la dernière fois qu'elle l'a vu. Il a aussi un bonnet et une écharpe. Son visage est blême et le personnage entier immobile. Il l'a fait ! Il l'a vraiment fait.

Comment vais-je y arriver ? songe-t-elle. D'une manière ou d'une autre, il faut qu'elle le fasse revenir. L'encourage à changer d'avis. Défasse ce qui a été fait. Elle doit commencer par quelque chose de réjouissant, d'inoffensif. Veut aller le rejoindre et s'asseoir à ses côtés. Lui donner un peu de chaleur. Puis elle remarque cette distance.

J'aurais dû te remercier vraiment pour la fête, commence-t-elle.

Il ne réagit pas. A sans doute oublié cette fête, avec toute cette galère.

Quand j'ai reçu le prix pour mon deuxième roman, et que tu nous as invités chez toi, tu te souviens ? Et tu avais invité ma mère. C'était un grand moment pour elle, cette fête. Les gens, la cuisine. Toutes ces choses passionnantes dont nous avons parlé. Tu signifies beaucoup pour nous. T'ai-je dit ce que tu signifiais ?

Elle s'interrompt en croyant voir un mouvement. Une minuscule altération dans son port de tête.

Je crois que maman était fière. Si je ne l'avais pas si bien connue, je n'aurais peut-être pas remarqué comme elle était contente. Je la connais mieux que je ne te connais toi, tu sais. J'aurais dû te voir aussi. Et ce que tu te coltinais.

Il refuse de la regarder. Reste juste voûté en avant sans bouger. Que dire pour le faire changer d'avis ? Peut-elle lui promettre de la tranquillité pour travailler ? Ou des médicaments ? Non. De la joie ? Devrait-elle lui raconter quelque chose de vraiment réjouissant ? Sait-elle quelque chose qui pourrait défaire tout ce qui a été fait ? Le faire se lever, avec un geste des bras, et rire. Dire que tout cela n'était qu'une macabre plaisanterie. Laisser son enthousiasme crépiter à travers la neige grise pourrie ?

Il sait bien qu'ils ont trahi. Tous ceux qu'il a essayé d'aider ont trahi. Elle aussi. Car que faisait-elle en lisant les articles sur les conflits au sein de la maison d'édition, sur le jeu de pouvoir. Elle a longtemps su qu'il était parfois malade. Parfois très malade. Mais elle a pris pour excuse que le chemin était long de la capitale à son entendement.

Tu te souviens que je t'ai appelé ? chuchote-t-elle. Je t'ai appelé pendant que j'étais sur mon dernier livre. Même si je savais que ce ne serait pas toi qui en serais chargé. J'aurais dû te demander comment *toi*, tu allais. Mais j'ai parlé de mes histoires. Enfin, il la regarde. Ses yeux s'écarquillent. L'expression de son visage devient résolue.

Ça s'est bien passé, tu as gagné, n'est-ce pas ? dit-il.

Oui, moi, oui, chuchote-t-elle.

Tu y es arrivée sans moi. On t'a donné le bon médicament ?

Non, de la tranquillité pour travailler, répond-elle.

Ses paupières se ferment. Son menton retombe sur sa poitrine.

Où es-tu maintenant ? lui demande-t-elle, au désespoir.

Puis le silence se referme sur eux.

Visite pré-dînatoire

L'homme dont elle est séparée va venir chez elle préparer des perdrix blanches. Cela lui a fait clairement plaisir qu'elle le lui demande. Ils ne se voient pas souvent, mais quand ils le font, c'est dans des formes pacifiques.

Son fils est revenu au pays et va repartir en mission au Moyen-Orient. Il a un uniforme avec un béret bleu ciel et ne se ressemble pas. Plus insistant. La réplique plus dure. Elle se rend compte qu'elle ne le connaît plus.

C'est précisément pourquoi il est important qu'ils se réunissent, croit-elle. Sa fille est étudiante d'échange aux États-Unis. Mais ses parents sont là et vont rester jusqu'au lendemain. Elle n'aura qu'à supporter son père jusque-là, se dit-elle.

Le chien s'est installé sous la table basse et la conversation suit son cours sans qu'elle ait besoin de faire quoi que ce soit.

Le téléphone sonne dans le couloir et elle répond.

La voix ! C'est lui.

– Puis-je te rendre visite ? demande-t-il sans introduction.

– Quand ça ? demande-t-elle, inquiète.

– Maintenant ! Je viens d'arriver en ferry.

Elle coule son regard vers la porte du salon en ne sachant sur quel pied danser.

– Tu es là ? demande-t-il.

Alors elle se décide.

– Oui, si tu veux arriver droit dans la famille élargie, tu es le bienvenu.

– Famille élargie ? Qui ? demande-t-il en hésitant.

Elle énumère fils, parents, ex-mari et chien.

Il y a un silence.

– Alors ça tombe mal ? dit-il.

– Pourquoi ? veut-elle savoir. Ma mère est vraiment bien. Tu n'es pas un dégonflé tout de même ?

Il s'assied sur le canapé, entre le séparé et la mère. Son père se jette dans le rôle d'hôte et parle à tort et à travers. Son ex-mari n'a jamais eu de difficulté à établir le contact avec des étrangers, il n'en a pas cette fois-ci non plus.

Son fils fait un peu des allées et venues et rassemble des affaires dans un sac. Il va partir le lendemain. Mais parfois il lance un regard en coin sur eux, autour de la table du salon. Surtout sur l'invité.

Sa mère était préoccupée par la confirmation de la présence d'une nouvelle tumeur dans son ventre. Mais ce soir, elle sourit. Se penche sous la table pour caresser le chien. Commente le fait qu'il a posé la tête sur les pieds de l'invité.

– Il faut que vous dîniez avec nous, dit sa mère d'un ton résolu.

– Oui ! renchérit l'ex-mari, il a toujours été hospitalier.

Mais l'invité ne va pas rester pour dîner, il doit veiller à décharger son déménagement.

– Déménagement ? s'exclame sa mère avec curiosité.

Puis ils apprennent tout ce qu'on peut effectivement caser dans un petit break. Des disques et des livres et une cafetière à piston, des vêtements et des photos encadrées, et non encadrées naturellement. Et une plante d'intérieur qu'il appelle fougère.

L'inventaire n'impressionne pas sa mère, qui lui demande si cela suffit pour commencer sa nouvelle vie. Il n'y a pas réfléchi, dit-il, mais il doit bien être possible de suppléer.

L'ex-mari en sait long sur ce qu'il faut faire pour suppléer quand on change de domicile. Il parle d'expérience.

Mais un café ? Oui, du café, il en veut bien, comme tout visiteur ordinaire dans ces contrées, il veut du café. Il ne manquerait plus qu'il n'en veuille pas. L'ex-mari manie la cafetière d'une main experte.

Elle va de son plein gré en cuisine voir les lagopèdes qui

mijotent dans la sauce à la crème. L'ex-mari a oublié qu'il était chargé du repas. Elle l'entend inviter le convive à la chasse. Avec ferveur. Chasse-t-il ? Elle réalise qu'elle non plus ne sait pas si cet homme chasse le petit gibier, le renne et l'élan. Elle se sent en nage, et l'est. La sueur coule entre ses seins.

– Non, je suis très mauvais avec les armes, admet l'invité.

D'un seul coup, elle se retrouve à glousser au-dessus des casseroles.

L'ex-mari n'abandonne pas la partie et voudrait bien lui apprendre à tirer et lui montrer les merveilles de la nature.

– C'est une vie incroyablement libre ! assure-t-il.

L'invité n'en doute pas, et dit qu'il pourrait venir pour la promenade. Peut-être…

Debout devant la cuisinière, elle entend chaque mot. Remonte les poitrines de perdrix du fond pour les empêcher de brûler. Baisse le feu sous la marmite.

Il vient dans la cuisine avant de partir.

Sans bruit, ils se mettent à rire. Deux alliés secrets. Sans la toucher, il lui plante un baiser au milieu de la bouche. Comme si c'était tout ce qu'il y a de plus normal.

Elle ne sait pas si la famille le voit. Mais ils ne disent rien. Rien *là-dessus*, mais sur tout le reste, oui.

Elle le raccompagne. Jusqu'au perron en refermant la porte d'entrée. Cela ne prend qu'un instant. Au revoir ! dit-il en réitérant son adieu de la cuisine au milieu de sa bouche.

– Au revoir ! répond-elle en levant la main. Sur les monts et montagnes repose une brume violette. Ce soir, la lumière ne vient pas du ciel, mais de la mer.

Pourquoi ne vais-je pas chercher ma brosse à dents pour m'enfuir avec lui ? songe-t-elle à la chiche lueur de la lampe d'extérieur. Le suit du regard dans les descentes, qui entre dans le ciel d'orient. Entre deux bancs de nuages piaffent de toutes petites étoiles, et on ne peut pas compter sur la lune.

L'avocat de Nietzsche

Elle a pris le bus pour la ville sans qu'il y ait de réunion. Il l'a invitée à venir passer le week-end dans son appartement. La retrouve à la gare routière et se plaint de toute cette neige.

– J'ai mis deux heures à dégager la voiture ! dit-il, sous le choc.

– Ce ne sera sans doute pas la dernière fois, dit-elle.

Pendant qu'ils roulent, il disserte sur son appartement qui est exceptionnel.

– C'est en fait un *trois pièces*, dit-il.

Elle n'est pas au fait de ce type de terminologie venue de la capitale et lui demande le nombre de mètres carrés. Il n'en sait rien.

Dès l'entrée, elle comprend qu'elle se trouve chez un vrai hippie. Le cendrier abrite un monticule de mégots. Petite monnaie, boutons et pin's emplissent coupes et tasses sur la table de l'entrée. Les paquets de cigarettes sont partout accessibles. Les photos sont sur les tables et étagères ou punaisées aux murs. Dans un coin est posé un objet qui ressemble à un tambour africain avec une peau de caisse sèche comme de l'amadou et des pompons ethniques. Livres, vinyles et pastilles pour la gorge, chandails, chaussures et vestes ne sont pas balancés, mais rangés d'une façon qui inspire relativement confiance. Les meubles, il en a visiblement hérité.

– Je suis arrivé les mains vides, et regarde maintenant ! J'ai juste demandé aux filles du bureau si elles connaissaient des gens qui avaient des choses dont ils voulaient se débarrasser, et regarde ! Tout le monde avait quelque chose ! dit-il avec enthousiasme.

Le fauteuil de télé n'a pas de pieds. Le vieux canapé d'angle des années soixante est divisé en sections qui se séparent les unes des autres quand on s'assied. Il y a un courant de fuite dans la cuisinière, qui émet du danger mortel dès qu'on approche trop près. Mais ça ne fait rien, affirme-t-il en utilisant la cafetière à piston pour le café. Il lui montre la chambre à coucher.

– Lit double ! Même si le matelas est un peu court d'un côté, dit-il d'un ton triomphal.

Elle s'assied sur le matelas. On dirait des planches. Elle teste l'autre côté, qui est un peu mieux. S'installe confortablement et se met à rire.

Appuyé au chambranle, il allume une cigarette et aspire quelques profondes bouffées, comme s'il avait fait un sacré travail. Tousse en riant.

Le téléphone sonne et il répond. Sa voix devient différente. Très distanciée. C'est sans doute quelqu'un qu'il connaît bien, se dit-elle. Il devrait en fait être seul là.

Elle se rend dans le salon, qui est la pièce la plus éloignée du téléphone. Il y a de l'art sur les murs. Elle peut trouver quelque chose à regarder en attendant.

Ce qui lui fait l'impression la plus forte est un dessin au fusain d'un artiste qu'elle ne connaît pas. Traits, sensibilité contrôlée, calme agressif en noir, sur une surface blanche. Nœuds durs et courbes souples. Il la provoque et l'apaise à la fois. Tout en même temps. Lui donne du grain à moudre. Chez aucune personne de sa connaissance il n'y a de tableau pareil au mur. Il ne représente pas *quelque chose* qu'elle puisse identifier. Il n'est pas là pour lui montrer quelque chose, mais pour la faire réfléchir à quelque chose à quoi elle n'a jamais réfléchi.

Depuis plusieurs années, elle va à des expositions. Mais c'est l'honorable art ancien qui a fait impression sur elle. Quand elle s'est attachée à la nouveauté, c'était sous la forme d'une rencontre furtive. Sans obligations.

Elle ne l'a pas intégrée, s'est contentée de la laisser flotter ailleurs.

Les photos sont à plat ou debout, sur le bureau, sur la

commode, sur l'appui de fenêtre. De gens qui vraisemblablement lui tiennent à cœur. Plusieurs sont sans doute de sa fille. Une fillette aux cheveux clairs avec des yeux alertes, en colère.

Il a mis un terme à sa conversation téléphonique, se tient à côté d'elle et a l'air tourmenté.

– La fille te ressemble, dit-elle en pointant le doigt.

– Oui, n'est-ce pas ? répond-il comme si lui ressembler était ce qu'il pouvait y avoir de mieux pour sa fille. Ou parce qu'il pense à ce qui s'est dit au téléphone.

Elle ne lui demande pas avec qui il a parlé. C'est lui qui le fait.

– Tu ne me demandes pas avec qui je parlais ?

– Non, je devrais ? dit-elle.

– Tu dois bien être curieuse ? poursuit-il.

– D'accord, dit-elle énigmatiquement.

Il l'observe un instant, puis il lui demande si elle devine ce qu'il a dit à son ex-femme quand ils l'ont vue ensemble dans une émission littéraire à la télévision. Naturellement, elle ne le peut pas.

– J'ai dit *celle-là*, c'est quelqu'un qui ne fait pas de cadeaux, dit-il d'un ton taquin.

– Et nous voilà ici ? envoie-t-elle, sans demander si son ex-femme était d'accord avec lui. Pas question !

Son regard tombe sur un étui ouvert avec une flûte dedans.

– Tu sais jouer de la flûte ? demande-t-elle, surprise.

– Oui, mais je ne travaille pas assez. Je ne suis plus très bon.

– Tu me fais écouter ?

– Pourquoi pas ? dit-il en saisissant la flûte par-dessus son épaule. L'examine attentivement. L'astique avec un chiffon de flanelle loin d'être propre. Se poste au milieu du salon et la place contre ses lèvres.

Elle est dans la cabane de chasse de son mari, à la montagne, et peint un Pan aux cheveux presque verts qui joue de la flûte. Il pleut des trombes devant la porte ouverte. Le pinceau est un bout de sisal coupé et enroulé autour d'une brindille. Car il n'y a que des pinceaux larges pour utilisation sur parement en bois rugueux. Elle voit que, sur un mur, son Pan est plat, d'un naïf imparfait. Soit, songe-t-elle. Fait la touffe en sisal aussi étroite qu'elle peut et ajoute quelques sillons à son visage.

La pluie claque sur la dalle du perron. Un parfum de calme humide les entoure. Elle reste un moment immobile, la tête inclinée. Contemple le gars sur le mur, et ne peut s'empêcher de rire, même si elle est seule.

Il se met en position et place la flûte contre ses lèvres. Pas naïf. Mais vivant. Maigre, mais assez parfait.

A-t-elle vu cet instant ?

Il a une façon de se servir de ses hanches. En rythme. Latéralement. Catégoriquement physique. Les mains sur l'instrument. Le doigté. Doux et fort. Elle reconnaît l'air, mais ne se souvient pas de quel morceau il s'agit. Les muscles de la commissure des lèvres, la concentration yeux plissés. Le bout des doigts de la main gauche. Rythmiquement affairés, face à la main droite tranquille, sûre. L'homme est scindé en deux en termes de réflexes et de souffle. Autour de ces hanches-là, la musique tournoie, et emplit l'air autour d'elle de faim.

Ils sortent dîner. Il est le jeune homme du Sud qui a obtenu ce poste attractif et qui n'a pas peur de se montrer en ville. Les gens lui lancent des regards et le saluent. Plusieurs l'abordent et ils échangent quelques mots. Mais, de toute évidence, il n'a pas de mal à conclure. Il le fait plus rapidement que d'usage dans cette ville.

Ils prennent leur repas au café dont il est en peu de temps devenu un habitué. Il est sur un mode familier avec la femme au comptoir. Ils mangent de la pizza avec un tas de crevettes et de fromage. Parlent de ce qui se passe au bureau. De la planification du festival. Rien de privé. Elle ne saurait affirmer avec certitude si c'est elle qui l'évite ou eux deux.

De retour dans l'appartement, il révèle une admiration obsessionnelle pour Nietzsche. Après une bouteille de vin rouge dans le fauteuil sans pieds et une posture à un angle à quatre-vingt-dix degrés, elle éprouve un fort besoin d'entendre parler d'autre chose, et le dit.

Il se lance alors dans toute une tirade sur les *libres choix* de l'homme. Survole rapidement Rudolf Steiner et ne comprend pas qu'elle ne veuille pas discuter ses thèses. Passe ensuite à Dionysos et Apollon, pour atterrir de façon concluante sur l'art et ses possibilités d'innovation pour l'homme.

Il aurait pu être prédicateur, songe-t-elle. Le phénomène entier dégouline de charme exubérant. Ses cheveux mi-longs dansent autour de sa tête quand il parle. A fortiori quand il veut convaincre. Ses yeux regardent droit dans les siens et ne lâchent pas avant qu'elle ait au moins hoché un peu la tête. Il requiert l'approbation.

– La religion est une consolation pour les gens qui n'ont pas le courage d'assumer leurs choix, prêche-t-il.

Elle se dit d'accord, mais souligne que ce sont les *femmes* qui ont vécu sous ce joug, de ne pas pouvoir décider de sa vie.

D'une manière ou d'une autre, elle fait apparemment un affront grave à son ami Nietzsche ou à lui-même avec une déclaration pareille. Il ne comprend pas ce qu'elle veut dire, car il parle de l'*humain* ! dit-il en ouvrant une autre bouteille.

Elle soutient qu'il y a une grande différence entre les occasions qu'ont les femmes et les hommes de faire des choix libres. Il continue de se prévaloir de ce qu'il parle de l'*humain*, et de ce que cet humain peut très bien être un hermaphrodite en ce qui le concerne. Allume une cigarette avec celle qu'il termine et poursuit son flot de paroles dans la cuisine. Elle l'entend parler et couper du pain, l'entend utiliser la plaque mortellement dangereuse pour faire des œufs au plat. Elle va dans la cuisine bien qu'elle entende ce qu'il dit d'où elle est.

Elle est rassasiée après la pizza, mais mange quand même. Sans lui dire que c'est un choix qu'elle fait pour lui, parce qu'il s'est donné la peine de la nourrir.

– Et les grands choix, ceux qui font que la vie prend une autre direction ? Ceux qui coûtent, et qui ont été une impossibilité pour les femmes à travers l'histoire, dit-elle.

Il se jette alors dans ce qui pour elle est une digression, il s'étend sur les limites assignées à l'humain. Qu'on *peut* s'évertuer à s'opposer au destin, mais qu'on ne contrôle pas les événements les plus importants.

Elle mastique le mot *destin* et du bacon carbonisé tandis qu'il se livre à une sorte de cours ex cathedra sur la bêtise sans espoir de l'humain et la souveraine clairvoyance de Nietzsche. Il enchaîne sur la biographie du philosophe, et sur sa sœur qui était une sorcière.

– Je ne crois pas que la sœur ait été davantage sorcière que monsieur Nietzsche n'était fou, déclare-t-elle.

Il la regarde alors avec une hautaine déception masculine et déclare qu'elle doit lire Nietzsche.

– As-tu jamais eu le sentiment que ton âme ne voulait pas t'accompagner dans une relation ? demande-t-il en étirant sa carcasse sur le misérable lit. Conduit sa main vers le cendrier et écrase la cigarette.

Âme ? Elle s'attarde sur le mot comme si elle ne l'avait jamais entendu. Mais est surtout soulagée de ne pas avoir à lui demander de ne pas fumer.

– Je ne crois pas que j'aie une âme, répond-elle.

Remarque qu'il l'observe avec le regard d'un sceptique.

– Moi en tout cas j'ai une âme, dit-il au bout d'un moment.

Devant eux sont accrochés des rideaux délavés des années soixante aux fleurs indéterminées que l'automne a emportées depuis belle lurette. Sans doute un héritage du précédent occupant des lieux.

– Et j'aurais voulu que toi aussi, tu puisses oser en avoir une, ajoute-t-il. Cet *oser* l'agace. Comme s'il devait la regarder de haut parce qu'elle n'a pas d'âme. Ou pis, être là à avoir pitié d'elle parce qu'elle lui a confié qu'elle n'*osait* pas avoir d'âme.

Il y a un blanc. Elle ne le regarde pas.

– Tu ne crois donc pas que l'homme soit davantage que le corps et ce qu'accomplit le corps ?

Elle ne sait que répondre, probablement parce qu'elle a souvent pensé précisément à cela. Elle n'en veut pas.

– C'est surtout de la sensiblerie et des foutaises religieuses, dit-elle finalement en ajoutant qu'elle a demandé à ne plus être membre de l'Église d'État en raison de sa vision médiévale de la sexualité et des prêtres femmes.

– D'accord, moi aussi. Mais se trouve-t-il malgré tout que l'humain a une dimension plus grande que celle qui est liée au désir et au besoin ? Et que cette dimension supplémentaire ne veut pas aller dans une relation amoureuse ? poursuit-il avec obstination.

Contre quoi essaie-t-il de me mettre en garde ? songe-t-elle.

– Essaies-tu de me dire que ton âme ne veut pas être avec moi ? demande-t-elle dans une sorte de rire.

– Non, j'essaie de parler de mon vécu, *avant* de te rencontrer. N'as-tu jamais été dans des relations où tu savais en toi que c'était là de la folie furieuse ?

– Si, malheureusement, admet-elle, craignant qu'il n'exige qu'elle en parle.

Il ne le fait pas. À la place, il raconte un épisode de sa propre vie. Raconte avec simplicité et d'une manière relativement autorévélatrice. Comme il est courageux, songe-t-elle, mais sans le dire. Elle n'a jamais été à proximité de conversations pareilles.

– Comment tu te sentais alors, dans cette situation ? questionne-t-elle.

– Lâche ! Comme si je nous trahissais l'un comme l'autre, répond-il.

Et tout à coup, elle se trouve devant l'autel et vient de promettre le reste de sa vie à quelqu'un que, en réalité, elle ne connaît pas, si ce n'est par des lettres. Se revoit avec toute la famille derrière, debout sur la couverture crochetée de sa défunte belle-mère à promettre des choses dont elle ne soupçonne pas la portée.

– C'est l'*âme* qui détient la capacité d'amour, dit-il.

Elle vient de déterminer qu'elle ne voulait pas s'engager plus avant dans le sujet, quand il tourne vers elle son buste en un mouvement vigoureux et lui touche les cheveux.

– Tu crois à l'amour ? insiste-t-il.

Elle répond en lui parlant de sa grand-mère maternelle.

– Elle a aimé mon grand-père toute sa vie même s'il était mort et qu'elle s'était remariée, dit-elle.

– On dirait une vraie histoire d'amour. Ç'aurait été bien de vivre ça.

Sa main est à demi ouverte sur sa poitrine. Extérieur robuste à la peau dorée forte. L'intérieur est pâle et vulnérable avec mille sillons bleutés. L'index porte une marque jaune nette laissée par la cigarette.

– Et toi ? Tu crois à l'amour ? répète-t-il.

Elle réfléchit à la formulation. Cela prend du temps. C'est la différence entre écrire et vivre. En écrivant, elle cherche à explorer ce qu'elle ne comprend pas dans la vie ; dans la vie, elle se laisse décontenancer et oublie toute référence à la réalité.

– L'amour est sans doute la nostalgie d'une communauté inatteignable. Une nostalgie de la personne spéciale, marmonne-t-elle. C'est peut-être juste de la chimie visant à assurer la reproduction, ajoute-t-elle dans une sorte de rire.

Elle s'arrête là. Comprend dans un sens ce qu'elle est en train de dire. Qu'elle est couchée dans son lit à le dire. Le silence se fait. Le silence complet.

Silence dont il ne ressort pas. Il se contente de se redresser et de s'étirer vers une nouvelle cigarette. L'allume consciencieusement sans la regarder.

– Tu veux d'autres enfants ? demande-t-il brusquement.

– Non ! répond-elle résolument.

– Alors ceci doit avoir un autre sens plus profond, dit-il en croisant son regard. Inhale et recrache la fumée en ne cessant de la regarder avec insistance.

– J'aurais voulu que tu sois amoureuse de moi, dit-il en la raccompagnant au bus.

Elle ne répond pas. N'arrive ni à venir à sa rencontre, ni à le balayer. N'est tout simplement pas habituée à ce que les gens révèlent ces souhaits-là. Elle a l'habitude qu'on attende et comprenne par observation personnelle. Si elle avait été préparée ou vive, elle aurait pu lui demander si *lui* était amoureux, d'elle. Mais une gêne, ou une peur, d'obtenir une réponse qu'elle ne pourrait pas accueillir, arrête tout.

En un éclair, elle comprend qu'elle n'a pas l'habitude d'exprimer les sentiments par des mots. À moins que ce ne doive devenir de la littérature. Et cela n'a alors plus rien à voir avec elle. Dans la vie, elle n'a aucune hardiesse. A trop peur d'être rejetée.

⋆

Mais sa question plane dans l'air qu'elle respire quand elle est dans le bus. Un paysage enneigé défile. Des toits de maisons et des poteaux de clôture surmontés de pyramides de neige. Les essuie-glaces luttent. Les phares des voitures la visent, décident de lui faire la peau, avant de virer promptement et de filer. Elle inspire ses mots, et les expire. Ne s'en défait pas. Ne veut pas s'en défaire. Elle est une autiste qui a reçu un signal du monde extérieur, sans parvenir à l'intégrer.

Non ! se dit-elle à elle-même, je ne veux pas entrer là-dedans. J'aurais alors perdu. Je vis dans une maison qui est à moi et que j'ai les moyens de payer. J'ai le temps d'écrire. Je peux partir quand et aussi longtemps que je veux. Personne ne décide de ma vie. Je suis *libre*. Elle s'adosse et ferme les yeux. En mettant le bras sur le sac qu'elle a posé sur le siège, elle sent le livre qu'il lui a prêté. *La Naissance de la tragédie*.

Faire le deuil d'un chien

Un jour, il vient à la porte, a une tête d'enterrement et demande s'il peut entrer. Dans un fol instant, elle croit qu'il regrette tout le divorce et veut revenir.

Mais non. Il a abattu le chien. Il avait un cancer, dit-il en la suivant à petits pas dans le salon. Elle essaie d'assimiler la nouvelle, mais n'y arrive pas. L'animal s'était apparemment rendu immortel pour elle. La réalité devient incompréhensible.

Une fois assis, il se met à pleurer. Ôte ses lunettes et s'essuie du revers de la main.

– Tu es en deuil ? demande-t-elle au bout d'un moment, en s'asseyant, elle aussi. Une question pathétique. Elle l'entend elle-même.

– Ce n'est pas exclu, répond-il la voix pâteuse.

Elle va chercher du papier ménage et le lui tend, sans en dire plus. Fait bouillir du café et prépare une tartine. S'applique en posant des tranches de concombre sur la charcuterie. Ça lui est très facile et c'est la moindre des choses.

Quand ai-je vu pleurer cet homme ? songe-t-elle. Elle a bien dû le voir ? Elle pourrait lui demander s'il a pleuré à la mort de sa mère. Mais ce serait abject. Puis il lui revient qu'il avait pleuré quand elle s'était coupé les cheveux. Et il a pleuré quand elle a nagé dans le lac de montagne et réussi à empêcher un agneau de se noyer avec sa laine mouillée. Les deux fois, il n'y avait qu'elle pour le voir.

Elle se souvient de toute la scène. Gris. Froid. Elle, grelottant après ce bain involontaire, s'habille les mains engourdies. Du grésil tombe du ciel. Il fait un feu. Un formidable brasier. Cet homme *sait* faire du feu. Puis il frotte l'agneau pour le sécher auprès des flammes tandis que ses larmes se tarissent peu à peu.

Elle ne se souvient pas de ce qui s'était dit. Si quoi que ce soit avait été dit. Mais ce jour-là, c'était *elle* l'héroïne. Elle le reconnaît. Par la suite, il raconte l'histoire à tout le monde. Mais ne mentionne pas les pleurs. Elle ne le fait pas non plus. Peut-être est-ce pourquoi il est là maintenant ? Il sait qu'elle peut supporter la plupart des choses sans se confier à personne.

Il n'a pas non plus pleuré en voyant sa fille qui venait de naître. Aurait-il pleuré s'il avait su qu'elle a tué leur fœtus en baisant avec un inconnu ? Guère.

– Comment ? Chez le vétérinaire ? demande-t-elle quand il a mangé.

Il secoue la tête, nettoie ses lunettes avec la manche de son pull et les remet. Mais elles s'embuent instantanément. Pendant un moment, il reste les mains sur les cuisses sans rien dire.

Elle le *voit* ordonner au chien de s'asseoir. Le voit lui donner une friandise en lui parlant calmement. Voit le regard entre chien et homme. Le voit descendre tranquillement le fusil de son épaule. Voit l'incertitude du chien. Friandise ou chasse ? À l'instant où le chien entend la manœuvre et détourne la tête, vers l'oiseau invisible, vient la détonation.

Elle le voit s'agenouiller auprès de l'animal chaud pour vérifier que tout a été fait convenablement. Le voit poser le visage tout contre et souffler dans le pelage brillant. Le voit sortir une vieille toile de son sac et l'enrouler sur le lieu du tir. Le voit soulever l'animal encore chaud pour le transporter dans la voiture. Son écharpe est restée là-bas et il a des taches de sang sur la manche de son anorak.

Quand il part, elle est soulagée.

– Je te remercie ! dit-il.

– Merci à toi, répond-elle.

En débarrassant la table, elle pense au chien. Il avait un dessin sur le dos. Comme une silhouette de Mickey. Il a vu les enfants grandir. Elle a pour ainsi dire écrit son premier roman avec lui. Un jour, il a flanqué par terre l'une de leurs connaissances qui était ivre. Le type s'était introduit dans la maison quand elle était seule, par la porte d'entrée non verrouillée. Une réaction stupéfiante de la part d'un animal paisible.

Ce chien, elle aurait dû l'avoir déjà dans son enfance, songe-t-elle avec surprise.

Le soir, sa mère l'appelle. La voix est petite. D'abord elle pense qu'elle sait que le chien est mort. Mais ce n'est pas ça. Elle a été un peu malade pendant un temps. On a maintenant découvert qu'il fallait la réhospitaliser, dit-elle. Comme si tout cela reposait sur la volonté des médecins de l'importuner avec ces choses-là.

– C'est la barbe, mais il y en a encore à sortir. Encore à enlever. Mais ça va sûrement bien se passer, je vais être tout comme guérie, dit-elle. Il ne reste qu'à s'en acquitter. Quand il fera un peu plus chaud, j'irai retourner la terre et semer des graines…

Elle se ressaisit et rit un peu avec sa mère. De sujets d'intérêts communs. En passant, elle se dit d'accord avec elle. Il n'y a qu'à la faire sortir. En finir avec ça.

– Cette nuit, j'ai rêvé que c'était encore l'hiver et qu'il y avait encore des murs de neige au bord des routes, raconte-t-elle à sa mère. Cela les fait rire encore.

– Quand vas-tu être hospitalisée ?

– Le jeudi, répond sa mère.

C'est après-demain, pense-t-elle. Pense vite. Mais elle ne parle pas du chien.

– Je t'accompagne, dit-elle résolument.

L'archiviste de la vie

L'instant avant de se réveiller, elle se dirige vers la mer. Comme elle l'a souvent fait.

Une répétition pétrifiée.

Elle est seule. Reconnaît que c'est le cas.

Le rêve est l'archiviste de la vie, songe-t-elle. Qui archive sans qu'elle s'en aperçoive. Poursuit inlassablement son bonhomme de chemin.

Quelquefois, le jour a créé de la confusion, de sorte qu'il faut refaire tout le tri, pour la préparer à quelque chose qu'elle ne sait pas, mais suppose être la mort. Elle lui a rarement consenti de place. Ce n'est sans doute pas malin, puisqu'il est plus sûr d'être préparé. Quoique, sûr ? Ce ne doit pas être le terme à employer quand il s'agit de mort ? Ou peut-être que si, justement ?

Sûr.

Dans son rêve, l'insécurité est *l'autre* personne. Le personnage qui tourne les talons et s'en va. Cela crée ce *vide*. Parfois, elle sait qui est l'autre personne, mais pas toujours. Le plus souvent, c'est simplement quelqu'un qui est perdu. Quelqu'un qui va quelque part où elle ne l'accompagne pas. Quelqu'un qui tourne le dos et s'en va.

Dans son rêve, elle reste un instant sur place avant de partir dans la direction opposée. Tout à fait de son plein gré. Sans rébellion. Se dit à elle-même que nul ne peut rester à jamais immobile à un carrefour uniquement parce que quelqu'un est parti.

Celui qui est abandonné est son propre vide.

Elle quitte la vie dans les maisons, dans les champs, quitte le ruissellement du cours d'eau et les boutons d'or, et descend vers la mer. Ça sent le sel et les algues putréfiées. Elle s'en va. Ne sait pas où, seulement que c'est là qu'elle aussi mourra.

Juste avant de se réveiller, elle ramasse une pierre plate et la lance sur l'eau. Pas pour frapper, juste pour faire un mouvement hors d'elle-même. La pierre en vol plané prouve qu'elle est.

Une force.

Elle se réveille en sursaut avec la main de sa mère dans la sienne. Comment a-t-elle pu s'endormir ? La lutte n'est pas encore terminée. Sa sœur et elle se sont succédé en alternance. Des semaines sont passées. Pour l'une comme pour l'autre, le voyage est long. Mais pas aussi long et douloureux que pour leur mère.

Nuit dans un silence sensible. Elle ne sait pas ce que sa mère perçoit, mais la douleur ravage son visage. La morphine n'aide plus. Et pourtant elle a dû s'endormir sur le matin. La tête contre le bord du lit. C'est comme ça, c'est tout. Elle n'est pas plus forte que cela.

Elle met aussi son autre main autour de celle de sa mère. Comme une coupe. Imperceptible. Sait que le moindre effleurement peut infliger de la douleur. Un pouls fluet lutte encore. Mais le visage de sa mère paraît éclairci. La peau lisse. Les rides autour de sa bouche et des ailes du nez presque effacées. Les paupières closes.

Soudain ses poumons font un dernier effort et soulèvent sa poitrine. Les yeux de sa mère regardent fixement les siens, avant de se refermer. Lentement, la maigre main se déplie dans la sienne.

Sa mère est alors déjà partie.

Puis elle est toute seule.

La porte qui donne sur le couloir s'ouvre. Son père apporte un courant d'air froid. Paniqué, il se précipite autour du lit et se fâche parce qu'il n'y a pas de médecin. Elle lève la main pour le faire taire. Il s'élance alors en criant dans le couloir. Entrent deux blouses blanches qui savent quoi faire.

Son père fait comme s'il n'avait jamais compris que quelqu'un allait mourir. Encore moins sa mère qui a été mortellement malade pendant plusieurs mois. Il se fâche contre le médecin qui est déjà parti s'acquitter d'autres tâches. Les infirmières semblent embarrassées.

Elle le prend par la manche de sa veste, mais il se défait d'elle d'une secousse. Se tourne vers elle et dit qu'elle n'a pas fait assez attention. Le médecin est arrivé trop tard. Elle veut lui expliquer que personne ne pouvait plus rien faire. Que cela fait longtemps que personne ne pouvait plus rien faire. Mais elle n'y arrive pas. Ne ressent que son dégoût. Qui ruine la dignité et le silence. En même temps, elle comprend sa sortie infantile, son angoisse devant ce qu'il n'ose pas voir.

S'il avait été un autre, un enfant, elle aurait pu le prendre dans ses bras. Mais on n'embrasse pas son dégoût. Personne au monde ne peut exiger qu'elle console ce qui la répugne le plus.

Il tourbillonne dans les couloirs.

Elle essaie de trouver le calme auprès du lit avant qu'ils emportent sa mère.

Mais le calme ne vient pas.

Juste l'impuissance.

De ne pas être en mesure de lui couper le sifflet.

De lui arracher la langue d'un coup sec.

D'un seul coup vigoureux.

C'est là de la colère, pas du chagrin, songe-t-elle. Sa mère aurait dit que c'était parce qu'elle ressemble à son père.

Il la suit, sur ses talons. Ils sont dehors sur un perron. Tout à coup, elle voit qu'il a une bête à bon Dieu sur le revers de sa veste. Elle pointe le doigt dessus, sans rien dire.

– Berk, dit-il avec un geste brusque de la main.

La bête à bon Dieu s'en va.

La lumière transperce les frondaisons.

Elle aspire à ce que son père disparaisse.

Pour toujours.
Aspire à pleurer.
Les pleurs brûlent derrière son sternum.

Elle est sur le pont du ferry en route pour l'enterrement. Ne sent pas particulièrement le vent. Mais voit à l'écume blanche qu'il est là. La mer travaille lourdement, tranquillement, inévitablement.

Elle est debout contre le garde-corps et elle est encore là-bas. Dans l'instant, juste avant que le cœur s'arrête. La larme. Elle roulait de l'œil gauche. Comme si sa mère avait pitié d'elle, qui ne pouvait l'accompagner.

Toute la vie de sa mère a été un combat, songe-t-elle.

Un combat optimiste. Notamment pour elle. Pour son fils. Combat pour une vie digne. Maîtriser. Être respectée. Travaillant sans avoir fait d'études. Des joies infimes qu'elle était seule à savoir. Sa mère avait des exclamations comme *Là, on est bien*, sans autre commentaire. Elle n'a pas souvenir de l'avoir jamais entendue se plaindre de sa vie, ou imputer à d'autres de n'en avoir pas tiré ce dont elle rêvait. Si quelqu'un avait sous-entendu qu'elle n'avait pas une vie parfaitement valable, elle l'aurait pris comme une insulte.

Maintenant elle est partie. Partie devant.

⋆

Avec elle sur le pont se trouve l'homme auquel elle pense sans arrêt.

Ils se connaissent depuis un an maintenant. Il ne dit rien. Ne demande pas pourquoi elle ne parle pas.

Sa voiture attend garée sous le pont. Il l'a lavée. Ou fait laver. Ils vont se rendre à l'enterrement ensemble. Il porte un long manteau noir et est vêtu pour la circonstance.

Dans le salon, ils tombent sur la sœur de sa mère qui le prend d'abord pour le pasteur.

– Vous avez un si joli manteau long, dit sa tante en flirtant avec lui. Se conduit comme si personne n'était mort. Pour rendre les choses un peu plus faciles. Maintenant ils vont juste traverser ce fjord et rouler un peu. Puis ils seront arrivés, songe-t-elle.

À l'église, ils sont tous là. Elle regarde sa sœur de côté. S'imagine qu'elle se regarde elle-même. Visage gris. Larmoyant discrètement.

Le deuil collectif a quelque chose de singulier. L'expression est d'une uniformité contagieuse. En chacun, elle sait que le deuil est différent.

Là, celui de sa sœur est sans doute surtout un épuisement. Elle se souvient de son père et de sa famille proche. Ce que son fils ressent, elle ne peut que le deviner, attaché à sa grand-mère comme il l'était. Son visage est un masque solitaire. Celui de sa fille est nu, sans défense et pâle.

Elle pense au fait qu'il faut qu'elle dise une parole de réconfort à ses enfants, et à sa sœur. Pas des mots vides. Quelque chose qui puisse être sincère. Mais plus tard. On ne console pas quelqu'un en lui parlant dans une église. Il n'en va pas ainsi. Dans les enterrements, les choses doivent être comme les gens s'y attendent. Dignes. Tout va déjà bien assez mal comme ça.

Elle a prévu de dire quelques mots. Y a préparé le pasteur. Si elle a une âme, c'est la plus vieille de l'église aujourd'hui. Comme si personne n'allait jamais atteindre l'âge qu'elle a maintenant.

Il *faut* donc que ce soit elle. Sa mère a droit à quelques mots. Faute de quoi elle perdrait son respect de soi. L'a consigné par écrit pour ne pas en dire trop, ni trop peu. Une sorte de poème. Court. S'en tenir au fait. Ne pas se laisser tenter de sortir de son rôle. Ne rien révéler de ce qui est laid et difficile.

Ne peut plus rien demander à sa mère. Si elle *savait*. Pas

quand tout le monde l'entend. Personne n'est venu pour l'entendre demander à sa défunte mère si elle *savait*. Ça ne se fait pas. N'aurait pas eu de réponse, de toute façon. Elle ne peut pas déshonorer quelqu'un à l'enterrement de sa mère. Il est là, mais elle ne le regarde pas. N'entend pas les pleurs.

Entre le cercueil et la balustrade de l'autel volent des scènes de son enfance. La famille enfermée à huis clos. Le silence devient le mal même. Il croît en elle. Année après année. À chaque ange sorti pour Noël, il croît davantage, devient plus ingérable. Plus faux et plus mauvais pour chaque vivat du 17 mai. Ces célébrations extérieures sans fond, sans consolation.

À présent, sa mère s'est entièrement tue. C'est comme ça.

Sa mère lui a donné la liberté. De rompre le silence. Pas aujourd'hui, mais aussi vite que cela pourra se faire. Et en comprenant que, en mourant, sa mère l'a affranchie, elle prend conscience que le silence a *tout* requis.

Octobre et froid amer. Ils se tiennent autour de la tombe béante. Tout à coup, elle n'arrive pas à se souvenir si elle a dit les mots qu'elle avait écrits. Sa tête est gelée.

Mais elle a bien dû le faire ? Évidemment. Elle a bien fait une oraison pour sa vieille tante et sa grand-mère paternelle. Elle est en fait une oratrice funèbre née. S'imagine-t-elle qu'elle a écrit un discours pour sa mère sans le tenir ? A-t-elle perdu la raison ?

Ils lui en parleront sûrement, se dit-elle. Elle n'a pas besoin de demander. Sans attendre le soir ils vont lui parler du discours. Que c'était bien qu'elle dise quelque chose. Sa sœur, les cousins, les enfants.

Et celui auquel elle pense tout le temps ?

Soudain, elle *sait* qu'il lui dira si elle a tenu ce discours, ou non. Car il est en dehors du silence.

Ensuite. Une fois que tout ce qui devait être fait a été fait, elle le présente. L'homme qui était assis seul au fond de la chapelle et qui ne faisait en fait pas partie de la famille.

C'est une belle chose, songe-t-elle quand il lui effleure la main.

Il va quelque part où il ne veut pas vraiment être, juste pour être auprès d'*elle*.

Achevé d'imprimer en juillet 2014
sur les presses de Normandie Roto Impression s.a.s.
à Lonrai (France)
N° d'imprimeur : 1402476

Imprimé sur Munken Print Cream 70 g

Dépôt légal : première édition, septembre 2014